广东省哲学社会科学规划2024年度
青年项目"中国当代文学女性劳动叙事研究"（GD24YZW01）成果

微光中的宇宙
中国新文学研究的多维视野

张 宇 董卉川 著

北京出版集团
北京出版社

图书在版编目（CIP）数据

微光中的宇宙：中国新文学研究的多维视野 / 张宇，董卉川著. — 北京：北京出版社，2025.3. — ISBN 978-7-200-18952-0

Ⅰ．I206.6

中国国家版本馆 CIP 数据核字第 2024MX9284 号

微光中的宇宙
中国新文学研究的多维视野
WEIGUANG ZHONG DE YUZHOU
张　宇　董卉川　著
*
北 京 出 版 集 团
北 京 出 版 社 出版
（北京北三环中路 6 号）
邮政编码：100120

网　　址：www.bph.com.cn
北 京 出 版 集 团 总 发 行
新 华 书 店 经 销
北京建宏印刷有限公司印刷
*
787 毫米×1092 毫米　16 开本　16.5 印张　245 千字
2025 年 3 月第 1 版　2025 年 3 月第 1 次印刷
ISBN 978-7-200-18952-0
定价：48.00 元
如有印装质量问题，由本社负责调换
质量监督电话：010-58572393
编辑部电话：010-58572798；发行部电话：010-58572371

序

凌 逾

中国新文学历经百年发展，中国新文学研究也走过了百年发展历程。长久以来，学界对于新文学的讨论多聚焦于单一作家作品或独立期刊社群，缺少对文学发展背后的深层社会动因及历史逻辑的观察，以及对个案研究下的文学内部深省。与此同时，文学作为一门包容性极强的学科，与其他学科的跨界融合也应引发学界的关注，本书期望从全新角度把握中国新文学的发展历程。著者从新视角出发，多维度透视中国新文学的发展。其研究基础扎实，视角新颖，阐释深入，全书共涵盖语言重构、社会想象、人性深描、性别重思、跨界突围五大板块，涉及刘半农、丁玲、林语堂、温源宁、吴经熊、张天翼、西西、贾平凹、叶兆言、李洱、王尧、董启章、鲁敏、梁鸿、陈楸帆、王十月、刘怀宇、吴楚等多位现当代作家。研究时间跨度大，领域宽，层次深。本书以大量的史料为基础，以丰富的理论为支撑，从多个方面实现了文学与社会、与艺术等多方面的融合，体现出著者对于中国百年文学的深入探究与潜心钻研，其丰富多样的研究视域、别具一格的边缘意识、走在前沿的跨界思维，为我们提供了新的文学思路。

一、丰富多样的研究视域

著者长期从事中国现当代文学研究，对各类文体特质熟稔于心，因此在中国新文学研究过程中，观照到不同类型的文学体裁与热点话题，注重从文学出发，在文学基础上对相关领域进行全新的观察与剖析。对浩如烟海的史料进行的细致阅读与整理为其研究打下了坚实的基础，而对于多元理论的掌握也为其研究视域的丰富提供了重要的原始条件。

首先，著者的研究涉及的文体具有丰富性。由于作家所运用的语言、结构、艺术手法及表现方式的不同，文学在发展过程中形成了多样化的类别。根据作品多方面综合的不同特点，中国新文学被分为诗歌、小说、散文、戏剧文学等多种类型，它们随着社会的发展不断丰富、文体之间的界限也不断被打破。在《微光中的宇宙——中国新文学研究的多维视野》一书中，著者关注到林语堂中英双语随笔的互文同构；体察到王尧积十年之力著成的为当代文坛带来巨大审美冲力的长篇小说《民谣》；留心到实现了由"纯诗的戏剧化"到"散文诗的戏剧化"成功跨越的《扬鞭集》版《老牛》……由此可见，著者关注到了丰富的文体，以开阔包容的视野对中国百年新文学进行了合理把握与深入探究。

其次，著者的研究涉及的领域具有多元性。宇宙本就包罗万象，而文学研究的宇宙自然也应涉猎各个领域。对身边事物的留心观察以及对各类作品的深入思考，为著者的多样化研究奠定了坚实基础。著者不仅关注到了传统文学领域较为知名的作家，例如林语堂、丁玲、张天翼等，就他们的语言审美、叙事结构、思想内蕴等进行深度挖掘与学术反思；同时也对新锐的文学新人、文学现象进行持续追踪，如剖析刘怀宇的华侨铁路叙事，关注粤港澳大湾区科幻小说新路径，探究吴楚的民生科幻对于未来世界养老可能的想象，等等。

最后，著者的研究具有鲜明的"当下性"。随着社会进步与时代发展，人们对于性别与身份的认知也在不知不觉中发生着变化，性别不再是简单的生理概念，而是被划入了文化范畴进行考量。著者也对此问题进行了全新的思考，无论是对女性主体性的建构研究、对女性主义思潮的流变研究，抑或是对性别批判范式的发展研究，均体现出了著者独到的眼光以及对热点话题的把控能力。例如，著者以学界对20世纪40—70年代文学研究的性别批评为具体操演对象，对新文学批评范式进行深度思考，剖析了四种范式的历史嬗递，审视其学术史脉络，反思其存在的问题，并试图构建新的学术范式。除此之外，著者还关注到了当下正处于蓬勃发展时期的中国科幻文学。著者将科幻文学进行地域化分析，运用文学地理学的研究方法，具体分析了粤港澳大湾区科幻小说体现出的湾区经验、湾区意识、湾区美学，为读者全面把握科幻文学提供了新视角。

通过对大量文本的钩稽爬梳以及对研究视域的拓展丰富，著者从不同文学体裁、不同领域人物以及不同热点话题多方面出发，揭示中国新文学在发展过程中所达到的艺术高度以及蕴含着的美学因子。而这些研究亦能推动已有研究的纵深发展。

二、别具一格的边缘意识

在以往的文学研究中，多数学者习惯于将目光锁定较为知名的作家作品，而忽略了处于边缘地带的、未被发掘的优秀篇章。而著者则通过对资料的挖掘，打捞出诸多被遗忘的边缘作家、边缘话题，并且从边缘视角重新审视中心化内容，体现出别具一格的边缘意识以及对新文学深入钻研的新视角。

边缘作家是指游离于主流作家之外的作家群体，他们作为文学史中被遮蔽的一个群体，常常无法得到与之文学造诣相匹配的关注与探究。而对于此群体的探索，著者也付出了艰辛的努力，从资料的搜集至文本的分析，其间克服了不少困难，但这也体现出著者勤勉积极、刻苦钻研的学风。

著者对于边缘话题的阐释也别具新意，例如关注社会主义文学"新妇女"叙事，揭示社会主义教育、家庭伦理等的新变给女性带来的生命体验；以"日常化的先锋"与"世界化的本土"对西西小说进行重新解读；此外，著者在诗剧及散文诗剧研究方面颇有心得，因此在对中国新文学的整体把握中关注到了处于边缘地带的诗剧相关主题研究，而这在本书中也有所体现。著者以动态眼光将刘半农的两版《老牛》作品进行校勘，指出其在语言表述、文体形式及思想情感三个方面的变动、转化与贯通，以小见大，在展现刘半农对中国新诗开拓性贡献的同时向读者呈现了中国诗剧的发展历程。这些努力都促使文学史中被遗忘的内容重回大众的视野，使学界重新审视其价值意义并重新界定其在新文学中的历史地位，由此可见著者对于主题选择与内容把控的用心程度。

如果说对边缘人物和边缘话题的探寻需要进行大量的文本搜集与发掘，那么对中心人物从边缘视角进行研究则更需要具备扎实的学识基础与发散深入的思考。在传统汉语写作之外，著者注意到了中国现代作家的外语创作这一特殊的边缘性写作现象。作者聚焦于《中国评论周报》《天下月刊》这两份20世纪上半叶中国人自办的颇具影响力的英语文化刊物，发掘林语堂与"小评论"专栏之间的不解之缘，以英语随笔的"跨语际实践"表达出自由世界主义的追求；温源宁、吴经熊等人也在刊物作者群中，前者以其雅驯睿智的人物随笔与文艺评论表现出独到的艺术魅力，后者则通过充满哲思与深情的灵修随笔昭示出东西方融合的可能，为学界研究提供了新思路与新视角。

从边缘出发的研究思路和研究角度是对此前单调研究的调整与拓展。著者边缘意识的确立与边缘探索的实践，加深了对作家及作品内涵深度的探究，是对现有文学史的有益补充，同时也体现出著者宽阔的学术视野。

三、走在前沿的跨界思维

学科分类古已有之，且随着社会发展处在不断流变的过程中，而文学由于其本身独有的包容性，与其他学科之间呈现出不同样式的交叉与融合，体现出深刻的跨界性与跨学科性。著者在潜心文学研究的同时，也注重对哲学、心理学、语言学、美学、政治学、社会学、教育学等其他学科知识的积累，在跨界思维的指导下，打破文学与其他学科之间的壁垒，借助多学科知识，丰富多角度理论，促进文学研究向纵深发展，而本书就是著者实现文学与哲学、美学、政治学、心理学等学科之间跨界融合的有力证明，体现出著者对于"大文学"理念的积极实践，亦是顺应"新文科"发展的需求。

在人类文化史的发展过程中，文学与哲学在相当一段时间内并无明显的界限，二者之间表现出相互融合、和谐共生的局面。而著者突破单一文学视角后以哲学理论为支撑对文本进行细致分析。在对女性主义文学思潮的研究中，著者论及西方启蒙主义、人道主义及自由女性主义等思想对于女性的现实影响；在对鲁敏"河流诗学"的论述中，著者分析了作品中孕育着的水善利万物而不争的生命哲学；在对新时期小说的转型进行探析时，著者采用大量哲学观点，指出人与人之间以及人与自我之间的冲突对立在文学创作中的应用与体现；在对丁玲小说进行文本分析时，著者以"身体"为切入，采用哲学化观点进行具体论证；在对《四象》进行解读时，著者更是指出了其中包括的"天人合一""天地人神四位一体"等哲学理念，以此揭示出梁鸿对美好人性及人与自然和谐关系的向往……由此可见，平日对多学科知识的渴求与积累，促使著者跨越障碍，借鉴其他学科内容来解决本学科领域问题，为文学研究提供全新思路。

除对于哲学知识理论的应用外，著者还注重政治、经济学理论在文学研究中的应用，体现出其灵活的跨界思维及多元化的学术视角。文学艺术是对现实政治及社会生活的反映，其写作内容、写作风格及至写作范式均受社会现实的影响。因此著者在进行文学研究时，使用了丰富的政治、经济学理论。该书注意到当代文学家庭伦理叙事形态受时代政治、经济状况影响，例如集体主义年代法治社会与经济的变化对农村家庭形态和家庭伦理产生了重要影响，随之也出现了一大批"分家叙事"。同样地，在论述"知识分子叙事的当下性"时，著者的跨界意识纵贯全文，提及市场经济成为新的意识形态，消费成为社会的中心以及身份认同的重要手段，小说中的知识分子在此状况下面临严峻挑战。文学的生成受政治及经济现实影响，而对政治、经济理论的掌握也成为著者进行文学研究的重要优势之一。

在分析中国新文学创作的同时，著者还注意到作品展现出的美学特质与美学张力，对其进行审美分析，体现出跨界融合的意识。例如，林语堂的英文随笔与中文小品形成互文，体现了"近情"的美学理念与美学风格；温源宁的人物随笔和文艺评论共同彰显了一种"情智调和"的美学追求；王尧的《民谣》呈现出"无边的现实主义"的美学品质；梁鸿浸染现代主义美学，其作品《四象》丰富了亡灵叙事的谱系，并提供了新的美学内涵；西西"开放式百科全书小说"的写作将日常生活进行审美化，深层次体现出日常美学的审美特质与后现代美学的特征。

　　著者以新的理论方法与视角进行中国现当代文学研究，以跨界思维谋篇布局，无论是从哲学角度进行深入探究，还是从美学视角进行评价分析，抑或是从政治、经济学视角揭示文学与社会之间的复杂关系，均体现出著者敏锐的学术眼光与包容的治学态度。

　　尽管该书在研究视域的丰富性、边缘意识的深刻性及跨界思维的超前性等方面为读者带来了新启发，展现出著者的学术素养与钻研精神，但不可否认的是本书仍存在着改进的空间。例如，在研究过程中应注重在坚持学术传统的基础上开辟全新理论视野，为本书增加更为瞩目的创新色彩；在评述过程中应更具学术史意识，增加对作品的理性评述与剖析，为本书增加更为深刻的学术色彩；在组织过程中可增加篇章之间的内在联系，为本书增加更为鲜明的逻辑色彩。总体来说，《微光中的宇宙——中国新文学研究的多维视野》以中国百年新文学发展为契机，从语言、社会、人性、性别、跨界等多方面出发，揭示中国现当代文学的发展轨迹以及与各领域间的多样互动。随着该成果的问世，著者必定会在学术研究上迎来更为广阔的天地，进入全新阶段的学术旅程，从文学的微光中参悟宇宙。

（作者单位：华南师范大学文学院）

目 录 | CONTENTS

第一章 语言的重构 / 1

第一节 《中国评论周报》"小评论"专栏英语随笔研究……………2
第二节 温源宁的跨语际实践……………………………………17
第三节 吴经熊的灵性随笔……………………………………32
第四节 重新召回小说革命……………………………………45
第五节 河流诗学的追寻………………………………………50

第二章 社会的想象 / 57

第一节 情与史的双重变奏……………………………………58
第二节 知识分子叙事的当下性………………………………67
第三节 当代文学中的分裂叙事………………………………73
第四节 从社会悲剧到性格悲剧………………………………82

第三章 人性的深描 / 99

第一节 文体实验下的人性讽刺………………………………100
第二节 多重隐喻下的人性救赎………………………………113
第三节 父子关系的文学省察…………………………………125

第四章　性别的重思 / 133

第一节　当代文学家庭伦理革命叙事（1949—1966）……………134
第二节　"十七年"小说社会教育与女性主体性的建构……………148
第三节　社会主义现实主义文学"姐妹情谊"叙事…………………159
第四节　新时期女性主义文学思潮重审………………………………171

第五章　跨界的突围 / 189

第一节　中国现代诗剧的另类进路……………………………………190
第二节　从自由诗到散文诗的蜕变……………………………………201
第三节　日常化的先锋与世界化的本土………………………………217
第四节　粤港澳大湾区科幻文学新路径………………………………233
第五节　探寻老去的生存可能…………………………………………247

第一章

语言的重构

第一节 《中国评论周报》"小评论"专栏英语随笔研究

一、"小评论"栏目的诞生

作为20世纪上半叶中国人自办的影响力最大的英语文化刊物之一,《中国评论周报》(The China Critic)集聚了一批本土作者创作的英语随笔,这些随笔是中国现代作家本土外语写作的重要构成,同时也是中国现代文学不可忽视的一道风景。

1928年5月,《中国评论周报》创刊于上海,1940年因为抗战而停刊,1945年复刊,于1946年终刊。《中国评论周报》前后存续了近20年,在国际国内都产生了重要的文化影响。它是中国人自办最早的亦是影响力最大的英文周刊。借助广泛的发行网络,《中国评论周报》在全球范围内都有读者。它不仅是中国中高等学校的英文教材,还是外国了解中国社会动态、文化动态的绝佳读物,"岭南大学……新生英语课用它,南京中央大学附属一中也在教室里阅读它,甚至在美国,明尼苏达州立大学社会学系也把它作为学习材料"[①]。

《中国评论周报》的首任主编是张歆海,之后还有刘大钧、桂中枢,刊物栏目编辑则主要包括潘光旦、马寅初、林语堂、温源宁、吴经熊、林幽、钱锺书、全增嘏等知名学者作家或记者编辑,这些编辑又同时是刊物的重要作者,因此刊物有较强的同人性。以刊物为中心,《中国评论周报》的编

---

① P. K. Chu, Subscription by Wire, The China Critic, Nov. 22, 1928, Vol.1, p.505.

创群体分享相近的文化理念，追求相似的文化品位，形成了一个松散的文化共同体。例如，陈达、张歆海、罗隆基、陈钦仁、陈石孚、潘光旦等皆为清华大学校友；桂中枢、陈炳章、畲坤珊、林语堂、何永佶、邝耀坤、陈立廷、吴经熊、郭斌佳等人都曾留学美国；温源宁、伍连德、钱锺书曾在英国留学；梁鋆立赴法深造；宋春舫负笈瑞士。这些留学生回国后，主要在京沪两地高校任教，许多人互为同事。张歆海、潘光旦、温源宁、钱锺书都曾在光华大学执教，林语堂、潘光旦、吴经熊曾是东吴法学院同事，全增嘏、吴经熊、温源宁、简又文、孙大雨等人又都曾向林语堂主编的《论语》《宇宙风》《人间世》等中文刊物投稿。不难看出，《中国评论周报》的主要作者群体以欧美留学生为主，因而或多或少带有一定的自由主义色彩。

1930年6月16日起，林语堂在《中国评论周报》开辟"Little Critic"（"小评论"）专栏，反对正襟危坐的高谈阔论，提倡发表形式自由、内容广泛的社会文化随笔，注重趣味与智性，推崇娓娓而谈的"小"批评。作为《中国评论周报》的招牌栏目，"小评论"栏目在1931年9月至12月、1932年2月至3月曾有短暂中断，1937年抗战全面爆发后，"小评论"随《中国评论周报》在18卷停刊。1945年8月《中国评论周报》复刊后的第3期开始恢复"小评论"专栏，直至1946年终刊。"小评论"专栏最初由林语堂编辑，1935年第4卷第17期"小评论"因林语堂访欧而暂停，第21期起恢复，由全增嘏接任栏目编辑。林语堂回国后，和全增嘏轮流担任编辑。"小评论"专栏创办初期，其稿件主要由编辑提供。林语堂1936年赴美之后，全增嘏、邝耀坤等人先后担任该专栏编辑，延续林语堂的编辑理念。1945年8月复刊后的"小评论"主要编者、作者有邝耀坤、林安邦、顾缓昌及张培基等。而"小评论"栏目的成功，与林语堂的文学实践密不可分。

在"小评论"栏目序言中，林语堂鲜明地表达了栏目设想："在中国大报编辑的眼中，人世间各种严肃的问题都是他们的专利，从伦敦国际海军军控会议到中国的国民运动进程都是他们一览无余的话题。……我并不说人必须如犬吠，而是说做人要有说话的权利。人毕竟只有从像狗一般的被约束中解放出来，手握烟斗，在自己的居室内或卧或立，伸展自如，那才叫人；只有在这样的气氛中，人才能说人话，才能不必因拘束而学犬吠。"[1] 从这一段话不难看出，自由"说话的权利"是"小评论"关键要旨。无所顾忌地任意而谈，或针砭时弊，或随性泼洒，重要的是表现出作者的真性情。在林语堂看来，"'小评论'专栏并不是严格的幽默小品专栏，但它的格调更轻快，内容也更贴近人情常理，作者也因之更得读者信赖"[2]。"作者如果真想赢得读者的信任，必须有担待的自觉和勇气，那就不妨直抒胸臆地用第一人称吧。"[3] 林语堂自称，"小评论"专栏只写"确实知道的事情"，尤其注重"文笔轻快"。"小评论"栏目追求智性，体现出良好的品位。在通信栏里，"小评论"编辑给出了所谓的栏目"黑名单"，颇有意趣："那些对显而易见的事物充满激情的人……坚持被平等对待，但同时表现得像我们的上级的摩登女性。……对自己的钱很吝啬而对别人的想法很'慷慨'的人。"[4] 从这里不难看出"小评论"清晰的读者定位与智性追求。对于肤浅者、悭吝者、伪善者持否定之态度，着意于一种真正的智性与深厚的人文关怀。这种文化用意也得到了国际文化人物的认同，艾格尼丝·史沫特莱在通信中指出，希望通过知识分子持久的文化努力，能够"拯救文明、人类文化，以及人类一千年来所奋斗的一切"[5]。

二、林语堂的"小评论"体

1930—1936年，林语堂在"小评论"专栏发表了一系列优美轻快的英语文化随笔。林语堂在编选个人英语随笔集时，认为自己创作的"小评论"可以分为"众人之事""要人之事""自家之事"，亦可以总结为"评论

---

[1] 林语堂：《序》，载《林语堂评说中国文化》，北京：中共中央党校出版社，2001年，第5页。
[2] Lin Yutang, Preface, The China Critic, July 3, 1930, pp.636-637.中文见林语堂《序》，载《林语堂评说中国文化》，北京：中共中央党校出版社，2001年，第4页。
[3] 林语堂：《序》，载《林语堂评说中国文化》，北京：中共中央党校出版社，2001年，第6页。
[4] The Little Critic's Blacklist, The China Critic, July 16, 1931, p.685.
[5] A Letter to the Little Critic, The China Critic, July 16, 1931, p.685.

第一节 《中国评论周报》"小评论"专栏英语随笔研究

随笔""讽刺随笔""纪事随笔"①,这种分类大致概括了他在"小评论"栏目的写作主题和风格。"小评论"时期,林语堂的英语随笔按内容可以大致分为两类:一类是社会批评,一类是文化漫谈。社会批评类随笔包括《中国究竟有臭虫否》《论政治病》《悼张宗昌》《假定我是土匪》等,大多以洒脱之笔触批评中国社会现状,讥刺政坛的黑暗。这种嬉笑怒骂式的文字一定程度上仍然保留了林语堂"语丝"时期"任意而谈无所顾忌"的批评特色,但趣味性更强,语调也更加温和,最令人称道的如"中国人的脸,不但可以洗,可以刮,并且可以丢,可以赏,可以争,可以留"②;而"文化漫谈"一些文章涉及中国文化的介绍或者中西文化的比较,如《中国文化之精神》《论西装》《论米老鼠》《半部〈韩非〉治天下》等;另一些文章如《阿芳》《我的戒烟》《我怎样买牙刷》,则充满了日常生活的趣味,将文化批评包孕于生活琐事的叙写之中,于幽默之中见物理,于琐碎之中见人情。"小评论"时期的随笔是林语堂创作生涯的一个转捩点,这些作品文风幽默流丽,文字平白简洁,林语堂赴美后的写作风格已在此初见端倪。

林语堂的英语文化随笔文字幽默流丽,清畅自然,在轻松的笔调中透着机智的锋芒,闲谈般的文化比较中透露着开阔的视野,琐屑的生活细节的描写中不乏锐利勇敢的见解,热情的笔触下流露出豁达与乐观。他的英语随笔的魅力很大程度上得益于简练生动、清通自然的语言。林语堂用词浅白,少有生僻词汇;行文不避俗词俚语,常用口语化表达方式,嬉笑怒骂的文字反映了他的洒脱不羁,展现出他的机趣幽默与率真性情。《阿芳》中,心灵手巧而顽劣成性的童仆阿芳用不同语言接电话的聪明劲儿令人难忘;《车游记》中,公交车上满口新名词、装腔作势的南洋商人令人捧腹,林语堂借机调侃了庸俗势利者;《悼张宗昌》中,粗野鲁直却不失可爱的"狗肉将军"张宗昌让人哭笑不得……这些人物形象个个鲜活,文章的感染力与趣味性自然也随之得以增强。即使是枯燥的政治话题,林语堂用

---

① 林语堂:《序》,载《林语堂评说中国文化》,北京:中共中央党校出版社,2001年,第8页。
② Lin Yutang, What is Face, The Little Critic, The China Critic, April 16, 1931, Vol.4, pp.372–373.

几个"故事"片段便四两拨千斤,达到了理想的效果。《纪春园琐事》《春日游杭记》《说避暑之益》等诸多随笔都有小说化特点,包含着完整的故事意味,以娓娓道来的笔调代替议论,将日常琐事敷衍出一幅幅轻松有趣的画面,俏皮风趣,形象生动,仿佛与读者闲聊,在轻松的氛围中拉近了读者和文本的心理距离。

在社会批评类随笔中,林语堂表现出无所顾忌的勇气。"我已成为独立的批评家,既非国民党员,也不维护蒋介石先生,有时候还无情地批评时政。谨慎的批评家为息事宁人而不愿说的话,我都敢说。"①英文刊物由于其国际影响力,在言论自由度与开放度上要比中文刊物来得宽容。林语堂更是利用刊物栏目主编身份之便,毫不留情地批评时政,同时其所作文章充满智性与趣味,而非一本正经的政论文章。《脸与法治》②以漫画式的笔触讽刺了军阀政要倚仗权势作威作福;《论政治病》③中以黑色幽默讽刺了中国政治要人把装病作为政治筹码;在《哀梁作友》中,他直接讽刺国民党当局要员"消极抗日",不顾人民死活④,这在当时确实冒着较大的风险。这些不可谓不犀利,似乎重新回到"骂人本无妨,只要骂的妙"⑤的"语丝"时代。其他代表作有《裁缝道德》《给政客们准备更多监狱》等。这些社会批评随笔仍然保留了"语丝"时期的无所顾忌,林语堂的幽默观与幽默文学创作实践形成了一定脱节,"他一方面在理论上主张淡化幽默的社会内容,但事实上他的许多幽默灵感都取材于现实生活的矛盾冲突"⑥。

林语堂在"小评论"栏目中建立起独具特色的个人风格,他秉持言论自由的宗旨,以坚持真理为追求,同时追求轻松亲切的风格,这种风格获得了巨大成功,"我还发展出一套文风,秘诀是将读者当做心腹知交,宛如

---

① 林语堂:《八十自叙》,北京:中国戏剧出版社,1990年,第63页。
② Lin Yutang, What is Face, The China Critic, April 16, 1931, Vol.4, No.24, pp.372-373.
③ Lin Yutang, On Political Sickness, The China Critic, June 16, 1932, Vol.5, pp.600-601.
④ Lin Yutang, In praise of Liang Zuoyou, The China Critic, October 20, 1932, Vol.5, pp.1219-1220.
⑤ 语堂:《插论语丝的文体——稳健,骂人,及费厄泼赖》,载《语丝》1925年第57期。
⑥ 施建伟:《林语堂在海外》,天津:百花文艺出版社,1992年,第306页。

将心底的话向老朋友倾吐。我的作品都有这种特色,别具风情,使读者和你更亲密"①。高尔德(Randall Gould)高度称赞林语堂的英语随笔"见多识广,生动有趣"②。

有学者指出,林语堂的中文小品"无论从形式到美学趣味,都来源于其英文随笔的创作"③。诚如其言,林语堂的英语随笔写作对于其中文小品确实有直接的影响。20世纪30年代林语堂英语创作大获成功,"小评论"中的大部分英文随笔都被他改写成中文小品,在《论语》《宇宙风》《人间世》等杂志刊出,同时也借助《中国评论周报》积极宣传这些刊物,不难看出,林语堂凭借自身的努力,为中西方文化的交融提供了一个重要的通道。此外,林语堂在《中国评论周报》积聚了英语随笔的创作经验,在自办的中文杂志上积极宣扬西方散文写作技巧,在《人间世》开辟"西洋杂志文"专栏,也不难看出是受到了"小评论"专栏的影响。"本刊宗旨在提倡小品文笔调,即娓语式笔调,闲适笔调,即西洋之Familiar style,而范围却非古之所谓小品……意见比中国自由……文字比中国通俗……作者比中国普通……""西洋杂志文又已演出畅谈人生之通俗文体,中国若要知识普及,也非走此路不可。"④不难发现,林语堂的英文随笔与中文小品形成互文,体现了"近情"美学理念,共同践行了"幽默""闲适""性灵"等的文学主张。这些英语随笔,从文化内蕴及文体风格等方面,都奠定了林语堂1936年后在美国英文写作的基础。⑤赛珍珠(Pearl S. Buck)曾高度评价林语堂"小评论"时期的创作,认为这些英文随笔是"新鲜、锐利与确切的闲话","这些文章代表了他的思想的锋芒直刺的特质,它们都是他的才智天赋的表现,有所指,果敢,透刺,发笑"⑥,赴美写作之后的名作,如

---

① 林语堂:《八十自叙》,北京:中国戏剧出版社,1990年,第63页。
② Randall Gould, An Open Letter to Lin Yutang, The China Critic, Dec 19, 1935, Vol.11, No.12, p.272.
③ 钱锁桥:《引言》,载《小评论:林语堂双语文集》,北京:九州出版社,2012年,第6页。
④ 林语堂:《且说本刊》,载《宇宙风》1935年第1期。
⑤ 参见张宇《论林语堂的英语随笔与〈中国评论周报〉》,载《首都师范大学学报》2018年第1期。
⑥ 赛珍珠:《序》,载《林语堂文集》第8卷,北京:群言出版社,2010年,第2页。

《吾国与吾民》(My Country, My People)、《生活的艺术》(The Importance of Living)等书中不少的观点或者篇目,多是以他在"小评论"栏目上的创作为基点的。

三、多元风格的展露

"小评论"一经推出便大受欢迎,林语堂的知名度也大有提升,正是小评论创作展露的才华与天分,林语堂才得到赛珍珠的推荐赴美写作。作为"小评论"栏目的核心人物,林语堂奠定了"小评论"的风格基调,并为后续的栏目编辑所坚持。受林语堂的影响,大批作者加入"小评论"的写作中,如温源宁、吴经熊、钱锺书、姚克、全增嘏、邝耀坤、张培基、宋以忠等,乃至外国知名记者项美丽(Emily Hahn)、著名政治学者布鲁诺·拉斯克(Bruno Lasker)等也成为重要撰稿人。其中,全增嘏、邝耀坤、张培基的"小评论"随笔尤其值得注意,他们既先后担任"小评论"栏目编辑,又是重要的投稿者。他们的创作,为"小评论"带来了多元的风格。

全增嘏1931年起开始担任《中国评论周报》编辑,同时也是"小评论"栏目后期的主编。他发表的"小评论"包括文化漫谈、社会批评、政治讽刺等。这些英语随笔,哲思深刻,结构严谨,论述缜密清晰,批评泼辣犀利,具有明快整饬的文风。《中国在1984》[①]致敬乔治·奥威尔的名作《1984》,假托未来国家总统口吻写日记,影射中国政坛的腐败与昏庸。这位大人物不学无术,贪污腐败,昏庸至极,提出"我们不必让合适的人做合适的工作"的理论,认为官员"不需要脑子,因为所有的思想都是由我来做的",命令财政部长强制征收粪税、订婚税、生育税、棺材税,并因为学生闹事而下令解散所有学校和大学,兼任了所有部长。这位大人物高呼"和平与秩序再次恢复。我现在已经达到了事业的最高峰。国家得救了!"全增嘏以漫画式的笔法,绘制了一个腐败专制的领导者形象,并影射民国政坛官员腐败,如一把匕首,刺破了繁荣虚伪的官场假面,不可谓

---

① T.K.C, China in 1984, The China Critic, 1932, Vol.5, No.29, p.739.

不大胆。《为头衔辩护》①中,全增嘏的讽刺毫不留情,透视整个人性中的弊端,讽刺帝国列强的霸权。他指出中国人庸俗,而欧美人势利,欧美人十分尊重贵族头衔,因此可以利用这一特点,将中国外交官变成身着绣袍的贵族,只有这样在外交场合上才能赢得对中国的同情与尊重。而明眼的读者看到这里一定辛酸一笑,帝国列强并不会因为中国多了两个贵族而停止掠夺中国的利益。《中国需要一个计划》②,嘲讽中国政府人浮于事,使得计划变成一纸空文的荒唐现实;其笔触老辣,嘲讽抨击之意不难觉察。不难看出,不管是对社会现状的关注还是对文化界的抨击,全增嘏都表现了一种强烈的现实批判意识,显示出高度的责任感与担当,作为左翼知识分子,他对马克思主义也表现出同情与支持,无疑也使得"小评论"栏目变得更加多元化。全增嘏同时还是一名"文体家",他同林语堂一样,喜欢实验各种文体形式,大大扩张了随笔体的表现疆域。有语录体,有日记体,有对话体,有预言书,有演讲稿……在多样的文体形式中,发挥自己卓著的讽刺才能,体现对于世事时局乃至人性的深刻洞察。

邝耀坤从1937年开始在"小评论"栏目大量发表作品,并在林语堂赴美之后主持后期的"小评论"栏目,他的创作同样表现出鲜明的个人气质。邝耀坤的文字平实质朴,不像林语堂的灵动洒脱,也不如全增嘏的泼辣犀利,别具有一种温柔敦厚的风格。《给连锁信写作者的锁链》③关注生活中的"连锁信"现象。面对这种现代迷信,即使是作为高级知识分子的邝耀坤,也无法无动于衷。忐忑扔掉第一封连锁信后,很快他又收到第二封连锁信,他陷入了自我否定和怀疑。在妻子的支持下,他最终将这封信付之一炬,彻底摆脱了连锁信的烦恼。《一栋大房子》颇有趣味,可以说精准呈现了"小评论"体的精髓。全文以个人视角娓娓道来,以轻快幽默的笔调叙述公寓生活的狼狈。这里有严厉的女管家,糟糕的居住环境,高昂的租金,廉价的食物,神秘的住客……YMCA(基督教青年会)公寓类似于巴

---

① T.K.C, In Defense of Titles, The China Critic, 1932, Vol.5, No.46, pp.1247–1248.
② T.K.C, China Needs a Plan, The China Critic, 1932, Vol.5, No.35, p.908.
③ Edward E. K. Kwong, Chains for the Chain-letter Writers, The China Critic, July 23, 1931, p.710.

尔扎克笔下的伏盖公寓，各色人等杂处，三六九等之人混迹其中，可怜的绅士在这里备受折磨。《蠕虫翻身》则充满了生态主义的关怀，显示出作者的温柔之心。人们素来对于虫子抱有憎恶与偏见。但邝耀坤却觉得，同为造物，虫子看似卑微却自有其美丽、高贵之处。"蠕虫翻身"这一俗语，更能给处在困境中的人们以安慰和希望。小小的虫子尚有翻身之日，又何况是自诩高贵的人类呢？类似的随笔非常多，邝耀坤多从身边的琐屑事情着手，抒发心曲，揭示出日常生活中的哲理。

邝耀坤的目光投向了日常生活，同时也不忘注视社会问题。1937年邝耀坤发表了一系列旅日印象，在《东京印象》[①]和《东京再记》[②]中，他表现出一些民族主义的情绪，但仍不乏理智，他调侃道，日本低矮的建筑不仅导致了日本人身材短小，也造成日本人性格的压抑；《什么比和服更加普遍？》[③]称赞日本人的谦恭有礼，但又觉得日本人仪式感太强，他更提倡一种"中道"的礼节，彼此之间相互尊重；《女士最后》将目光投向"第二性"的女性，讨论东方尤其是日本的男女不平等的问题，注意到社会性别制度对日本女性的规训，"日本人认为女人是被塑造的，他们要使她们成为贤妻良母"，"因此，通过用道德戒律、家务劳动和他们认为的神圣的养育孩子的责任，来拖累他们的女人，日本男人已经能够把弱势的性别完全置于他们的权力之下。……男人制定规则，女人遵守规则。这一定是东方的神话之一！"[④]这里的观点十分接近今天主流女性主义视点，不难感受到其洞察力之深刻与超时代性。检视邝耀坤的随笔，这种对于弱势群体的温柔敦厚的同情，对于日常生活充满趣味的观照随处可见。

张培基作为"小评论"复刊后的栏目编辑与代表作者，同样展露出不俗的实力。作为刚步入社会的年轻人，他对于青年一代的处境表现出深厚的关切与同情，尤其注重年轻人在战时的多重困境，表现出关爱和呵护的

[①] Edward E. K. Kwong, Slides on Tokyo, The China Critic, June 17, 1937, Vol.18, No.12, p.278.

[②] Edward E. K. Kwong, More Light on Tokyo, The China Critic, June 17, 1937, Vol.18, No.13, p.290.

[③] Edward E. K. Kwong, What is More Common than Kimono, The China Critic, July 1, 1937, Vol.18, No.1, pp.13-14.

[④] Edward E. K. Kwong, The Lady Last, The China Critic, 1937, Vol.18, No.3, p.60.

情致。他在随笔《从大学到豆腐店》①中叙写了《一位无业青年的独白》②《狂人日记》③等，这些随笔以充满温情的笔触，摹写大学生或找不到工作或无法融入社会的困境，幽默而辛酸地描绘出青年人在战时的窘况。《中国——散发恶臭之地》④和《青蛙的故事》⑤等文章则揭示出抗战结束后中国动荡的社会现实情境。

  诸多知名学者、文化人物加入"小评论"，带动了"小评论"体的风行。尽管"小评论"栏目中最负盛名的是林语堂，但"小评论"的其他作者的创作同样值得关注，他们表现出多元的写作风格与审美品格。温源宁同样是《中国评论周报》的"名角"，他撰写的一系列人物素描，雅驯谐趣，风行一时，他在"小评论"发表的文章，同样昭示出智性的风格。《抽屉里的文章》⑥是十分隽永典雅的文学评论，涉及Stella Benson、Humbert Wolfe、James Stephens、A.E.等人的作品，优美蕴藉，意味深远，彰显了一种"情智调和"的美学追求；《片段》表现出对现代人生存困境的观照，现代人的激情被榨干，"拥有过多的知识，却缺乏感知的心"，"我们变成了干瘪的豆荚，里面装着知识的豌豆，吱吱嘎嘎作响，但内心的平和与幸福却蒸发了"⑦。钱锺书的《关于"上海人"》⑧，用词艰深，用典颇多，彰显出典型的学者趣味。在都市的浪游中，钱锺书感受到波德莱尔式的孤独忧郁，以及薛西斯的感伤的现代性体验。钱锺书深得温源宁随笔雅驯之精髓，但在透辟与犀利上似乎走得更远，钱锺书毫不留情地戳穿营造的文化幻象，逼视现代人生存困境以及现代中国危机四伏的境况。林善德的《牡丹花红》以

---

  ① Peter Chang, From College to Bean Curd Shop, The China Critic, Jan 10, 1946, Vol.33, No.2, p.26.

  ② Peter Chang, A Jobless Young Man's Monologue, The China Critic, Jan 17, 1946, Vol.33, No.3, p.42.

  ③ Peter Chang, A Lunatic's Diary, The China Critic, Jan 31, 1946, Vol.33, No.5, p.75.

  ④ Peter Chang, China—A Land of Stinking Socks, The China Critic, Feb 21, 1946, Vol.33, No.8.

  ⑤ Peter Chang, A Story of Frogs, The China Critic, 1946, Vol.34, No.9.

  ⑥ Wen Yuan-ning, Paper from a Drawer, The China Critic, 1935, Vol.9, No.5, p.114.

  ⑦ Wen Yuan-ning, Snippets, The China Critic, 1935, Vol.9, No.8, p.168.

  ⑧ Chien Chungshu, A Propos of "The Shanghai Man", The China Critic, 1934, Vol.7, No.44.

现代主义的笔法描绘李杨二人的凄美爱情,意象颓废华丽,哀婉缠绵,凄艳至极。"在李龟年魔笛的伴奏下,她那银铃般的嗓音,在溅满朱红的橡子上,奏出一曲优美的咏叹调。他又一次看到贵妃玉体的幻影从华清池中升起,她那两个舞动着的、珊瑚尖的性感乳房……"[1]此外,何永佶[2]、吴道存[3]等人都发表了风格鲜明、各具特色的随笔。尽管这些作者风格有所差别,但都恪守栏目宗旨,关注社会的"小事",或者文化中的"小事",以温润之心行谑而不虐之批评,关注现代生活情境与普通人的命运遭际,关注个体的发展与社会的进步,以精练有趣之随笔给读者带来审美享受。

四、"自由世界主义"的理想

"小评论"专栏形成了一种智性轻快、幽默闲谈、自由批评的美学风格,并推崇多元包容的文化理念,追寻"自由世界主义"(liberal cosmopolitanism)的理想,表现出知识分子的文化担当。"编辑们的专栏文章,是基于为了使中国更好地被世界理解的立场,纯粹表达自己的个人观点。"[4]"正如东方与西方注定要在将来相遇,民族主义与世界主义也应该相互协调。"[5]他们自诩为世界公民,力图推行自由世界主义的理念,"不管我们愿不愿意,世界主义已经到来。收音机、飞机、汽车和电视都使世界更紧密地联系在一起"[6]。"个人是道德关切的终极单元,有资格获得平等的关切,不管他们的民族身份和公民身份如何"[7],反映了对个人价值的充分尊重,这种深刻的反省、审慎的克制与理智的宽容态度,广博的人类意识与理性的人文主义精神原则,使得他们的作品拥有了持久的生命力。

---

[1] Lim Sian Tek, So Red the Peony, The China Critic, July 22, 1937, Vol.18, No.4, pp.85-86.

[2] Y.C.H., When Should We Make Love, The China Critic, 1931, Vol.4, No.12, p.276.

[3] Wu Tao-Tsun, On Sincerity, The China Critic, 1936, Vol.15, No.7, p.204.

[4] D.K.Lieu, Notice, The China Critic, April 17, 1930, Vol.3, No.16, p.361.

[5] Editorial, What We Believe, The China Critic, May 30, 1929, Vol.3, No.2, p.20.

[6] L.Y., What Liberalism Means, The China Critic, Mar 12, 1931, Vol.4, pp.251-253.

[7] [美]科克-肖·谭:《没有国界的正义:世界主义、民族主义与爱国主义》,杨通进译,重庆:重庆出版社,2014年,第1页。

在"小评论"作者群看来,幽默或许是通向自由世界主义的重要途径,也是面对世界困境的"逃逸"之途。林语堂对于幽默孜孜以求,不仅以"小评论"为阵地刊发大量幽默风趣的英语随笔,还在栏目中刊发《论语》《人间世》《宇宙风》作者的文章,同时发表了 Chinese Realism and Humor、Confucius as I Know Him、On Mickey Mouse 等文章为幽默造势。《中国评论周报》大力推介林语堂的幽默实践。1932年刊登的广告称《论语》半月刊为"中国唯一的幽默杂志"[1],"爱读小评论者不可不读论语"[2]。不少作者也对幽默发表看法,与林语堂的幽默观形成呼应。桂中枢在《中国的幽默在哪里》中为幽默正名,认为中国人缺少真正的幽默精神,造成诸多不幸与苦恼,而幽默有助于世界和平[3];《无泪的哲学》[4]一文则认为幽默是含泪的微笑;全增嘏则认为幽默只是《论语》半月刊的手段,讲真话才是目的[5],他还在《中国的智慧与幽默》一文中刊载了古代幽默文集《笑林》故事多则[6],宋以忠在《论幽默》中为林语堂声援[7]……相应地,林语堂在自办的中文刊物上发表了《我们的态度》《会心的微笑》《论幽默》等文章为幽默推波助澜。借此,林语堂等人的幽默观构成了一个话语场,扩大了幽默在中国的影响力。

对于"小评论"同人来说,"现代性"不再是陌异的他者,而是自身经历的一部分,亦是个人文化经验的重要构成,因而他们在这种开阔的文化视野之中,拥有了包容的文化理念与世界主义的追求。尽管他们用英语写作,但并非崇洋媚外,而是"坚持本土语言和文化的尊严和历史传承"[8],

---

[1] The China Critic, Oct 13, 1932, Vol.5, No.41, p.1101.
[2] The China Critic, Sept 29, 1932, Vol.5, No.39, p.1021.
[3] Kwuei Chung-shu, Where is China's Sense of Humor, The China Critic, Oct 23, 1930, No.43, p.1019.
[4] Eugene Shen, Philosophy without Tears, The China Critic, July 16, 1931, No.29, p.684.
[5] T.K.C., Introducing "The Analects", The China Critic, Dec 8, 1932, Vol.5, No.49, p.1303.
[6] T.K.C., Chinese Wit and Humor, The China Critic, Aug 1, 1935, Vol.10, No.5, pp.113-114.
[7] Sung I-Chung, On Humor, The China Critic, Feb 20, 1936, Vol.12, No.8, p.182.
[8] 钱锁桥:《引言》,载《小评论:林语堂双语文集》,北京:九州出版社,2012年,第32页。

他们所欣赏的，是如赛珍珠一般在英语中表现出"不折不扣的中国风格"[①]，表现出中国人的思维方式、语言习惯和文化之美。他们能够在欧风美雨中保持清醒，也会在民族主义的狂潮中保持理性。他们同情关注弱势群体，强调妇女、儿童的利益，对于弱势者的命运表现出同情与不忍；对于社会的不公大胆抨击，在政治允许的底线下不断试探。全增嘏撰写大量犀利的政治随笔，抨击政府的腐败黑暗，嘲讽官员的昏聩无能，揭示社会的丑恶现象；宋以忠[②]了然其他国家对中国的偏见与误解，但仍然直陈中国文化的弊端，包括崇古、偏爱空想、不精确、简单问题复杂化等，同样也是出于对中国的真正关切。

"小评论"作者群在战争年代试图保持审慎的"自由世界主义"的理想。《中国评论周报》编辑部在社论中曾倡议建立"自由世界主义俱乐部"，"具有国际眼光的人们，为了更好地理解彼此的观点与文化而聚合到一起，探讨现代社会共有的人生问题。俱乐部只开放给有自由世界主义思想的人；比起赞颂民族国家，他们对审视观点更有兴趣；比起爱国宣传，他们更关注现代生活的共性问题"[③]。他们倾吐自己在时代中的遭际，袒露灵魂深处的挣扎。尽管世界在朝着恶意不断滑行，但他们却依旧保持对理想世界的憧憬。温源宁谴责现代社会和战争带来人性异化，人在冰冷破碎的现代生活中难以自适；邝耀坤曾在寒酸的公寓里寄人篱下；钱锺书在人潮汹涌的上海街头感受到孤独与伤感；年轻的张培基刚踏入社会充满了困顿与迷茫；即使是优哉游哉的林语堂，也流露出惶惶不安。"对于中国知识分子来说，上海的日常生活充满了模棱两可性，他们每天都同时体验着对西方文化的崇拜和对帝国主义的厌恶。"[④]而当战争全面爆发，和谈的可能彻底破灭之后，他们迅速认清了现实，坚定地主张抗战，在《组织起来赢取胜

---

① Sung I-Chung, On Chinese Writing English, The China Critic, May 7, 1937, Vol. 13, pp.137–138.

② I.C.S., The Ills of Chinese Culture, The China Critic, 1936, Vol.14, No.7, p.157.

③ Proposal for a Liberal Cosmopolitan Club in Shanghai, The China Critic, Sept 13, 1930, Vol. 3, p.1086.

④ ［美］史书美：《现代的诱惑：书写半殖民地中国的现代主义（1917—1937）》，何恬译，南京：江苏人民出版社，2007年，第319页。

利》①这篇文章中，邝耀坤一改七七事变之前的温和态度，指出必须组织起来赢取民族战争的胜利。"我们的目的不仅是要取得战争的胜利，而且要更加富裕和繁荣。"②他们最终放弃了依靠英美解救中国的幻想，投入长久的战斗。③

  需要指出的是，尽管林语堂等人积极投入多元文化的实践，表现出"自由世界主义"的理想，并致力于营构一个自由开放的、智性多元的"公共空间"，但在20世纪三四十年代的中国情境下，用英语写作本身便多少带有"殖民"色彩，依托租界而开展的多元平等的中外文化交流的实践，带有很大的迷惑性。事实上，随着1937年后战争局势的紧张，这种本不坚实、凌空高蹈的关于"自由世界主义"的玫瑰色构想就失去了滋长的土壤。所谓"自由世界主义俱乐部"的构想最后只能容纳编者/作者群体，"它对方兴未艾的城市中产阶层有吸引力，却不是当时的主流风尚"④。中国现代知识分子是"在跳跃的想象中进入了全球领域。然而，这种对话的本质只能是虚幻和想象的"⑤。在民族存亡的生存危机面前，这种理想化的文学/文化实践往往沦为一种无力的姿态，更多演示了那个年代中国知识分子一厢情愿式的文化乐观与幻想。20世纪前半叶的中国处在一种碎片化的"半殖民主义"⑥的图景中，而正是在这种各方势力角逐的场所、种种力量冲突的缝隙中，中国知识分子顽强地挣扎、突围，不断地试图确立主体性与自我认同，这种探索自始至终充满了挫折与反顾，也就注定了他们的灵魂处于永恒的矛盾撕扯中。

---

  ① Edward E. K. Kwong, Organize to Win the War, The China Critic, Aug 12, 1937, Vol.18, No.7, pp.155-156.

  ② Edward E. K. Kwong, On with Construction Work, The China Critic, Aug 19, 1937, Vol.18, No.8, p.181.

  ③ Edward E. K. Kwong, The World's Greatest Peace Maker, The China Critic, Aug 26, 1937, Vol.18, No.9, p.202.

  ④ 钱锁桥：《引言》，载《小评论：林语堂双语文集》，北京：九州出版社，2012年，第29页。

  ⑤ [美]史书美：《现代的诱惑：书写半殖民地中国的现代主义（1917—1937）》，何恬译，南京：江苏人民出版社，2007年，第423页。

  ⑥ [美]史书美：《现代的诱惑：书写半殖民地中国的现代主义（1917—1937）》，何恬译，南京：江苏人民出版社，2007年，第423页。

"小评论"英语随笔专栏的创办及长期存续，与林语堂的理念倡导和创作引导密不可分。通过这一专栏，林语堂不仅传播并实践了他的文学主张，也为他创办中文刊物《论语》《人间世》《宇宙风》等积累了丰富的办刊经验与审美经验，这一专栏是林语堂中文小品文的先导；而"小评论"的风行也吸引了更多知名作家参与其间，形成刊物与作家的良性互动，有力促进了《中国评论周报》在社会中的流通。以林语堂为代表的"小评论"同人，在中国土地上以英语进行"跨语际实践"，体现了一种难得的积极拥抱并融入世界文学的从容和自信，这是中国现代作家以独特的方式与世界沟通对话，以促进人类相互理解共同进步的可贵尝试。尽管这种对自由世界主义的追求，在当时只能成为一种多元文化融合的想象，但他们的努力，却值得尊敬。

第二节 温源宁的跨语际实践

温源宁[①]毕业于英国剑桥大学法学院,却有极高的文学造诣。20世纪20年代中期开始在北平多所高校任英国文学教授,1933年离京赴沪,并开始参与《中国评论周报》《天下月刊》的编辑事务。温源宁的创作兼及人物随笔、文学评论以及艺术评论。他在《中国评论周报》上的作品主要包括"知交剪影"(Intimate Portrait)专栏中所撰写的人物随笔,以及在《天下月刊》撰写的编辑评论、文艺评论等。温源宁对西方文学有深入的研究,他及时向国内外读者推介优秀的作家、作品,与世界文坛保持同步,推介D.H.劳伦斯、T.S.艾略特、乔伊斯、理查德·丘奇、A.E.豪斯曼、罗素、德勒迈尔等人,并发表纪念普希金、高尔基等人的文章。他的文学批评,既体现了专业的理论素养,同时也蕴含着深刻的人文精神,再加上文辞典雅,机锋迭出,优美的笔调与深刻的思想洞见结合,具有独到的艺术魅力。他的文艺评论与人物随笔有着一致的美学追求。

---

① 温源宁(1899—1984),祖籍广东陆丰,出生于印度尼西亚。英国剑桥大学法学硕士。1925年起,历任北京大学西方语言文学系教授兼英文组主任、清华大学西洋文学系教授、北平大学女子师范学院外国文学系讲师等职,有"身兼三主任、五教授"之美誉,名盛一时。他的学生有钱锺书、梁遇春、曹禺、常风、饶余威、李健吾、张中行等。后因与胡适交恶被迫辞职南下。1933年起在上海光华大学任教,1936年任立法院立法委员,1937年任国民党中央宣传部国际处驻香港办事处主任,1946年被选为制宪国民大会代表,1946年起任国民政府驻希腊大使。1968年以后定居台湾,直至去世。

一、雅驯谐趣的人物随笔

1934年温源宁在《中国评论周报》主持"未编辑的传记"（Unedited Biography）专栏，第22期后改名为"知交剪影"（Intimate Portrait）。这两个栏目前后共为三十几位当代名人"作传"，包括胡适、吴宓、徐志摩、丁文江、顾维钧、陈嘉庚、冯友兰、王文显、周作人、辜鸿铭、吴经熊、孙大雨等人，均为当时的文化精英或政商名角，其以归国留学生为主体，不少是温源宁的知交好友。这些人物小传风格明晰，兼顾趣味与品位，因而成为《中国评论周报》的招牌栏目之一。全增嘏在书评中指出，温源宁的独特风格极具辨识度，他的文字风格可用"恰当雅致"（apt and neatly made）[①]来概括。

温源宁往往选择最有代表性的侧面对人物进行素描，随意点染，淡淡几笔勾勒，便把人物的精神气质栩栩如生地展现出来，让人过目不忘。他的笔触是轻快的，透着一丝诙谐的笑意，这笑意不是讥讽嘲笑，而是温情善意的打趣，充满着对于人物的同情之理解。他的文字优雅，用词考究，在曲折有致的文笔之后，暗藏着洞悉人情物理的智慧。他的人物随笔往往先声夺人，几个词就奠定了传主的风貌。温源宁的人物随笔被选译成中文后，在社会上广为流传。最知名的莫过于谈吴宓的一篇："吴宓先生，举世无双，见过一次，永生难忘。"[②]他称吴宓是"a scholar and gentleman"（一位学者和君子），世人批评吴宓的文化保守主义，温源宁却为吴宓"翻案"，因为其他作家"都下了决心要抓西方文学的皮毛，对它的实际不闻不问"，而吴宓却一心研读古典，"不识时务"[③]，由此含蓄地讽刺了当下文坛的浮躁

[①] T.K.Chuan, Book Review: Imperfect Understanding by Wen Yuan-ning, The China Critic, May 2, 1935, Vol.9, p.115.

[②] Wen Yuan-ning, Mr. Wu Mi, A Scholar and a Gentleman, The China Critic, Jan 25, 1934, Vol.7, No.5, p.86.中文参见温源宁《一知半解及其他》，南星译，陈子善编，沈阳：辽宁教育出版社，2001年，第6页。

[③] Wen Yuan-ning, Mr. Wu Mi, A Scholar and a Gentleman, The China Critic, Jan 25, 1934, Vol.7, No.5, p.86.

与浅薄风气。徐志摩与温源宁相交甚笃,徐志摩遇难后,温源宁在随笔中为他正名,称徐志摩是"孩子"(child),孩子是天真的、讨喜的、梦幻的、好奇的,同时也是不负责的。"死亡有诗意,生活有童心"的徐志摩如同童话里的人物。不过温源宁也委婉批评徐志摩诗歌的浅白:"我们许多人,因为爱他,所以欣赏他的诗","它享有的声望是由他的个性借来的"①。对于胡适,尽管此时两人已经交恶,温源宁仍予以公允评价,称赞其为"智者"(philosophe)而非"哲学家"(philosopher),兼具"俗人""学者""实干家""哲人"种种气质,如"广阔的明镜一般的湖","我们并不关心它的深度,只欣赏它的湖面"②,赞赏的同时也暗示胡适的轻浅。而周作人,在他看来具有"钢铁的风姿"(the grace of iron),他揭示了周氏在优雅淡泊、文质彬彬的"绅士"外表下的沉稳与坚毅:"他打击敌手,又快又稳,再加上又准又狠,打一下子就蛮够了。"③对王文显,温源宁说他是清华的"fixture"(固定的设备),具有"让人生气的正经"(irritatingly normal)性格。他的剧作《委曲求全》轰动一时,但温源宁却指出其作品技巧虽好,但缺少一点"人情味"④。在温源宁的笔下,朱兆莘被描摹为"称心如意的小胖子"(comfortably stout)⑤;外交官顾维钧的特征是"滑溜"(slipperiness)⑥,从其左右逢源从不落人把柄的特征,不难感知……温源宁的这些描摹恰切精当,

---

① Wen Yuan-ning, Hsu Ts-mo, The China Critic, March 15, 1934, Vol.7, No.35, p.256. 中文参见温源宁《一知半解及其他》,南星译,陈子善编,沈阳:辽宁教育出版社,2001年,第14页。

② Wen Yuan-ning, Dr.Hu Shih, A Philosophe, The China Critic, March 1, 1934, Vol.7, No.9, p.207.中文参见温源宁《一知半解及其他》,南星译,陈子善编,沈阳:辽宁教育出版社,2001年,第8页。

③ Wen Yuan-ning, Chou Tso-jen, The China Critic, March 22, 1934, Vol.7, p.303.中文参见温源宁《一知半解及其他》,南星译,陈子善编,沈阳:辽宁教育出版社,2001年,第16页。

④ Wen Yuan-ning, Dr. John Wong Quincey, Vol.7, No.25, p.592.中文参见温源宁《一知半解及其他》,南星译,陈子善编,沈阳:辽宁教育出版社,2001年,第21—23页。

⑤ Wen Yuan-ning, Mr. Chu Chao-Hsin, The China Critic, July 5, 1934, Vol.7, p.661. 中文参见温源宁《一知半解及其他》,南星译,陈子善编,沈阳:辽宁教育出版社,2001年,第24页。

⑥ Wen Yuan-ning, Dr. Wellington Koo, The China Critic, July 19, 1934, Vol.7, No.29, p.711. 中文参见温源宁《一知半解及其他》,南星译,陈子善编,沈阳:辽宁教育出版社,2001年,第27页。

虽寥寥几笔，便勾勒出传主的灵魂，反映了传主的为人，而作者的态度也隐含其中。正如张中行的评价："由深沉的智慧观照一切事物而带来的哲理味，由挚爱人生而来的入情入理（哲理加情理，多表现为于眼前的琐屑中见天道人心。）严正的意思而常以幽默的笔调出之；语求雅驯，避流俗，有古典味；意不贫乏而言简，有言外意，味外味。"[1]

除了有"勾人勾魂"的本领，温源宁在人物随笔中还善用"闲笔"的技巧，使他的作品摇曳多姿、波澜迭起。"闲笔"是指在作品中有意插入对主要叙述部分（如表现主题、刻画人物、描绘环境、说明事理等）看似无关而确有内在联系的文字。"闲笔"的妙处在于"闲而不闲"，它能丰富作品的容量，扩展作品的情趣，使作品具有多元、多层次的审美意味。温源宁在随笔写作中常常宕开一笔，使得一段之中曲折有致，妙论迭出，由此极大地丰富了文章的内涵，使得文章富有层次感，别有趣味。他写徐志摩，却先铺陈雪莱的生平事迹，之后才进入传主经历；写辜鸿铭，先写普通哲学家"沉闷的、干巴巴的"像"一个嗮干了的橘子"，令人厌烦，再引出才气敏锐的辜鸿铭——"他那种魅力和敏锐的才气，足以让你觉得跟他谈话令人兴奋、激动，令人长学问倒在其次了。不用说，毛姆的哲学家不是别人，正是辜鸿铭"[2]，运用对比的手法突出辜鸿铭的独特与风趣；写朱兆莘的气质[3]，却先叙写其他两种面孔，一种酸溜溜像陈醋，一种文质彬彬丰润得像勃艮第葡萄酒，然后再写朱兆莘的面孔有啤酒风味，温和随俗，使人昏昏然不辨黑白。正是这一张一弛，使得文章摇曳生姿，避免了呆板的平铺直叙，从而增添了文章的审美韵味。

全增嘏在书评中认为温源宁的人物评论是模仿英国17世纪的"人物素描"（Portrait）体式，并认为作品类似于托马斯·富勒、巴特勒、拉伯吕耶尔等人若讥若讽的风格。[4]相比之下，钱锺书的评论更为恰切，他指出

---

[1] 张中行：《不够知己·序》，江枫译，长沙：岳麓书社，1988年，第1页。

[2] Wen Yuan-ning, The Late Mr. Ku Hung-ming, The China Critic, August 30, 1935, Vol.7, No.35, p.859.

[3] Wen Yuan-ning, Mr. Chu Chao-Hsin, The China Critic, July 5, 1934, Vol.7, No.27, p.661.

[4] T.K.Chuan, Book Review: Imperfect Understanding by Wen Yuan-ning, The China Critic, May 2, 1935, Vol.9. No.5, p.115.

温源宁的《不够知己》更像是19世纪哈兹里特（Hazlitt）的人物随笔《时代精神》，"同样地从侧面来写人物，同样地若嘲若讽，同样地在讥讽中不失公平"，是"轻快、漂亮、顽皮"的文字①。诚如其言，"人物素描"作为一个特殊体裁，虽然短小多讽，但刻画的是一类人物典型（如"A Good Wife""A Fisherman"），而不是温源宁所擅长的具体的某一位的人物随笔，他所刻画的是"这一个"，而非"这一类"。应当指出，温源宁这种含蓄深刻的写法也受到了斯特拉齐（Strachey）"新传记"的影响。斯特拉齐反对传统传记面面俱到、为传主讳的倾向，而欣赏以活泼轻快、亦庄亦谐的文笔勾勒出传主的复杂性格以及丰富的内心世界，"他的传记是历史，但也是良好的小品文。他以传记为一新文体，他的格调与方法都是革命的"②。同时，温源宁这种侧面描写人物的笔法与中国古代史传文学的"春秋笔法"有相似的美学特质：忌直贵曲，微言大义，皮里阳秋，不直接透露爱憎褒贬，而是寓之于曲折的文笔之中，"使读者望表而知理，扪毛而辨骨，睹一事于句中，反三隅于字外"③。

在温源宁的带动下，也有一些同好者加入人物随笔的创作之中，譬如费鉴照、Chang Hsu-lin等，还有不少作品并未署名，无法确定作者，但他们的文笔大多不如温源宁的生动雅致。

受到温源宁人物随笔的影响，林语堂在其主编的《人间世》杂志开设"今人志"专栏，并首先将温源宁的一些人物随笔翻译成中文，包括《吴宓》《胡适之》《徐志摩》三篇④，被多家刊物转载，流布甚广，吸引了沈从文、废名、老舍、苏雪林等现代作家加入人物随笔的创作中。"今人志"栏目"注重亲切的描写，将一人之个性面目托出，使读者如见其人，而同时不妨于三言两语间，加以流品的评断"⑤。在征稿启事中，林语堂对于"今人

---

① 中书君：《不够知己》，载《人间世》1935年第29期。
② 陈炜谟：《斯脱奇的人志——介绍他的〈缩本写真〉》，载《西风》1937年第7期。
③ ［唐］刘知几：《史通》，李永圻、张耕华编，［清］浦起龙注，上海：上海古籍出版社，2008年，第126—127页。
④ 《吴宓》载《人间世》1934年4月20日第2期；《胡适之》载《人间世》1934年5月5日第3期；《徐志摩》载《人间世》1934年6月20日第6期。
⑤ 林语堂：《编辑室语》，载《人间世》1934年第2期。

志"的要求是"诸人传志,字数以一至二千为限。格调以亲切轻松而不油滑为主,文中将个人品性行述学问文章独到处,加以品评"①,提倡简洁传神,又突出亲切幽默,通过生动的细节表现传主鲜明的性格,从而抓住传主的灵魂,使人印象深刻过目不忘,这正是温源宁在"知交剪影"栏目所孜孜以求的。"今人志"发表了不少生动有趣的人物随笔,例如风流又怕老婆的辜鸿铭②,目光深邃的刘半农③,总与人争吵的孙大雨④……这些随笔无不是抓住传主典型个性与标志性特征加以点染,幽默亲切,颇有趣味,不为传者讳,委婉含讽,活泼轻灵,与温源宁的随笔形成呼应。此外,温源宁的这些名篇不断被多家刊物转载重译,显示了他作品的魅力,如《逸经》杂志自1936年起陆续刊登了由倪受民翻译的《徐志摩——一个大孩子》《胡适之》《周作人》《吴宓——学者兼绅士》,以及《王文显》等篇章;《风雨谈》转载了《周作人》一文,《世界与中国》登载了《胡适之》《吴宓》等随笔……在这些中文刊物的合力推动下,人物随笔的影响得以扩大。

二、典雅睿智的文学评论

温源宁密切关注世界文坛动态,及时推介世界优秀的作家作品,他撰写了一系列优美典雅的评论随笔,在开阔读者文学视野的同时,也彰显了自己的审美趣味。《英国现代四诗人琐谈》(Notes on Four British Poets)⑤推介理查德·丘奇、乔伊斯、萨松、詹姆斯·雷沃等诗人,《德勒迈尔的诗》(Walter De La Mare' Poetry)⑥介绍德勒迈尔的作品,《A.E的诗》(A.E's Poetry)⑦评析罗素的诗歌,《A.E.豪斯曼的诗歌》(A. E. Houseman's

---

① 林语堂:《启事二》,载《人间世》1934年第7期。
② 参见震瀛《记辜鸿铭先生》,载《人间世》1934年第18期;震瀛《补记辜鸿铭先生》,载《人间世》1935年第28期。
③ 长之:《纪念刘半农先生》,载《人间世》1934年第10期。
④ 从文:《孙大雨》,载《人间世》1934年第7期。
⑤ Wen Yuan-ning, Notes on Four British Poets, Tien Hsia Monthly, 1936, Vol.2, No.4, p.351.
⑥ Wen Yuan-ning, Walter De La Mare's Poetry, Tien Hsia Monthly, 1935, Vol.2, No.4, pp.343-344.
⑦ Wen Yuan-ning, A.E's Poetry, Tien Hsia Monthly, 1935, Vol.1, No.3, p.303.

Poetry)①品评豪斯曼的诗歌。此外,他还关注萨松、林达、吉卜林、莱昂纳多·伍尔夫、弗吉尼亚·伍尔夫、劳伦斯、E.M.福斯特、普希金、高尔基等人,足见其视野的广博与立场的公正。当然,温源宁也将曹禺、鲁迅等中国作家,画家高剑父、刘海粟等推介给外国读者。这些文学评论一如他的人物随笔,睿智典雅,以小见大,往往撷取几个细节和侧面渲染来展现原著的风貌,含蓄蕴藉,意味深远。温源宁的人物随笔和文艺评论共同彰显了一种"情智调和"的美学追求。作品既出自真诚的情感抒发,又佐之以理性的深刻洞见和节制的抒情,从而形成一种优雅的情调与良好的品位,构筑出别具特色的文本世界。

温源宁推崇智性与深刻,反对浅露与滥情,他的文学评论也如同他的人物随笔,常常撷取几个片段,知人论世地直击本质而不流于俗。他及时推介国内外诗学论著,尤其关注现代散文的审美特质。在他看来,现代散文"最重要的是风格化",而绝佳的风格则是"从容而不粗鲁,清晰而不简单,用词俭省但韵律多样,一如现代生活的节奏"②。他欣赏兰姆那样"谑而不虐,富于思想而不干燥无味,悦人而不浅凡"(witty without being cutting, thoughtful without being dull, and pleasant without being shallow)③的作品。对于那些肤浅而又矫饰的作家,他则讥讽道:"对这世界同情的态度大概同虚弱的头脑走在一起。"④也正是这个原因,他对于罗素感伤风格的诗歌评价不高。一部作品如果智慧欠缺,乃是最大的遗憾,因为深刻的智慧可以补足苍白的语言,语言的华丽却无法掩饰智性的贫弱。当然他也指出,智慧并不是卖弄学问,而是来源于对宇宙人生的洞察与练达。由此,他反对"掉书袋""獭祭鱼",在他看来,卖弄学问"既不能归因于过多的学问,也

---

① Wen Yuan-ning, A.E. Housman's Poetry, Tien Hsia Monthly, 1935, Vol.1, No.3. pp.526-530.

② Wen Yuan-ning, Book Review: Modern Prose Style by Bonamy Dobree, The China Critic, 1935, Vol.9, No.7, p.160.

③ Wen Yuan-ning, In Defense of Pink, Tien Hsia Monthly, 1938, Vol.6, No.2, pp.160-162.

④ Wen Yuan-ning, In Defense of Pink, Tien Hsia Monthly, 1938, Vol.6, No.2, pp.160-162.

不能归因于过分的讲究,只能归因于低劣的品位。一个人若有良好的品位,那么他的学问只会增强他的优美雅致。卖弄学问也来自头脑的愚钝和言语的匮乏"①。一味地炫才扬己并不会增加文章的深度,过度堆砌学问只会淹没创作主体的声音,反而映衬出作者自身见地的浅陋与有限,正如同秃子头上的虱子,虱子越多秃头越明显。

温源宁对德勒迈尔给予了高度的评价,他认为德勒迈尔的"孩子精神"表现了对于世界的好奇,如哲学家般对一切存在发问,然而他的探索精神是基于对生活的深刻体察,是复杂的天真,而不是像其他作家故作天真,或者流于鄙俗,或者欠缺智慧。②温源宁还富有洞见地指出,罗素的诗歌虽有神秘气质,然而内容贫乏苍白,无异于"漂亮的空话"(beautiful nonsense)③,这一评价正是看到了其诗歌中缺乏智慧的烛照。而在评论吉卜林的《我的自传》时,温源宁强调"没有深度,一个人绝对不可能写出优秀的自传"④,这再次凸显了他对于思想性的重视。一个没有洞察力的作家,即使文笔再优美,也只能归为二流作家之列。在《比亚兹莱琐谈》(*A Note on Aubrey Beardsley*)⑤中,温源宁激赏比亚兹莱的画作,认为其充满深意,并且文章出现了12次"intellectual",集中体现了他对智性的强调。他还指出,真正的讽刺手法不是简单的说教,而是充满智慧、给人惊喜的。"讽刺所带来的惊喜应当是智慧的……智慧不足,算不上好的讽刺……讽刺的目的是使人惊奇,而非为了说教。说教的讽刺是情绪化的,甚至是愚蠢的。"⑥

---

① Wen Yuan-ning, A.E. Housman's Poetry, Tien Hsia Monthly, 1935, Vol.1, No.3, pp.526–530.
② Wen Yuan-ning, Walter De La Mare's Poetry, Tien Hsia Monthly, 1935, Vol.2, No.4, pp.343–344.
③ Wen Yuan-ning, A.E's Poetry, Tien Hsia Monthly, 1935, Vol.1, No.3, p.303.
④ Wen Yuan-ning, Book Review: Something of Myself by Kipling, Tien Hsia Monthly, 1937, Vol.5, No.1, p.104.
⑤ Wen Yuan-ning, A Note on Aubrey Beardsley, Tien Hsia Monthly, 1937, Vol.5, No.5, pp.451–454.
⑥ Wen Yuan-ning, A Note on Aubrey Beardsley, Tien Hsia Monthly, 1937, Vol.5, No.5, pp.451–454.

第二节 温源宁的跨语际实践

从"熊式一事件"同样可以看出温源宁推崇智性的文学理念。1934年,熊式一将传统剧目《红鬃烈马》改译为四幕剧《王宝川》(*Lady Precious Stream*)在西方爆得大名,英美媒体报道充满了吹捧之词,称之为"中国的莎士比亚",甚至吹嘘熊式一"发现"了梅兰芳[1]。温源宁对此很反感,"批评合宜很简单,赞美合宜却很难,更难的是恰当接受批评,恰当地接受赞美则是难上加难。……中国不需要空洞的赞美,她只欢迎对于中国生活和人民的公正理智的理解"[2]。这反映了温源宁的深刻与清醒。他深知,中国知识分子往往见不得国外的赞美,更见不得国外的批评,要么自鸣得意,要么恼羞成怒,轻易被"捧杀"或者"骂杀"。温源宁尤其警惕来自西方不恰当的赞美,他认为,这不仅会误导西方民众,而且对于中国的进步也并无裨益。事实上,溢美之词往往包含了潜在的轻视。他希望外媒能够秉着公正客观的态度关注中国的实际,而不是对中国进行无意义的夸饰。林语堂在书评中夸赞熊式一的用词精妙有趣、"准确"、"博学"[3],热情洋溢地称赞熊式一是"具有流畅风格的译者,熟谙中西戏剧技巧的天才"[4],相比之下温源宁的态度更为审慎,他指出熊式一的翻译并非上乘之作,认为熊式一译创的风格明显模仿了英国剧作家詹姆斯·巴里(James Matthew Barrie)[5]。

除了对于智性的强调外,温源宁还充分重视文学中的情感表现。在这一点上,温源宁与推崇玄学派诗歌的艾略特等英美新批评派又形成了区别。艾略特等人出于对理性的强调,推崇玄学派诗歌,认为其实现了内涵外延的统一,并主张"诗不是放纵感情而是逃避感情,不是表现个性,而是逃

---

[1] 例如,奥利弗·M.塞尔把熊式一刻画成一个天才:"是他,十几岁时作为北平一家剧院的经理,首次发现一位才华横溢的青年舞者身上的伟大表演天赋,也即为世人所知的中国最重要的演员梅兰芳。"参见Wen Yuan-ning, Editorial Commentary, Tien Hsia Monthly, 1936, Vol.3, No.1, p.7。

[2] Wen Yuan-ning, Editorial Commentary, Tien Hsia Monthly, 1936, Vol.3, No.1, p.7.

[3] Lin Yutang, Book Review: Lady Precious Stream, The China Critic, 1935, Vol.10, No.1, p.17.

[4] Lin Yutang, Book Review: Lady Precious Stream, Tien Hsia Monthly, 1935, Vol.1, No.1, p.108.

[5] Wen Yuan-ning, Book Review: Lady Precious Stream, The China Critic, Dec 13, 1934, Vol.7, No.51, p.1244.

避个性"①。而温源宁在推崇理性的基础上又注重强调文学的情感作用。在温源宁看来，现代散文与古典散文根本的区别是，现代散文"忠于个人的思想和情感，并且忠于这种思想和情感的过程"②。也就是说，一个优秀的现代散文家，不仅要告诉人们他的所思所感，还应该告诉人们他是如何思、如何感的。而此中最关键的特质便是个人思想和情感的披露。真挚深沉的情感乃是文学的基础，"砖头是房子的基础，而我们的激情和情感也正是文学的精髓"③。温源宁推重情感的作用，视之为文学的核心，以此矫正过度倚重智性所带来的对于文学审美特质的损伤。当然这情感是经智性调和的情感，是情理和谐的情感。这种诗学主张，既是对西方现代诗学的继承与反驳，也是对汉诗"言志""缘情"传统的呼应。

温源宁尤其注重个人情感的真实性。他向中国文坛推介D.H.劳伦斯，称颂劳伦斯的真诚，认为劳伦斯发掘了神秘的性经验，将人性被掩埋的角落照亮，让性变成人类的愉悦和荣光。他用诗一般的语言描述道："他的生命就像高山，虽然云雾缭绕，却深植土壤，每个人都能看到。他的言行必然是出于本性的，如此贴近内心的真实，就像自然现象一般：如鲜花盛开，如落雨纷纷，如微风吹拂，如鸟儿啁啾，又如毒蛇蜿蜒地撤退到地下的暗穴。"④劳伦斯具有可贵的真诚本能，他赤裸地袒露自己的灵魂，毫无隐瞒，让读者直达作家的精神深处。温源宁还推崇霍姆斯大法官的作品，认为其打动人的也便是他"赤裸的真诚"（naked sincerity）。詹姆斯·乔伊斯声名赫赫，但温源宁却批评他的诗歌粗俗而笨拙，不仅措辞方面极为平庸，韵律方面也缺少个人特色，充满了诗意的陈词滥调，到处都是空洞破碎的意象，情感表达直白、过度而缺少节制，是一个"彻头彻尾的多愁善感者"⑤。乔伊斯最大的问题在于不真诚，留给读者矫饰的阅读感受，由此温源宁认

---

① [英]T. S.艾略特：《传统与个人才能》，卞之琳译，载王恩衷编译《艾略特诗学文集》，北京：国际文化出版公司，1989年，第8页。

② Wen Yuan-ning, Book Review: Modern Prose Style by Bonamy Dobree, The China Critic, 1935, Vol.9, No.7, p.160.

③ Wen Yuan-ning, Editorial Commentary, Tien Hsia Monthly, 1939, Vol. 5, p.210.

④ Wen Yuan-ning, Editorial Commentary, Tien Hsia Monthly, 1935, Vol.1, No.3, p.240.

⑤ Wen Yuan-ning, Editorial Commentary, Tien Hsia Monthly, 1935, Vol.1, No.2, p.34.

为乔伊斯的诗歌非常拙劣。但同时温源宁也提到,乔伊斯的诗歌也有一两首是好的,这是因为其流露出"罕见的真实","如月光的照耀"[1]。对于王文显的名剧《委曲求全》,温源宁用诙谐的语气指出,"不过,只要缺少那点人情味,有时候我们就要报之以哄笑了"[2],对于人情味的看重,同样也是突出情感作为作品审美基调的重要性。完全冷冰冰的理性是为温源宁所拒斥的。

在温源宁睿智典雅的文学评论中,我们不难发现他对于文学与现代生活关系的关注。根据项美丽回忆,温源宁最欣赏的诗人是豪斯曼和艾略特[3],林太乙也提到温源宁"对他们的作品讲个不完"[4]。他对T. S.艾略特的诗歌表示激赏,指出T. S.艾略特的现代情调,直面并承受意义缺位的荒原世界,让人理解现代生活的困境并使人获得精神的解脱。[5]温源宁充分肯定现代诗歌的现代性价值,在他笔下能看到对于现代情绪的敏锐把握。面对时代的混乱与溃败,"千百万污秽的,烟雾迷迷的都市的恶俗空气","充满着积垢、污秽、贫穷同死亡"[6],现代社会物质主义和技术主义造成的虚伪,温源宁寄希望于文学艺术对于人的拯救:"诗歌应该使我们解脱于看待事物的惯常方式的专制,应该摧毁我们的懒惰习惯的乏味的常规,让阳光和新鲜空气充满我们气闷的日常生活。"[7]他看重诗歌对于读者的审美改造作用,认为现代诗歌能够帮助读者理解我们的时代,理解时代便意味着直面现代的困境,意味着解脱和自由,意味着人把握自己的命运与存在。文学评论的目的不在于揭示诗歌对诗人的影响,而是反映诗歌如何影响普通读者。

---

[1] Wen Yuan-ning, Editorial Commentary, Tien Hsia Monthly, 1935, Vol.1, No.2, p.34.

[2] 温源宁:《一知半解及其他》,南星译,陈子善编,沈阳:辽宁教育出版社,2001年,第23页。

[3] Emily Hahn, China to me: A Partial Autobiography, Philadelphia: Blakiston, 1944, p.16.

[4] 林太乙:《林语堂传》,台北:联经出版事业股份有限公司,1989年,第146页。

[5] Wen Yuan-ning, Some Contemporary Western Poets—Poetry of De La Mare, T. S. Eliot, D. H. Lawrence, and Carl Sandburg, Discussed by University Professor, The Week in China, May 10, 1930, Vol.3, No.267, pp.501-512.

[6] Wen Yuan-ning, Editorial Commentary, Tien Hsia Monthly, 1936, Vol.3, p.108.

[7] Wen Yuan-ning, Book Review: The Study of Poetry by Garrod, Tien Hsia Monthly, 1937, Vol.4, No.4, p.429.

普通读者之所以喜欢阅读文学评论,是因为其趣味性吸引了读者,因此文学批评的功用,乃是引导读者走向文学本身[①]。温源宁的这些看法对文学批评的本体意义和功用价值都给予了十分恰当的定位。

三、"真洋鬼子"与"假洋鬼子"

在《中国评论周报》和《天下月刊》作者群中,温源宁对辜鸿铭的态度值得探究。他为辜鸿铭写了两篇传记[②],足见他对辜鸿铭的重视。辜鸿铭和温源宁相互映照,折射了中国知识分子不同的文化追求。温源宁是这样看待辜鸿铭的:"这位身着洋服、没有辫子、通晓多国语言的华人,是爱丁堡大学的硕士,十分熟悉西洋文学,并能靠记忆当场援引马修·阿诺德、朱伯特和歌德;但是他的中国文学知识几乎为零。"[③]温源宁几次在文中称呼辜鸿铭为"假洋鬼子"(an imitation westernman)[④],不无调侃的意味。"他脾气拗,以跟别人对立过日子。大家都接受的,他反对。"[⑤]辜鸿铭"诉诸中国文化的道德力量来迎战西方列强的枪炮轰鸣"[⑥],尊崇道德,留着辫子,"君子笃恭而天下平",这便是辜鸿铭对付西方的武器。在他看来,"真正的中国人就是有着赤子之心和成年人的智慧、过着心灵生活的这样一种人……民族不朽的秘密就是中国人心灵与理智的完美谐和"[⑦]。事实上,辜鸿铭是以一个西方人的思维来看待中国的,所以他才会将辫子看成中华民族性的标志。辜鸿铭虽然大肆鼓吹儒家学说,但往往在一知半解的基础上刻意求新,故作惊人之语,对于中国精神文化推崇——以辫子、小脚、姨太太为代表——也充斥了猎奇的色彩与异域情调,以此回应西方殖民主义的"凝

---

① Wen Yuan-ning, Book Review: The Study of Poetry by Garrod, Tien Hsia Monthly, 1937, Vol.4, No.4, p.428.
② Wen Yuan-ning, Ku Hung-ming, Tien Hsia Monthly, 1937, Vol.4, No.4, p.386.
③ Wen Yuan-ning, Ku Hung-ming, Tien Hsia Monthly, 1937, Vol.4, No.4, p.386.
④ Wen Yuan-ning, Ku Hung-ming, Tien Hsia Monthly, 1937, Vol.4, No.4, p.386.
⑤ Wen Yuan-ning, The Late Mr.Ku Hung-ming, The China Critic, 1935, Vol.7, No.35, p.859.
⑥ Wen Yuan-ning, The Late Mr.Ku Hung-ming, The China Critic, 1935, Vol.7, No.35, p.859.
⑦ 辜鸿铭:《中国人的精神》,载《辜鸿铭文集》(下),黄兴涛等译,海口:海南出版社,1996年,第35页。

视",可以说是自我东方主义的代表,也因此,温源宁称他为"一个鼓吹君主主义的造反派,一个以孔教为人生哲学的浪漫派,一个夸耀自己奴隶标志(辫子)的独裁者"[①]。

相比之下,温源宁对于中国文化的理解就深刻得多,事实上,温源宁骨子里是地道的中国式的。有晚辈说温源宁虽然做派西化,"他的理念却完全是东方的"[②],或许不无道理。他推崇中国古典文化,对于古代文学艺术十分精通。温源宁在《论中国绘画》(Chinese Painting)一文中指出,中国画最突出的优点是对于"自然的精细的感觉"(fine sense for nature)[③]。他不因袭前人的说法,而呼吁西方汉学家重新认识并重视明清艺术。对高剑父[④]的画作,温源宁十分推崇。他认为高剑父是古典与现代、中西结合的完美典范。虽然高剑父受到西洋画法的影响,但这种影响深藏在他那对事物的中国艺术感觉模式中,透视法与水彩是西方化的,然而其景色与布局又是中国的,这种完美的结合,是现代中国人专有的感觉思维模式。[⑤]温源宁还指出,艺术若想成为普世的,它必须首先是个体的;艺术若想成为世界的,它必须首先具有强烈的民族色彩。[⑥]

尽管温源宁强调民族传统的重要性,但他却恪守西化的生活习惯,"他穿的是英国绅士的西装,手持拐杖,吃英国式的下午茶,讲英语时学剑桥式的结结巴巴腔调,好像要找到恰到好处的字眼才可发言"[⑦],加上坚持用英文来写作交流,与周围人格格不入,简直是"真洋鬼子"(金克木甚至一度认为温源宁不会讲中文);项美丽说他在上海时自诩"比英国人更像英国

---

① Wen Yuan-ning, The Late Wr.Ku Hung-ming, The China Critic, 1935, Vol.7, No.35, p.859.
② 林太乙:《林语堂传》,台北:联经出版事业股份有限公司,1989年,第146页。
③ Wen Yuan-ning, Chinese Painting, The China Critic, May 2, 1935, Vol.9, p.110.
④ 高剑父(1879—1951),岭南画派的创始人之一,一生不遗余力地提倡革新中国画,首开中西结合之风,融合中西之长。他借鉴日本和西洋绘画技法,善用色彩或水墨渲染,一反勾勒法而用"没骨法""撞水撞粉法",对人物、山水、花鸟均有很高造诣,其画笔墨苍劲奔放,色彩鲜亮,晕染匀净柔和,充满激情。
⑤ Wen Yuan-ning, Art Chronicle, Tien Hsia Monthly, 1936, Vol.3, No.2, p.163.
⑥ Wen Yuan-ning, Art Chronicle, Tien Hsia Monthly, 1936, Vol.3, No.2, p.163.
⑦ 林太乙:《林语堂传》,台北:联经出版事业股份有限公司,1989年,第146页。

人"①；在香港时，有许多热爱中国文化的英国军校学生和政府官员，温源宁与他们打得火热，经常在一起谈论文学。在国人看来，温源宁从不轻易袒露私人情感，与同胞拉开明显的距离。但从他委婉含讽的笔调中，读者能察觉到他流露出的文化孤独感。温源宁批评清华变成造就"化学师、工程师等等的车间"②，他谴责现代社会和战争带来人性异化，让人在冰冷破碎的现代生活中难以自适。他指斥说，"几千万的人们集合在死板板的狭窄的城市……这就是速率，这就是分工挤捧着灵魂直到它在近代生活的机器中变成了仅仅是个有效用的轮齿……这即是报纸代替了文学，留声机代替了提琴"③，他感慨"现代情境是一个凄凉的，毫无欢乐的世界，一个死在空虚中的世界，只有死在粉匣里或者字纸篓中的选择"，"没有法子逃避我们的时代"④……这些文字无不流露出他的伤感，既有对现代文明的批判，又蕴藏着个人的情绪，而其下隐藏的正是他处在人群之中清醒而深刻的孤独感。尽管温源宁醉心于中国文化，但他因坚持西化的生活方式，同人之中知己不多，因此在周围人中算是一个异类。特立独行便意味着不被理解，自然也不免落落寡合。

尽管如此，实际上，带有自我东方主义色彩的辜鸿铭更接近"真洋鬼子"，而温源宁才是"假洋鬼子"，两人都试图在文化冲突的困境中做出独特的选择。温源宁虽然调侃辜鸿铭，但也不乏惺惺相惜之意。温源宁说辜鸿铭，"他决不是哲学家——这就是说，他决不是思想在先生活在后的人……他的身形瘦削、枯槁，并不是思想的牵累所致，那牵累，乃是来自追求、才智、美感和凌驾他人之上的奢望"⑤，其中透着惋惜与敬意。事实上，温源宁与辜鸿铭都是文化转型时期的产物，也都面临着新旧文化的抉

---

① 王璞：《项美丽在上海》，北京：人民文学出版社，2005年，第137页。

② Wen Yuan-ning, Dr. John Wong Quincey, June 21, 1934, Vol.7, No.25, p.592.中文参见温源宁《一知半解及其他》，南星译，陈子善编，沈阳：辽宁教育出版社，2001年，第21—23页。

③ 温源宁：《一知半解及其他》，南星译，陈子善编，沈阳：辽宁教育出版社，2001年，第57页。

④ 温源宁：《一知半解及其他》，南星译，陈子善编，沈阳：辽宁教育出版社，2001年，第71页。

⑤ Wen Yuan-ning, The Late Mr.Ku Hung-ming, The China Critic, 1935, Vol.7, No.35, p.859.

择。他们各自做出不同的姿态以回应时代的巨变，温源宁选择了文化融合，辜鸿铭选择了道德再造，尽管两人选择的方式不同，但其中都饱含了对于"文化中国"的依恋。他们都是中国的新知识分子，面对疮痍满目的现代中国，都企图找到一条适宜于自己乃至中国的文化道路，都显示了文化蝉蜕羽化时期知识分子在寻求文化认同、追求人文精神中所表现的困惑与挣扎，尽管各有偏枯，但这种文化自觉的努力是值得尊敬的。

第三节　吴经熊的灵性随笔

吴经熊[①]，法学家，曾获美国密歇根大学法学博士学位，具有深厚的人文修养，学识渊博，对文学、哲学、政治、法学都有独到认识，不仅有"对人和物的清晰洞见，有明智的思想能力，也有对他的人的同情心"[②]。吴经熊在《中国评论周报》和《天下月刊》中的创作包括诗论、政论、书评、文学翻译、日记等，而主要的随笔作品发表于《天下月刊》。这些随笔具有浓郁的抒情性，同时由于宗教信仰的影响，他的随笔充溢着神秘色彩，展现了他对自我的深入体察，对于自在之物的凝思，信仰之旅的披露，以及对于时代、文化、文明等的省察；他的《唐诗四季》(*Four Seasons of Tang Poetry*)以中国诗歌赏析为本位，旁征博引，融贯东西，典雅秀美，感情真挚，体现了其深厚的文化修养与多元开放的文化态度；而在他20世纪50年代写的自传《超越东西方》(*Beyond East and West*)中，大量内容均来自其20世纪30年代的英语随笔创作。

---

① 吴经熊（1899—1986），字德生，浙江鄞县（今宁波鄞州区）人。密歇根大学法律博士。1924年回国后任上海东吴大学教授、上海公共租界工部局法律顾问，1927年起任上海特区法院法官、东吴大学法学院院长，1928年任立法委员、司法院法官，1929年担任上海特区法院院长，1933年任立法院宪法草案起草委员会副委员长，1945年任国民党第六届候补中央执委，1946年任驻教廷公使、制宪国民大会代表等。1949年起先后在美国夏威夷大学、薛顿贺尔大学任教。1966年由美国赴台湾，任台湾"总统府"资政、国民党中央评议委员等。1986年2月6日在台北逝世。著述颇丰，涉及法哲学、禅宗、基督教灵修等方面，有《法学文选》《法律哲学研究》《圣咏译义》《哲学与文化》《内心悦乐之源泉》等中英文论著。

② 吴经熊：《超越东西方》，周伟驰译，雷立柏注，北京：社会科学文献出版社，2002年，第139—140页。

第三节　吴经熊的灵性随笔

一、抒情性与灵性色彩

吴经熊推崇兰姆的文章，他自己的作品既有兰姆的典雅、优美、亲切与真挚，也有G. K. 切斯特顿的"坦然"、"亲密"与"机智"[①]。这些英文随笔反映了作者开阔的中西文化视域，在深刻的人生哲理思辨中，吴经熊表现出他对中西文化的独到见地，同时也反顾了自我追求精神信仰的心路历程。他优美的英语文章在当时便得到诸多赞誉，如赖柏嘉（Paul M.A. Line Barger）盛赞吴经熊"充满灵气和文雅的英文……有着像T. S. 艾略特这样的西方人所没有找到的道德平衡和深刻的个人确信"[②]。

吴经熊自称是"极度多思善感的生物"，即使人到中年，他仍保持着"年轻人的热情"[③]。作为一个感觉经验型作家，他的作品有浓郁的抒情风格，他喜欢剖析自己的心灵状态，抒发强烈诚挚的情感。读者仅凭文章中出现"！"的频次，便能轻易地将吴经熊与《天下月刊》其他人区别开来。这种浓郁的抒情风格，也导致了吴经熊文章的长句密度较大。因为长句包容的信息量多，可以穿插多种修辞手法在内，也更适合抒发细腻的情思。他的随笔中30~40个词的长句比比皆是，60~70个词的句子也随处可见。吴经熊还热衷于反复使用一些关键词，笔者统计了一些高频词在吴经熊随笔中的出现频次，表格如下：

吴经熊作品高频词统计表

篇目名称	发表时间	高频关键词		
		Love	Heart	Mother
The Real Confucius	1935	4	3	7

[①] 吴经熊：《超越东西方》，周伟驰译、雷立柏注，北京：社会科学文献出版社，2002年，第138页。

[②] 吴经熊：《超越东西方》，周伟驰译、雷立柏注，北京：社会科学文献出版社，2002年，第369页。

[③] John C. H. Wu, All Pathos and No Humor, Tien Hsia Monthly, 1939, Vol.9, No.1, pp.450–451.

续表

篇目名称	发表时间	Love	Heart	Mother
Some Random Thoughts on Shih Ching	1936	65	13	3
Shakespeare as a Taoist	1936	10	13	5
Beyond East and West	1937	13	26	7
Humor and Pathos	1937	4	12	8
Little Snatches from My Diary	1937	3	6	0
More Pages from My Diary	1937	6	9	5
Un Mélange	1937	2	6	2
More Pathos than Humor	1937	7	15	4
All Pathos and No Humor	1939	19	12	0
Thoughts and Fancies	1940	19	18	12
A Potpourri	1940	40	14	6
The Science of Love	1940	129	25	14

在《天下月刊》的作者群中，没有人像吴经熊这样在文章里如此密集地使用"heart""love"等词语。他还特别喜欢用"heart strings"（心弦），几乎每篇随笔中都会出现，这足以见得他对内心感觉的依赖。这种内省的心理特质也表现了他的灵性倾向。吴经熊青年时代一度成为循礼教会的信徒，后来他抛弃了宗教信仰，直至1938年阅读了小德兰的《灵心小史》后受到触动，重新洗礼成为公教徒，由此灵性找到皈依。吴经熊由于其"洋溢恣肆的神秘气质"[①]，行文中也充溢着神秘感，他的思考总是关涉着精神世界，关注心灵的深度，或是探寻自在之物（灵魂、宇宙、上帝、真理等），或是思索时代与文明等，体现了他鲜明的个人特色。譬如下面一篇赞美月光的随笔节选：

To-night the moon is raining silky intimations of immortality! How

---

[①] 吴树德:《温良书生，人中之龙：忆我的父亲吴经熊博士》，载郭果七著《吴经熊：中国人亦基督徒》，台北：光启文化出版社，2006年，第6页。

they blend and fuse! How they vibrate the hidden chords of my heart! How they intoxicate me with their aerial effervescence! I feel something sprouting, budding and flowering within me. My soul is like a thirsty tree refreshed by a balmy shower.

月光倾泻着丝般柔滑的不朽暗示！它们多么融合协调！它们多么拨动我的心弦！它们空中的欢腾多么使我迷醉！我感到我内心有某种东西在发芽生长开花。我的灵魂就像在温和的雨水中精神焕发的干渴之树。

The moon is a parable of the World.

月亮是世界的寓言。

The moon is a symbol of the Dialectics of the Cosmos.

月亮是宇宙的辩证法的象征。

The moon is humming to my mind's ear the Sermon on the Mount.

月亮是我心灵之耳嗡嗡作响的登山宝训。

The moon holds her mirror up to the Heart of God.

月亮向着上主之心高举明镜。

The moon is a blue light in the Carrefour of Heaven, signaling to the wayfarer, "Pass through here to the Trans-lunar World".

月亮是天堂家乐福里一道向旅人释放信号的蓝光，"穿过这里到达月球之外的世界"。

The moon is the Poetry of the Solar System, the finer breath of the azure.

月亮是太阳系之诗，是碧空精致的呼吸。

Without the sun, there would be no life but without the moon, life would not be worth living. The use of the sun is to evoke the moon, just as the use of prose is to evoke poetry.[①]

没有太阳就不会有生命，但没有月亮生活就没有价值。太阳的作用是唤起月亮，就像散文的用处是唤起诗歌。

---

① Lucas Yü, Thoughts and Fancies, Tien Hsia Monthly, 1940, Vol.10, No.1, p.7.

这篇节选的"月光幻想"（Moonlight Fancies）不啻一首优美的散文诗，典型地反映了吴经熊随笔那恣肆浓郁的抒情风格与洋溢的灵性色彩。在这一段中，登山宝训、上主、不朽、世界、宇宙、灵魂都是常见的宗教意象，交织出一幅超验的、悠远的图景。吴经熊将柔美的月亮比作世界寓言，比作宇宙的辩证法，是向上主举起的镜子，是太阳系的诗，是碧空的呼吸……月亮拨动了他的心弦，让他的灵魂遨游于无垠的太空，感受到万物的神性，聆听来自上主的神启，陶醉于超越的体验，体味永恒自在之物的欢欣。全文跳动着思想的光束，洋溢着浓厚的神秘气息。精致的用词，传神而细腻地刻画出了作者心中之月与心中之诗。奇幻精致的比喻，充沛的抒情，顿挫的韵律与节奏美（连用7个排比比喻段"The moon is..."），交织出和谐的乐章。而从上述引文也可以看出，吴经熊热衷于用比喻，喻体往往是抽象的，具有超越性、内倾性的意象，如宇宙、天堂、悬崖、银河、灵魂、幽灵、咒语、梦等，正是这些意象加强了他文章的神秘色彩。不难体察，吴经熊对上主的造物满怀深情，世界在上主的凝视中披上了神秘的面纱，充满了神性，共同参与今在、昔在、永在的万有者的华美盛宴。行文中充溢着幽玄的神秘色彩与广博深远的意境，视野开阔，文辞典丽华美却不失深沉。如果借用柄谷行人对"风景"的阐释，可以见出，正是因为吴经熊是一个沉潜的思索者，一个"内面的人"（inner man），所以他才能发现"风景"的存在。①

《唐诗四季　唐诗概论》这部诗歌研究随笔也浸透了吴经熊灵性的玄思，是作者"超越东西方"的产物。正如他自己所说，"愈研究唐诗的发展，我也愈相信天主确曾参与其事"②。吴经熊借着他理解的基督教（融合了儒释道的基督教）来看宇宙人生，他在《唐诗四季　唐诗概论》中22次提到了上主。吴经熊透过神性眼光"发现"杜甫是亲近上主的，杜甫爱君主乃是因为君主执行了上主的旨意。他称王维的灵魂是天蓝色的，"是一个素有

---

① ［日］柄谷行人：《日本现代文学的起源》，赵京华译，北京：生活·读书·新知三联书店，2003年，第15页。

② 吴经熊、苏雪林：《唐诗四季　唐诗概论》，徐成斌译，沈阳：辽宁教育出版社，1997年，第31页。

宗教涵养的人物，他的上帝不是严父而是慈母"①。他称李白爱酒乃是"宇宙渴"的缘故，李白的诗歌中他最爱"香云遍山起，花雨从天来"这一句，因为世界如天堂一般，使他想起小德兰的"玫瑰雨"②。

吴经熊受道家文化影响很深，他于1939—1941年翻译了《道德经》，文质兼善，受到称许。在他看来，道家最突出的思维方式之一便是朴素辩证法，亦即超越绝对的二元对立，在矛盾中看到统一，在复杂中发现简单，万事万物相生相成相互转化。这种包容超越的思维方式使吴经熊能以包容的态度去看待一切对立的事物，把握事物的本质。他的作品最突出的修辞特色便是矛盾修辞法。矛盾修辞法（oxymoron）指将相互矛盾的一对概念巧妙地组合在一起，表面上看不合逻辑，但实际则是相反相成，相互矛盾又统一，由此展现深刻的思想内蕴。③在吴经熊笔下，概念总是成对出现，相反相成，在对立统一中交织出思想包容性的深度，在相互渗透中表现出更为深刻复杂的内涵。例如"一个人可能遭受的最糟糕的命运是被神化，一本书可能遭受的最糟糕的命运是被奉为经典"（The worst fate that can happen to a man is to be deified; and the worst fate that can happen to a book is to be made into a bible）④。在吴经熊看来，人一旦被推上神坛，个性也就不复存在，反而失却了自我；而一本书一旦被定为圣典，便面临着被遮蔽、高悬的命运。正如被钦定为科举书目的"四书五经"，经典化的同时也失去了它们的生命质感与魅力。这种矛盾修辞法的特色在吴经熊的作品中随处可见：

> The use of time is to evoke Eternity; the use of music is to evoke Silence; the use of colors is to evoke the Unseen; the use of traveling is to evoke Home; the use of knowledge is to evoke Ignorance; the use of

---

① 吴经熊、苏雪林：《唐诗四季 唐诗概论》，徐成斌译，沈阳：辽宁教育出版社，1997年，第50页。

② John C. H. Wu, Four Seasons of Tang Poetry, Tien Hsia Monthly, 1938, Vol.6, No.4, p.354.

③ 张金泉、周丹主编：《英语辞格导论》，武汉：华中科技大学出版社，2013年，第175页。

④ John C. H. Wu, The Real Confucius, Tien Hsia Monthly, 1935, Vol.1, No.1, p.11.

science and art is to evoke Mystery; the use of longevity is to evoke the Evanescence of Life; the use of all human greatness is to evoke Humility; the use of complexities and subtleties is to evoke Simplicity; the use of the many is to evoke the One; the use of wars is to evoke Peace; the use of the astronomical system of things is to evoke the Beyond.[①]

时间的意义在于唤起永恒；漂泊的意义在于唤起家乡；知识的意义在于唤起无知；科学和艺术的意义在于唤起神秘；长寿的意义在于唤起生命的稍纵即逝；人之伟大的意义在于唤起谦卑；复杂微妙的意义在于唤起朴素性；多的意义在于唤起一；战争的意义在于唤起和平；宇宙的意义在于唤起超越者。

Friendship, in other words, is mutual dependence built upon mutual independence.[②]

友谊是相互独立基础上的相互依赖。

In feeding yourself, only your body is nourished. In feeding others, your soul is nourished.[③]

喂饱自己，只有肉身得到营养。喂饱他人，你的灵魂得到滋养。

An original thought is like the moon, so familiar and yet so strange, so inconstant and yet so constant, so material in its roots and yet so ethereal in its flowers, so clear in its face and yet so symbolic of the darkest mysteries of the Universe.[④]

原创性的思想就像月亮一样，如此亲密又如此陌生，如此多变又如此恒常，根部如此坚实而花朵如此轻盈，表面如此清晰而蕴含了宇宙最深奥秘的象征。

从上述引文不难看出，吴经熊思想中具有超越、综合一切对立之物的

---

① John C. H. Wu, Thought and Fancies, Tien Hsia Monthly, 1940, Vol.10, No.1, p.41.
② John C. H. Wu, Little Snatches from My Diary, Tien Hsia Monthly, 1937, Vol.5, No.1, p.152.
③ John C. H. Wu, All Pathos and No Humor, Tien Hsia Monthly, 1939, Vol.9, No.1, p.451.
④ John C. H. Wu, Thought and Fancies, Tien Hsia Monthly, 1940, Vol.10, No.1, p.38.

倾向。于他而言，矛盾对立的事物都可以相互转化，相反相成，多与一、复杂与简单、伟大与谦卑、生与死、智慧与无知、短暂与永恒……矛盾的事物因其内在相通相互转化而走向统一，因而超越了对立的存在，达到新的完满境界。他的矛盾修辞法带有超验的、神秘的色彩。他的视点扩展到整个宇宙，超越了物性的生存，世俗之爱被永恒之爱、上主之爱取代，物质被精神超越，一切变化也都成为恒常。这些句子蕴含着深刻的辩证思想，宇宙、人生无一不被纳入这种广阔的视野中，超越对立，超越此在，走向更大的融合。

二、爱的皈依

吴树德在回忆父亲吴经熊时指出："他的内心洋溢着一派纯真，或许我们要说是一种孩子般的稚拙，与他那深受温良教化的心灵，好像矛盾，但却天衣无缝地融为一体，其结果便是心灵与思想相互化育，蔚为大观……家父可能由于其特异的心理特性，其所预期，追寻和找到的天主却是一位充满爱意同情心和宽大仁慈的母亲。"[①] 尽管吴树德并没有展开论证，但这一段话是关于吴经熊心理特征的重要提示。

吴经熊早年饱经丧亲之痛，他四岁丧母，十岁失怙，十五岁时最疼爱他的大娘因为照顾患病的吴经熊而染病去世，给他柔弱的心灵带来巨大的创伤。这些经历一定程度上形塑了吴经熊的创作心理特质。吴经熊在《真孔子》（*The Real Confucius*）一文中，将自己的情感特质投射到孔子身上，简直是自况："寻父的愿望深植于孔子潜意识之中，这种强烈的愿望持续终生不曾衰减……随着年龄的增长，父亲的观念变得抽象……也就是有牢靠的向导，稳定的支撑点，达到至高至善至理想（的境地）。"[②] 这段话同样可以用于描述吴经熊的精神之旅，他的一生是寻找"母亲"的一生。吴经熊在随笔中常把自己比作孩子，以母爱获得精神的安定与归属。对于母爱的

[①] 吴树德：《温良书生，人中之龙：忆我的父亲吴经熊博士》，载郭果七著《吴经熊：中国人亦基督徒》，台北：光启文化事业出版社，2006年，第6页。

[②] John C. H. Wu, The Real Confucius, Tien Hsia Monthly, 1935, Vol.1, No.1, p.13.

微光中的宇宙

追寻成为吴经熊皈依天主教的内在情感驱动力,只有回归那种宽厚博大慈爱的母性之爱,他才会感到内心的安定。正如他自己所说:"不管属于何种宗教,一个东方人若没有母亲,就会难有在家之感。这就是尽管我曾做循道宗教徒19年之久,灵性却找不到安息的原因;我失去母亲了。"[①]

"孩子"(child)是吴经熊偏爱的一个意象,也体现了吴经熊的心理特质——一个寻求"母爱"的孩子。"孩子"这个意象满含柔情,代表了好奇、纯真、柔美、恋母等一系列品质。吴经熊不仅常把自己比作孩子,也把具有纯真好奇等品质的作家看作孩子,包括他所欣赏的如孔子、杜审言、王维、李白、韦应物、李煜、小德兰、达·芬奇、莎士比亚、霍姆斯大法官等。"child"在《唐诗四季》中出现24次,在《悲情而无幽默》(All Pathos and No Humor)一文中出现10次,在《爱的科学》(Love of Science)中用了15次……足见得作者对"孩子"这个意象的偏爱。除了"孩子"意象的频繁使用,"母亲"(mother)这个意象在吴经熊的作品中也占据了重要地位(见第91页表),几乎每篇随笔都会有"母亲"出现。苍穹、自然、时代、世界、宇宙、上主……都被吴经熊称为母亲。在他看来,"母亲"是温柔、博大、宽容的,母性之爱是内在的、超越的。吴经熊在分析王维的《竹里馆》时写道:"明月能窥见他,他已是心满意足了;他较孟浩然更依恋大自然,单独的时候他就弹琴自娱,像一个婴孩在母亲的膝上嬉戏那般自得。这母亲说,'看,看,我的孩子,月亮在觑着你!'这孩子也就欢喜……"[②]事实上,吴经熊写作时将自己的心理投射在王维身上,他把大自然当成了温柔宽厚的母亲,被摧折的柔弱心灵终于得以回到母亲温暖的怀抱,自由自在地玩耍嬉闹,放下一切忧虑与不安,享受灵性的安宁。

"追寻母爱"的愿望根植于吴经熊的潜意识之中,随着年龄的增长,寻找母亲成为一种"精神代偿","母亲"的概念越来越抽象化,直到上主变

[①] 吴经熊:《超越东西方》,周伟驰译,雷立柏注,北京:社会科学文献出版社,2002年,第412页。

[②] John C. H. Wu, Four Seasons of Tang Poetry, Tien Hsia Monthly, 1938, Vol.6, No.4, p.364. 中文参见吴经熊、苏雪林《唐诗四季 唐诗概论》,徐成斌译,沈阳:辽宁教育出版社,1997年,第70页。

第三节 吴经熊的灵性随笔

成了吴经熊的母亲。母爱的缺失是吴经熊皈依天主教的情感内驱力。吴经熊曾寻求过各种各样的精神替代品,但这些只带来更大的精神混乱与苦闷。经过长期的精神流浪,吴经熊终于发现内心需要的是一种可以作为支撑与依靠的母性精神,只有在其中才能得到平静和甘美,忘却世界的纷扰与动荡不安。天主教对于圣母玛利亚的尊崇正好契合了他的这种心理特质。1938年,吴经熊读了小德兰的传记《灵心小史》,小德兰对上主之爱的母性的重视深深吸引了吴经熊。小德兰称天主为父,是一位比母亲还慈祥的父,她深情地称颂道:"我一直感到我们的主比母亲还温柔,比母亲的心地还要宽厚……恐惧使我退缩,但在爱的甜蜜统领下,我不仅前进——我还飞!"[1] 小德兰的"神婴小道"深深吸引了吴经熊,相似的心理特质在他心灵深处引起了强烈的震荡与共鸣,也正是这次契机使他最终皈依了天主教。

皈依教会之后,吴经熊将圣母当作自己的"母亲",他终于找回了灵魂的宁静与安适,寻得了自己的精神归属。吴经熊在他1955年的自传中多次提到,他一生都在寻找一位母亲,最后在公教会中找到了。[2] 耶稣的"母性"(Motherliness)集中体现在圣母以及公教会上,慈爱、博大而包容,"在她母亲般的手中,严肃被温和软化了;规律带来了健康的自由;陶醉与清醒、感觉与教条、激情与理性都得到适当的平衡;……多元中有统一,统一里有杂多。在普遍性中,真正的个体性得以实现"[3]。吴经熊在公教会感到如在家里一般自在温暖,因为他所遇到的神父和修女们"都像妈妈一样待我。……我都只听到了一个声音,那就是妈妈的声音。……我都只经验到了一个智慧,母亲的智慧"[4]。在吴经熊看来,母性之爱的力量能弥合分

---

[1] 吴经熊:《超越东西方》,周伟驰译,雷立柏注,北京:社会科学文献出版社,2002年,第404页。

[2] 如他在《超越东西方》中提到:"我一直在寻找一位母亲,我在公教教会里找到了";"我一生都在寻找一位母亲,最后在公教会里找到了她";"上主是我的母亲……我的整个一生都是寻找我母亲的过程";"我一直在寻找一位母亲,我在万福童贞女身上找到了她"。(参见吴经熊《超越东西方》,周伟驰译,雷立柏注,北京:社会科学文献出版社,2002年,第90、237—238、284、334页。)

[3] 吴经熊:《超越东西方》,周伟驰译,雷立柏注,北京:社会科学文献出版社,2002年,第90页。

[4] 吴经熊:《超越东西方》,周伟驰译,雷立柏注,北京:社会科学文献出版社,2002年,第405页。

裂对立的世界，使社会多元而融合，统一而不单调，亦即"和而不同，多而不裂"①。即使灵性陷入困境或迷失，也能在"母亲"的怀抱里得到恒久的支持与慰藉，赶走恐惧，走出黑暗森林，重铸勇气与安宁。吴经熊在灵性生活中彻底把自己当作一个小孩子，全心全意地接受"母亲"的照顾，同时也全心地敬奉"母亲"，孝爱敬奉"母亲"。在吴经熊那里，上主、圣母、教会似乎构成了新的"三位一体"：上主是母亲，圣母是母亲，教会也是母亲，这三位母亲共有一个母性；基于母性的上主之爱滋哺着吴经熊的灵性，使他得以在无垠的母爱之境里生活、行走、存在，灵魂饱满丰沛而富有激情。基督的母性之爱使吴经熊获得一种内在超越性，以摆脱此在的芜杂与在世之烦，以信仰、希望与爱来探寻生命的本质。

三、"超越东西方"

吴经熊在时代动荡中所面临的幻灭、动摇与追求，以及最终找到心灵的归属，在20世纪30年代有典型意义。退而言之，在《中国评论周报》和《天下月刊》作者群中，他的信仰选择或许不具有普遍性，但他超越东西方的理想追寻却具有代表意义。通过对吴经熊精神之旅的考察，可以观照20世纪30年代中国知识分子心灵空间的一个侧面。

吴经熊曾狂喜于"身为中国人却接受西方教育"②，然而旋即又陷入精神的苦闷与困惑，"风气与意识形态一直以如此灼热的迅疾演变着"③，让他感到一直像被旋风裹挟，没有坚实的立足之地。在西方文明的冲击下，慈爱的中国"母亲"不再有"灵魂的宁静"和"性格的甘美"④。痛苦流诸笔端，他的灵魂发出焦灼呼喊："鸟有归巢，树扎根于土，我的心可在何处休憩？……一个接一个的偶像萎顿于地，被焚烧一空，而真正的上主仍未找

---

① John C. H. Wu, Thoughts and Fancies, Tien Hsia Monthly, 1940, Vol.10, No.1, p.53.
② John C. H. Wu, Shakespeare as a Taoist, Tien Hsia Monthly, 1936, Vol.3, No.2, p.116.
③ John C. H. Wu, Humor and Pathos, Tien Hsia Monthly, 1937, Vol.4, No.4, pp.383-384.
④ John C. H. Wu, Humor and Pathos, Tien Hsia Monthly, 1937, Vol.4, No.4, p.378.

第三节　吴经熊的灵性随笔

到。"① 这段话显示了吴经熊这一代知识分子内心的困惑与冲突。由于在文化根基上彷徨不定、无所依傍，处在惶惑不安的状态，个体必定要承受怀疑绝望中的煎熬，体味新旧文化嬗变时的阵痛。

面对时代的废墟，吴经熊试图用物质来填补灵魂的空虚，甚至沉溺于声色犬马，然而自我放纵将带来更深的负罪感，让他坠入灵性的深渊。他一度对永恒的秩序、灵魂、信仰、上主等的观念都持有虚无主义的态度，认为一切不过是梦幻泡影（illusions and bubbles）。② 而在皈依基督教后，吴经熊的灵魂感到前所未有的温暖。借着上主的爱，吴经熊不再沉溺于物欲。

需要指出的是，吴经熊并不认为基督教是西方独有的，"它是超越东方和西方的，超越旧与新的。它比旧的更旧，它比新的更新"③。或者说，吴经熊的基督教信仰中有着浓厚的中国文化底色。正如上文指出，吴经熊的精神底色是道家的，道家文化赋予了他辩证思维与神秘气质，而他正是经由道家通向了基督教信仰。在吴经熊眼里，宗教精神是东西方真正沟通与结合的唯一途径，离开这种精神，东西方无法真正相互理解，即使结合，片面"东方化"或者"西方化"也只会产生怪物，唯有它们在宗教的怀抱内合而为一时，人类才能彼此相爱。借助这种博爱的宗教精神，"我们的朝圣之旅就既不是朝东的，也不是朝西的，而是朝内的，因为在我们的灵魂深处，蕴藏着神圣的本体，那是我们真正的家园"④。

吴经熊以基督教作为东西方文化之间桥梁，并由其信仰的结合而达到对东西方的"超越"，这得益于他协调彼此矛盾的持久倾向。这种倾向使得吴经熊具有十分包容的文化心态，也具有广博的人文视野。他往往以中西参照的方式去发现东西方文化的相似之处，求同存异，以求得一种更广泛、深入的融合。他喜欢读汉学家翻译的中国著作，以一种新的视角来理

---

①　吴经熊:《超越东西方》，周伟驰译，雷立柏注，北京：社会科学文献出版社，2002年，第4页。
②　John C. H. Wu, Beyond East and West, Tien Hsia Monthly, 1937, Vol.4, No.1, p.9.
③　吴经熊:《超越东西方》，周伟驰译，雷立柏注，北京：社会科学文献出版社，2002年，第402页。
④　吴经熊:《超越东西方》，周伟驰译，雷立柏注，北京：社会科学文献出版社，2002年，第402页。

解中国文化。吴经熊的文学地图十分庞杂，融汇古今中外，他总是能够发现西方与中国的相通之处。吴经熊说，梁启超启发了他西方的思维方式，迪金森让他重新审视中国；老子教会他莎士比亚的哲学；弗洛伊德和马克思帮助他理解孟子。①吴经熊并不是全盘西化者，而是坚持中国文化本位，以求贯通中西而超越东西。这种超越与综合的倾向在《唐诗四季　唐诗概论》中体现得尤为明显。在他看来，拜伦风格如同李白，华兹华斯则像杜甫，伍尔夫像柳宗元，而莎士比亚、帕斯卡尔、普鲁斯特都有道家的气质。"我用英文思想，却用中文感觉，这便是我只写汉诗的原因。有时我也用法文唱歌，用德语开玩笑"②，从中可以看出吴经熊包容开放的文化心态，他平等对待一切文化但有所持守。吴经熊以中国文化为本位，却不仅以中国视角看西方，也透过西方视角看中国，这种中西参照、中西互见的思维方式，使得他在文化穿梭中获得无上的乐趣与美感，同时能够以宽容的心态对待中西方文化，并发现相通之处。

当然，吴经熊期望以超越东西方的宗教精神来融合东西方文明，达到人性的和谐与完善，拯救时代混乱，更多是一种理想的愿景，然而这样一种另类的选择，就现代中国知识分子精神和文化出路的探寻来说，仍不乏启示性价值。

---

① 吴经熊：《超越东西方》，周伟驰译，雷立柏注，北京：社会科学文献出版社，2002年，第47页。

② John C. H. Wu, Humor and Pathos, Tien Hsia Monthly, 1937, Vol.4, No.4, p.384.

第四节　重新召回小说革命

批评家写小说，成为近年来一种时髦的文学"跨界"现象。继吴亮、李敬泽、李陀、张柠、朱大可、李云雷、於可训、梁鸿等人之后，王尧也加入了这一教授作家的行列。王尧积十年之力的首部长篇小说《民谣》的出版，以其优美诗性、丰富内蕴、哲理深思，为中国文坛带来了别样的经验，标志着一位晚郁小说家的生成。而这部小说在文体上的贡献，更是给当代文坛带来了审美冲力。

自梁启超倡导"小说界"革命已百余年，不管是五四小说的文体探索，还是20世纪80年代的先锋实验、20世纪90年代的赓续新变，小说文体变革不断演绎出新，然而关于小说文体的可能，仍存有无限的探索空间。文体变革意识并没有成为作家普遍的内在视点和理论自觉，由此，王尧近年来致力提倡新"小说革命"。在他看来，"在社会文化结构发生变化时，文学的内部运动总是文学发展的动力"[1]。"小说革命"体现了"中西对话结构中的艺术创造精神"[2]。他亲自操刀，以《民谣》为楔子，锚定小说文体的界限与可能，重建自我与历史的关联，在历史的链条中进行重新定位与理解。

小说的结构与小说家的世界观和方法论密切相连，或者说，小说的结构就是小说家世界观的具象化，因而，小说结构的深度、厚度与广度取决于作家精神领域的丰厚度。在威廉·阿契尔（William Archer）看来，结

---

[1] 王尧:《倡导新"小说革命"表达的是解放小说的渴望》，载《文学报》2020年第36期。
[2] 王尧:《倡导新"小说革命"表达的是解放小说的渴望》，载《文学报》2020年第36期。

构"意味着对于各部分的比例和相互关系的仔细安排"[①]。《民谣》似有意致敬《庄子》，主体（内篇）、外篇、杂篇三部分结构，各篇又有不同的气象，以语言建构一个独立的世界，彰显世界、历史与自我探索的可能。在"内篇"中，小说以少年王厚平的成长经历为主线，但真正聚焦的事件却发生在1972—1974年，始于等待，终于出走。外篇聚焦1973—1976年的"习作"，以一种似实而虚的手法，模糊了纪实与虚构的界限，正文与注释之间相互拆解，正暗合了历史的辩证法。杂篇则定位于1975年，以假托的一篇"伪作"对围湖造田事件进行了补充。在杂篇中，王尧进行了最为大胆而精细的实验。他以正文加注解的方式呈现出十五则文本，囊括了作文、新闻稿、报道、入团申请书、检举信、倡议书、检讨书、揭发信、毕业留言、调档函、儿歌、书法等十二种文类，营造出沉甸甸的历史感与真实感。这些文本是20世纪70年代典型的战天斗地的革命语言，将读者带回激荡纷腾、复杂多变的斗争年代。这些丰富的文类，映射外部世界复杂多样的面貌。小说通过抒情自我与革命自我的交缠、斗争建构起自我同一性，杂篇则以注解的方式对历史与记忆进行拆解和重构，展示革命年代"思想发育的痕迹和尘埃"，外篇则围绕围湖造田精心虚构，于文本的裂隙中呈现出幽微的抵抗。

尽管讲故事的能力被看作成功小说家最重要的素质之一，但王尧在其首部小说中就大胆放弃了故事，代之以记忆编织文本，营造一种漫漶的历史氛围。正如王尧声称，"个人是细节，历史才是故事"[②]。弥漫的细节取代了故事，追忆取代了叙述，在回忆之网中，历史变得支离破碎。重要的历史时刻、历史事件都被揉碎了，激烈的革命的斗争中羼杂着诗意的水乡风景，严苛的阶级缝隙中恣意滋长浪漫的青春爱情。在潮湿阴郁的苏北水乡中，"记忆就像被大水浸泡过的麦粒，先是发芽，随即发霉"[③]。打捞这些记

[①] [英]威廉·阿契尔：《剧作法》，吴钧燮、聂文杞译，北京：中国戏剧出版社，2004年，第164页。

[②] 王尧：《民谣》，南京：译林出版社，2021年，第339页。

[③] 王尧：《民谣》，南京：译林出版社，2021年，第5页。

忆重新构型,"在记忆中去虚构,在虚构中去记忆"①。核心故事被拆解得支离破碎,充斥文章中的离题式的细节叙述,呈现一种网状的文本结构,去中心化的叙事打散了原有的叙事进程,也带来了小说的纷繁驳杂与多元异质。这样的离题处理最大限度地容纳了现代生活的多样性与无目的性,复合的文本表现的是非个人化的经验,指向一种多元的主题、细节的繁复和世界意识的复杂性,也为小说开拓了更广阔的叙述空间。

作为批评家,王尧深谙现代小说的叙事套路,在他深闳广博的知识结构中,调用各种叙事技巧并非难事,在视点、声音、时空、人称和节奏上稍加用心,作品就呈现出不同的叙事格调。这些叙事技巧的融入,使小说文本充分扩容,呈现出"无边的现实主义"的美学品质。小说一开篇就奠定了一种准自传的基调,以第一人称视角营造出强烈的"自传契约"氛围。小说中对于"我"的视角、口吻的不断强调,例如"我意识到""我知道""我感觉""我又想起"……这种强势的叙事主体的时刻闪现,个人经历与小说叙事的高度叠合,强化了自传的色彩,给读者带来了拟真错觉,以为小说"揭示的真实是关乎他个人的,甚至就是他自己"(勒热讷)②。尤其是"杂篇"以写作档案的形式展露个人的思想轨迹。作者以考据的功夫还原革命时代特殊的历史语境、文化语境、思想语境。小说与现实的叠合带来了错觉。作者甚至进一步将这些精心编织的文本称为"非虚构","我曾经想编辑这些作文,以非虚构的文体形式发表"③。拓上非虚构的印章,这一"伎俩"正是为掩人耳目,在似实而虚中,真/假、是/非已被悄然重构。

元叙事的调用,强化了小说的反思特性,从而完成了对历史的解构。"很多年后我开始写作一部至今未完成的小说,小说开头是:我坐在码头上,太阳像一张薄薄的纸垫在屁股下。"④这一口吻,让人联想到马原轰动一时的叙事圈套。而"1989年夏天的傍晚""我现在还能够想起1974年的

---

① 王尧:《民谣》,南京:译林出版社,2021年,第264页。
② [法]菲力浦·勒热讷:《自传契约》,杨国政译,北京:生活·读书·新知三联书店,2001年,第66页。
③ 王尧:《民谣》,南京:译林出版社,2021年,第264页。
④ 王尧:《时代与肖像》,南京:江苏凤凰文艺出版社,2021年,第45页。

初夏""十三岁那年"……这样的跳跃的时间结构,打破了线性叙事的进程,使历史失去了完整性,带来了混乱。这样不连贯的、琐碎的、交错的时空感知方式,正是有意迎合神经衰弱的王厚平的视角所制造出的迷雾森林。在集体抒情的年代,微弱的个人难得保持了自我的声音,神经衰弱反而成为最理智与最清醒的方式。小说中存在着两种相互对立的视角,一种是少年叙述者王厚平的内视角,一种是"杂篇"中具有知识分子启蒙立场的隐含作者的视角。少年王厚平身上,既有诗意少年的清朗单纯,又有革命少年的亢奋激进,呈现出分裂的自我镜像。而注释者"我"则带着批判视角,不断拆穿革命少年"用心的编造",正是新历史主义观的彰显。在海登·怀特看来,历史是一个故事、一个文本,重要的是讲述故事的方法。《民谣》中隐含作者、叙述者、真实作者之间,构成了一种复杂的叙事距离。叙述者既被隐含作者质疑和否定又被同情、关注,既被拆解又被重建。

尽管王尧是苏北人,但他的笔触却浸染了江南的风韵,这或许得益于散文的训练和江南生活的熏习。开篇第一句"太阳像一张薄薄的纸垫在屁股下"就奠定了全书诗性盎然的抒情性基调。这样薄薄的阳光,照彻着江南大地,照彻着台东,也照彻着那个少年,由此小说具有一种"温暖而忧伤"的品格,带来了小说摇曳的抒情姿容与丰沛的诗意面相。小说的诗化、散文化韵味浓厚,接续了汪曾祺诗化小说的一脉传统,又加以创化,融入了革命话语与反思话语,构成了独特而杂糅的文体风格。一方面,小说注重内在情绪与外在节奏的诗性融合,以精美凝练、含蓄幽婉的诗性抒情表意,在文本中建构暗示性的意象。"深秋的寒气还是从月牙里渗进来","我还是喜欢贴着地,看风吹青草的样子,或者坐在码头上,看鱼儿游弋","我看到的一茬茬庄稼,只有麦田最像少年,在冬天而不是春天"……这些意象精美、节奏错落有致的句子,包孕着丰沛的诗意,如钻石般缀满文本熠熠闪耀。正如书名的寓意,民之谣曲,是日常的,也是诗性的,是切近的,也是悠远的。另一方面,王尧这种散文诗的笔调中又交织着革命话语,"在教育革命深入发展的大好形势下,我们千万不能忘记教育战线上两条路线、两种思想斗争的长期性和复杂性""红旗迎着东风摆,十件新事放光彩"……这两种语言风格相互龃龉,截然对立,由此带来了小说的语言张力。而反思话语的融入,更是彰显出作者深邃的历史诗学。村镇曾见证过辉煌,也经历过败落。它目睹过争斗,也催生了和解。它在战天斗地的乌托邦中迷失,亦在水乡氤氲的日常中重新找回温情的社会伦理。"一个庄上的人,无法斗来斗去。今天不见明天见。没有运动时,大家过日子。过日子,斗不起来,不想过日子了,才去斗。"熟人社会和过日子的哲学,依旧是乡村的底色,也正因为这些点滴的朴素温暖,才带来了持久的深情,这也正是小说中弥漫着温情话语的根源所在。

小说明净、轻逸,诗性中含有忧伤,专注于文学的认知与探求功能,语言简洁却意涵丰赡,对人类有着最为多样、仁慈的好奇心,锻造璀璨的文本晶体,折射出人性与生命的庄严。这种抒情姿容与诗意面相,包含了对人类最根本、最善意的好奇,对于认知功能的强调,体现出作者为把握变动不居的世界所做出的持久的努力与挣扎。"鱼儿碰到水草了,这是水草在冰块融化后第一次运动。水草像长在河里的绿色冰凌,柔软舒适地僵硬着,它也在等待十里春风。"阳光、少年、月亮、柳树、小桥、飞鸟、木船、麦田……澄明清朗的意象,映照出少年人生飞扬的一面,那是轻逸的诗性,目光跟随麻雀、喜鹊、乌鸦升空的少年,内心郁积着精神自由,以飞行的向往实现对当下的超脱,救赎沉重的世界。

《民谣》以温厚之笔触呈现革命时代日常生活的细腻肌理,于历史的褶皱中探寻存在的可能。日常微观史与革命史、村庄史、家族史交织于少年王厚平的生命历程,书写一出出错综复杂的传奇。小说对村镇的世界进行精心勾画,意图展现对世界与历史的重新理解。历史不再是冰冷理性的怪物,而成为记忆的栖居之所,每一次的敞开与重临,都蓄满忧伤,每一次的迂回与折返,都饱含温情。通过个人成长史与宏大革命史的交织,揭示革命伦理与日常伦理的互渗互构。在个人成长上,呈现出两种自我的交叠,忧伤的诗意的文艺少年与亢进的革命少年并置,形成一种张力饱满的叙事。在新世纪文学中,《民谣》是一部不可忽视的大作,其别具一格的文体实验,重新召回了"小说革命"的可能。

第五节 河流诗学的追寻

鲁敏的小说新作《金色河流》聚焦于有总（穆有衡）生命的最后两年，借他的目光回望人生，以家族叙事牵扯出改革开放以来40余年的历史。在《金色河流》中，鲁敏建构起一种独特的"河流诗学"，借有总等人的财富史、生命史、心灵史，书写此时此在温热的中国经验。众人被奔涌的时代河流裹挟着向前，或是乘风破浪，或是岿然不动，或是随波逐流，或是被抛掷岸边，或是陷入泥淖……他们被冲刷着，相聚又分离，爱恨痴缠中，上演了一出时代的浪漫传奇。

一、河流隐喻

鲁敏在《金色河流》中精心选取了"河流"这一复杂的象征系统，搭建起河流的隐喻体系，包含了多重象征意蕴。"河流"代表了物质财富的创造和传承，又指涉传统文化的绵延；既指涉作品的内部结构，亦是人生历程的象征；既囊括书中人物性格，又是有总精神状态的显影；既是作品多声部叙事声音的体现，又是写作过程本身的隐喻，同时更是作品哲学理念的体现。

"金色河流"首先跟"金钱"有关，是财富之河。改革开放以来，商业社会的壮丽与绚烂，以有总为代表的"草根阶层"，在摸爬滚打中创造出商业帝国，缔造了一个又一个神话，抑或经历挫折与覆灭。商业大潮中的起起落落，在书中得以显影。市场经济的热烈拥抱，悄然改变了这些弄潮儿的生活方式与价值观念，而他们的活动也反过来影响了时代，推动了时代的大潮。鲁敏生动地刻画了有总"经济人"的生存状态,他们昂扬奋进追求成功的姿态、强烈攫取金钱和地位的赤裸裸的野心,无异于当代拉斯蒂涅。

河流自古至今生生不息,亦是昆曲等传统文化的绝佳写照。昆曲的困境,也是传统文化在当代中国命运的真实写照。鲁敏对昆曲有着持久的关注和深沉的热爱,在《冷读闲读》《看朱鹮起舞》等文章中都有记叙,她把这份对传统文化的温情与敬意投注到小说中。传统文化要保持活力,也需要自我更新,引时代活水灌溉,在兼容并蓄中不断向前。正如王桑所说,"其实哪有绝对的原汁原味,传送到每一代人手上,不都是其所在的当下此刻嘛。……真正的好东西,自然经得住加汤掺水、插科打诨"①。传统文化的精魂,自当有传承的底气,亦应有变革的决心,如此不弃涓滴,才能巨浪滔滔。

小说分为"巨翅垂伏""尺缩钟慢""热寂对话录""一物静、万物奔",以及尾声"如涓如滔"五部分,内在结构和河流的发端、受阻、壮大、归海相互呼应。它不仅是有总的精神状态的写照,更对应了人类生命的各个阶段。正如扉页引罗素的名言,以河流比喻人生,刚开始是涓涓细流,随后穿山越石,渐渐开阔,最后融入大海。河流之中有漩涡,有暗流,支流汇入大河,大河归入大海,恰似作品的多声部体现。每个人都有其自足的天地,发出自己独特的声音。精明多疑的有总,泼辣艳丽的河山,坚守艺术的王桑,追寻自我的丁宁,自得其乐的穆沧……各自的人生得以充分展开,罪愆的惩罚与宽恕,灵肉的遇合与分离,代际的冲突与和解。

河流亦是作者生命哲学的体现。老子曰:"上善若水,水善利万物而不争。"奔腾的生命之河,不为任何人改变或驻足,它裹挟一切向前奔涌,最是无情,也最是长久。那些闪耀的,成为浪花;那些堕落的,沉为泥沙。不管是贫富善恶,最终都淹没在时间的长河之中,作为后世的滋养,"什么你啊我啊,什么好命歹命,什么孙子和票子,都是像河一样,大街上到处

---

① 鲁敏:《金色河流》,南京:译林出版社,2022年,第386页。

流……"①。尺缩钟慢，增熵热寂，宇宙最终走向热平衡，万境归空，而后周而复始，河流重新孕育新的文明。

鲁敏在《金色河流》中精心营构出复杂的河流隐喻体系，包孕着多重内蕴，这一隐喻体系使文本意义不断增殖。可以说，在当代文学中如《金色河流》一般有着复杂、精密、系统的隐喻的作品，并不多见。

二、史诗建构

作为改革开放的同代人，鲁敏深刻感受到时代巨变，更深知物质创造的重要性。她在《金色河流》中，将另外一只"镜筒"对准"壮丽的丰沛的财富物质创造"，为金钱和物质正名，绘制新鲜泼辣、生气勃勃、泥沙俱下的改革开放史。她避开二元对立式的价值判断，也未站在道德制高点进行仇富式写作，而是着力呈现巨大的物质创造及其绵延不断的传承。

不同于《伴宴》中艺术与世俗的紧张博弈，《金色河流》中，艺术与金钱成为盟友。不管是凹九空间的昆曲推广计划，还是河山的青山堂艺术画展，都离不开金钱的支持，也离不开有总的物质创造，有总的遗产，给了他们艺术梦想实现的可能。这种纠葛与纠缠，正是鲁敏新财富观、新物质观的展现。在鲁敏看来，精神创造固然伟大，物质积累同样不可小觑。她正视财富的创造，认同物质传承与精神传承是人类社会发展不可偏废的两翼。经由有总泥沙俱下的资本原始积累过程，肯定"经济人"的"尊严与价值"，借此重新处理个人与时代的关系，为物质与商业正名，昭示出在场书写、及物书写的勇气。

除了为时代作传，鲁敏更是以细腻温润的笔触，记录下国人40年来的生命史，解读心灵密码，绘制精神地图。精神书写是鲁敏一贯的强项，在《暗疾》《谢伯茂之死》《奔月》等小说中都有精彩呈现。她关注人的精神世界，呈现人类心理、思想、精神、意志的复杂性，探索世界存在和真理，关注生命意义和道德实践。小说中的人物，自有着一种强韧的精神力与生

---

① 鲁敏：《金色河流》，南京：译林出版社，2022年，第534页。

命力，他们在生活河流中奋力挣扎，即使遇到巨石的阻拦，最终仍能以水滴石穿之势汇入大海。

有总身负原罪，他挪用老友何吉祥的遗产，作为自己发家的第一桶金，经过生猛隐秘、狼吞虎咽、不择手段的资本原始积累，创造了巨大的财富。然而有总始终无法摆脱内心的罪恶感，河山和红莲的命运被他彻底改变，他用一生为自己赎罪，不计一切供养河山，打听红莲下落，希望能减轻自己的罪孽，并将遗产留给河山运营。中风后的有总渐趋衰亡，他成了"墙上的父亲"，作为一位缺席的在场者，他的离开尤其漫长。他的精神遗传，在子女身上各有不同的显现：他对于生命延续的执着渴望，搅动了子女们的命运；他的物质财富积累，也牵引着"财主底子女"们的人生道路。患有阿斯伯格综合征的穆沧如《庄子·应帝王》中的中央之帝"混沌"，"不区分、不留恋、不占有，只继续保持他的自给自足"[①]，"闭目塞听"但通于大道。他如大海中的灯塔，是动荡岁月中的唯一安稳之物。穆沧的时间永远停留在20世纪90年代，他是人类童年的象征。当所有人在狂乱中迷失时，只有穆沧保留了人性的整全与真纯。王桑是叛逆之子，极力对抗有总对他的一切人生安排，不管是学习、事业、爱情、生育，他都予以抵抗和逃避，直到父亲日薄西山之时，听到父亲半梦半醒的口述录音，才终于明白父亲的苦心，与父亲达成和解。20年的时间，"潜伏"的特稿记者谢老师由穆家的旁观者变成了参与者，甚至深度介入其中，他也由有总的仇雠变成了管家、秘书、老友……他的红皮笔记本原本要揭露资本的罪恶，却因为20余年的相处，改写了叙事的路向，最终走向了虚构，为有总留名后世。对于绝对真实的放弃，正是因为他已将自己的生命之流汇入了穆总的大江大河。

书中女性人物的生命史，尤为出彩与动人。河山作为小说中最耀眼的女性形象，一直野蛮生长，在男性世界中四处冲撞、挣扎，她利用自己的身体达到目标，但也因为身体被榨干、被抛弃、被伤害。她的出现，搅动了一切。她是欲望女神、毁灭女神，但又是纯洁的堕落天使。在她那美艳

[①] 鲁敏：《金色河流》，南京：译林出版社，2022年，第491页。

的外表之下，安放的是一颗残缺破碎的灵魂。她的对镜自白，裸呈出血肉模糊的悲哀真相。河山最终迎来了生命之河的拐点，饱受欺凌、自我毁弃之后重生，尔后山河宽阔，在人世的荒漠中，与穆沧彼此依偎。丁宁则从一个"花瓶"成长为一个坚定的女性主义者。她原来只为爱而活，被王桑当空气，忍受着冷暴力，她的人生就像文中那个发霉的结婚纪念日蛋糕，徒有甜蜜外表，内在早已腐坏。受够了傀儡人生的丁宁，毅然走上了艰难求子的道路，并在孕育生命的过程中，复苏了自我。她以"姐妹情谊"对河山进行爱的教育与启蒙，补全了河山在两性关系认知中的缺失。肖姨则扮演了一个大母神的角色，她以温厚宽容的爱滋养着穆家，烧一手精致的江南菜肴，悉心照顾有总到最后一刻，关爱每一位穆家人。她是穆家的凝聚剂，也是定心丸。魏妈妈虽出场不多，但却足够鲜明，足够复杂。一方面，她照拂爱心驿站的孤儿，给他们以慈悲与关怀，但同时，她又毫不心软地利用孤儿实现自己的目的。她市侩精明，狠辣中有慈悲，如双面的雅努斯，给予并剥夺，复活又毁灭。她一手将河山变成了"畸零人"，但也曾给她留下温情的回忆。蓝房子的红姑，为南来北往的人，提供了一方肉体"驿站"。这朵红莲深陷泥淖之中，然而却不减损她的高贵。她的自我放逐，背后暗藏着的是对何吉祥的爱与恨。她是一尊苦度菩萨，以作践自己的方式，为万千男子度劫、提供温情与慰藉，自己却深处无爱地狱之中。小说中每个人都是执拗的甚至是残缺的，有各自难以放下的心结，也存在着各自精神的暗疾，鲁敏以悲悯之心，照拂他们的人性，纾解他们的苦难，与生活达成和解。

　　鲁敏中年变法，宕开一笔，不再拘囿家庭空间，而是以开阔的笔势，力图为后40年作传，表现出宏大气象与可贵野心。从"东坝系列"到"城市暗疾"到"荷尔蒙系列"再到"商业史诗"，鲁敏不断突破自我写作的边界，而对于人性，也有了更为宽厚与多元的理解。她不再执着于"人性中浑浊下沉的部分"，而是转向"圆通、谦卑、悲悯"，以温情的笔触，皴染人性中的明亮与宽容，对人性进行"探测与抚摸"，感知人性的温度与深度。

三、文体内爆

在鲁敏所有小说中，《金色河流》显得空前复杂，如水草丰美的河流一般摇曳多姿。它既融合了鲁敏对于伦理、死亡、人性、艺术等母题一贯的敏感，又加入了"财富、死亡、兄弟、背叛、遗嘱、傻子、孕妇、孤儿、失败者"等吸引眼球的通俗元素，同时显出新的质地。面对潜在的叙事困境与危机，鲁敏有意寻求审美的突围，力图在古老的长篇体式中寻求内爆，以此涉渡"宽大的、波涛汹涌的"文学之河。

《金色河流》由"红皮本子"始，由"橡皮"终，谢老师作为"讲故事的人"厕身其间搜集素材，穆家的故事以素材的形式出现在红皮笔记本上，形成了嵌套结构。同时，昆曲的融入，在当代小说中显得尤为新奇，显示了跨界书写的新可能。跨文体写作，其实是鲁敏一贯擅长的。《白围脖》中的日记，《白衣》里的民间偏方，《博情书》中的博客，乃至其他小说里的电影录音、歌词、古诗，再到《金色河流》中的昆曲……这一尝试，有效拓宽了小说文体的边界。《长生殿》《狮吼记》《玉簪记》《牡丹亭》《白罗衫》《南西厢记》等昆曲唱词的有机嵌套，化作文本肌理的内在组成，与人物的心境、命运密切相关。而以王桑、木良为核心展开的昆曲传承与创新的故事支线，"一桌二椅·对话"的实验、"昆曲+"的文化创意都表现出鲁敏出色的跨媒介创意思维。

小说本身也可以理解为谢老师的写作过程，是鲁敏对"元小说"形态的积极尝试。小说5个部分亦可以看作不同阶段的写作状态。185个素材，30多个场景，故事内嵌故事，素材中套素材，4种写作"思路"，6个人生"橡皮"，尽力呈现"材料"与"文本"的双向营构。谢老师以"卧底"身份潜伏多年，穆总的生活被素材化，但同时谢老师又是故事中人，他的参与也在改变着故事的走向。红皮笔记本的存在，营造出拟真幻觉，打破了纪实和虚构的界限。这种设置，是鲁敏对海登·怀特的有意致敬，彰显出"新历史主义"的认知。小说的叙事视角和声音也尤为复杂。叙事者的视点与谢老师的视点亦有离合，有时附身其中掬一捧同情的热泪，有时则超拔出来冷静审视众人。同时，小说中还表现出复杂的四层窥视视角，叙事者窥视谢老师，谢老师窥视有总，有总窥视穆沧，王桑窥视河山。不断变换的视点与声音，增加了小说的阅读难度，但也丰盈了叙事的潜力。这种开放的书写姿态，昭示出"个人生命史的崎岖与蜿蜒，以及时代对人更多可能性的重塑与延展"。

小说放弃了直露的道德审判，尽力呈现财富、金钱、人性、伦理的灰色地带，因而每个人的存在具有自足性，各自的人性也得以充分展演。小说中融入穆总的声部、河山的声部，表现人物的自我剖白、灵魂省思，形成了一种"复调"叙述。每个人抱持着人性的枷锁艰难地前行，泥沙俱下却依旧蓬蓬勃勃，充满了一种混乱的生机。鲁敏在个人的写作中重新开辟了"一条旁逸斜出的陌生之径"[1]，以"闪闪发亮的小说"[2]，建造出纸托邦，表现出生命的庄严。结尾大团圆的结局设置，体现出作者对善恶有报的传统伦理的回归，透露温情主义的格调，也给了读者甜蜜的精神安慰剂。

"时间就是所有关系的总和"[3]，无穷无尽的时间之河中，人的一生如浪花般短暂易逝，然而一代一代的生命绵延不息，每朵浪花都留下了痕迹。"世事流动，每个人都是一条浑浊深潜的河流，有着无法预测的小小航道。"[4]鲁敏在《金色河流》中，通过"河流诗学"的建构，将个人经验与时代经验融通、谐振，以笔墨为这些"河流"赋形，记录下独属于中国改革开放以来的财富故事、家族故事、情感故事、人性故事，探索中国人的心灵与命运，为当代文学贡献了独特的美学经验。

---

[1] 鲁敏:《回忆的深渊》，北京：昆仑出版社，2013年，第48页。
[2] 鲁敏:《回忆的深渊》，北京：昆仑出版社，2013年，第48页。
[3] 鲁敏:《金色河流》，南京：译林出版社，2022年，第532页。
[4] 鲁敏:《金色河流》，南京：译林出版社，2022年，第512页。

第二章

社会的想象

第一节　情与史的双重变奏

刘怀宇、刘子毅新作《远道苍苍》，于2021年由重庆出版社出版，这部书是父女接力合作的结晶。小说聚焦台山著名华侨陈宜禧远渡重洋的奋斗史与新宁铁路的建设历程，以一人一路，牵连起清末到民国几代人的爱恨情仇。其中，华人移民史的艰辛壮阔，中国现代铁路史的曲折，个人与族群的爱恨痴缠，东西文化的碰撞交融，传统与现代的震荡冲突，中西文化风俗与价值体系的冲突都有所体现。作者以恢宏细腻的笔触，捕捞人性与历史之海中"闪光的珍珠"，交织出一曲情与史双重变奏。

一、波澜壮阔的铁路叙事

1848年起，美国加利福尼亚州等地发现金矿，陆续有华工进入美国务工。1863年，太平洋铁路动工，需要大量劳动力。在这过程中华工筚路蓝缕，轰山跨海，流下血泪，也涌现了许多可歌可泣的事迹，由此也带来了华工题材文学创作的兴起。自晚清起，诗歌如《金山篇》《逐客篇》，小说如《苦社会》《黄金世界》《侨民泪》《劫余灰》，戏剧如《海侨春》等篇目，饱满血泪之同情笔触，叙写了华人"惨苦万状，禁虐百端"[①]的悲惨处境，也为民族创伤记忆留下了一份可贵的见证。近年来，新移民作家中，关注华工题材的作家亦不在少数，如张翎的《金山》、严歌苓的《扶桑》、吴瑞卿的《异乡的白骨》、伍可娉的"金山伯三部曲"、袁劲梅的《黄藤酒》、

[①] 阿英：《晚清小说史》，南京：江苏凤凰文艺出版社，2017年，第74页。

刘荒田的《白骨》等。从这些书写中，不难看出作者自身情感经历的投射，既有民族主义的义愤，对华工屈辱命运的感伤，对西方霸权的愤怒等，亦有经历文化冲击的不适。《远道苍苍》聚焦铁路叙事，围绕新宁铁路的建设展开，真实刻画出晚清北美华工的遭际，牵连起海外华人拼搏的艰辛历程，也映照了全球化的大历史。

19世纪末台山侨乡的形成、20世纪初国内出现的争回路权运动、清政府"新政"的推行都为这条民营铁路的出现提供了必要的条件。"咸同以前，最为闭塞，是鄙陋之县。"①交通的落后、经济的贫弱、信息的闭塞，造成了台山发展的瓶颈，穷则思变，前往海外捞世界成了一条发家致富的"金光大道"。19世纪末20世纪初，台山旅美华人已达12万人，占据当时美国华人半数之众，是名副其实的第一侨乡。陈宜禧正是这一移民浪潮中的一员。他因为勤奋聪颖、少年老成被道叔相中而远赴金山打拼。他从厨子做起，一步一步成为铁路工程师、大商人，最终成为名动一时的金山侨领。近代以来，铁路权的争夺，是帝国列强对华侵略的重要抓手。铁路一通，权力的毛细血管便随即扩张，帝国主义列强借助强修铁路扼住中国政治经济军事命脉。日本《朝日新闻》曾毫不隐讳地宣称："铁路所布，即权力所及。……有铁路权，即有一切权；有一切权，则凡其地方官吏，皆吾颐使之奴，其地人民，皆我俎上之肉。"②列强在华借路扩张、榨取民脂民膏的行径也引发了爱国人士的强烈不满，中国掀起了争回路权的高潮，民办铁路涌现，也得到了清政府新政的支持。

在这种时代大势的鼓动下，陈宜禧耳顺之年回国筑路，发愿要振兴家乡，也立志实现沐芳回乡的梦想。在《陈宜禧敬告新宁铁路股东暨各界诸君书》中，陈宜禧袒露对路权外流的忧愤，"愤尔时吾国路权，多握外人之手，乃不忖绵薄，倡筑宁路"。因此为造福乡梓，"勉图公益，振兴利权"，由陈宜禧出任总办，余灼为协理，制定了《筹办新宁铁路有限公司草定章程》，提出"不招洋股，不借洋款，不雇洋工"的"三不"主张，招股口号

---

① 《新宁杂志》1913年第12期。
② 宓汝成：《中国近代铁路史资料》（第2册），北京：中华书局，1963年，第684页。

则是"以中国人之资本,筑中国人之铁路;以中国人之学力,建中国人之工程;以中国人之力量,创中国人之奇迹",广募资金,招贤纳士。经过三年施工,实际耗资200万元的新宁铁路,于1920年3月全线修筑竣工通车。全线共设46个车站,历时14年。这一壮举得到了海内外华人的支持,也获得了西方世界的认可。美国《西雅图星期日时报》用整版篇幅刊登陈宜禧修建新宁铁路的宣传画,并将陈宜禧称为中国的詹姆斯·希尔。

  作为一条极有代表性的民办铁路,新宁铁路的曲折命运,亦是中国民办铁路史的真实写照。建筑铁路时人事上、经济上和技术上都碰到了不少困难。地方势力、封建迷信、宗族争端、军阀侵占、外国侵略……这一切动荡的因素都让新宁铁路的修建变得格外艰辛和漫长。小说以沉痛悲愤的笔调叙写修路之难,包括资金之难,人事之难,人心之难。且不说募集资金的不易,光是修路途中的各种吃拿卡要、妥协让步、设站架桥、乡民赔偿、化解纠纷等就已花费颇多;而在动荡的时代要维持铁路营利性运营,更是难上加难。除了资金的难题,人事之难,更是扼住了铁路发展的咽喉。各路官员或是敷衍塞责,或是巧取豪夺,或是借机揩油,或是明火执仗……无不是看上了新宁铁路的有利可图。先是新宁知县扣压陈宜禧的奏文,妄图将这条铁路改为地方官办未遂;在向粤督岑春煊申请立案时,岑春煊因勒索不顺竟批文"无碍田园庐墓,始得筑路";1927年广东省建设厅更是以"路务废弛"为理由,劫夺铁路归为自有。在这一系列打击之下,陈宜禧精神失常,1930年含恨而死。广州沦陷后,国民政府交通部强令拆除所有铁轨,一切辉煌都消散在历史烟云之中。作为第一条侨资民办铁路,新宁铁路成于人力,毁于时势,留于人心,在时间的长河中,留下了独特的印痕。作者通过娴熟的叙事技巧与清丽深婉的笔触,全景式地描绘了新宁铁路史,呈现晚清至民国波澜壮阔的历史图景,勾勒了朝代更迭的动荡景象,展示了人事兴衰的起伏变迁,描绘了世相百态的多姿多彩。

二、爱恨痴缠的情感体验

  《远道苍苍》不只是一部铁路史,更是一部情感史。小说将另一只透视

第一节　情与史的双重变奏

镜对准百年前海外华人的情感体验，以史为经，以情为纬，补正史之阙。小说最让人动容的便是对于人物情感的细腻书写，于爱恨之中写透一代人的生命历程。其中，既有缠绵缱绻、跨越山海的爱情，更有血浓于水、骨肉相连的亲情，既有超越种族、跨越生死的国际友谊，亦有建设者对于创造和建设的激情，既有个人的刻骨的仇恨，也有种族的锥心的怨怼。

陈宜禧与沐芳自幼青梅竹马，两小无猜，但因为命运的滋扰、习俗的阻隔，两人一度天各一方。但沐芳的情感坚如磐石，在陈宜禧与秋兰成婚后，为了心中圣洁的爱，不惜做了自梳女，雪藏自己的一腔热情。最终两人克服了一切困难，在金山终成眷属，相守一生。作者以饱含诗意的笔触，描绘了两人相处的情景，展开一幅浪漫的古典爱情画卷。这浓烈而深长的情感，跨越了山海，超越了时空，照彻了生命中的晦暗，也抚平了灵魂的伤痛。"进村的路，一步一步都是时光倒流。春日晚霞里，他们偷偷下水田摸螺蛳，两个人滚进泥凼，望着对方满脸泥糊傻笑；夏天的午后他举竹竿粘知了，她在一旁仰头拍手，阳光迷糊了眼睛，满世界都是五彩的光点；她在溪边洗衣，忘了皂角，他立刻摘一把送来，她的搓衣板上搭着他的裤子；趁圩（赶集）的路上，她背乐府给他听，他只顾看她，差点把板车推进沟里；那年秋收完，她崴了脚，他就像现在这样背着她，去村头看戏，温暾暾的风擦过面庞……"①这一段描写灵动秀美，浸润着岭南风情，活现出沐芳与禧哥的两小无猜、情投意合的情感。而章叔对于沐芳无微不至的呵护，同样令人感动，章叔为了女儿的幸福，不惜背井离乡、外出云游……正如作者借丽兹之口指出，家人之爱是抗衡苦难命运的法宝，"命运再不公平，人生再多苦难，只要有爱，一家人就能够笑对，能够傲视"②。此外，陈宜禧与伯克、科尔曼等人的友谊，也同样令人感喟。伯克、科尔曼将个人生死置之度外，独自抵挡暴民仇恨的火焰，为的是保护陈宜禧、保护华人的生命和财产安全；而陈宜禧为了两位友人的安危，也放弃了积累半生的产业，最终带领新宁人离开被仇恨裹挟的西雅图。他们之间肝胆

---

① 刘怀宇、刘子毅：《远道苍苍》（下），重庆：重庆出版社，2021年，第132页。
② 刘怀宇、刘子毅：《远道苍苍》（下），重庆：重庆出版社，2021年，第132页。

相照的情谊持续了一生,也提示了"人生的另一种高度"。陈宜禧、伯克、希尔等人,以生命诠释了创造和建设的热情,对于他们来说,建设的激情与热爱是最根本的原欲,是生命的本质呈现,"安身立命的根本"。他们冲破一切阻力,冲破文化的偏见,冲破传统观念的束缚,不断地建设,建设成为存在本身。

如果说浓烈的爱构成了全书的主要情感基调,那么来自个人与种群的怨恨,则构成了陈宜禧的人生绘图的暗影,也因此更加立体。首先是来自对手的强烈的仇恨。明叔与陈宜禧一道出国捞世界,始终对宜禧抱有忌恨之情,终其一生都难以释怀。甫一出国,明叔便在船上赌博,险些酿成大祸;做生意不本分上进,却一心要倒卖烟土致富;成立公司后,仍然经营不善,甚至卖猪崽;由于理念的不合,陈宜禧与明叔产生了冲突,导致两人彻底决裂,在之后的多个场合中,明叔都不遗余力地反对陈宜禧的修路计划,蔑称之"有尾狗亦跳,冇尾狗亦跳"[①]。除了明叔的嫉妒,黄有财因被陈宜禧踩断腿而怨恨终生,强烈的复仇成了他活下去的精神支柱。他改头换面化名黄玉堂,如一条毒蛇盘踞在广德公司,伺机破坏,为的是彻底毁掉陈宜禧毕生的事业。他煽动股东退股,千方百计设立董事局,又设计进董事局,逐步获得控制公司的权力;挑拨离间陈宜禧的左膀右臂,以美人计离间女婿吴楚三,又用毒计害死陈宜禧小儿子陈秀宗,陈宜禧大儿子陈秀年也为他利用。他不断拆解着陈宜禧商业帝国的稳固堡垒,也给新宁铁路的覆灭添上了最后一把柴火。复仇成为黄有财的生存原欲,他也在这种极端的情感中灼伤自身,最终在潭江溺水而亡,滚滚江水熄灭了他复仇的火焰。

此外,来自以玛丽、朋克尼、墨菲等为代表的种族主义者的强烈恨意,亦彰显出人口的流动、文明的碰撞所产生的剧烈摩擦与冲突。华工的大批拥入给当地白人尤其是底层劳动者构成了压力,他们想尽办法要驱逐华工、抄没华人资产,并联合军政法力量,制定法案排斥驱逐华人。陈宜禧等人上船时,就感受到来自西方世界的恨意,华人被驱赶在舱底,如老鼠一般

---

① 刘怀宇、刘子毅:《远道苍苍》(下),重庆:重庆出版社,2021年,第37页。

不见天日，病饿中死伤无数，稍有不慎就会遭到水手的打骂。到了北花地（North bloomfield）之后，又遭到当地白人的憎恨、侮辱、戏弄与殴打；岩石泉屠杀中，个人的憎恨已经变成集体的虐杀狂欢，"至少有四五十人被子弹穿透胸膛，乱棒打碎头颅，利刃削去脑盖，或者被烈火烧断来不及掩藏的下身"[①]，这样惨绝人寰的场景，正是被种族主义的极端情感所驱使。1882年《排华法案》通过后，美国报纸歧视性地将中国人称作"黄祸""苦力""猪尾巴"，肆意羞辱，而暴民也获得了凌驾于华人之上的权力，借机发泄内心的嫉妒、仇恨、不满，乌合之众的集体无意识给了"平庸之恶"以奔逃的机会，人性最终泯灭成为野兽。他们拉开疯狂的闸门，肆意播撒着人性的恶种，并在幽暗的血地中滋长出仇恨的巨树。暴力的黑洞吞噬了理智，仇恨的石头最终压伤了芦苇，文明扔掉了遮羞布，赤裸呈现出人性中的丑陋与荒蛮。

在斯宾诺莎看来，人是情感的存在，欲望和情感是人的本质，情感既是人的存在之力，也是活动之力与思想之力。情感有其强度，不管是浓烈的爱，还是强烈的恨，都是生命力的表征。而悲喜交加、爱恨纠缠的强烈情感与情动体验，也为一代人留下了"历史的微声"。

三、东西文化的碰撞融合

小说尽力破除刻板化偏见，在史料的基础上融入情感的温度，力图呈现国人复杂丰富的精神世界，呈现东西文化冲突中的挣扎与融合，以及文明之间的震荡，并借此探索人性的边界与文明的限度。作为留学一代的新移民作家，刘怀宇兼具多个跨界身份，既是作家，又是工程师，还是投资人，这些丰富多元的经历，使她拥有了开阔的国际视野，能较好地应对文化冲击，而中美生活的经历更赋予了她双重的观察视角，她对两国文化既深刻认同也理性反思，因此，她能够冷静地谛视本土文化和西方文化的不足，同时也能够构建稳固的自我文化身份与认同。

---

① 刘怀宇、刘子毅：《远道苍苍》（上），重庆：重庆出版社，2021年，第333页。

主人公陈宜禧身上鲜明体现了传统与现代、东方与西方的交融、汇通。儒家文化构建了他的人格底色，仁义礼智信是其一生的写照。陈宜禧对养父母至孝，从不反抗父母的意志，即使包办婚姻令自己痛苦万分，他也未曾怨恨愤怒；对朋友剖肝沥胆，他因为没能救下阿发而愧疚终生，终其一生都在扶危济困，将匡扶正义、为弱者讨回公道作为自己的使命；而道叔等人于己有恩，陈宜禧亦是滴水之恩涌泉相报……不难看出，儒家刚健精神、君子人格是陈宜禧安身立命的根本。同时，陈宜禧积极学习西方文化，融入西方社会，伊丽莎白、丽兹、伯克等人都给了陈宜禧以现代启蒙，让他树立起现代的法治观念、管理思想、民主意识、契约精神，让他懂得"法律就是让像我这样的小个头不受欺负的社会依据，让人区别于兽、文明区别于野蛮的分界线，最终目的是使大多数人都能过上幸福生活"[①]。他勇于为同胞发声，打破了西方人对中国人胆小怕事、逆来顺受的偏见，积极利用法律维护自己和同胞的合法权益，数十次上过法庭。在排华浪潮中，他毫不畏惧，为受害的华人争取到了补偿、承认与尊重。1886年，他抗议美国工党驱逐西雅图华人，在他的强烈要求下，清政府不得不派出公使与美国交涉，赢得了斗争的胜利，并为海外华人争取到了27万美元的赔款。在作者笔下，修路的过程也是修心的过程，陈宜禧在美国学习铁路修筑经验，也受到了西方文明、现代文化的强烈冲击。他在美国学到了法理，但当他回到老中国的人情社会渴望一展拳脚时，却发现寸步难行。官场腐败、军阀割据、宗族仇视，这一切都让铁路之梦变得沉重，他也不得不做出许多妥协。他笃信法制，却也不得不依靠吴楚三"通天"的本领解决修路难题；他要修路造福乡民，但民智未开，阻力重重……铁路作为现代化的标志性象征，它的出现给乡村带来了巨大的震撼，也遭到了地方保守势力的激烈反抗。小说中先有村民请巫师作法诅咒，后有猪姆岭扮鬼干扰，白石桥案村民暴动，再到黄马两姓械斗，均表现出传统的强势反弹与韧性。最终新宁铁路在战火和人事的摧折下变为泡影，陈宜禧毕生心血付诸东流。陈宜禧抱有理想主义，希望能够将现代经验直接搬演到中国，却四处碰壁，

[①] 刘怀宇、刘子毅：《远道苍苍》（上），重庆：重庆出版社，2021年，第308页。

郁郁而终，侧面反映出现代化在近代中国的曲折，也不难看出由传统文明向现代转型的艰难。

以玛丽为首的恨华党，他们的大规模出现，正是东西文化直接接触后碰撞冲突的结果。对于玛丽等人来说，华工的大量拥入挤占了当地民众的工作空间与生存空间，而华人殊异的面容、风俗文化、宗教信仰与生活习惯，更是引发仇恨的重要导火索。在当时的西人眼里，中国人的辫子是荒蛮的标志，中国人则是愚昧、麻木、贪婪、顽固的代名词。就沐芳而言，她试图以传统中医和针灸术在金山立足，然而彼时风气未开，这种极具东方特色的传统医学，在西人眼里不啻巫术，因此沐芳被当成妓女和巫女，受到诽谤和人身伤害。而以伊丽莎白、雅斯勒市长、伯克法官、麦格若警长、科尔曼、丽兹等人为代表的白人，则体现出文化汇通、文明互鉴的世界主义胸怀。他们宽宏、容忍、无私、坚守公义，是西雅图的社会良心与文明支柱，在排华怒潮中，他们能够站在国际主义的立场，不顾个人安危，坚守人道，呵护人性的底线，在暴乱中坚持法律的尊严，保护华人的财产和生命安全，体现出"超越种族、国界的博大胸怀"。在玛丽和伯克等人的身上，不难看到在中美文化和价值体系间的冲撞与平衡。

美琪与吴楚三的婚姻悲剧充分彰显出文化价值理念的不同所带来的冲突。美琪自小在美国长大，在文化涵化过程中，她在美国文化中找到认同和归属，西式教育培养了她勇敢、独立、自信的性格。西雅图暴乱中母亲沐芳被人施暴致残，16岁的美琪不顾个人安危站了出来到法庭指控墨菲警长。当美琪回乡后力倡女子教育，却遭到了地方乡绅的非议和羞辱。然而美琪凭借坚忍不屈的意志，与传统的观念习俗作抗争。相比之下，吴楚三则保留了传统教育的印记。尽管他也出过洋，但骨子里仍是一个传统男性，贞操观念、婚恋观念，始终是横亘在两人之间的鸿沟，美琪在新婚之夜的空白床单成了他心头挥之不去的阴影。吴楚三内心向往的是中国传统婚姻，他需要的妻子是既三从四德又红袖添香的佳人，在家庭生活中，他细致周到、精密计算。美琪坚信现代婚恋观念，追求婚恋自由、男女平等，夫妻双方人格独立，彼此尊重，绝对诚实。这势必会与夹在新旧文明之间的过渡者吴楚三产生冲突，也带来了情感的隔阂。因此，当美琪知道吴楚三侵吞公款、中饱私囊、移情别恋时,她意识到,两人来自不同的文明,毫不犹豫地选择了离婚,坚决捍卫自己的理念与原则,一对佳偶最终分道扬镳,反目成仇。

《远道苍苍》兼具史笔与诗笔,还原历史现场,呈现历史的多元面向,以一种包容的史观看待东西方文化。历史与现实,东方与西方,传统与现代在此交织、碰撞、融汇。一代代华人的民族情感与世界胸怀,由铁路打通。小说充分彰显出铁路修建过程中东西方民族性、本土性与世界性的纠缠互动、互补交融,相互打通。这一过程,伴随着美国由保守到开通,由专权到平权,由种族主义到多元主义的蜕变,也伴随着中国由传统到现代,由族权到法治,由封闭到开化的转型,这种变化,既是本国努力的结果,亦离不开文化和价值体系之间的碰撞、交融、平衡。

曾如一条巨龙蜿蜒在四邑大地的新宁铁路,承载一代代华人奋力拼搏、寄情桑梓、报效家国的深厚情感,谱写了一首壮丽恢宏的"机器的诗"(巴金)。远道苍苍,仁心荡荡,作为第一条侨办民用铁路,它在奔流不息的时间之河上留下了光辉的一页。刘怀宇以温润诗意之笔,还原百年前中国铁路史、移民史、风俗史、情感史、文化交流史,将历史的壮阔、情感的纠缠、文化的冲突熔铸一炉,上演一出乱世传奇,为世界华文文学贡献出一部细腻且底蕴厚重的大作。

第二节　知识分子叙事的当下性

《应物兄》的出版，是当代文学上的一次重要事件。该书围绕济州大学筹备儒学研究院和迎接儒学大师程济世归乡的中心事件，由此铺排延展，上下勾连，牵动起学界、商界、官场的三界九流。李洱长于刻画复杂的经验，书中有名有姓的立体人物多达60人，全面塑造了当代学场、官场、商场的人物群像，为时代做了一份整全的记录。而在具体写法上，采用了长卷式结构，以百科全书式的小说笔法向《儒林外史》《红楼梦》《围城》等经典致敬，充分表现出作家的野心与实力。《应物兄》一书几乎囊括了中国近20年的整体生活状态，也为当代知识分子的心灵危机与思想困境留下了一份难得的精神见证。

一、当下性：生活如何文学

当代小说如何处理纷繁复杂的时代经验，成了一个棘手的难题。自20世纪90年代以来，先锋小说打碎了现实主义美学的统治，"小说就是讲故事"日渐成为落伍思想，但同时也变成了一种稀缺的品质。越来越多的小说文本不知道该如何讲故事。在对当下生活的描述中，要么是细节性失真，要么是沉溺于一地鸡毛的琐碎。新世纪知识分子叙事中，日常化、世俗化已经成为主流，而如何恰当地处置世俗生活与日常生活，对作家也是一种考验。"日常生活是个巨大的陷阱，它可以轻易将人的批判锋芒圈掉。它是个鼠夹子，使你的逃逸和叛逆变得困难重重。"[1]因此，李洱在处理日常生活中有充分的自觉。在20世纪五六十年代出生的作家中，像李洱这样敢于将眼前的生活细节拉至文本中的做法尚不多见，尤其是在厚重的长篇小说中。新潮网络用语（"吓死宝宝了"、女王、憋逼、装B、闺蜜）、新世纪事物（千禧宝宝、自拍、Wi-Fi、微博、微信、京东、水军、推特）、热点事件（韩国抢注中国文化遗产、敬香权、整容、明星丑闻、学界动态）、网络段子等大摇大摆地横行于文本之中，作家并不遮掩其鲜明的时代特征，也不为这些事物的时效性担心。这些新出现的事物，构成了一种真实又切近的日常生活语境，也使人物显得有凭有据。李洱在把握时代特色中体现了一种盎然的勇气。

李洱的独特之处还在于，他能够从日常经验中抽取生活的本质。他以独具特色的反讽语调与荒诞现实，真假掺杂，营造出一种真假难辨的文体诗学。无论《导师死了》《午后的诗学》《饶舌的哑巴》《夜游图书馆》《寻物启事》，还是《花腔》《遗忘》，反讽语调与荒诞现实比比皆是。李洱将真实的生活/历史与编造的生活/历史糅合在一起，真实与荒诞偕行，揭示出生活的内在秩序。这种荒诞与变形，是基于扎实的细节，乃至于众多学科知识、前沿理论的融入，不少情节虽然令人瞠目，却不至于在逻辑和情感上无法接受，由此也实现了反讽的效果。比如：黄兴从美国带来宠物驴子、频繁换肾并随身携带供体（两个保镖）和医生；华学明兴师动众、不计代价"复活"济哥，最后却荒诞地发现野生济哥并没灭绝；陈董夫人不过问甚至同情出轨纵欲的丈夫，只关心自己的发型，因为头戴着王冠每天必须九个发型师伺候自己……比起生活的杂乱无章，李洱的小说是杂乱有章的，章法就在于在广阔的视野下以智性的反讽对生活进行洞察与穿透。

"对写作者来说，如果你想写得好，写得真实可靠，还要写得有意义，有那么一点穿透力，你必须拥有一种开阔的视野，必须小心翼翼对各种材料进行辨析，在各种材料之间不停腾挪，你必须付出艰深的心智上的努

---

[1] 李洱：《问答录》，上海：上海文艺出版社，2013年，第83页。

力。"①《应物兄》正是这种艰辛的心智上的努力的结果。《应物兄》在知识高度和思想密度上令人叹为观止，是一种"开放型百科全书"的写法。在卡尔维诺看来，20世纪伟大小说表现的思想是"开放型的百科全书"②，"现代小说应该像百科辞典，应该是认识的工具，更应该成为客观世界中各种人物、各种事件的关系网"③。《应物兄》细致描写了数十种植物，近百种动物，还有众多器物、玩具、食物等，这些丰富枝蔓的细节并不是游离于文本之外，而是被有机地编织到了小说的肌理之中，密密堆砌出文本的大厦。此外，《应物兄》书中所涉及的中外古今文献多达数百篇（种）。而举凡风土名物、琴棋书画、文学艺术、广告综艺、医药杂学等驳杂的知识，充斥文本的各个角落，足以见得"作者在生物学、历史学、古典学、语言学、艺术学、医学，乃至堪舆风水、流行文化等领域，做了大量案头工作"④。毫不夸张地说，《应物兄》在思想的密度、知识的高度、思维的难度上，在当下小说中都可以说是独步的。需要指出，百科全书式的写作不仅是一种写作技巧，更是一种生命诗学的表征。百科全书式的写作，包含了对人类最根本最善意的好奇，对于认知功能的强调，正是为把握变动不居的世界所做出的努力。李洱小说中年变法，不仅综合了不同文类，还杂糅了关于世界面貌的百科知识，把趣味性与对人类的关注融为一体，形成了独特的审美风貌。

二、心灵危机：情感混乱与互害型文化

《应物兄》大胆披露当代知识分子的情感处境，具有强烈的现场感。知识分子的溃败，知与行的矛盾断裂与错位，一直是李洱关心的问题。尤其

---

① 李洱：《问答录》，上海：上海文艺出版社，2013年，第75—76页。
② ［意］伊塔洛·卡尔维诺：《美国讲稿》，萧天佑译，南京：译林出版社，2012年，第111页。
③ ［意］伊塔洛·卡尔维诺：《美国讲稿》，萧天佑译，南京：译林出版社，2012年，第101页。
④ 《收获》文学杂志社编：《收获长篇专号2018：冬卷》，武汉：长江文艺出版社，2018年，第349页。

是在消费主义语境中，知识分子如何自处，这是书中人物所面临的挑战。

自20世纪90年代社会转轨以来，市场经济与大众文化催生的消费主义构成了当代知识人的生存语境。在消费社会中，消费成为社会的中心，整个社会都依靠它来沟通交流，消费成为身份认同的重要手段。[1]作为消费主义文化心理动因的欲望，在"脱离了理性启蒙、宗教伦理和审美主义为感性设定的疆界之后，可能会在纵欲狂欢中走向欲壑难填之境"[2]。在这种语境之下，书中人物遭遇的一个重大危机便是情感危机。小说里几乎所有人都处在混乱的情感关系之中，纵欲并没有给他们带来解脱的快感，反而使得他们进一步陷入欲望的泥潭。"他好像一直有欲望，并且好像一直在获得满足。但是实际上，他已经在不知不觉中被阉割了"，这是因为被消费主义裹挟，个人却缺乏了"属己的、内在的、强烈的欲望和冲动"[3]。"消费主义文化褫夺了文化本应有的启蒙意识和审美精神，使之成为商品，成为市场上可供交换和消费的文化符码。既然是为了消费，便要求其价值标准由曾经的理性启蒙、审美超越蜕变为感性娱乐、身体享受和欲望消遣。"[4]书中人物一方面放纵情感与欲望，早已淹没在喧天的欲海狂潮中；同时出于当代人精明算计的"理性人"本能，为达目的无所不用其极。朗月为了谈工作主动向应物兄献身，却声称自己是一个"保守的人"，和别人不一样，"只想把感情变得纯粹一点，喜欢谁就是谁"，"我从来没有同一时间爱两个人。因为喜欢纯粹，我甚至都忘了自己结过婚了"[5]。朗月毫无愧怍的出轨宣言，充满荒诞色彩。

除了情感关系的混乱，在整部作品中，人与人之间是一种互害型的人际关系，是一种人心的畸变。在互害型社会中，人与人之间发生着身体和

---

[1] ［法］让·波德里亚:《消费社会》，刘成富、全志刚译，南京：南京大学出版社，2001年，第71页。

[2] 李艳丰:《消费主义文化逻辑与文学话语范式反思》，载《云南社会科学》2010年第1期。

[3] 李洱:《应物兄》，北京：人民文学出版社，2018年，第26页。

[4] 李艳丰:《消费主义文化逻辑与文学话语范式反思》，载《云南社会科学》2010年第1期。

[5] 李洱:《应物兄》，北京：人民文学出版社，2018年，第214页。

精神上的互相戕害，"这些互害是连锁性的和结构性的，是以显性的作用方式与隐性的作用形式共存的"[1]。比如金彧就因为老板"铁梳子"的宠物狗被咬伤而要应物兄赔款99万元；比如大律师邵敏，她出轨并与华学明离婚后，仍一心想要盘剥华学明的财产，企图拿走543万元的抚养费，华学明重病的时候她又出狠手将华学明的房子卖掉，最终将其逼到绝路；豆花同样也是厉害角色，先是假装贤良淑德上位成功，与栾廷玉结婚后变得泼辣凶悍，并总是以权谋私，最后因为屡次流产精神受到刺激，自杀之前举报栾廷玉使其落马；卡尔文则因为到处滥交染上了艾滋病而报复社会，私下传染了多名女性……在这种氛围中，人们一方面暴戾之气弥漫，另一方面又充满虚弱与恐惧。同情、敬畏、美感等种种美好的情感已经消失，剩下的只是一群蝇营狗苟之徒。人们也都变得面目可憎："那是由焦虑、疲惫、疯狂和渴望相互交织、相互渗透的情绪，那些情绪有如千足之虫的触角，密密地伸向了四面八方。"[2]这种扭曲的多重的面孔，是人陷入欲望纠缠与俗世压力下的现实写照。太和早已不是纯净的研究院，更不是实现家国情怀、学术梦想的地方，纯粹成为安插各派人员势力的名利场。"这代人，经过化妆，经过整容，看上去更年轻了，但目光黯淡，不知羞耻，对善恶无动于衷。"[3]可以说，书中人物不仅遭遇情感危机，他们甚至已经失去了基本的情感，成为欲望的载体与容器，成为精致的利己主义者。李洱通过大胆的揭示，对于混乱的精神道德状况进行了有力的抨击，体现了作家强烈的道德感。

《应物兄》洋洋百万言，在小说的难度、长度、密度方面都显示出一种厚重的美学品质。《应物兄》不只是一部全面探索当代知识分子生活心灵与思想的力作，也是关于当代人类文明困境的沉重隐喻。它以百科全书式的写法娴熟地展示出文学如何处理时代经验，充分彰显了作品的当下性；同时，深入揭示知识分子的情感危机与孤独境遇。《应物兄》的出场，不仅再

---

[1] 张光芒：《警惕互害型文化蔓延》，载《人民论坛》2012年第19期。
[2] 李洱：《应物兄》，北京：人民文学出版社，2018年，第54页。
[3] 李洱：《应物兄》，北京：人民文学出版社，2018年，第704页。

次推进了新世纪文学知识分子书写的难度、高度、深度,也为时代的人文危机做了一次深入的切片,折射出时代的境况。从各种意义上看,《应物兄》都是不能被低估的一部大作。

第三节　当代文学中的分裂叙事

《带灯》是描写当下中国农村生存境况的小说，也是首次全景式、细致描写上访内容的作品。小说女主角带灯以红烛自比，"我的命运就是佛桌边燃烧的红蜡，火焰向上，泪流向下"[①]，这句话不仅仅是小说女主角带灯命运的写照，更可以作为小说分裂叙事的一种隐喻。这种"分裂"不仅表现在人物性格设置上，多重隐喻意象的安排上，还表现在小说叙事风格上；而这种分裂，实则源于叙事者叙事意图与叙事手法的内在冲突与矛盾，包括交替的叙事视角，杂糅的叙事声音，分裂的叙事立场，种种分裂交织在一起，构成了一次分裂实验，在种种分裂之中也使得小说产生了别样的张力。

一、分裂的隐喻意象

带灯原名叫"萤"，是樱镇综治办主任，每天面对的是鸡零狗碎、繁杂棘手的民间纠纷。她美丽浪漫又理想主义，充满小资情调，内心有无限诗情。她同情村民的苦难与不幸，学中医免费给村民看病，干旱时节为村民借抽水机，积极为因打工患病的村民寻求赔偿……然而带灯也有务实卑俗与琐碎的一面，她和乡镇融为一体。带灯学会了抽纸烟、说脏话；吵嘴打架、送礼请吃也都是游刃有余。"盛气不凌人，宽展不铺张"，"软硬兼施，

[①] 贾平凹：《带灯》，北京：人民文学出版社，2013年，第350页。

恩威共使"①可以说是务实理性、精明强干的带灯最好的写照。基层工作与精神世界相冲突，造成了她性格上的分裂，带灯活得又累又焦虑，"厌烦世事厌烦工作，实际上厌烦了自己"②。此外，带灯的婚姻生活与情感世界是分裂的，丈夫被放逐，婚姻生活名存实亡，由此也为她的情感腾出生长空间。她一心记挂着元天亮，为他开处方，给他寄土物山珍，用短信抒发她内心的美好理想与追求。带灯的工作、情感和她的精神追求存在着强烈的反差与冲突，这种内在的分裂表现出黑色幽默般的荒诞。

萤火虫本身就是一个矛盾的象征。萤光梦幻却冰冷；萤火虫也会杀害弱小昆虫；母萤火虫没有翅膀，丑陋而卑俗。萤火虫的意象十分精当地传达了带灯的分裂之处。带灯并非点亮自己照亮别人，而是挣扎中有妥协，抗争中又沉沦。小说结尾，莽山上出现了萤火虫阵，"似雾似雪，似撒铂金片，模模糊糊，又灿灿烂烂，如是身在银河里"③。聚成萤火虫阵，光芒才能灿烂，寓意许许多多像带灯一样的人，一起用着自己微弱的光，才能照亮这晦暗的世界。然而萤火虫成虫的生命只有五天，短暂的辉煌无法带来永久的救赎，这也意味着，作为"萤"的带灯，无法承担起拯救乡村的重任。

文中另外一个贯穿始终的意象是虱子。虱子象征着整个乡土中国的凋敝与破败，象征着樱镇的脏污破败、种种黑暗与令人失望的一面，更象征着人自身的痼疾与劣根性，难以被除。樱镇人对虱子习以为常，甚至认为灰虱子很好看，捉虱子就和穿衣吃饭一样必不可少。除了带灯和竹子，樱镇人身上都生虱子。带灯一开始就和虱子做斗争，不仅自己常洗澡晒被子，还向镇政府建议在全镇范围内开展灭虱活动。然而，樱镇人对虱子已经司空见惯，觉得带灯很可笑。到最后，带灯与竹子也生了虱子，这隐喻着带灯无可避免地融入乡村之中。虱子是可恶的，除不掉赶不尽，一旦虱子全部灭光，樱镇人又会觉得无所适从。

---

① 贾平凹：《带灯》，北京：人民文学出版社，2013年，第184页。
② 贾平凹：《带灯》，北京：人民文学出版社，2013年，第275页。
③ 贾平凹：《带灯》，北京：人民文学出版社，2013年，第352页。

从杂毛狗到白毛狗再到杂毛狗，狗曲折的命运实则是带灯命运与精神世界的象征。带灯刚到樱镇工作，凡事看不惯，与周围格格不入，而到最后对一些黑暗现象却也习以为常并处之泰然；狗由刚开始受人喜爱到腿被打跛，尾巴被割断，又到被打得半死，重新变回了杂毛狗。狗的命运正是带灯命运的写照，带灯是一个要强精干的干部，为工作尽心尽力却被降职处分，最后压力太大而精神失常发疯夜游。她一直要改变现状，寻求超脱，挣扎到最后却仍是一切付诸东流，万般无奈。

文中带有神秘色彩的人面蜘蛛则是元天亮的象征。人面蜘蛛带着几分神秘，不常见到，就像从未现身的元天亮，在村人眼中已经变成真龙天神一般的存在。人面蜘蛛不同于白毛狗，它处于乡村世界俗世洪流的"外位"，总是冷眼旁观，高高在上，俯瞰着樱镇每天所发生的一切鸡零狗碎。它成了带灯的寄托，带灯处理重大问题前总会朝人面蜘蛛望一望，寻求勇气与支持。人面蜘蛛的网又象征着元天亮播撒的相思之网，紧紧缠着带灯，带灯不愿挣脱，也无法挣脱，直至最后精神失常。人面蜘蛛既是高贵神秘的，又是冷漠无情的，它亦是一个内在分裂的意象。

二、分裂的叙事风格

《带灯》由两条叙述线索来完成，一条是带灯的现实生活与工作，一条是带灯写给元天亮的信，是她的精神世界。对应于这两个世界，作者采取了两种截然不同的语言风格、叙事视点、叙事人称、叙事立场，构成了鲜明的分裂叙事风格。

在写带灯的现实生活时，作家"再现"生活自足的逻辑。而对于带灯的精神生活，作者则着力"表现"浓郁强烈的个人情思。工作报告与情书，卑俗与浪漫，理性与抒情，都被并置到一个结构下，生成了一种奇崛之感，相应地，这种文风的分裂也构成了一种张力。樱镇日常生活叙述风格和带灯精神世界的叙述风格构成强烈的对照。"先是乔虎力气大，一磨棍打得元斜眼跌进粪池，屎呀尿呀沾了一身，要往出爬，乔虎又来用脚踩元斜眼扒在粪池沿上的手，踩了一下，手没松，再踩一下，手背上的肉没了，手还不松，而乔虎的屁股上挨了一刀。"①这一段写元薛武斗的场面，用白描的手法，不带有任何感情色彩，这是作者有意宗法两汉的尝试，力图做到"沉而不糜，厚而简约，用意直白，下笔肯定，以真准震撼，以尖锐敲击"，向"海风山骨靠近"②。"我在山坡上已绿成风，我把空气净成了水，然而你再没回来。在镇街寻找你当年的足迹，使我竟然迷失了巷道，吸了一肚子你的气息。"③26封短信情书乃是小说轻灵向上、玲珑通透的缘起，使得作品摇曳多姿、细腻灵秀。抒情信中画面感非常强，贾平凹沛然的艺术才气也给读者带来了别样的审美体验。这种浓郁柔丽的抒情与贾平凹自身的艺术素养有关，他醉心于传统文化与民间文化，喜欢琴棋书画，尤其精通书法和绘画，这种深厚的艺术素养是其他许多作家不具备的。信中融入了贾平凹的艺术感悟，画面清丽，色彩饱满，有民歌小调的质朴清新气息，亦有花鸟画的灵动生机。乡语村言与诗情画意相交替，风格相互冲突，简约直露的白描与含蓄精致的抒情写意画面在杂糅、分裂中迸发出一种饱满的张力。

除了语言风格的分裂，叙述视角的杂糅，也增强了小说的分裂感。热奈特曾将"聚焦"区分为三种形式，即零聚焦、内聚焦与外聚焦叙事。零聚焦是指叙事者比任何人物知道得都多；内聚焦是指叙事者只知道某个人物知道的情况；外聚焦则意味着叙事者比人物知道得少。④在中国古典小说叙事传统中，叙事者通常采用"零聚焦"的视点，这是一种全知全能型的叙事视角类型，不受任何限制，君临一切、无所不知，而叙事者处于故事之外，拥有随意变换的上帝眼光。⑤贾平凹的传统文化积淀非常深厚，他积极吸收古典小说的叙事技法，在小说创作时经常采用这种全知叙事的视角。然而，《带灯》在采用零聚焦的视角外，还有其创新之处。它表现为叙事者

---

① 贾平凹：《带灯》，北京：人民文学出版社，2013年，第378—379页。
② 贾平凹：《带灯》后记，北京：人民文学出版社，2013年，第359—362页。
③ 贾平凹：《带灯》，北京：人民文学出版社，2013年，第43页。
④ [法]热拉尔·热奈特：《叙事话语 新叙事话语》，王文融译，北京：中国社会科学出版社，1990年，第129—131页。
⑤ 申丹：《叙述学与小说文体学研究》，北京：北京大学出版社，2004年，第198页。

交替地使用零聚焦和内聚焦的视角，使得文章有了纵深感。使用零聚焦的视点抑或说全知视角，与人物保持一定距离，具有一定的客观性；而叙事者将信息全面传递给隐含读者，又以权威的口吻建立起道德标准。在带灯的现实生活这一条线索中，隐含作者用的是全知的视角，如史诗般大开大合，包罗万象，举凡樱镇和樱镇人有关或者发生的一切事情，上至古史传说，下至鸡零狗碎，一切都被容纳进来，众多纷繁的人物群像组成了气势磅礴的樱镇画卷。与此同时，内聚焦的视角则应用在带灯写给元天亮的情书之中，以带灯的视点来观察樱镇发生着的一切，抒发叙事者"我"（带灯）的种种情感。展示了带灯内心的挣扎，理想与工作的分裂，感情与婚姻的分裂，乡镇生活情趣与现代审美追求的分裂，乃至对现代化建设与传统文明冲突的隐忧……这一切都通过带灯女性视角的细腻与优美精巧体现出来，给原本浑厚古拙的零聚焦叙事增添了诗意与柔情。

在20世纪初西方小说大量进入中国之前，中国的小说家"并没有形成突破全知叙事的自觉意识，小说都主要以叙述者全知为主"[①]。《带灯》第一条线索中承袭了古典小说第三人称全知叙述这一适合鸿篇巨制叙述历史或是全面反映社会现实的传统，全知全能并且客观性较强，可以"自由地利用任何人物的视角"[②]。樱镇千年变迁百年兴衰，秘闻野史家长里短，通过各个人物叙述出来，有较强的客观性，同时由于全知叙述带来了一定的距离感，读者更容易整体把握以樱镇为代表的中国乡土社会的变迁与当下状况。然而，这种整体的把握却很容易被干扰和中断，原因是作者着意要突出主人公带灯的形象，因此在第二条线中，作者采取了第一人称限知叙述，以情书的方式独立存在。尽管第一人称限制叙述讲述"自己"所知道的，自己的或者与自己相关的故事，可信度比较强，然而这种叙述具有一定的限制性，增添了叙述的不确定性。而这种声音也多少可疑，因为《带灯》是一部典型的独白型小说，"众多性格和命运构成一个统一的客观世界，在

[①] 冯仲平等：《中国古代小说理论名家研究》，桂林：广西师范大学出版社，2010年，第178页。

[②] 王阳：《小说艺术形式分析：叙事学研究》，北京：华夏出版社，2002年，第361页。

作者统一的意识支配下层层展开"①。主人公的意志实际上统一于作者的意识，丧失自己独立存在的可能性。在带灯那几十封倾诉的情书中，有的只是作者自我的确证。作家的意志干扰了人物自身的发展逻辑，作者通过带灯在发声。

《带灯》第一条线索中，叙事者按照"生活流"进行叙事，依照生活自足的逻辑，仅仅述说客观现实和人物活动，并不发表直接评论，隐含读者需要积极介入阐释。作者虽然并不做直接评论，但是价值判断其实已经蕴藏在字里行间。在第二条线索中，叙事者的客观叙述被充斥着评论性话语的、带有浓郁情感的主观叙述所取代，作者将想要表达的情感、观点等通过带灯的情书宣泄出来。例如在信中，带灯表达了对于矿区建设的不满，对于千年石刻被毁的极度痛心，以及对高能耗、高污染大工厂项目的隐忧："樱镇上有人议论，说你的长辈为了樱镇的风水宁肯让贫困着，而他的后辈为了富裕却终会使山为残山水为剩水。但我不相信，这怎么可能呢？对于樱镇，不开发是不是最大的开发呢？我不知道。"②而这些都隐含作者的态度和立场，借人物之口发表评论或者感受。第二条线索中主观叙述虽然引导性更强，但其实是对于第一条线索中客观叙事的背离，作者的忧患意识跃然纸上，实际上削弱了客观叙事所带来的震撼力度，读者原本可以在客观叙事中完整地推测出作者的价值判断、立场态度，并在理性客观的叙事中找到自己所持的立场，这种独立的判断却被主观叙述中的评论话语干扰和诱导。这实际上反映出作家的表意焦虑，一方面希望抽离主观情感，另一方面，价值立场、忧患意识却又不时地跳至前台，代人物发言，这种客观叙述与主观叙述的杂糅也加剧了小说的分裂感。

三、分裂的原因

贾平凹在耳顺之年仍然笔耕不辍，这一部号称是"转身之作"，然而这

---

① ［苏］米·巴赫金：《陀思妥耶夫斯基诗学问题》，白春仁、顾亚铃译，北京：生活·读书·新知三联书店，1988年，第29页。
② 贾平凹：《带灯》，北京：人民文学出版社，2013年，第16页。

第三节　当代文学中的分裂叙事

转身并不十分成功，可以说是"何等的艰难""力不从心"。作者一直试图在传统表现手法和现代意识之间找到一条中间道路。从贾平凹历来的创作也能够看出这种良苦用心。他坚持中国古典小说的传统，例如话本小说或章回体小说的结构，全知的叙事视角，并不断融入西方小说叙事的种种元素，进行着创新与改造，并在其中融入了知识分子的现代思考与忧患意识，而正是这种意图与手段的分歧，导致了小说分裂的叙事，一定程度上既带来了矛盾，也造成了小说叙事层面与话语层面的张力。

叙事者一直背负着精神重负，却又试图放弃价值判断，这也是造成小说分裂的重要原因。由自我意识萌发，到故土诗意的再现，再到悲剧的体验与绝望的对峙，而后是沉重的历史反省，最后又回到现实的原态，这是贾平凹近40年小说创作的路径。而如果把"商州系列"小说与《带灯》并置，会发现贾平凹对于传统和现代的矛盾心理其实并没有随着时间的推移而消解，反而以不同的方式表现出来，呈现一种螺旋式推进的特点。

贾平凹声称自己是带着使命感写作的，对于各节小标题加黑框的处理，作者自称是有意向《旧约》靠拢，寻求经典化。"比如在民族的性情上、文化上、体制上、政治生态和自然生态环境上、行为习惯上，怎样不再卑怯和暴戾，怎样不再虚妄和阴暗，怎样才真正公平和富裕，怎样能活得尊严和自在"[①]，这便是作者所要表现的中国经验，也是作者所强调的现代意识与人类意识。作家希望"通过写《带灯》进一步了解了中国农村，尤其深入了乡镇政府，知道了那里的生存状态和生存者的精神状态"[②]，也通过小说表达出社会转型时期对于乡土社会遭受现代文明冲击的隐忧与前途去向的思考。樱镇历史悠久，皇帝来过，白居易、苏轼也来此休憩过，一块千年石刻静静矗立……种种历史遗留都在强调，樱镇是传统古老中国的缩影。樱镇代表的乡土中国既有温情的人文关怀、美丽的自然风物、浓厚的宗法伦理秩序，同时也充满了贫穷、落后、愚昧、脏乱、污秽。乡土中国在现代转型中所经受的撕扯与裂变、创伤与阵痛、发展与进步、污染与破坏等

---

① 贾平凹:《带灯》后记，北京：人民文学出版社，2013年，第359—362页。
② 贾平凹:《带灯》后记，北京：人民文学出版社，2013年，第359—362页。

一直是贾平凹关注的重点,在文中他从带灯的视点以及上访专业户王后生的视点两个不同侧面出发来探讨当今中国农村社会的发展问题。

与此同时,贾平凹在处理小说时,又试图放弃主体意识与价值判断。他试图将自己抽身出来,却又沉溺于细节的琐碎之中。他认为生活有自己独特的逻辑,而中国基层社会的问题原本就复杂,在时代的转型期,就更是多了许多的不如意,"它像陈年的蜘蛛网,动哪儿都落灰尘"[1],因此贾平凹延续了他"生活流"叙事的特点,亦即按照生活自足的逻辑开展叙事,烦冗的细节织成一张细密的生活之网。小说文本缺乏坚实的思想蕴涵,叙事浮于生活的表层。贾平凹既对乡镇政府工作人员的素质与作为颇有微词,同时对他们的处境又多同情;既涉及乡村社会的诸多问题,但又缺乏判断。这种生活流叙事的背后,缺乏坚实的主体精神的沉思与探究,也缺乏对现实社会与生命存在的价值的把握与观照。作品选择了将带灯的精神生活与现实生活割裂开来,就越发加重了这种无可奈何的分裂感,小说流露出主体理念弱化的特征。

《带灯》是贾平凹做的一场分裂实验,这种"分裂"不仅表现在人物性格设置上,多重隐喻意象的安排上,还表现在小说叙事风格上;而这种分裂,实则源于叙事者叙事意图与叙事手法的内在冲突与分裂。零聚焦与内聚焦交替的叙事视角,第三人称全知叙述与第一人称限知叙述的杂糅,主观叙述与客观叙述杂糅的叙事声音,以及叙事立场上既承担精神重负,却又试图取消价值判断……作者处于传统意识与现代意识、传统手法与现代手法的撕扯中,他试图寻找到一条完美的解决之路,然而这种分裂实验却以惨淡收场。叙事意图与叙事手法内在的分裂与冲突并没有得到圆满妥善的解决,以至于在种种分裂中相互影响,相互削弱。《带灯》聚焦上访题材虽然敏感而深刻,但小说对于上访题材并未进行深度的挖掘,以及小说里思想深度的缺乏与主体精神的弱化,使得原本极有价值的题材在一定意义上形成了浪费。叙事聚焦于以带灯为代表的基层干部,为长期被忽略的

---

[1] 贾平凹:《带灯》后记,北京:人民文学出版社,2013年,第359—362页。

基层干部群体发声，然而却对处于社会底层的民众形成了新的压抑。

尽管如此，《带灯》仍有其特殊意义，它以其分裂叙事以及带有的张力，给文坛一定的审美冲击。作家采取民间立场，关注底层叙事，直面基层敏感的话题，对中国当下浮泛的小说创作有一定的启发和引导意义。而贾平凹交替使用并糅合中国传统小说创作手法与现代小说创作手法，进行传统意识与现代意识相融合的分裂实验，亦是当代小说史上的一次壮举。

第四节 从社会悲剧到性格悲剧

新时期文学的悲剧书写,无法绕过"文化大革命"这一主题。"文革"结束之后,作家急于发泄巨大的痛苦与愤怒,最早一批作品如《伤痕》等以控诉者的姿态出现,抨击"文革"给人带来的伤病。之后的"反思小说""寻根小说""知青小说""先锋小说"等都充斥着悲剧的书写,并且关注点由社会转向个人,探究内部深层次的原因。20世纪90年代以来,文学走向多元化,出现了新历史小说、新写实小说、个人化写作乃至底层叙事,文学中的悲剧叙述有了纵深的发展,达到了一个新的高度。文学作品对于悲剧的成因与根源由社会层面深入人性层面,体现了当下文学不断向内探求的"内面化"过程。

有论者曾指出,20世纪70年代末以来的中国文学,其基调是悲剧性的。[1]"文革"结束之后拨乱反正,清理极"左"造成的创伤成为社会正常化的起点,而社会悲剧的适时出现正是呼应了这种时代需求。作家们对于刚刚过去的30年采取了"悲剧的历史化"与"历史的悲剧化"的处理方式,这一方式成为当时文学的主要症候。将"文革"与当前切断,把悲剧固定在"过去"这一时间与空间范畴之中,而错误与悲剧都由历史承担,而改正历史的错误便是当下的任务之一,由此把当下区隔开来,并置于安全地带,为当前的改革扫清道路。回忆是一种"积极的情感投资"[2],它将记忆主动拉回过去,通过筛选与重组记忆从而重新"发明"历史。这种历史化

---

[1] 曹文轩:《二十世纪末中国文学现象研究》,北京:人民文学出版社,2010年,第21页。
[2] [美]周蕾:《理想主义之后的伦理学》,吴琼译,郑州:河南大学出版社,2013年,第147页。

的处理策略旨在批判"文革"而生产现代性话语,通过文学的精神治疗与抚慰,达到遗忘创伤的效果,是一种"为了忘却的集体记忆",从而为潜在的社会危机提供一种"想象性解决"的可能[①]。进入20世纪80年代,随着"文革"之后卓有成效的创伤清理与人心抚慰,新的社会记忆与社会情感得以巩固,改革开放政策的推行使得中国踏上急剧变化的轨道,文学表达也出现了新的变化,原有的血泪控诉式的表现方式已经不能满足人们新的情感需求与审美需求,于是普通百姓的悲欢离合更多地进入作家视野。此时,就悲剧叙述来讲,作家们或是打捞大历史中小人物的命运浮沉,或是清理传统文化中的糟粕,或是以实验姿态探索人性的黑暗森林,又或是表现匮乏的生活状态……

一、由英雄到非英雄

20世纪70年代末最初涌现的文学作品中,英雄主角受难的故事占据了多数。从读者接受心理来看,一个动荡时代的结束,当人们需要寻找情感慰藉时,英雄人物受难更容易引起读者的同情,一方面由于20世纪50—70年代"典型人物=工农兵英雄"的审美范式培养了读者的口味;另一方面,比之普通人的遭际,英雄人物多遭大难,这种距离感产生了美感,于是普通人受到的痛苦委屈在一定程度上也得到了宣泄与慰藉,从而起到"净化"的效果。英雄主角受难的故事具有古典意味。亚里士多德就认为,悲剧性格是指出类拔萃的人物因犯有过失而遭到了不应有的厄运。

这一时期,大量的悲剧主角形象是具有道德范型的革命干部和高级知识分子,也可以称为"革命英雄"。他们原本才华满腹、精明强干,或身居高位,或受人尊敬,然而乱世之中他们却首当其冲,不少人成为阶下囚,或死或伤,令人扼腕,如《晚霞消失的时候》中高级将领楚轩吾,《苦恋》中的知名画家凌晨光,《罗浮山血泪祭》中资深留美专家陈赞……其中从维

---

① 戴锦华:《涉渡之舟:新时期中国女性写作与女性文化》,西安:陕西人民教育出版社,2002年,第33页。

熙开创的"大墙文学"值得注意，他笔下的主人公圣洁崇高，无辜受难，"就像医药上常用的蒸馏水"一般，而正直无私的主角落难，具有鲜明的悲剧色彩。在《大墙下的红玉兰》中，原本如玉兰花一样洁白高尚的省劳改局劳改处处长葛翎竟成了劳改犯，而后为了表达对周总理的悼念，葛翎爬墙去摘玉兰花，却误中了敌人奸计被击毙。从维熙的小说体现出浓厚的理想主义色彩与主旋律格调，典型地反映了20世纪70—80年代的社会审美心理。类似的受难英雄故事还有《遗落在海滩上的脚印》中的陆步青、《雪落黄河静无声》中的范汉儒、《白云飘落天幕》中的林逸等。其他作家也塑造了不少此类的英雄形象，如饱受迫害的老干部（《洗礼》），九死不悔的罗群（《天云山传奇》），为民请命的李铜钟（《犯人李铜钟的故事》），因改革阻力而导致心脏病猝发的郑子云（《沉重的翅膀》），被迫害而死的将军（《小镇上的将军》）及坚持正义而命运坎坷的将军彭其、陈镜泉、胡连生（《将军吟》）……这些作品明显带有"十七年文学"的历史痕迹，激昂的语言风格、直接干预的叙事策略、对比鲜明的人物设置、光辉伟大的英雄典型等，使英雄人物的悲剧具有浓墨重彩的美学效果，他们所呈现的也"并不是个人的命运，而是共同体（Gemeinschaft）的命运"，"他的主人公的经历就是人类命运本身的象征性统一"[①]。

"反英雄"人物的大量出现最能体现由社会悲剧到性格悲剧的变化趋势。英雄主角受难往往是非个人因素造成的，悲剧的出现与个人性格并无直接关系。而"反英雄"形象的蕴涵则更加复杂。作为人民英雄的对立面，他们在道德上多有瑕疵，有着强烈的个人欲望，为实现目的常常不顾一切，而这种突出的性格给他们带来了灾难——"当人在追求不可企及的东西时，他注定是要失败的"[②]。而"反英雄"面对悲剧遭遇，往往更能迸发出强烈的个人意志与个人力量。

这种极端的悲剧性格，首先比较突出的是女性人物形象。值得注意的

[①] ［匈］卢卡奇：《小说理论》，燕宏远、李怀涛译，北京：商务印书馆，2012年，第59—61页。

[②] ［美］尤金·奥尼尔：《论悲剧》，载刘保端等译《美国作家论文学》，上海：上海三联书店，1984年，第243页。

一点是，在社会转型之时，女性总会被推到历史前台，而女性形象的变化也往往象征着时代精神的变迁，比如"五四"新文学运动时期，就出现了以莎菲女士、繁漪等为代表的一大批女性形象。同样地，在新时期也涌现出诸多爱憎分明的女性。饱受非议的离婚女性荆华、梁倩、柳泉勇敢坚毅地对抗男性世界的倾轧（《方舟》）；惊世骇俗、僭越男性世界的姑爸（《玫瑰门》）；放荡纵欲，不受任何束缚，试图抗争并毁灭一切外在限制的戴凤莲（《红高粱》）；敢爱敢恨也心狠手辣的梅珊（《妻妾成群》）；歇斯底里的大姐（《饥饿的女儿》）……大量的女作家纷纷登台，探究女性的欲望、女性的悲剧、女性的本质。属于女性的不再是一方低矮的天空，而是广阔的舞台。当然，男性"反英雄"悲剧主角也比比皆是，他们与反叛的女性一起，共同推进了当代文学悲剧审美的深入：比如呼风唤雨的赵四爷爷（《古船》）、"土皇帝"呼天成（《羊的门》）、执迷于山村共产主义的苦根儿（《无风之树》）、一代枭雄杨楚雄（《旧址》）、作恶多端的刘浪与马大（《施洗的河》）……相比于高大全的悲剧英雄人物葛翎等人，这些"反英雄"人物显示出了人性的复杂与多元。

20世纪90年代回潮的"现实主义冲击波"呼应了20世纪70年代所着重刻画的"人民英雄"形象，突显了"人民英雄"在时代大转型时所肩负的责任与使命，他们也集中体现了响应时代召唤的道德范型。在刘醒龙、谈歌、何申、关仁山、李佩甫、周梅森、曹征路、胡学文等作家笔下，悲剧英雄形象的刻画，已经注入了较为丰满复杂的性格内涵，人性深处的欲望等因素成为左右小说中人物命运的重要力量。可以说，"英雄—非英雄—反英雄"这一悲剧主角形象谱系的变迁，显示了当代人们审美范式的变化，反映了当代作家视野的拓宽、审美的深入与对人性更复杂曲折的把握。

二、由外部冲突到内部冲突

悲剧冲突是悲剧叙事中的核心部分。亚里士多德认为悲剧是出类拔萃的人物遭遇"意外发生"又有"因果关系"的事件所造成的冲突，这使得好人落难。而黑格尔则对此理论进行了修正，他认为悲剧冲突是两种都具有合理性又有片面性的伦理力量相互之间不可避免的冲突，结果是两败俱伤，使得永恒正义得到伸张。悲剧冲突分为外部冲突和内部冲突，而外部冲突具体又包括人与自然的冲突、人与社会的冲突、人与人的冲突，内部冲突则是指人与自我的冲突。

新时期的悲剧书写中，最先受到广泛关注的是描写外部冲突的作品。外部冲突首先包括了描绘恶劣的自然环境对人的摧毁、社会政治文化方面对个人的压抑、人与人之间人性的角力；随着对外部冲突的充分探索，作家开始观照人物内心，以显微镜与手术刀来细致解剖人物内心沸腾不息的斗争与冲突。而正是这种由外部到内部的冲突的变化，体现了新时期小说对于人性的深层把握。

在当代小说叙事中，人与自然的悲剧冲突往往是较为外在明显的，包括恶劣的自然条件、闭塞的地理位置、落后的经济生产以及愚昧的精神状况，而人们奋力挣扎也无法逃脱悲剧的宿命……这种恶劣的生存条件呈现了人类的苦难景观，而对于生存在恶劣环境中的人们的关注也体现出作家的悲悯情怀。生存困境始终不脱离作家的视野，他们的目光是忧虑的，他们的笔调也是沉重的。《这是一片神奇的土地》《今夜有暴风雪》写知青因为垦荒而送命；《合坟》中知青玉香因为抗洪而牺牲；《血色黄昏》中68位知青因盲目救火而被烧成焦土；《老井》则刻画了山村人为了吃水而付出的艰苦卓绝的努力；《温故一九四二》讲述了因为灾荒三百万河南民众活活饿死的悲惨往事；还有《和平年代》于饥荒中饿死的姥姥；《黄油烙饼》中描写的"大跃进"中饿死的萧胜的奶奶；《活着》中吃豆子撑死的苦根；《无风之树》中因饥荒被卖到矮人坪当公妻的暖玉……在描写这种外界环境对人的损毁方面，阎连科的小说独树一帜。他尤其善于揭示穷山恶水、重重苦难的重压之下人的悲剧命运与奋力的抗争。《年月日》中大旱之年老汉与狗相依为命，与极端生存条件抗争，最终老汉以生命为养料哺育出七棵玉米，将希望传递给后人；《耙耧天歌》中年迈母亲为了治好孩子痴呆不惜割掉自己的肉；《日光流年》中为了打破村人活不过40岁的宿命，四代村长殚精竭虑，然而这些背水一战最后都是全盘皆输，村民们被这种命运诅咒，无论如何努力都无法改写生死簿。阎连科笔下的村庄无一不被深重苦难笼罩，

第四节 从社会悲剧到性格悲剧

灾难如浓厚的乌云遮蔽了乡村的天空，人们无望地潜行于幽深晦暗的峡谷。人与自然的冲突显示了人的有限性，人类向自然索取与改造，打破了人类与自然的一体化关系，由此引发人和自然的冲突。在暴怒的自然面前，人始终是渺小的，然而人的抗争却因此显得难能可贵，从刀耕火种到今天的科技社会，人类始终与自然做着永久的斗争，突显着人类生命意志的顽强。

在当代小说的悲剧书写所表现的悲剧冲突中，最先引起轰动效应的是反映人与社会冲突所造成的悲剧。个人与社会的冲突具有不可抗拒性，虽不如宿命一般无可奈何，但也是个人难以掌控的。在恩格斯看来，人与社会的"悲剧冲突的实质是历史的必然要求和这个要求实际上不可能实现之间的悲剧性的冲突"[①]。社会悲剧往往产生于历史的过渡阶段，旧事物苟延残喘，新事物尚未诞生，在这种旧神将死、新神未生的失序状态，最容易产生人与社会的冲突。新时期小说最先出现的所谓"伤痕""反思"小说潮流都聚焦于"文革"以及"反右"、"知青"、"大跃进"等题材，反思极"左"思想和实践给民族和个人造成的难以平复的伤害。《伤痕》引发全民阅读热潮的原因，就在于作品展现出个人无力抗衡国家力量的碾轧而引发的悲剧。除了检视"文革"时期对于伦理的戕害，作家还集中关注了"文革"中的"群众暴力"给人带来的悲惨遭遇：有被毒打致死的，有自杀的，有被抄家的，有被批斗的，有被非法监禁的，有入狱多年的，有发疯的，有堕落的，有亲友反目的……例如被学生活活打死的反动派女教师（《铺花的歧路》）；为保护爱人而被反对派打死的邵玉蓉（《蹉跎岁月》）；被批斗而跳楼的萧凌的母亲（《波动》）；因"文革"而受刺激发疯的历史教师（《一九八六》）；因被批斗而绝望自杀的诗人余子期（《诗人之死》）；因武斗失势而跳楼的"井冈山派"首领卢丹枫（《枫》）；因失误而被剥夺了20年青春的放映员方丽茹（《记忆》）……其中《血色黄昏》尤其值得注意，这部小说以"知青"的视点集中描写了人与社会的激烈冲突。人的死亡和毁灭的场景密集出现成了新时期小说的重要景观，这都表现了对于"文革"的激烈申诉与抗辩，

[①] [德]恩格斯：《致斐拉萨尔》，载《马克思恩格斯全集》第4卷，北京：人民出版社，1972年，第346页。

作家将人民巨大的悲愤与冤屈化作笔底奔涌的激情。除了控诉"文革"等极"左"革命实践对人的迫害,爱情悲剧也是人与社会冲突中的重要主题。这是因为在20世纪70—80年代,社会风气与婚姻道德观念相对保守,在这种压抑的道德氛围下,人的情感无法得到自由的表达,也往往容易产生爱情悲剧。"文革"后期最受欢迎的手抄本《少女之心》便反映了普通人的情感悲剧,一场三角恋爱引发了两个男人之间的决斗,最后李国华、姚大明死去,而黄永红也被投入监狱;《小嬢嬢》中没落的世家子弟谢普天与姑姑的乱伦之恋不为世人所容;《如意》里格格和家奴石义海历经朝代更迭,有情人未成眷属,阴阳两隔;《被爱情遗忘的角落》写年轻人因为激情而不为村民所容,最终自杀;《爱,是不能忘记的》讲述了女作家钟雨与老干部囿于道义无法结合的一生痴恋;《务虚笔记》葵林故事中,地主女儿爱上了穷学生,但因为阶级阻隔,女人最后伤心而死……新时期小说中爱情悲剧的大量出现,侧面证明了个人在时代中所遭受的磨难,说明了人的自由发展已经成为时代共识,昭示着一个新时代的到来。

当然,随着社会的发展,人与社会的冲突表现形式更加多样与深刻,而不仅仅局限于政治层面。比如有民族之间的冲突(《金瓯缺》),新旧制度、新旧伦理的冲突(《白鹿原》),族群信仰与国家信仰的冲突(《心灵史》),现代化进程中城市与乡村的冲突(《平凡的世界》)……

新时期小说一开始关注外部因素对于人的侵害所造成的悲剧,引发"文学的轰动效应",在"大众动员"方面发挥了重要作用。而随着社会改革的整体推进,社会心态渐趋平和,对于社会与政治带来的灾难的关注度降低,作家更着意于表现人与人之间的对立与冲突。作家们开始将目光聚焦于人性深处,揭示人性的隐秘与幽微,挖掘悲剧产生的深层原因。叔本华认为,普通人"由于剧中人物彼此之间所处的相互对立的地位"造成的悲剧,这种不幸来源于"一种轻易而自发的,从人的行为和性格中产生的东西,几乎是当作人的本质上要产生的东西,这就是不幸也和我们接近到可怕的程度了"[①]。由此,相较于人与社会的对立,人与人之间的对立尤为可怕。正如

[①] [德]叔本华:《作为意志和表象的世界》,石冲白译,杨一之校,北京:商务印书馆,2018年,第351页。

第四节 从社会悲剧到性格悲剧

萨特所说，他人就是地狱，人的相互对立、仇视、报复等最容易激发人类本性中恶的一面，心造的地狱不仅禁闭了自己的性灵，也围困了他人。

"恶是悲剧冲突发展的内在动力"①，坏人做坏事是新时期小说中突出表现的悲剧冲突。这种冲突的设置具有通俗意味，往往能极大地激起读者的同情与哀悯心理。例如上文提到的英雄受难故事，道德英雄与恶势力做旷日持久的斗争，他们所表现出的顽强与坚毅，九死不悔的执着，即使被毁灭也仍旧闪烁着反抗精神的光芒，"苏格拉底式的英雄们叛逆、反抗旧制度，奋斗牺牲的结果，是有悲剧性的"②。除了英雄与邪恶力量的斗争，普通人之间的相互侵害也是常见的冲突情节，作家于悲愤的叙写之中包藏着巨大的批判性：女知青下乡被村主任强奸（《生活的路》）；美丽的飞天被谢师长玩弄并抛弃，最后发疯（《飞天》）；虎儿因被父亲毒打而投河自尽（《枯河》）；善良的隋家地主在土改中被众人活埋（《古船》）；三兰子因不生育而被折磨致死（《九月寓言》）……先锋小说家们在描绘个体冲突方面也达到了新的高度。尽管先锋小说着意叙事实验，然而它们在无意中却以一种极端的、实验的笔触隐喻了"文革"和后"文革"时代个人的生存境况，往往以普通人制造或遭受的悲剧显示出强烈的批判色彩。比如《错误》写因为一顶帽子朋友反目，互相伤害；《黑风景》中村人为了粮食残杀同胞；《世事如烟》讲述了个体之间恶意膨胀的惨剧；《黄泥街》《山上的小屋》亲人之间的互害与猜忌正照见了人性之中的疯狂一面。余华的《河边的错误》《难逃劫数》《现实一种》《一九八六》等作品，突出展示了如地狱般荒寒惨烈的人生，是从被窖藏深埋的寒井之底爆发出的反抗，而这呼喊也在一次次的回声之中得到增强。余华的残酷物语，是对于人的存在境况的最冷静绝望的披露。这刺目的苦难，是现实的，也是隐喻的；是文化的，也是个人的。人在苦难面前在劫难逃，源于宿命性，也源于人性的幽暗。

此外，复仇母题是个体冲突中的集中表现。复仇因寄托着强烈的个人意志与个人情感，往往更能映射出人性的变异与张力。《老旦是一棵树》中，

---

① 朱立元：《黑格尔美学引论》，天津：天津教育出版社，2013年，第532页。
② 朱立元：《黑格尔美学引论》，天津：天津教育出版社，2013年，第532页。

仇恨与复仇已经成了老旦的生存哲学与生命意义;《施洗的河》中刘浪与马大被欲望蒙蔽了心智,在罪孽中沉沦,如同炼狱之火上炙烤的恶鬼一般不得安生。刘庆邦在复仇母题的处理上尤为出色。他笔下这些"酷烈"的小说,犹如鞭子一般狠狠抽打人心,极端的情境中更现出人性的复杂与厚度。刘庆邦的复仇书写往往直面人类原始的攻击欲、死本能,以冷峭的笔刀刻画出人性的幽暗,复仇者往往因为仇恨而心理扭曲甚至自我异化,既是受害者的生命悲剧,也是施暴者的人性悲剧。例如杀妻的阴鸷自私的马海州(《走窑汉》),迷狂错乱的杨小娥(《找死》),杀死淫乱四真的木(《血劲》),忍辱复仇的玉字(《玉字》)等。典型如《五月榴花》,涂云被日本鬼子奸污后受到丈夫张成的加倍虐待,从地下室逃出来后又被捉到,丈夫当场把她撕成两半。复仇者以恨与血祭奠着人性的疯狂,刘庆邦以简练冷峻的白描笔法书写这一幕幕惨剧,拙朴中现出悲悯与批判。

当代小说最初所表现的多是外部冲突,主人公命途多舛完全是因为外部环境的碾轧,或是自然环境,或是风俗习惯、道德观念……悲剧的产生来源于外部,人的抗争也集中于外部。而随着时间的推进,"人道主义""人性话语"等启蒙主义在社会上广泛传播,作家对于人性有了更为深刻的认知以及更为精密的表现。作家们意识到,人最大的敌人其实是自己,自我的角力比之与他人的抗争,有别样的力量。布拉德雷认为内心冲突这种冲突形式来自"精神力量","这是指在人的精神中发生作用的任何一种力量,不论是善或恶,个人的情欲或者非个人的原则;这是指怀疑、愿望、顾虑、观念——不论什么能激发、动摇、占有和驱使人的灵魂的东西"[①]。

人与自我的冲突是内向化的,它表现为人格结构中美与丑、善与恶等双重属性所形成的冲突,如欲望和道德的冲突、理性和非理性的冲突、意图与效果的冲突等。"饮食男女,人之大欲存焉","食、色,性也",孔子和孟子两千多年前就承认了人原始欲望的正当性。食欲和性欲构成了人类本真的生存困境之一,合理的欲望不被尊重无法表达与实现,往往造成人

[①] [英]布拉德雷:《莎士比亚悲剧的实质》,曹葆华译,载中国社会科学院文学研究所编《古典文艺理论译丛》卷1,北京:知识产权出版社,2010年,第452页。

的自我异化。《五魁》《佛光》《骚土》《伏羲伏羲》《弥天》《革命时期的爱情》《黄金时代》等作品观照了"性"的压抑对人的扭曲;《温故一九四二》《黑风景》《狗日的粮食》《九月寓言》就反观了"食欲"所能带来的爆发力与毁灭力量。这种力量如熊熊烈火一般,既焚毁了主角身上的压抑与桎梏,同时也将自我灼伤。山西作家曹乃谦惊心动魄地描写了人的本真欲望的困境,至今读来仍触目惊心。温家窑的光棍们最喜欢吃的是炸油糕,最盼望的是娶个女人,"白天想你想得墙头爬,黑夜想你想得没办法"。正是这滞重沉闷的高原上最深沉的悲哀,反映了男人们被极度压抑的粗粝狂野的性欲,如《愣二疯了》中因为性压抑而最终疯疯癫癫的愣二;《玉茭》中极度性苦闷的玉茭;《锅扣大爷》中一生痴心三寡妇,到死才敢吐露心声的锅扣大爷……通过性爱、情欲表现人物自身旺盛的生命力和原始野蛮,其情色特征或许会受到诟病,但正是乡村社会的粗野、荒蛮、沉重,才促使人们穿透迷雾去思考和反省民族乃至人类的命运。

除了描述本能欲望的困境,作家们也描写了"执念"的困境。执念可以理解为一种理想乃至信仰,也可以看作一种占有欲,它是人的重要精神支撑,然而对于执念的过度追求也往往会压伤人性,动摇、占有和驱使人的灵魂,使得人沦陷自造的囚室,难以解脱。这在20世纪90年代以来的小说中体现得尤为明显。外在的压抑已经让位于个人追求,成为压死骆驼的最后一根稻草的不再是自然条件、他人损害,而是来源于自我的争斗。《务虚笔记》女教师O以爱情为生命追求,当爱情幻灭时O最终选择了自杀;《凤凰琴》中为了转正,明爱芬与舅舅,一个毁了一生,一个则背叛爱情痛苦终生;《狗儿爷涅槃》里对于土地执着的占有欲成了狗儿爷悲剧命运的导火索……欲望的无限性与人的有限性构成了永恒的矛盾,两者的难以调和便造成了悲剧。

三、由外在反抗到内在超越

悲剧精神是作品悲剧性的本质显现。悲剧精神是悲剧叙事的核心,而这种精神的内蕴,虽然古今有所变迁,然而,最根本的还是人处于苦难境遇中所激发的反抗与超越的精神，尽管最终的失败、灭亡无法避免，但这种反抗与超越却是人之为人的意义所在。在这个过程中，人的精神和意志得到发展，人实现并超越了自身，提升了生命境界，得到了救赎。正如雅斯贝尔斯所言，"没有超越就没有悲剧。即便在对神祇和命运的无望抗争中的抵抗至死，也是超越的一种举动：它是朝向人类内在固有本质的运动，在遭逢毁灭时，他就会懂得这个本质是他与生俱来的"[①]。而这种反抗超越的精神强力却给读者带来"恐惧"与"怜悯"的审美感受，达到"净化"的效果。作为一种整体性的心灵感受和精神把握，悲剧意识是在对人类以及自我存在的意义的探寻、命运的思考中产生的。人不仅与外在世界处于对立之中，同时也与内在世界产生对立。人类渴望战胜却无法战胜外在世界与内在世界，注定了人类永远无法摆脱本质上的悲剧性。

新时期文学的悲剧书写中，在悲剧精神方面体现出了由"外在反抗"向"内在超越"的变迁。"外在反抗"指的是新时期小说的悲剧叙事最初多关注外部苦难境遇对人的压迫，以及给人带来的损害或者毁灭，这种损毁具有偶然性、他律性、外部性的特征。外在的损毁来源于人与自然、社会、他人的冲突，这种冲突往往是偶然因素造成，由外在条件限制。这也就意味着，外在的损毁具有可逆性，一旦损毁的程度降低，那么悲剧感也就随之降低。比如新时期最初的悲剧代表作品《伤痕》《大墙下的红玉兰》《枫》中，如果主人公并没有在外在灾难中死去，那么小说的悲剧性就十分可疑了，充其量只能称为创伤书写，而远远不能构成悲剧。相形之下，"内在超越"则是指悲剧人物面对悲剧情境而生发出的对于生命价值、生命尊严、理想信仰的奋力维护，"哪怕表现出的仅仅是片刻的活力、激情和灵感，使他能超越平时的自己"[②]，而也正是在这种对于内在、外在的一切势力的对峙之中，在这种恒久向上的努力中得以显示精神的高贵，实现"人类最高的可能性"[③]。由"外在反抗"向"内在超越"的悲剧精神的变迁，显示了

[①] [德]雅斯贝尔斯：《悲剧的超越》，亦春译，北京：中国工人出版社，1988年，第25—26页。

[②] 朱光潜：《悲剧心理学》，合肥：安徽教育出版社，1989年，第268页。

[③] [德]雅斯贝尔斯：《悲剧的超越》，亦春译，北京：中国工人出版社，1988年，第6页。

第四节 从社会悲剧到性格悲剧

新时期以来作家对于生命本质深刻的内在体认,对于生命终极意义的深入探寻,映照出生命诗学的深入,也体现了由社会启蒙到个人启蒙的进程。

新时期初期,文学创作是在被给定的语境中进行民族悲剧的清理与反思的,"是对'揭批文革'和'拨乱反正'的国家话语的回应。这些作品与新时期的社会思潮、政治发展保持着高度的和谐、同步关系"[①]。据统计,1977—1980年核心文学刊物(《人民文学》《文艺报》《诗刊》)以及核心文学奖项(全国优秀中/短篇小说奖)中,"伤痕""反思"小说的篇目占了绝大部分(70%~80%),体现了新时期文学体制的"话语激励"机制[②]。人们急于抒发悲愤与控诉,因此出现诸多急就章般的血泪飞溅的悲剧作品。尽管在艺术上有所欠缺,但它们仍然具有巨大的感召力,引发了文学的轰动效应,人们从这些悲剧的情境中重温刚刚过去的灾难场景,通过文学叙事来宣泄超量的社会焦虑,也得到精神的抚慰与悲剧的快感。这种悲剧快感来源便是作品中所表现的人物的反抗精神:"引起我们快感的不是灾难,而是反抗。"[③]

在新时期文学最初的悲剧书写中,最根本的意义就是借由描写人与外在冲突的反抗来呼唤"日常伦理"的回归。在个人所处的"社群"中,自有一套约定俗成的行为准则与文化禁忌,这些是社会正常运转的重要构成。在"文化大革命"期间,阶级准则取代宗法血亲等人际关系准则,成为社会联结的新纽带,而阶级情感也超越了亲情、友情和爱情,成为至高的情感存在。《伤痕》在当年之所以引起巨大的轰动,并不是因为深刻感情叙写或者思想呈现,而是在于预告和宣示了"日常伦理"回归的正当性与合法性。王晓华的母亲被判定为叛徒,是属于人民的敌对势力的"坏分子",必须予以区隔甚至清除。从时代语境来说,王晓华当年痛恨、摒弃母亲是合乎"文革"规范的;"文革"结束,母女反目、生死两隔自然成了悲剧。

[①] 方维保:《红色意义的生成——20世纪中国左翼文学研究》,合肥:安徽教育出版社,2004年,第316页。

[②] 参见许志英、丁帆主编《中国新时期小说主潮》,北京:人民文学出版社,2002年,第38—50页。

[③] 朱光潜:《悲剧心理学》,合肥:安徽教育出版社,1989年,第268页。

随着社会启蒙的深入，加之社会悲剧叙事产生了卓著的"疗效"，创伤心态得以平复，人们能够以一种更为冷静的眼光去探寻悲剧产生的深层根源，而非仅仅停留在浅表层的现象控诉与反抗。为了彻底清理残骸，作家们向民族文化深处掘进，梳理文化脉络，批判文化传统所暗含的精神痼疾，并于人迹罕至偏远之地寻得文化精魂，以此刮骨疗毒，勉力自新。在脱离了早期政治反思叙事法则的编码方式后，作家们普遍能够深入民族文化心理层面进行深层清理和批判。最有代表的，莫过于"寻根"作家汲汲营造的文学的"原乡"，在民族志的书写中，呈现诸种"受伤的文明"对于人物的悲剧表现无不承载着巨大的文化意义，例如《爸爸爸》里的丙崽具象化了传统文化中的痼疾；《尘埃落定》麦其土司的败亡象征着封建制度的没落；贾平凹以情爱书写彰显对传统的反叛；张炜《融入野地》的逃脱现代文明；莫言张扬狂放恣肆的生命激情……这里张扬的，仍然是作为群体的"人"的存在属性，而不是个人的本质。换言之，它是一场文化漫游，是人努力超越自身局限的精神渴望[1]，是对于灵魂无所依归的探寻，是刺向历史文化天空的一个问号。它的反抗自有限度，它的悲壮主要是外发的，而不是内生的，它们都没有真正抵达重塑自我的坦途。

"70年代末期的'思想解放运动'上承'五四'精神，重开'人的叙事'，但精神解放仍陷于群体意识领域。"只有到了20世纪90年代才"冲破了以群体意识为内核的道德、历史话语"，在集体话语的边缘处生发出独特性，"将那些曾经被集体视为禁忌的个人性经历从受到压抑的记忆中释放出来"[2]。如果说，20世纪70—80年代是通过悲剧表现"人"的年代，那么20世纪90年代以后便是通过悲剧表现"个人"的年代；20世纪70—80年代是通过悲剧叙述来认识"人"的年代，那么20世纪90年代以后便是通过悲剧叙述来认识自我的年代；20世纪70—80年代是"社会启蒙""审美启蒙"的年代，20世纪90年代以后便是"个人启蒙"的年代。"小说内部

---

[1] 黄云霞：《"苦难"叙事的精神系谱——中国当代小说中的"文革"叙事研究》，北京：中国社会科学出版社，2012年，第131页。

[2] 张光芒：《从"启蒙辩证法"到"欲望辩证法"——20世纪90年代以来中国文学与文化转型的哲学脉络》，载《江海学刊》2005年第2期。

形式被理解的那种过程是成问题的个人走向自身的历程,是从模糊地受单纯现存的、自身异质的、对个人无意义的现实之束缚到有明晰自我认识的历程。"① 正是借由悲剧叙事对于民族灾难的清理,具有坚实的理性基础的个人意识与独立人格得以构建,从外界的逡巡中最终抵达自我,实现个人的真正解放。

然而由"人"走向"个人"并不是自然发生的,这一路径只有经过先锋文学彻底的"审美启蒙"之后,多元化的文化格局形成,个人才真正回到自我生命的实在,也才能有以个人经验为最高准则的"个人写作"的蓬勃发展。

先锋小说浸透着浓厚的悲剧色彩,悲剧的缪斯在先锋作家的文本里翩跹起舞。陈晓明以"后悲剧"风格为此命名,"后悲剧风格即是从历史颓败情境中透视出的美学蕴涵……'先锋小说'讲述的历史故事总是散发着一种无可挽救的末世情调,一种如歌如画的历史忧伤,如同废墟上缓缓升起的优美而无望的永久旋律"②。毫不夸张地说,当代小说到了"先锋小说"才产生了真正深刻的悲剧意识与悲剧情感。宿命、暴力、死亡、罪孽、绝望、救赎……这些母题首次大规模触目地出现在当代文学作品中,被遮蔽的主体反而从悲剧的深谷触底反弹,顽强地展现出主体性。尤其是对于死亡的关注,不管是余华、杨争光看似冷酷的暴力书写,还是孙甘露、吕新、刘恪等人的语言崇拜,格非、马原、洪峰等人的叙事营造,北村神性救赎的渴盼,残雪神经质般的梦呓,史铁生执着的生死叩问,都是对于人的存在执着的逼视,对于人的困境的卓绝反抗,成为个体诗学的先导。在凝视悲剧之时,先锋作家并没有让渡人的主体性。他们以一种背道而驰的方式指明了道路:"在暴力和混乱面前,文明只是一个口号,秩序成为装饰。"③悲剧的情境让人正视人性之恶的存在,让人意识到"这种脱离现实与无思想性恐怕能发挥潜伏在人类中所有的恶的本能,表现出其巨大的能量的事

---

① [匈]卢卡奇:《小说理论》,燕宏远、李怀涛译,北京:商务印书馆,2012年,第71页。
② 陈晓明:《最后的仪式——"先锋派"的历史及其评估》,载路文彬主编《中国当代文学史料文论选》,北京:北京交通大学出版社,2006年,第510页。
③ 余华:《没有一条道路是重复的》,北京:作家出版社,2013年,第167页。

实正是我们在耶路撒冷学到的教训"①,而出于对恶的恐惧与战栗则是主体情感的强烈激发,这种生命意志使人们从行尸走肉的状态中惊醒并逃逸。只有正视人性的荒原,才能去追求至高的善,才能弃绝当下的残酷与绝望。先锋作家将人性逼至极致,反而于死荫的幽谷生出希望的百合。

而到了20世纪90年代,随着消费社会的兴起,多元社会格局的形成,作家们将视线回退到现实生活中。不妨借用社会学的概念"阈限"②来描述20世纪90年代的社会文化变迁。"阈限"是指"社会文化生活中的过渡时期",在这一时期里人们暂时处于脱序状态,其原有的精神文化会发生异动,在边缘状态下重新形成一个群体,直至重新回归社会。在这一"阈限"内,日常生活与汹涌的欲望成为文学的中心,个人从政治意识形态、国家权力、历史文化等宏大叙事的禁锢中解放出来,投入了自由的、多元化的商品社会中,个人话语得以充分滋长。

轰轰烈烈的个人化写作宣告了一个新的文学阶段的到来。在20世纪90年代的悲剧书写中,作家们或执着地、自恋地凝视受创伤的自我,或关注小人物在一地鸡毛的烦恼人生中的恒久的苦闷与挣扎,或关注历史中的普通人的苦难境遇欲望与情感……这些都表现出作家的同情与哀悯之心,他们以自由之笔打量个体的哀苦。在陈染、林白、棉棉等女性作家笔下,她们一再重复被弃绝的创痛体验,女性必须通过男性才能确认自己的意义、完成自我,"父亲们/你挡住了我/……即使/我已一百次长大成人/我的眼睛仍然无法迈过/你那阴影",这种无奈的境况背后隐喻着女性充满悲剧的现实困境与文化困境。然而女性并不止步于此,她们更多地以惊世骇俗的身体美学实现内在的反抗与超越。

然而,这种身体美学的超越性实践并没有朝向纵深处发展,反而由于耽溺于感官体验的呈现而饱受诟病,个人在物质苦难境遇中变得无能为力,在欲望面前不加反省,抽离了顽抗的精神,在生活的巨浪里任自浮沉,又

---

① [美]汉娜·阿伦特等著,孙传钊编:《〈耶路撒冷的艾希曼〉:伦理的现代困境》,长春:吉林人民出版社,2011年,第51页。
② [美]张鹂:《城市里的陌生人:中国流动人口的空间、权力与社会网络的重构》,刘东、袁长庚译,南京:江苏人民出版社,2014年,第91页。

表现出启蒙的溃败。"新写实主义小说"无限后退，撤回精神，不加批判地采取"零度写作"态度玩味生活之痛，"现实主义冲击波""底层文学"则过度强调物资匮乏对人的压倒性的毁灭，让渡了主体性，最终也消解了人的本质性力量。

悲剧是文学的恒久母题，也是人类存在的最本质属性。悲剧展示了人不可避免的缺陷，"我们本身就是悲剧，是已经写成和尚未写成的悲剧中最令人震惊的悲剧"[1]。悲剧既带来失败与毁灭，同时也指向超越与新生。在与悲剧的对抗中主体表现出高度的智慧、勇气与精神的自觉，个体的自由得以实现。当代文学通过悲剧叙事完成意义的构建，同时作用于公众与个人，达到意识形态"规训"和内在化过程，经由"话语技术"实现文化认同与身份认同。当代小说的悲剧叙事的变迁，为个人的出场提供了舞台，深层次反映了社会启蒙向个人启蒙的深入。正是通过一步步瓦解外在的禁锢，人的情感与欲望的解放，张扬了个体的独立存在。

当然，不得不承认，新时期文学的悲剧叙事仍然存在着诸多问题，面临着诸多的审美困境。有学者曾尖锐地指出："我们生活在一个有罪恶，却无罪感意识；有悲剧，却没有悲剧意识的时代。悲剧在不断发生，悲剧意识却被种种无聊的吹捧、浅薄的诉苦或者安慰所冲淡。"[2]这个论断尖锐地指出了当代悲剧叙事的症候，事实上很多作品都将悲剧变成了悲惨故事的堆积。悲剧叙述的审美困境表现为苦难多，悲剧少；重现实，轻精神；重此在，少神性，由此也需要呼唤一种超越的悲剧精神。

尽管如此，新时期文学的悲剧书写意义却不容小觑。悲剧叙事的根本旨归，在于生命意志的张扬，生命美学的建构，个人的启蒙。当代小说的悲剧美学的趋势变迁，悲剧人物由英雄到普通人再到反英雄，悲剧冲突由人物与外部冲突到内部冲突，悲剧精神由外在反抗到内部超越，包含着向上的力量，高扬了个人面对绝境与苦难知识所爆发出的人性强力。遭受来自社会、他人、自我的种种磨难，以雄强之姿态直面苦难，即使被击垮毁

---

[1] [美]奥尼尔：《奥尼尔戏剧理论选译》，裴粹民译，载《外国文学》1980年第1期。
[2] 朱学勤：《我们需要一场灵魂拷问》，载《风声·雨声·读书声》，北京：生活·读书·新知三联书店，1994年，第9页。

灭也九死不悔，在直面悲剧的那一刻，人物也实现了蜕变与新生，"人的自由是在人的悲剧性抗争中获得的"[①]，唯其如此，才独具光芒与魅力，才能以悲壮的笔触涂抹绚烂生命之彩。

[①] 王富仁:《悲剧意识与悲剧精神》，载《江苏社会科学》2001年第1期。

第三章

人性的深描

第一节　文体实验下的人性讽刺

张天翼在20世纪20—30年代创作了大量小说，并结集出版了《从空虚到充实》《小彼得》《蜜蜂》《反攻》《移行》《团圆》《畸人集》《清明时节》《万仞约》《追》《春风》《同乡们》等小说集，表现出丰沛的才华与天赋。不过，他的艺术成就并没有得到充分的重视。从学术史视野来看，对于张天翼的小说研究集中于审美研究、比较研究、文学史研究等层面。21世纪以来，张天翼研究较为活跃，然而相较于同时期作家的研究成果，则显得单薄。不少研究拘囿定见，也带来了研究的固化。本节从形式、题材、内蕴三个方面对张天翼的小说进行观照，挖掘其审美新质。

一、新颖的文体实验

文体是指"一定的话语秩序所形成的文本体式，它折射出作家独特的个性特征、感觉方式、体验方式、思维方式、精神结构和其他社会历史、文化精神。文体是一个系统。从呈现层面看，文体是指文体独特的话语秩序、话语规范、话语特征等"[①]。由此，语言、题材、结构、艺术手法、审美风格是小说文体的构成因素。在现代文学中，张天翼也是一位有意创造新形式的文体家，不管是在语言、艺术手法还是审美风格上，都彰显出新质。茅盾曾对张天翼的文体意识作出高度赞许："意识上是一位前进的作

[①] 童庆炳：《童庆炳文集》第4卷，北京：北京师范大学出版社，2016年，第89页。

家,形式上,他有他新奇的作风。"[1]

张天翼具有极高的语言天赋。他"切除了白话语汇的平铺直叙、烦琐和笼统等病害",以海明威式的手法,善于以"喜剧或戏剧性的精确,来模拟每一社会阶层的语言习惯。就方言的广度和准确性而论,张天翼在现代中国小说中,是首屈一指的"[2]。他着意于语言的锤炼,笔触简练生动,风趣形象,充满了画面感。他的比喻具有实在的质感,如"腻腻的发抖的笑声"[3]"天上的黄土更厚更密,太阳由肉红色变成紫色"[4]等。而《仇恨》中描写伤兵伤口的一段,更是充满了颓废奇异的色彩美感。"伤口像茶杯口那么大小。成千累万的蛆在这红色的洞口里爬着,全都吃得白白胖胖的,身上浴着脓血。紫红色的血,淡黄的脓,给捣成了一片。"[5]这一段描写充满了艳丽却腐烂的色彩,白色的蛆,紫红色的血,黄色的脓,这些颜色泼出一幅令人作呕的画面,生动描绘出武大郎在战争中所遭受的巨大创痛。此外,小说人物的语言与社会身份性格相匹配,彰显出张天翼精细的观察力,丰厚的生活积淀与过人的描写才华。《二十一个》中随口脏话的下层士兵,《团圆》中口头禅为"操你妹子的哥哥"的大根,语言习惯都与他们的成长环境有关;《善女人》中的长生奶奶,对自己的儿媳十分不满,总是用"烂污屄""狐狸精"来作践自己的儿媳,流露出对儿媳无比的憎恶与嫉恨。张天翼还精通北京话、湖南话、江淮官话、四川话、杭州话、上海话等多地方言,例如《万仞约》中,乡村俚俗的语言,就透着地道的乡土气息:"还背一块牌哩,娘卖肠子的!""他喊些什么,那个老官子?……牌子上写些什么呀?""弯弯扭扭,鬼话胡诌:你爷认不得。"[6]又如"捺紧肚子困门板"[7]"尸框子""田夸老""拆烂污""面皮""瘪三末""光烫""脓包"……其

---

[1] 东方未明(茅盾):《九一八以后的反日文学——散步长篇小说》,载《文学》1933年第1卷第2号。
[2] 夏志清:《中国现代小说史》,刘绍铭等译,杭州:浙江人民出版社,2016年,第237页。
[3] 张天翼:《砥柱》,载《作家》1936年第1卷第2号。
[4] 张天翼:《仇恨》,载《现代》1932年第2卷第1期。
[5] 张天翼:《仇恨》,载《现代》1932年第2卷第1期。
[6] 张天翼:《万仞约》,载《文学》1934年第3卷第5—6号。
[7] 张天翼:《蛇太爷的失败》,载《文学时代》1935年第1卷第2期。

对方言熟稔灵活的调用，使张天翼的小说呈现出地道的各地方色彩，增添了风趣，使作品颇有魅力。这正是作者放弃了"酸溜溜的又雅驯又美丽"①的文艺腔白话而换用生活语言的结果。

《从空虚到充实》《小彼得》《蜜蜂》《反攻》等小说集中，融合了现代派的某些创作特征，显现出包容开放的创作态度。《最后列车》中对于战场的描绘，就有新感觉派的意趣。错落的短句结合，营造了一种具有压迫性的氛围。"都市在喘息。大地的脉搏在急跳。臭虫似的铁甲车。榴霰弹。四十二生的炮口。轰炸机。殖民地民族的血与肉。骄傲的旗：那图样像只横剖面的盐鸭蛋。"②而《蜜味的夜》则以讽刺的笔调，绘制出一群自称Modernist的上海摩登人物的丑态。他们自称是最现代最开放的人，却整日纵情声色，溜须拍马，相互抄袭。"酒里有少女的胭脂味。好像——好像——哦！丽芒湖的鼻子……忧郁得有一股榴梿味……唉，丽芒湖的——丽芒湖的……Banjo……哦！唉，Saxphone吹出绿色的Waltz调子哪。……""亚热带的色感那么地冒着奶油色的Peppermint之味的一颗彗星似的十九岁的年青的心"③，他们在这"都市的忧郁"中放纵虚弱矫饰的自我。

此外，在对个人心理的精细捕捉上，张天翼也表现出不俗的实力。不过他对于心理分析小说的借鉴和承袭，却一直被学界忽略。在《二十一个》《成业恒》《仇恨》《宿命论与算命论》《皮带》《梦》等小说中，心理描写尤为精彩。《宿命论与算命论》④中，对于特务员舒可济的心理刻画可谓入木三分。舒同志因为工作性质，不仅工资低微还受人鄙视。他一心渴望向上爬，升职加薪找女人。算命先生催化了他的欲望，他诬告自己中学好友小瘪嘴为地下党，使小瘪嘴饱受牢狱之苦。但同时，舒可济的灵魂也受到了谴责，"他一想到小瘪嘴那姿态他就得打寒噤"，"心像有刀子割着"，"他的世界里

---

① 张天翼：《创作的故事》，载《张天翼文集》第9卷，上海：上海文艺出版社，1991年，第16页。
② 张天翼：《最后列车》，载《文学月报》1932年第1卷第2号。
③ 张天翼：《蜜味的夜》，载《文学》1936年第6卷第4号。
④ 张天翼：《宿命论与算命论》，载《现代》1932年第1卷第1期。

没有春天。他的世界里只有一件东西：死，再不然就是疯狂"。然而他终究还是自私的，并没有纠正自己的谎言，他以宿命论作为摆脱自己良心谴责的良方。张天翼精细地绘制出舒可济可鄙可憎又可怜的心灵地图；《梦》中则对卢俊义的梦境进行了细腻的刻画，显现出精神分析法对张天翼的影响。卢俊义生于忠义之家却被迫落草为寇，"犯着法，做着叛逆"[①]，与梁山好汉格格不入，因此不免有迟疑、后悔与矛盾的心理。而精细的环境描写，也烘托了人物充满疑虑不安的内心世界。"黑色的树慢慢变成老绿色。树丛里的鸟叫得格外起劲。山下水泊里发出了淡淡的光，小船像树叶似的在那上面横着。草堆上的蚊虫在他们四面乱飞，仿佛要把他们网起来。"[②]一个"网"字，充分凸显了卢俊义充满困惑的内心世界，仿佛陷入了天罗地网一般动弹不得。《成业恒》更是融合了象征主义手法与意识流的特质，细致描写出成业恒被捕入狱后精神陷入崩溃的境地。成业恒原本为国民党县党部执委，积极剿共，并杀了自己的朋友共产党员刘明。但因为得罪了土豪劣绅刘自安，他被保卫团抓入狱，被诬为共产党和土豪劣绅、警备司令部侦探。由于担心自己被枪毙，成业恒无时无刻不注意着牢狱的动静，而每个犯人的处决，都加重了他的恐惧。"世界上最可怕的是过道里有步子响。""血。脑浆。灰色的眼珠。血模糊的窟窿。灰色的脸。"同时，在《成业恒》中还夹杂了意识流手法。"嚓！——血一冒，滚下一个脑袋。剩下一个尸身：这就是成业恒！……完了！家给毁了，自己给砍下了脑袋。……死了之后究竟有没有灵魂呀？"[③]可以说，张天翼对于心理描写的深度，超出了同时代许多作家，也正是因为他的存在，使得左翼小说的审美含量迅速提高。

书信体、呼语体、回忆录……各种文体张天翼都积极地进行尝试，或者是在一篇小说中进行多种文体的拼接实验，充满了现代感。《成业恒》这篇被人忽视的小说就充分彰显出张天翼的文体意识。在这部小说中，融合书信、新闻、启事、日记、回忆等多种文体，仿佛文体的万花筒。这种文

[①] 张天翼：《梦》，载《现代杂志》1933年第2卷第3期。
[②] 张天翼：《梦》，载《现代杂志》1933年第2卷第3期。
[③] 张天翼：《成业恒》，载《东方杂志》1933年第5号。

体的杂糅极大地扩展了小说的表现空间，使中篇小说具有了长篇小说的气象，编织起一张复杂的世界之网。而《闺训》则是一篇模拟母亲教训女儿的絮语体小说，通篇以母亲的口吻进行独白，生动刻画出一位古板保守的中年母亲形象。

不难看出，张天翼在文体创新方面，做出了重要贡献。这是因为他对于各种流派都采取一种兼收并蓄的包容态度，"对于旧的作品，我们并不抛弃，正相反：我们要全盘承受。并不是说要摹仿，只是把它们用来做我们的滋养料。……我们要承受旧的技巧，通过科学的辩证法，成为我们自己的东西"①。他的文学精神资源是多样且丰富的，除了《儒林外史》《西游记》《聊斋志异》等古典小说，19世纪批判现实主义文学以及鲁迅都对张天翼风格的形成有着重要的奠基作用，他自称"对我影响较大的作家有狄更斯、莫泊桑、左拉、巴比赛、列夫·托尔斯泰、契诃夫、高尔基和鲁迅"②。正是在这种多元丰富的精神滋养之下，张天翼在文体上显示出一种大家气象。

二、广阔的世相描摹

张天翼登上文坛后，很快抛弃了早期创作中的感伤情绪，不断追求"新的意识，新的生活"与"新的形式"，"移行到集体的世界里去"，到"广大的工人，农民，士兵的社会里去"③。他深刻意识到，人总是生活在现实的世界里，因此无法躲在"牛骨头之塔"，而必须真诚、诚实地面对世界，"写写现实世界里的真正的事"④。

出于这种创作思想，张天翼将注意力转移到他所熟悉的中下层世界的众生相，给予他们带有审视与批判的关注。在他笔下，有愚昧无知的农民，

---

① 张天翼：《创作不振之原因及其出路》，载《北斗》1932年第2卷第1期。
② 张天翼：《张天翼》，载《中国现代文学研究丛刊》1980年第2期。
③ 张天翼：《创作不振之原因及其出路》，载《北斗》1932年第2卷第1期。
④ 张天翼：《创作的故事》，载《张天翼文集》第9卷，上海：上海文艺出版社，1991年，第14页。

第一节 文体实验下的人性讽刺

有走投无路的贫苦青年,有被人侮辱损害的妇女,有身受重伤的士兵,有一心向上爬又四处碰壁的小职员,有残忍冷酷的士绅,有冷酷暴虐的酒店老板,有虚伪做作的地方名流……各个阶层的人物如走马灯般在小说中轮番出现,带着各自的欲望、恐惧、悲痛与欢欣,在这个腐败沉沦的世界,呈现出丑陋的面相。夏志清在《中国现代小说史》中对张天翼的小说高度赞颂,在他看来,张天翼的才华丰沛,其小说的数量和质量只有沈从文堪可比拟。"张天翼的世界,是一个腐烂中的衰老世界,一个充满了自虐、虐人狂,势利鬼,胸怀大志又屈居人下、出卖人又被出卖的人物的世界。"[①]

张天翼的左翼小说,具有极高的艺术造诣与审美含量。他凭借着出色的才华与天分,将单调枯燥的阶级斗争小说,变得丰盈有趣,如辣椒一般刺激有味,如万花筒一般包罗万象,在讽刺之时带有庄严道德的刺痛。

《报应》中,泰一因为欠寺庙的高利贷还不起,去寺庙寻死不得反而被痛打一顿,又被当作强盗捉去见官。《一件小事》中,丈夫因为失业整日酗酒家暴,而妻子重病在身,每每求死,丈夫最后无奈毒死了妻子,将儿子寄养亲戚家中。这里的悲剧不仅仅是人性的悲剧,更是社会的悲剧。读者愤怒于丈夫的杀妻罪行,但旋即又会陷入更大的悲哀中,不管是死去还是痛苦地活着,这个极度贫病的家庭在这种社会难以长久。《丰年》则叙写了丰年成灾,谷贱伤农的题材。根生被好朋友陈七介绍到老爷家里做工,然而根生辛苦一年,根本还不起老爷的债务;母亲因为活不下去跳井未遂,万般无奈之下根生只好去抢劫,但抢来的钱随即又被人"剥猪猡";万般无奈之下去老爷家里抢钱,却被好朋友陈七误当强盗打死。《奇遇》中,豫子妈妈给人做奶妈赚钱,但自己的小连儿却因生病无人照料而去世。《蜜月生活》中,用鲜明对比的手法刻画出阶级的对立。一方面是阔人家高堂华屋,衣食无忧;另一方面则是穷人为了生存和狗抢食物吃。《小账》里,松记酒家则宛如人间地狱一般。店里极为脏乱,苍蝇乱飞,脏臭不堪,店外"水

---

① 夏志清:《中国现代小说史》,刘绍铭等译,杭州:浙江人民出版社,2016年,第241页。

绿得像茵陈酒,面上还浮起些泡沫不像泡沫,烂棉花不像烂棉花的东西。河滩只有尺多宽,堆满着煤屑,虾子壳,西瓜皮"①。老板心狠手辣,打骂学徒毫不留情,克扣工钱……张天翼穷形尽相地细描出一幅乱世的浮世绘。

张天翼的本领在于勾人画魂,能够用一句话、一个动作精当地概括出人物的灵魂,他有着狄更斯和本·琼生的本领。在小说中,他用复现法重复人物的标志性特征、语言或者动作,给读者留下极其深刻的印象。《一个题材》中"紫铜色的牙床肉"、"两三颗黄牙"、狭脸秃顶的孤老太婆庆二老娘②;《我的太太》中"又是抽咽,又是嘟哝,又是黄色鼻涕扭呀扭呀的往墙上一甩——叽儿!"③的妻子;《小账》里一天到晚骂人、肥胖臃肿的老板娘,"闭着眼打鼾,嘴角上淌着寸多长的唾沫"④……在他漫画式的笔墨下,留下了一个又一个的典型人物。

张天翼的小说创作涵盖众多、广泛搜罗,上至地主官僚、名流权贵,下至地痞流氓、贩夫走卒,无不收入笔下,体现出空前的广阔性。这种取材的广泛与深刻,得到了时人的首肯,"在中国新近的作家中间,能包含这样广阔范围的人生描写的确是不可多得的"⑤。最典型的如《鬼土日记》荒诞夸张,肆意泼洒,"放大地、扭曲地、极为尖锐而又高度变形地显出现实阶级社会的阴森恐怖又滑稽可笑的荒诞性"⑥。虚伪黑暗的"礼仪之邦""鬼土"正是旧中国的变形。"鬼土"人把鼻子当成性器官的象征,用鼻套遮住鼻子以示斯文,实则是虚伪矫饰,正是假道学行径的变体。

除了塑造各色人物,张天翼还毫不留情地逼视社会的黑暗与政治的腐败,体现了左翼作家的战斗精神。对于"八字脚文化"进行了毫不留情的批判。《鬼土日记》《反攻》《成业恒》等影射了国民政府复杂的政治派系斗争,官员们一心只为牟取私利,投机钻营,所谓的新人物也只是浸染了欧

---

① 张天翼:《小账》,载《生活》1933年第38—41期。
② 张天翼:《一个题材》,载《中学生》1936年第4期。
③ 张天翼:《我的太太》,载《张天翼文集》第2卷,上海:上海文艺出版社,1985年,第65页。
④ 张天翼:《小账》,载《生活》1933年第8卷第38—41期。
⑤ 顾仲彝:《张天翼的短篇小说》,载《新中华》1935年第3卷第7期。
⑥ 杨义:《二十世纪中国小说与文化》,上海:上海三联书店,2007年,第139页。

第一节 文体实验下的人性讽刺

风美雨的旧皮囊。如苏以宁,虽留学归国,但仍然是坚决的封建卫道士,脑子里盘旋的是贞操论;更为讽刺的是,他为了接近省长的弟弟,不惜让自己的妻子做诱饵,使用美人计以获得上位的资本。《皮带》《一年》《陆宝田》等小说中,揭露了官僚机构中的裙带关系;《呈报》中的侦查委员彭鹤年下乡视察灾情,原本准备如实上报,但被地主贿赂后,不惜谎报灾情,置灾民死活于不顾;《洋泾浜奇侠》中的上层人物,更是借"名流绝食救国会""摩登爱国歌舞团"等名目发国难财……《鬼土日记》中,要员潘洛的儿子潘传平早夭,而议会竟决定举行国葬,不仅下半旗志哀,还搭设164座彩牌楼,调用15000辆汽车、20000支军乐队、6000所祭坛。这种"官本位"文化造成了特权阶层与社会的腐败与黑暗,更带来国民的奴性心理。门房老包正是看到了当官的诸种好处才不惜一切代价送儿子到贵族学校,以换得晚年做老太爷的无比荣耀;而处在社会权力金字塔底部的小职员小市民,更是想方设法要往上爬,实现阶层跃升的梦想,然而等待他们的,往往是丑剧和悲剧。《友谊》中的苏以宁,为了往上爬不惜出卖妻子以打通关节,将妻子作为自己官阶上升的垫脚石;《请客》中的小书记员云守诚为了升职,不惜下血本重金来请上司吃饭……而趋炎附势、奴颜婢膝、谄上欺下更是官本位文化的国民典型心理。《旅途中》的三砖子欺负乡下汉子,但一遇到真正的老爷就俯首帖耳,前倨后恭,显示出极度的势利;《皮带》里邓炳生在军队里的遭遇,亦可以看作避凉趋炎、攀附权贵的典型;《万仞约》中的闵贵林一副阿谀丑陋的嘴脸,却把曾经的恩人逼入绝境……就连为人师表的老师们,如《春风》里的丁老师,《蜜蜂》里的方老师都是一副奴隶嘴脸,一心巴结权贵子弟,而对穷人孩子任意打骂,教育思想的畸形,正是国民文化畸形的真实折射。《包氏父子》更是对20世纪30年代光怪陆离的都市生活,以及国民骨子里的劣根性进行了辛辣的讽刺。包国维虚荣顽劣,一方面对富豪阔少卑躬屈膝,百般讨好,另一方面又对老包颐指气使,提出各种过分要求。由此可见,张天翼笔下对国民劣根性揭示之透彻与深刻。

三、深刻的人性讽刺

张天翼的讽刺才华，自其创作起就得到了诸多学人的关注和认可。鲁迅、瞿秋白、胡风等人都曾对张天翼表现出极大的关注。张天翼小说讽刺风格的形成，经过了由轻巧的油滑到庄重的讽刺的发展阶段，最终形成了"愤激冷峭"[1]、泼辣深刻的讽刺风格。他对于讽刺有自己独到的理论见解和积极建构。"他只要把世界上那些假脸子剥开，露出那烂疮的真相就算数……他样子很冷静，但其实对人世最关心，最热烈，因为他爱真实……"[2]"非深探进复杂的现实社会不可"。[3]张天翼将笔触对准了农村与城镇的社会生活百态，在他的笔下，对社会黑暗的揭露与对政治矛盾的剖析往往贯穿于其小说文本。张天翼作品从不同侧面所表现出的现实斗争中的迫切主题，无疑将新文学的讽刺小说提升到了一个新阶段。

张天翼是一个"莎士比亚式的创造者"[4]。他的讽刺，超越了宣传层次，达到了"讽刺人性卑贱和残忍的嘲弄效果"[5]。这种"道德视景"充分彰显了张天翼"对于人与人的灵魂相互隔绝、平庸、厌倦、烦恼，彼此都觉得对方可憎的沉痛"[6]的深入体察与感知。张天翼对于狡诈、阴险、虚伪、狠毒的当权者，以讽刺之笔，进行了毫不犹豫的抨击。《笑》里面的九爷，《蛇太爷的失败》里的蛇太爷，《脊背与奶子》里的长太爷，《畸人手记》里的三叔……无不是张天翼挞伐的对象。九爷觊觎"白漂"的发新嫂，借着发新被捕，威逼利诱发新嫂奉献肉体，却用一块假钱欺骗发新嫂，发新嫂无奈再来找九爷换钱，却被九爷当众羞辱；而长太爷为了得到像"芡实""蒸鸡

---

[1] 吴福辉：《锋利·新鲜·夸张——试论张天翼讽刺小说的人物及其描写艺术》，载《文学评论》1980年第5期。
[2] 张天翼：《什么是幽默：答文学社问》，载《夜莺》1936年第1卷第3期。
[3] 张天翼：《一点意见》，载《现实文学》1936年第1期。
[4] 夏志清：《中国现代小说史》，刘绍铭等译，杭州：浙江人民出版社，2016年，第237页。
[5] 夏志清：《中国现代小说史》，刘绍铭等译，杭州：浙江人民出版社，2016年，第238页。
[6] 张天翼：《答编者问》，载《文艺知识连丛》1947年第1卷第1期。

第一节 文体实验下的人性讽刺

蛋"一样的任三嫂,更是假公济私,滥用族权,命任三痛打妻子,再以高利贷抵账要求三嫂肉偿;三叔看似忠厚,实则精明算计,不断盘剥家族产业;蛇太爷满脸堆笑实则蛇蝎心肠……对于这些掌权者,张天翼总不惮用最直露的笔法去揭露,去讽刺,去批判,表现出深厚的现实关怀。

他的讽刺,是尖刻的,也是彻底的,毫不留情的。在张天翼所营造的讽刺世界里,几乎没有任何值得同情的人。各个带着人性的阴暗,在这混乱的时代中上演着群丑图。张天翼自有一种严肃的道德意趣,毫不留情地讽刺人性的卑贱、残忍和势利,《陆宝田》典型体现了他这种辛辣的讽刺风格。陆宝田是可怜复可恨之人,他一方面谨小慎微,工作勤恳;另一方面他又巴结奉承,搬弄是非,对上司俯首帖耳,对妻子却呼来喝去。陆宝田是官场文化的牺牲品,他身患肺病,又受到所有同事无情的奚落嘲弄;樊股长过生日,陆宝田像猴子一样被耍弄,自己却毫不知情,不仅输了四十二块大洋,还被恶意灌酒,最后因为骑马摔伤而一病不起。陆宝田的遭遇令人同情,但他的性格又丝毫引不起读者的好感。张天翼用他的无情之笔触,勾画出一位畸形人物可怜可鄙的扭曲灵魂。而《善女人》[①]中,更是惊心动魄地揭露出人性的丑陋。虔诚的长生奶奶自诩善女人,但对自己的儿子和儿媳又是极为苛刻歹毒;她因自己的金钱欲望而扭曲,已经感受不到任何亲情,她只想快快存钱到寺庙养老过快活日子;她极度厌恶反感儿媳,百般刁难儿媳,还怀疑儿子私藏钱,为了榨出钱不惜给自己的儿子放高利贷,并让老师太催账,导致阿大逃亡他乡。最虔诚的善女人却做出最狠毒的事情,张天翼用他冷静得近乎残忍的笔触,揭示出人性的黑暗,达到批判的目的。长生奶奶的人性之恶在于,她是一个极端的自私者与自我者,张天翼将人性的自私进行放大,使得人性的暗角呈现弊端,连带起人性的幽暗冰山,因而具有震撼人心的力量。有论者认为,《善女人》才是张天翼更具代表性的作品,其主题意蕴的复杂和道德冲突与《金锁记》《阿

---

① 张天翼:《善女人》,载《文学》1935年第4卷第1期。

Q正传》等小说相比毫不逊色。①《直线系》②中，对于人性的残忍与卑鄙的揭发更是触目惊心。敬太爷败光家产后，仆人不敬，妻儿不顺，并且暗藏私心；高大私藏粮食，妻子更是把钱藏在私处，生怕被敬太爷抢了去，彼此之间相互猜忌提防，最后却都被强盗抢了去，这时候敬太爷却生出报复的快感。

在他笔下，灰色的小人物占据了重要篇幅。他并不像老舍那样充满温情，也不像鲁迅那样深刻广博；相反，在他粗豪肆意的笔下，往往直逼人性的暗角，毫不留情地嘲笑、揭示人性的丑陋狭隘。底层的互害，革命者的败退，士绅的虚伪，小官僚的逢迎……在这个灰色世界里，上演着一幕幕人生闹剧。《欢迎会》中的赵国成，《陆宝田》中的陆宝田，《请客》中的云守诚，《皮带》中的邓炳生，《呈报》中的彭鹤年，《畸人手记》中的七哥思齐……这些灰色的小人物，挣扎着，苦斗着，暴露着他们的一切不堪与苦涩。而同时，张天翼又充分警醒小知识分子的人格缺陷。《春风》中的丁老师，《蜜蜂》中的方老师都是趋炎附势的小知识分子；而《三弟兄》中的徐复三，《畸人手记》中的七哥思齐，《移行》中的桑华，《荆野先生》中的荆野，《"新生"》中的李逸漠，《猪肠子的悲哀》中的猪肠子，都是半新不旧、似新实旧的人物。他们是时代中的脱轨者，由于没能完成思想转型，落在了时代的后面。曾经接受五四新思想的浸染，然而他们经受不起黑暗现实的打击，虚无思想占据上风，最终纷纷投降或落败了，不仅不再支持新思想新事物，反而成为最保守的顽石。徐复三贫苦无告，遭受物质、精神的双重迫压，最终结束了自己的生命；曾经参与革命的桑华最终向现实妥协，无法承担革命的痛苦，将自己卖给了大商人，安心做着贵妇太太，兀自欣赏自己的优美身姿与仪态；当思齐自居青年导师"倚老卖老地开教训"时，他已经彻底失去了年轻人的活力与勇气，也忘却了曾经执着追求的现代精神，与三叔之流同流合污，做起了假名士；而"畏缩，怯弱，可怜"的荆野先生，有着于质夫般的人格，尽管他在牢狱里受到刺激决定要

---

① 高旭东、于伟：《论张天翼〈善女人〉对人性的拷问》，载《中国现代文学研究丛刊》2019年第9期。

② 张天翼：《直线系》，载《文艺风景》1934年6月1日。

第一节 文体实验下的人性讽刺

走向充实，做"人类的人"而不"替自己做人"，但他仍然没有摆脱虚无感；而李逸漠抱着要"做点工作"的心态，摆脱过去"舒服""清闲"的安逸日子，追求"新生"，但在新环境里又无法忍受"单调症"，最终和遗老习气的章老先生沆瀣一气；"猪肠子"因为无法放弃舒适的生活，将自己卖给阔太，变成了一个历史的观望者，"他在厚厚的地毯上，暖热的电炉旁谈谈革命，也谈谈女人"[①]……这些挣扎而败落的小人物，是时代转型下知识分子精神苦闷的真实写照。

当抗日民族战争烽火燃起，张天翼回到湖南，全身心投入抗战救亡工作。他在抗战救亡实践中以敏锐的眼力洞察抗日阵营内部光明中存在的黑暗，写成了包括《谭九先生的工作》《华威先生》《"新生"》等在内的三篇"速写"。1938年春，张天翼在长沙写的《华威先生》是其作品中社会反响最强烈、影响最大的小说，这部短篇小说的发表标志着张天翼讽刺小说写作达到巅峰。"《华威先生》赴日"问题的发生引发了抗战以来文坛上一场关于抗战文学是"一味颂扬"，还是需要暴露和讽刺的大论争。小说的主人公华威先生，是抗战初期混进抗日队伍中的官僚与党棍形象。开会迷华威先生整天辗转于各大会场之中，"我恨不得取消晚上睡觉的制度。我还希望一天不止二十四小时，抗战工作实在太多了"[②]。小说中华威先生穿梭于"工人抗战工作协会""通俗文艺研究会""文化界抗敌总会"等各个会场，整日打着抗日招牌、喊着抗日口号，却只是开会、赴宴并压制他人抗日。小说讽刺地批判了国统区一些投机分子借抗战之名沽名钓誉的丑恶行为。张天翼曾这样自白："在我这爱管闲事的人看来，他们那种作风——在抗战之中实在是个缺点。我感到痛心，而痛心之外又有几分觉得他们可笑，但这只是一种苦笑，于是就有这么一种冲动，想把它指出来。于是就把那几位先生拼拼凑凑，弄成一个人物，写了那篇速写。"[③]《华威先生》全篇仅五千余字，一个人物，几个速写镜头，几乎没有矛盾冲突。但因具有浓郁的时代

---

① 张天翼：《猪肠子的悲哀》，载《北斗》1931年第1卷第4期。
② 张天翼：《华威先生》，载《文艺阵地》1938年第1期。
③ 张天翼：《论缺点——习作杂谈之儿》，载《张天翼文集》第9卷，上海：上海文艺出版社，1991年，第87页。

气息和极高的典型性成为抗战时期难得的辛辣嘲讽力作。张天翼执着地深入表现人性的偏拗乖戾，揭发人性的邪恶与丑陋，以最现实真诚的态度进行社会批判，"保留了人性真相的一种广度"[①]。

张天翼的创作，以其出色的文体探索能力、对社会世相的广泛描摹与在人性的勘探上的空前深度，成为现代文学中不可忽视的存在。张天翼的广阔与深刻，包容与多样，正是其沛然才华的体现。张天翼的现代小说创作，承继与发扬了五四文学高度的社会责任感与使命感，彰显出文学的社会启蒙功能。他不仅将左翼文学推向一个新高度，更以其冷峭的讽刺艺术，推动了现代小说的发展。

---

① 夏志清：《中国现代小说史》，刘绍铭等译，杭州：浙江人民出版社，2016年，第249页。

第二节　多重隐喻下的人性救赎

梁鸿以非虚构叙事步入文坛，并不断进行自我突破，在虚构小说中同样展露出过人的才华，实现了文学研究和文学创作的双栖。身为乡村知识分子，梁鸿对于乡土中国、故乡有着无限的敬意与深情；身为大学教授，梁鸿有着知识分子的独立性与批判性；身为文学研究者，梁鸿对于中外文学经典的各种叙事手法、技巧烂熟于心。因此，当她的虚构才华在小说中充分释放时，她的小说显示出多元的可能。梁鸿在小说中力图呈现人间的丰富和复杂，尽管关涉历史，但她更着眼于当下，"你会意识到我们的生活是很复杂和丰富的，但我们身在其中的人反而会忽略掉。作家的任务就是把这种复杂度呈现出来"[①]。

在《四象》中，梁鸿虚构了一个生死相通的世界。小说讲述了IT精英韩孝先患精神分裂之后回到梁庄，在河坡墓地里与三个亡灵邂逅，并在人世展开了一场奇异的报复与救赎之旅。通过历史与现实、生与死的交替闪回，敷衍出一个曲折漫长的故事。

一、四象的多重隐喻

梁鸿对作品的名字颇多用心，《中国在梁庄》书名精巧，以小见大，以社会学视野透视乡土中国的结构性变迁；《出梁庄记》则化用"出埃及记"的原典，以一种结构性反讽，描摹当下农民进城的生存境遇；《神圣家族》

[①] 陈秋圆:《梁鸿：呈现生活的复杂度是作家的任务》，载《小康》2020年第15期。

无疑是对马克思、恩格斯经典著作的致敬，旨在书写吴镇的民间世相；而《梁光正的光》，书名中的"光"，同样具有隐喻意义，它象征着一个质朴坚韧的中国农民毕生对于道理的执着追求。《四象》更是将这种取名的艺术与隐喻的技巧发挥到一个新的高度。"四象"既指涉作品的内部结构，也囊括了书中主要人物的性格，既是作品叙事声音的体现，更是作品哲学理念的体现。

"四象"之"象"，首先是指四季的更替轮回，也是小说的结构方式。小说目录分为四章，以春夏秋冬四季变迁串联全书。而在内部的章节设置上，则暗含事物发展的四个阶段：萌芽、发展、成熟、衰亡。草木经历荣枯，生死轮回，人也经历了由简而繁、由盛而衰的阶段。韩立阁曾经叱咤风云却惨遭砍头；韩孝先由IT精英变为精神分裂患者，再由万众敬仰的智者变为聋哑的普通人；县长胸怀大志、大兴土木、修建桃源、随后落马……盛极而衰，物极必反，周而复始，循环往复，正是万物节律。

"四象"既是小说的结构方式，也是人物的性格特征，代表了人一生中的性格变迁，以及人性的多元面向。四个形象构成了一个完整的人，也构成了人的四面之象，分别是少女时代韩灵子的纯真，青年时代韩孝先的进取，中年时代韩立阁的复仇，晚年时代韩立挺的慈悲。其精巧之处在于，韩灵子、韩立阁、韩立挺并非实在的人，而是游荡于世间的幽灵，他们借助于韩孝先来向世界表达和实现自己的思想、情感与欲望。因此，韩孝先成为一个承载了多种意志的行动体。韩立阁生前曾担任留洋军官，惨遭砍头。韩立阁所求的是复仇，强烈的复仇意志支撑着他，因此戾气十足。韩灵子作为一个天真纯洁的少女，对自然有无限的热爱与深情。韩立挺长老作为道德化的存在，体现了纯善、慈悲。灵子要寻找双亲，韩立阁执意复仇，韩立挺坚守慈悲，他们三人的欲念都投射到韩孝先身上，造成了韩孝先的神秘、复杂。但同时，韩孝先又是一个独立主体，在众声喧哗中保持着自己的思想、意志、情感。就此而言，不管是韩灵子、韩立阁、韩立挺，又都成为韩孝先寻找自我、救赎自我的方式。韩孝先既融合了三个亡灵的声音与意志，同时又坚定执着地追寻自我的想法。每个人都是人性的一面，他们一起构成了人性的完整。所以它是四个人，是一个人的四面，也是无数的人和无穷的远方。

"四象"也指涉了四声部的叙事方式。梁鸿有着极大的叙事耐心和高超的叙事技巧,四声部的设置体现出其对于叙事的熟稔。小说分为四个章节,每个章节之下各有四个单元,对应着四个人的四种声部、四种叙事语调与叙事风格。每个单元采用第一人称的内聚焦视角,每一单元风格不同,作家随时切换叙事声部,既带来了一种繁复的美学效果,也造成了阅读的难度。第一章四个单元对应的四声部为韩立阁—韩灵子—韩立挺—韩孝先,第二章四个单元对应的四声部为韩灵子—韩立阁—韩孝先—韩立挺,第三章四个单元对应的四声部为韩立挺—韩灵子—韩立阁—韩孝先,第四章四个单元对应的四声部为韩立阁—韩立挺—韩灵子—韩孝先。相应地,韩立阁对应的声部为悲愤激越、粗犷慷慨,韩灵子对应的声部为清丽活泼、天真烂漫,韩立挺对应的声部为内敛深沉、慈爱悲悯,韩孝先对应的声部为敏感多疑。在这种复杂的叙事角度、风格切换中,最大限度地见证了梁鸿的叙事才华。在声部循环往复的变换中,造成了一种众声喧哗的复调效果,四声部交替叙述,多重叙事声音共存互动,四个叙事视角相互补充,极大增强了故事的张力和叙事力度。

"四象"还包含了天人合一、天地人神四位一体的哲学理念。《四象》题记中引用了《易传·系辞上传》"太极生两仪,两仪生四象,四象生八卦",这一哲学理念,蕴含着传统智慧,包含了无限生长的可能。阴阳两仪相互作用产生四象。四象在《易经》中指代太阳、太阴、少阳、少阴四种爻象,而四种爻象分别对应了韩立阁、韩立挺、韩孝先、韩灵子。[1]同时,"《易经》里面的元亨利贞,就是春夏秋冬,从开始、发展到结束,就是生老病死,大自然如此,人亦如此"[2]。因此,人要顺应四时,也要德配天地,人的道德正是顺应着天地宇宙的广大和丰富,"与天地合其德,与日月合其明,与四时合其序,与鬼神合吉凶"[3]。宇宙、天地、人,三者是完

---

[1] 李雅妮、彭岚嘉:《〈四象〉之"象"与梁鸿的叙事突破》,载《小说评论》2020年第2期。
[2] 梁鸿:《四象》,广州:花城出版社,2020年,第177页。
[3] [周]姬昌:《周易》,宋祚胤注译,长沙:岳麓书社,2000年,第15页。

全相通的，天理、数理、人理、命理，皆为一。因而，韩孝先能看透命运的特异功能并不是故弄玄虚，而是参透了天地人神相通奥秘的生命直观。他深知人是自然的一部分，人的命理即天理，当参透自然变化的规律，宇宙运行的奥秘，也就明晰了人的命运，亦即"裁成天地之道，辅相天地之宜"。而天人合一的理想，不仅体现在韩孝先对于命理的掌握，更集中寄托在韩灵子身上。韩灵子天真烂漫，尚未经人世污染，乃是无瑕的自然之女，因而她与自然万物声息相通，她对于植物的热爱，正是人与自然合一的绝佳体现。"蚂蚁草开始喝露水了，咕咚咕咚，声音小得不得了，却很脆，脆生生，甜滋滋。野藤芽'噌噌噌'往上蹿，它谁也不靠，谁也不怕，细枝子凭空往上长，风吹不倒，雨打不歪。"[①] 灵子也如坚韧的蚂蚁草、野藤芽一般，不怕谁，也不依靠谁，在风雨中肆意滋长。灵子教韩孝先认识植物，以温柔之心牵引韩孝先，并成为拯救韩孝先的力量，因为灵子身上蕴藏着自然之力与自然之爱。从灵子视角中溢出的对于故土风物的热爱与激情，其中多有作者的情感流露。当进入灵子视角时，梁鸿也得以使用一种极为优美舒展、雅致深情的语言，尽情抒发对于故土风物的眷恋。灵子的形象寄寓着梁鸿对美好人性及人与自然和谐关系、天人合一的向往。

二、现代主义的叙事突破

《四象》的题记中引用了艾米莉·狄金森的诗歌《我为美而死》，可以看作小说的核心思想——"就这样，像亲人在黑夜相逢/隔着坟墓，喋喋低语/直到苔藓封掉我们的嘴唇/覆盖掉，我们的名字"。这首诗是探讨真理与美的关系，为美为真的人才能获得永恒的存在。那么什么是梁鸿所追求的真与美？叙事者将韩孝先置于一个个极端的情境中，以最大的耐心完成一次次精神、道德、美学的历险，以此探究人类自由的可能与限度。相比于非虚构作品"梁庄系列"的沉重，现代主义创作方式的融入，让《四象》变得轻盈、自由、多元，容纳了更为广阔的表意时空，同时也蕴含了更多

[①] 梁鸿:《四象》，广州：花城出版社，2020年，第64—65页。

第二节 多重隐喻下的人性救赎

解读的可能。

梁鸿浸染现代主义美学，对于痛苦、死亡、颓废、黑暗表现出别样的偏爱，通过对现代人情感模式、感受方式、想象能力的勘探，力图构建一种现代美学。"死亡"这一意象频繁出现在梁鸿的非虚构和虚构作品中，构成了一种事件，一种标志。"梁庄系列"中有众多死亡事件，奠定了其沉重而又肃穆的基调；而《四象》之中直接以幽灵视角进行"亡灵叙事"[1]，更是凸显了死亡的意义。对于梁鸿来说，死亡是另外一种生命通道，她试图打通生死的界限，探寻人存在的多样可能，在生死交融中体悟生命的意义与真谛。"我听见很多声音，模糊不清，却又迫切热烈，它们被阻隔在时间和空间之外，只能在幽暗国度内部回荡。"[2]写出这些声音，让它们彼此也能听到，成为《四象》最初的创作冲动。那些被阻隔在时空之外的存在，也值得被倾听，被理解，被尊重，"死者不会缺席任何一场人世间的悲喜剧"[3]。这样的理念，与拉美魔幻现实主义有相通之处，又接续了当代文学中的亡灵叙事脉络，如《风景》《丁庄梦》《生死疲劳》《第七天》《云中记》等。[4]《四象》丰富了亡灵叙事的谱系，并提供了新的美学内涵。死亡串联起城乡冲突、现代化的阵痛、生命伦理与生命政治，死亡书写更是一种探讨人的本质存在的方式。人的肉体可以死去，然而那些意志、欲望、渴盼却凝聚成阴魂，试图重返人间，占有永恒的时间，"那些受冤屈的、被遗忘的，那些富贵之人、贫穷之人、老死之人、横死之人，都回到大地上，他们所过之处，就会是一片片废墟"[5]。韩灵子看到都市的异化，韩立阁愤怒于人世的荒诞，而韩立挺则忧心于现代人的失魂失灵。如果说亡灵视角带来了叙事的自由，打破了生死的界限，映照出人的生存本质，那么对于死于非命的书写体现出叙事者的现代批判意识与启蒙立场。"丝袜可以死人，毒药可以死人，刀片可以死人，塑料可以死人，浅河里的淤泥可以死人，

---

[1] 雷达：《亡灵叙事与深度文化反思》，载《文学报》2012年9月27日。
[2] 梁鸿：《四象》，广州：花城出版社，2020年，第244页。
[3] 梁鸿：《四象》，广州：花城出版社，2020年，第245页。
[4] 丁子钧：《论〈四象〉的亡灵叙事与情感经纬》，载《中州大学学报》2020年第3期。
[5] 梁鸿：《四象》，广州：花城出版社，2020年，第184页。

头扎在泥里腿高高翘起，软弱可笑的大青蛙。想死的人都不得善终，却各有各的死法。"①软弱可笑地死去，抑或被动地灭亡，都是这一疯狂世界中黑暗和撕裂的彰显，也体现出叙事者对于荒诞世界的批判意识。

受惠于象征主义，梁鸿对调用色彩、气味、声响等十分敏感，赋予被遗忘的事物以声音和形象，并与主体情绪相契合。在波德莱尔那里，世界是一座象征的森林，人与世界相互契合，语言是启发性的巫术，赋予事物广泛普遍的"寓意"，"洞察人生的底蕴"②，展现世界的本质。"契合"可分为水平契合与垂直契合，前者指声音、色彩与气味的交感，即为通感或联觉，"芳香、颜色和声音在互相应和"③；后者表现可见的世界与不可见的世界的对应关系。"运用精心选择的语言，在丰富而奇特的想象力的指引下，充分调动暗示联想等手段，创造出一种象征性的意境，来弥合有限和无限、可见之物和不可见之物之间的距离。"④众神失落的世界中，幽灵狂欢，暗魅携行，神圣之光被掩盖。"落叶纷纷，乌鸦在空中盘旋，送来黑色消息。远方的河水被高山阻挡，幽灵狂欢，召唤深陷黑暗王国的同伴。"⑤梁鸿以诡异、华丽、阴森的色彩涂抹着梁庄的河坡，绘制出一幅别样的现代画卷。"对面崖上的杜鹃快把一个崖面占满，红花妖冶得很，背是白亮亮一片山，没有任何植物。一群黑鸟在上面盘旋往返，忽而俯冲，忽而高飞。阳光照到光秃秃的山和艳丽的杜鹃花上，射出一道道炫目的光，色彩奇幻，竟有阴森之感。"⑥梁鸿以象征、暗示、通感和拟人等手段，刻画出具有颓废色彩的意象。艳丽的红花充满死亡气息，忽高忽低的黑鸟更增添了阴郁，物象颜色的交替变幻，与人物躁郁的情绪联动应和，妖冶的色彩烘托出神秘氛围。而除了通感与联觉，种种现代主义意象的调用，亦是对于荒诞世界

---

① 梁鸿：《四象》，广州：花城出版社，2020年，第146页。
② [法]夏尔·波德莱尔：《恶之花》，郭宏安译，合肥：安徽文艺出版社，2013年，第283页。
③ [法]夏尔·波德莱尔：《恶之花》，郭宏安译，合肥：安徽文艺出版社，2013年，第15页。
④ 郭宏安：《论〈恶之花〉》，北京：商务印书馆，2019年，第280页。
⑤ 梁鸿：《四象》，广州：花城出版社，2020年，第145—146页。
⑥ 梁鸿：《四象》，广州：花城出版社，2020年，第228页。

第二节　多重隐喻下的人性救赎

的一种情绪反应。绿狮子、血月亮、方舟、黑林子、坟墓、杜鹃、幽灵、乌鸦、骷髅、沙漠、深渊、洪水、森林……这些充满了颓废气息的象征，正是幽灵出场的绝佳情景。"绿狮子"指河对岸疯长的野草，在久困墓地的韩立阁看来，就像一头狰狞的雄狮。他日日凝望，在草木的边界中看到狮子的轮廓，听到狮子的呼吸。"狮子浑身绿得发黑，构树刺玫野藤灌木密密匝匝填塞着空间，每一个枝杈、每一片叶子都张牙舞爪想占据更大的空间，想往上攀爬，偶尔有妖艳大花从绿色中露出一点点，阳光一照，如狐仙出没。热旋流起伏不定，狮子身上的颜色也流转变幻，躯体发出沉重的呼吸。"[①]绿狮子象征的是无限的时间，是永恒的化身，狮子终将吞没世界的一切，也将彻底磨削韩立阁复仇的欲望与野心。"那汹涌的绿波扑过来，会吞掉一切。"[②]对于永恒的时间而言，即使是亡灵也显得渺小卑微。血月亮的象征则更为惊心动魄。它包含着浓厚的末日色彩与颓废气息，与绿狮子相互映衬，交织出一种荒诞怪异的氛围。"鲜红的血雾弥散在月亮中，像经过一场激烈的战争，里面的人变成骷髅了。人们像中了诅咒，疯了一般，夫妻打架，姊妹生仇，路人互殴，一些年轻人去街上打砸抢烧。"[③]血月亮的降临，是上帝对于世人罪愆的警示与惩罚，"日头要变为黑暗，月亮要变为血"[④]，血月亮代表的是末日审判。当血月亮降临时，人要忏悔，要赎罪，要偿还，要等待拯救与神迹的降临。

而荒诞感，或许更能凸显小说的现代主义特质以及其审美批判力度。韩孝先的经历充满了荒诞。IT精英韩孝先竟成为精神分裂患者，在墓地里埋了三天之后通灵，能看破命运，沟通生死。受惠于现代科技的IT精英，却痴迷于《易经》《圣经》，融合东西文明，看似装神弄鬼，却使众生服膺。不过，万众敬仰、自以为是救世主的韩孝先却又被当猴子一样戏耍。当韩孝先被丁庄人掳走时，他像猴子一样被关在玻璃房里，喂了药，用栅栏困住，任人耍玩。人们隔着栅栏扔过来金银吃穿，磕头磕得虔诚无比，却比

[①] 梁鸿：《四象》，广州：花城出版社，2020年，第64页。
[②] 梁鸿：《四象》，广州：花城出版社，2020年，第8页。
[③] 梁鸿：《四象》，广州：花城出版社，2020年，第99页。
[④] 梁鸿：《四象》，广州：花城出版社，2020年，第99页。

119

谁都自私贪心。韩孝先并没有给世人带来精神的安慰，却平添了众生的贪婪，这对于妄图救世的韩孝先来说无疑是最大的嘲讽与荒诞。韩孝先的特异能力被县里、省里各级各色人物利用，求签问命、升官发财，以实现他们各自的欲望，人性的凉薄和扭曲于此显现。不管是县长的监视惩罚体系的设想，还是韩立阁建立"美丽新世界"的野心，在这个黑白颠倒的荒诞世界都显得滑稽无比。"世界颠倒了，日头颠倒了，月亮太阳都在空中，谁也不让谁。"[①]不难看出，在眩惑的现代主义表现手法背后，有着坚实的主体精神与批判意识。

不管是对死亡母题的偏爱，还是颓废意象的征用，抑或借助荒诞书写进行社会批判，梁鸿在叙事技巧上借助现代主义技巧，彻底跳脱了非虚构、写实主义的牵绊，极大拓展了现实主义的表现领域，不管是对于世界本质的展现，还是人生真谛的揭示，都达到了此前创作未企及的高度。

三、人性救赎的可能

在"梁庄系列"的非虚构作品中，梁鸿则体现出克制内敛的美学品质，最大限度减少个人情感干预，客观呈现乡土中国的创痛与欢欣。而在《四象》中，梁鸿进行了大胆而彻底的叙事反叛。各色人物的欲望和野心，各种生存方式都逐一搬演，呈现出生存的最多可能。摆脱了历史与现实的拘泥，以现代主义叙事的方式，实现了充分的叙事自由后，梁鸿以一种介入式的态度，经由信仰、秩序、爱探讨人类困境救赎的可能。

"空心人"是梁鸿对于现代人的批判性概括，也是对现代人心灵结构的精准表达。不用为饮食而挣扎的现代人，却依旧彷徨无依，正是因为他们精神的贫乏导致空心。相对于物质条件的扩张，现代化进程的推进，人的精神却并没有与之同步，人心仍然被围困在阴暗潮湿的洞穴中，找不到光明的出路。"只看见自己，只看见眼前，不知道灵魂是什么，不知道自己有

[①] 梁鸿:《四象》，广州：花城出版社，2020年，第142页。

第二节　多重隐喻下的人性救赎

多黑暗。生而为人，不见山川，不看大地，何以为人？"①空心人感受不到欣喜、痛苦、羞耻，内心的黑洞里只有"空虚"，一有机会就变心，"去害别人"②。"人人都只想自己，人人都觉得危险，人人狗苟蝇营。"③这人心的黑洞吞噬一切信仰、光明与爱，"人心散了，乱了，啥都看不见。天、地、人，又混沌一片了"④。"空心"是道德之空、文化之空、历史之空，梁鸿以"空心人"为喻指，探测人性的深谷。人与人之间的争夺与索取、人性的光辉与晦暗，乡村的颓败与城市的倾轧，都包含在"空心人"的内蕴之中。"灵韵"消逝后，性灵没有藏身之所。"空心人"的诞生，自有其时代背景。面对新旧两种思想、两种势力的激烈碰撞、对立与冲突乃至融合，身处时代洪流之中的人们的灵魂无所依托，充满困惑、苦痛与迷茫，陷入"空心"的境地。应对这样颓败混乱的困境，韩立阁、韩立挺、韩孝先都试图开出救世药方。韩立阁要求的是恐惧与顺从，以偶像崇拜来实现对人们的思想控制，从而建构理想新世界；韩立挺则试图以基督精神救世，但他的忍让宽容与慈爱并没有改变不义之人与不义之世。相比于韩立阁的诞妄，韩立挺的懦弱，韩孝先的"理想国"昭示出新的救赎可能。儒家的进取，佛家的慈悲，道家的超脱，以及基督教的宽容，奇异地在精神分裂患者韩孝先身上融合，折射出了叙事者融汇东西的文化理想。相比于鲁迅笔下的狷介清醒但缺乏行动力的狂人，百年之后的韩孝先，呈现出同样的睿智，但比狂人有更大的能力与野心。韩孝先的"理想国"工程虽然宣告失败，但他却成功阻止了幽灵和世人对于阴阳秩序的破坏，使万物归位。清醒后的韩孝先，并没有如狂人一样"赴某地候补"⑤，而是守在河坡，继续守护天地秩序，在文化融合的基础上，追寻爱与平静。"一旦真的安静下来，山川万物慢慢回来了，我看见菩萨、佛祖了，我看到拿着蒲扇的阎王爷，行走在

---

① 梁鸿：《四象》，广州：花城出版社，2020年，第96—97页。
② 梁鸿：《四象》，广州：花城出版社，2020年，第74页。
③ 梁鸿：《四象》，广州：花城出版社，2020年，第143页。
④ 梁鸿：《四象》，广州：花城出版社，2020年，第70页。
⑤ 鲁迅：《狂人日记》，载《新青年》1918年第4卷第5号。

路上的耶稣，他们在向我微笑，他们领着我穿越时间穿越空间。"①韩孝先试图将西方宗教与东方宗教融合达成信仰重建，在一种超越东西的世界视野中，为荒诞、癫狂的人类找到救赎的出路，通往一种具有超越性、包容性文化的理想世界。

韩立阁试图打破幽冥和人间世的界限，解放阴魂，超越时间的限制，横扫世间的一切，以此作为终极的复仇。这种过度膨胀的野心，打乱了一切秩序，也造成了混乱。原本平静的死者不再幸福，他们萌生了重新介入人世的欲望。然而韩孝先却清醒无比，他建立了一座地下长城，用青砖砌墙，水泥浇筑，严丝合缝，像钢铁一般禁锢住蠢蠢欲动的亡魂，使他们再无挣脱的可能。他要恢复心中的秩序，做人间的守护神，让那些魂灵永远待在地下，由此，阴阳的秩序得以恢复。他深知，没有秩序，没有章法，那么万物就无法一岁一枯荣，而人也无法安处天地间。"我是隐匿在人间的救世主，我不会让他们乱了秩序。"②事情因为韩孝先僭越秩序而起，也由他来结束这一切。韩孝先最后悟道，体察到先知的悲悯心态，与自己的创伤记忆和解。他在纸张上写满"〇"，是实在的虚空，又是虚空的实在。从墓地到人间走了一遭的韩孝先，经历了生死，也见证了世间的丑恶和荒诞。韩孝先最终守在墓地，他不再试图打破阴阳两界和世界秩序，而是回到一种常态和人间秩序之中，允执厥中。

单纯靠信仰的探求并不能让韩孝先脱离苦海，最终叙事者以爱来救赎疯狂的世界。当一切都归于寂静时，爱从静默的万物中浮出，启悟韩孝先回归最初的状态。聋哑之后的韩孝先听到一阵清清亮亮的、惊奇又喜悦的笑声，引导他去看她"最爱的事物"③，"爱慕地追随着她"④。这阵笑声来自韩灵子，这纯真的笑声抚慰着韩孝先曾经陷于疯狂、欺诈、复仇的斑驳灵魂，也熄灭了他燃烧的野心与欲望。当真正感受到万物静默如谜时，内心的柔软才会袒露，人与天地才能真正交通。少女的爱，拯救了疯狂与颓败

---

① 梁鸿：《四象》，广州：花城出版社，2020年，第228—229页。
② 梁鸿：《四象》，广州：花城出版社，2020年，第223页。
③ 梁鸿：《四象》，广州：花城出版社，2020年，第240页。
④ 梁鸿：《四象》，广州：花城出版社，2020年，第241页。

第二节　多重隐喻下的人性救赎

的旧城之王，使韩孝先在爱与美的疗愈中感到甘美与欣慰。韩孝先历经了精神的成长与蜕变、打破秩序陷入苦斗、僭越秩序而失去本心，最终重回秩序而寻得爱与平静。

梁鸿细致刻画了韩孝先的精神漫游与流浪历程，他的浪游，正是他自我成长、自我形塑、自我认同确立的过程。当主体确立之日，便是疯病治好之时。"时间进入人的内部，进入人物形象本身，极大地改变了人物命运及生活中一切因素所具有的意义。"[①]在精神浪游中见证人物的成长、蜕变，炼狱后的升腾，在此过程中人的精神力量的迸发，心灵世界的幽深繁复，都激荡着人性的光芒。韩孝先以多元的哲学理念对抗生命的有限性，呵护人的尊严，迈向精神的新高度。他仿如梁庄的浮士德一般，孜孜不倦地追求真理，发展个人智性的最大可能。最终，韩孝先找到了自己的身位，与世界和解，也与自己和解。"年轻主人公经历了某种切肤之痛的事件之后，或改变了原有的世界观，或改变了自己的性格，或两者兼有；这种改变使他摆脱了童年的天真，并最终把他引向了一个真实而复杂的成人世界。"[②]过往的创伤记忆，不再使他发疯；他人的意志，也不再成为他行动的指南；他依靠着强大的自我主体行动，听凭自由意志的指引，在小说的最后，韩孝先完全是自己的。通过追求性灵的升华，韩孝先撕裂的心灵伤口得到愈合，灵魂得到救赎。

作为学者型作家，梁鸿熟稔小说理论，更深谙创新对于一个作家的重要性。自我重复是一个作家容易沦陷的温柔陷阱——它既可能成为鲜明的风格标志，也可能成为创作的瓶颈。梁鸿的首部长篇小说《梁光正的光》，与她的"梁庄系列"非虚构作品在审美格调、精神气质上有极大的相似性，因此，在第二部长篇中，梁鸿再次锐意求变，试图摆脱非虚构的羁绊，抵达正统现实主义难以企及的幽暗、隐秘的角落，试图让"活着与死去，地

[①] ［苏］巴赫金:《小说理论》，白春仁、晓河译，石家庄：河北教育出版社，1998年，第230页。

[②] Mordecai Marcus, What Is an Initiation Story？ William Coyle (ed.), The Young Man in American Literature: The Initiation Theme, NY: The Odyssey Press, 1969, p.32.

上与地下，历史与现在，都连在了一起"①。在《四象》中，梁鸿进行了前所未有的美学突围，从人物、风格、叙事、结构到主题，都可见其良苦用心。《四象》的成功，不仅使梁鸿彻底摆脱了"非虚构作家"的标签，也是近年来中国当代小说的重要收获。在《四象》中，梁鸿得以充分释放她的情感、才华和想象力，叙事语调变得从容舒缓，缓解了她在现实主义叙事中的紧张。摆脱了非虚构作品诸多限制所带来的困扰，梁鸿的精神在文本中得以自由驰骋。不管是象征系统的设置、现代主义技巧的运用，还是主题内蕴的深度采掘，梁鸿的写作都彰显出一种广阔、包容、多元的美学品质与深厚复杂的思想空间。

---

① 梁鸿:《四象》,广州:花城出版社,2020年,第245页。

第三节　父子关系的文学省察

叶兆言的中篇小说新作《通往父亲之路》，聚焦魏仁、张希夷、张左三代知识分子的人生经历，以若干片段牵连起动荡不安的时代。五四运动、抗战、抗美援朝、"反右"、"文革"、改革开放……这些大历史作为一种远景，存在于人物的生命经历中。冷静节制的语调背后，饱含着对历史的深情回望，历史之伤、时代之痛、个体之孤独都在小说中有所呈现。小说的写作触发点来源于真实事件，从中不难看出作家成长经历和情感的投射。张左的祖父魏仁身上明显有叶圣陶的影子，而父亲张希夷的经历有一部分取材于叶至诚和叶至善。小说中涉及了祖父写毛笔字、干校养牛、父亲举报母亲等细节，这些曾出现在《杂花生树》系列散文中，虚构文本和非虚构文本形成互文。作者回望三代人近百年的生命历程，涉及了对历史的理性反思、父子关系的多元呈现以及自我认同的艰难探寻等多个维度。

一、历史的理性反思

出身于文学世家的叶兆言，对于知识分子的生活有着真切的个人体验，因而他一直有给中国五代知识分子绘制心灵史的宏伟野心。在《杂花生树》《群莺乱飞》《陈旧人物》《陈年旧事》《诚知此恨人人有》等系列历史散文中，以及《1937年的爱情》《走近赛珍珠》《青春无价》《故事：关于教授》《玫瑰的岁月》《烛光舞会》等小说中，叶兆言对知识分子的处境进行了深沉的观照。《通往父亲之路》也是典型的知识分子叙事，小说以三代知识分子的经历为主轴，浓缩的篇幅中关涉诸多重大问题。

在对张济添、魏仁等传统知识分子的刻画中,叶兆言以怀旧的目光回望、反思历史,寄托遥深。"怀旧是一种我们在永无止境的建构、维护和重构身份的过程中所采用的一种方法。"[①]作为一种"积极的情感投资"[②],怀旧将记忆主动拉回过去,通过筛选与重组记忆从而重新"发明"历史。"喜欢怀旧的人,往往会是个理想主义者。"[③]叶兆言的身上,显露出浓厚的理想主义情怀。"怀旧可以疗伤"[④],步入花甲之年的叶兆言,以温情与敬意对岁月进行摩挲与感喟,重新梳理知识分子与历史的关联,探寻中国文化精神的来由与去路。在这场怀旧之旅中,小说家表现出一代不如一代的"文化上的遗憾",也为人文精神的凋零奏出一曲哀伤的挽歌,因而小说弥漫着伤感的基调。从学养上看,从张济添到魏仁到张希夷再到张左,学问的底子、人文的素养似乎层级"递减"。张济添是晚清探花,其旧学功底自不待言;魏仁师承张济添,靠一篇论文轰动学界,得到傅斯年赏识并被推荐到中央大学教书,贯通中西,刚正睿智;张希夷虽然在20世纪80年代被尊为"大师",但更多是历史的机缘巧合,他的性格懦弱自私,忍辱负重是他的人生哲学;张左,只是一个普通的知识分子,淡漠、疏离,尽管他写得一手好看的毛笔字,但与人文主义几乎绝缘。

父辈是历史的承载,也是历史的产物,他们的光辉与黯淡、坚强与懦弱都拜历史所赐,他们是历史的灰烬,也是历史的余温。历史给他们开了个荒诞的玩笑,将他们抛掷于人性的试炼场。频繁的政治运动、社会的剧烈变革与转型都在他们的灵魂上烙下了沉重的印痕,母亲魏明韦是又红又专的坚定的革命者,却因为与领导不和被打成"右派";留学美国、浸淫人文教育的张希夷,却在政治运动中检举揭发自己的妻子"反动";由于父母关爱的缺失,张左从小野蛮生长,他苍白的心灵以及与儿子张下的隔膜,

---

[①] Fred Davis, Yearning for Yesterday: A Sociology of Nostalgia, The Free Press, 1979, p.37.
[②] [美]张英进:《影像中国——当代中国电影的批评重构及跨国想像》,胡静译,上海:上海三联书店,2008年,第321页。
[③] 叶兆言:《怀旧,废墟上的徘徊》,载《折得疏梅香满袖》,济南:山东画报出版社,2019年,第153页。
[④] 叶兆言:《怀旧,废墟上的徘徊》,载《折得疏梅香满袖》,济南:山东画报出版社,2019年,第153页。

正是政治运动后遗症的显影；张希夷的诸多弟子，口头上一心向学，但实际借着老师的名号招摇撞骗；小卞、素素也在商品经济的大潮中几度迷失自我……这些知识分子在时代旋涡中浮沉，上演出一幕幕悲欣交织的人间戏剧，展演出复杂的心灵秘史。面对他们人性的幽暗，叶兆言没有故意丑化，而是揭示其平庸琐碎；面对他们人性的光辉，亦不会过度拔高，而是发掘出爱的深心。他以同情之理解，呈现出他们在时代中的遭际与挣扎，揭示灵魂的苦痛与精神的轨迹，通过对知识分子命运的审视，表现出对历史的理性反思，于中展示出作者温柔敦厚的人文涵养。

二、父子关系的深描

父子关系的书写，始终是文学中的重要母题。父子关系的背后，是社会思潮与文化变革的隐喻。纵观百年新文学，"父子关系"的书写经历了由弑父—崇父—审父—无父—寻父—友父的变动轨迹。五四文学中，"父亲"作为传统文化的象征，是需要被推翻的对象，小说表现出"弑父"的文化倾向；20世纪50年代，小说表现出对于父亲的尊崇；而在20世纪80年代的文学浪潮中，作家们在作品中重新审视父亲；20世纪90年代以后，小说中寻父书写蕴含着对民族精神文化之根的清理；21世纪以来，平视父亲、与父亲和解则成为小说新的动向。叶兆言在《青春无价》《没有玻璃的花房》《滞留于屋檐的雨滴》《去雅典的鞋子》等小说里，都对父子关系做过细致描绘，而《纪念》《等闲变却故人心》《父亲和方之的友谊》等散文中，也对父亲的一生作了质朴而深情的回忆。不难看出，父子之间的恩亲与疏离，是叶兆言反复书写的母题。

《通往父亲之路》中，叶兆言呈现出代际更迭下父子伦理的多元面向，既有亲近与承继，亦有反叛与疏离。魏仁师从张希夷祖父张济添学习古文字学，张希夷则师从魏仁学习甲骨文，这三代人在文化血脉和精神意志上相通，都是传统的守护者，他们之间体现了父子相承的文化绵延；而魏明韦则是典型的叛逆之女，她从小接受革命文化的熏陶，因而她敢忤逆父亲，并指责父亲顽固、落后、没有改造好，使父亲在大怒之下写信断绝父女关系；张希夷与张左、张左与张卞之间，则表现出疏离与陌生，他们不了解彼此，也未曾走进彼此的心灵。

  出于个人成长经验的触发，叶兆言多次直言父辈的不可超越，父辈留下了光辉的印记，亦投下了巨大的阴影，也带来了"影响的焦虑"。辉煌的父辈与平庸的子辈所带来的巨大心理落差，是每个子辈都需要面对的问题。张左同样面临这种精神困境。父亲的晚年迎来了学术生涯的顶点，"父亲变得越来越神秘，越来越高大，也越来越陌生"[①]，成为"现象""学问""神像"。父亲被神化，这种巨大的光环彻底吞没了平庸的张左，也给张左带来了压抑——父亲看不上平庸的张左，而张左也觉得自己畏缩无能。在父亲面前，"张左现在只剩下一个身份，这就是国学大师的儿子"[②]。

  然而，小说却幽微地表露出张左对于父亲的不解与质疑。"张左想不太明白，为什么父亲晚年，会有那么显赫的地位，会有那么高的声誉。"[③]张左的"不明白"，其实正是小说家以"春秋笔法"对于张希夷的解构与调侃。父亲晚年暴得大名，成为学界泰斗，多少占了时代的运气和年龄的优势，幸运地成为改革开放后第一批博士研究生导师，又加之活得长久，身体健康，精力充沛，在大师纷纷陨落后自然成了权威，张希夷的弟子们也枝繁叶茂，形成了一股庞大的力量。不过，当张左走近父亲时却发现，父亲并没有那么光鲜亮丽，反而或多或少表现出人性的幽暗。卡戴珊的分手、魏明韦的遭遇、吴姨的控诉、外婆的抱怨，都透出了张希夷"月亮的背面"。年轻的时候张希夷自私懦弱，忙于学业而不关心伴侣，生下张左却没尽到父亲的责任，在"运动"中检举揭发自己的妻子，与胡阿姨有过苟且，与一个年轻寡妇也曾纠缠不清⋯⋯这样的张希夷，与李道始（《没有玻璃的花房》）、苏教授（《故事：关于教授》）有诸多相似之处，表面光鲜亮丽，背后却隐藏着许多人性的暗角，暗含着叙事者的解构与谐谑，也为张左重审父亲打开了新的通道。

[①] 叶兆言：《通往父亲之路》，南京：译林出版社，2022年，第168页。
[②] 叶兆言：《通往父亲之路》，南京：译林出版社，2022年，第152页。
[③] 叶兆言：《通往父亲之路》，南京：译林出版社，2022年，第50页。

三、自我认同的艰难探索

小说的书名来源于多多的诗歌《通往父亲的路》："……我们身右/跪着一个阴沉的星球/穿着铁鞋寻找出生的迹象/然后接着挖——通往父亲的路。"通往父亲的路太漫长，在这条路上不管遭遇什么，始终横亘着自我。

小说以张左的视角观照世界，打量上下几辈人。叶兆言在年幼时期有过寄人篱下的创伤经验，《十一岁的墓地》《没有玻璃的花房》中的老木和木木，有着类似经历，因而孤独懦弱。张左的一生，同样在寂寞中度过，"天生就是个孤儿"[①]。幼年被父母抛弃，中年又被妻子抛弃，世界对他来说是陌生的。亲情的缺失，造成了张左的"局外人"性格，他得不到正常的父母的爱，也不懂得如何爱。甚至妻子小卞与自己离婚，也只是让他重新感受到孤独，这种孤独感旋即被自由感取代。张左是一个被生活的河流推着向前走的人，他不反抗，也不介入，顺从地随波逐流，如无根的浮萍一般漂浮在生活之河的表面。"张左"的名字，被母亲寄寓了革命的热望，然而张左却成为一个平庸之人，淡漠而疏离地活着，以不介入的局外人姿态，对待这个世界，被抛弃、被分配、被离婚……在被动的命运中，张左的主体性似乎弥散了。

不过，张左在潜意识中始终没有放弃自我的找寻，对爱的追求是张左唤醒自我、寻回自我的灵药。张左平凡一生中有几段十分重要的"闪光灯记忆"定格在童年，跟祖父练毛笔字、爬中山陵，去干校看望父亲和父亲养牛……尤其是在干校三天的生活，充满了天真与温情，足以照亮张左晦暗的童年。这些温馨的生活细节，为张左日后自我的觉醒埋下了种子。从爬中山陵起，他对素素就有了懵懂的爱恋。素素拿走了属于他的一切，房子、工作，乃至父亲的爱，他都不在乎，都是因为他对素素怀有复杂的爱与依恋。素素醉酒后在张左家里洗澡，穿着睡衣的素素让张左"心惊肉跳"，甚至在紧张中不自觉地打开"情感类综艺节目"。这些克制的笔墨，

---

① 叶兆言：《通往父亲之路》，南京：译林出版社，2022年，第5页。

恰恰映照出张左内心涌动的爱欲，在他那淡漠的一生中，终于有一刻，素素让他心慌意乱。

寻回家庭的温暖，与父亲和解，是张左找寻自我的确证。张左近20年所做的一切都与父亲分不开，他被笼罩在父亲的阴影之中，始终处于自卑的状态，"自惭形秽，觉得自己越来越没出息"[1]。"难于接近"的父亲，始终没有给过他亲情的慰藉。尽管如此，被"符号化"的父亲最终走下了神坛，张左透过弟子们对父亲的吹捧看到了父亲的虚浮与不堪。在小说的最后，98岁的张希夷终于老态龙钟，记忆力衰退，而此时60岁的张左，却并没有感到自己"正在衰老"，这也意味着，张左终于有机会脱离父亲的控制，自在地舒展自己的生命。小说的最后，叶兆言有意安排了张希夷四世同堂拍合照的环节。张希夷主动抱起了重孙，两人紧紧地搂着，在这一刻，张左感受到从未有过的亲切。这个意味深长的细节，代表着张左与父亲的和解，他终于在此刻感受到一生追寻的家庭的温暖，也抚慰了他因几十年父子隔膜造成的心灵苦痛。张左对父亲经历了由仰视到平视的过程，父亲由一个"神"还原为一个普通老人。一生在被动中度过的张左，在父亲垂暮之年，终于找到了自我的出口，在晚熟的成长中，实现了对自我的艰难认同。张左的精神成长历程实则就是对父亲的审视、反叛、和解的过程，并在这一过程中修复并重建父子关系，重新认识自我。正如马科斯所说，"这种改变使他摆脱了童年的天真，并最终把他引向了一个真实而复杂的成人世界"[2]。可以说，通往父亲的路，是通向历史的路，通向亲情的路，更是通往自我的路。

叶兆言曾称，小说是对"可能性的探索"[3]。不同于昆德拉对存在意义的探寻，叶兆言的探索包含着形式与意义的双重意味。《通往父亲之路》叙述简省，高度浓缩与大量留白，使小说变得韵味悠长，也给文本带来了广阔的阐释空间。在《午后的岁月》等作品中，作者剖白自己深受西方文学

---

[1] 叶兆言：《通往父亲之路》，南京：译林出版社，2022年，第154页。

[2] Mordecai Marcus, "What Is an Initiation Story ?" in William Coyle (ed.), The Young Man in American Literature: The Initiation Theme, NY: The Odyssey Press, 1969, p.32.

[3] 叶兆言、傅小平：《我永远都在探索文学的可能性》，载《文学报》2018年12月1日。

的滋养,"我想我的世界观,我的文学标准和尺度,都是外国文学作品给的。"[①]雨果、托尔斯泰、巴尔扎克、萨特、加缪、奈保尔、略萨、阿赫马托娃、帕斯捷尔纳克、托马斯·曼、塞林格……这些大师都给叶兆言提供了丰厚的精神资源。小说以冷静克制的笔调娓娓道来,体现出海明威式的简洁,爱伦堡式的真挚,亦流露出契诃夫式的忧伤。叶兆言用中篇的篇幅处理长篇的题材,这部4万字的小说事实上承载了40万字长篇的容量。将"横断面"和"长时段"结合在一起,内部以短篇的形式连缀,是一次颇具想象力的文体实验,体现出作者对于"怎么写"一贯的敏感。总的来说,不管是借助知识分子题材对历史进行省思,还是对父子关系的深度寻绎,抑或对自我认同的探寻,小说的深厚内蕴、深层反思、深度观照,在当下的中篇小说创作中,都是一个不可忽视的存在。

---

① 叶兆言:《午后的岁月》,南京:译林出版社,2020年,第92页。

第四章

性别的重思

第一节　当代文学家庭伦理革命叙事（1949—1966）

在传统中国，家国一体的文化架构下，家庭伦理不仅是规范家庭人际关系的道德准则，也具有习俗法的效力。1949—1966年，乡土中国的宗法制社会结构被进一步破除，传统伦理秩序被打破，由此带来了家庭伦理的重构与新型社会关系的变革，也带来了妇女解放的新可能。与此相应，"十七年"小说也积极表达了相应的文化构想。

一、分家正义：父权制的破除

20世纪，"家庭"的地位由传统文化"家国一体"中的本位，变为被质疑、被改造甚至被取消的对象。具有高度封闭性的家庭，尤其是大家庭制度，自五四起就被看作阻碍社会现代转型的顽固堡垒，而正是因为家庭的存在，导致了社会公意、公共领域的缺失。为此，20世纪的革命者，将家庭视为中国贫弱的原因和封建残余滞留地，力图颠覆家庭在传统儒家秩序中的基础性地位，从私人的领域入手进行社会改革，推动社会公共意识的变革。

五四时期的新文化运动者，以批判家庭作为个体解放的起点。旧式大家庭被看作罪恶的渊薮，专制大家长磨灭了青年人的意志、人格，将个体围困在密不透风的封建文化中动弹不得。家国一体、家庭本位对个人形成了严苛的道德律令，以三纲五常为代表的传统社会伦理也造成了依附性的人格。正如陈独秀所激烈批判的"宗法社会，以家族为本位，而个人无权利"①，损害自由，剥夺权利，造成人格依赖。李大钊认为由"中国的大家庭制度"决定的纲常名教道德礼义都使人牺牲了个性。②巴金的《家》、曹禺的《雷雨》、白薇的《打出幽灵塔》等作品都是对旧式大家庭最有力的控诉。"非孝"思潮中走出家庭、破除封建家长制是五四一代知识分子的呼声。③不过离开家的"觉慧们"面对的却是茫然的未来，是晦暗不明的未知，孱弱的个人在时代的风暴中无处安放。

不同于五四时期知识分子对于破除传统家庭伦理时的痛苦挣扎与徘徊反顾，20世纪40至70年代，出于社会主义理想，加之左翼文学遗产的影响，抛弃大家庭并未给作家带来过多情感和道德上的困境。"农民的家庭是必然要破坏的，进军队、进工厂就是一个大破坏，就是纷纷'走出家庭'。实际上，我们是提倡'走出家庭'与'巩固家庭'的两重政策。"④破除家庭，成了革命的必经之途，走出家庭也是历史的选择。在反对封建主义家庭观和资本主义家庭观的背景下，通过土改、集体化拆分大家族，通过分家破除"老规矩"，帮助妇女脱离旧家庭的压迫，建立平等新家庭，培植民主新家风就成了作家们的集体叙事选择，而走出家庭的个人，被编织进集体与社会之中。《风云初记》中李佩钟的行为，就彰显出革命者与家庭激进的决裂姿态，她的举动无疑是五四小说出走家庭模式的延续。李佩钟与父亲断绝关系投入革命，而在革命中又进一步挑战了夫妻、婆媳关系。作为一个叛逆之女、叛逆之妻、叛逆之媳，李佩钟遭到了代表传统势力的婆婆的忌恨与咒骂："天下的新鲜事儿，都叫她行绝了，头回是审公公，二回是捕她父亲，这回是传自己的男人去过堂。"⑤李佩钟是个彻底的反叛者，不仅彻底挑战家族的权威，更是颠覆了家庭内部的性别等级，她以现代法律审

---

① 陈独秀：《东西民族根本思想之差异》，载《青年杂志》1915年第1卷第4号。
② 李大钊：《由经济上解释中国近代思想变动的原因》，载《新青年》1920年第7卷第2号。
③ 参见倪婷婷《"非孝"与"五四"作家道德情感的困境》，载《文学评论》2004年第5期。
④ 毛泽东：《给秦邦宪的信》，载中共中央文献研究室、中央档案馆编《建党以来重要文献选编（一九二一—一九四九）》（第21册），北京：中央文献出版社，2011年，第483页。
⑤ 孙犁：《风云初记》，载《孙犁文集》（补订版）第2卷，天津：百花文艺出版社，2013年，第215页。

判地主阶级的公公、父亲以及丈夫，挣脱了政权、族权、父权与夫权的四重枷锁。在父权制文化中，她是一个彻底的孤独者，但正是由于借助了国家的权力，李佩钟才能反抗并获得"僭越"的权力。李佩钟作为一个勇敢的现代"新妇女"，其对于乡村伦理与性别关系的挑战，宣告了新型社会伦理的形成。

那个年代法治社会与经济的变化，对农村家庭形态和家庭伦理产生了重要影响。[①]应和着新的家庭形态，出现了一大批"分家叙事"。为了打破传统家庭中的老规矩，推进生活世界的革命，作家积极推进"分家叙事"的合法化。

"分家叙事"第一个后果，是族权的式微。五四时期，大量小说对族权对于个人的压抑进行了激烈的批判，然而小说中的女性，往往无法真正从"幽灵塔"中冲出，冲出来的女性茫然四顾，最终如《伤逝》中的子君一样重回到父亲的家庭。而20世纪40至70年代的小说中，接续了批判族权的任务，显示出一种更为彻底的断裂姿态。《纠纷》《风波》都显示出时代妇女所面临的族权势力的艰难挣扎。面对宗族势力与乡村舆论的迫压，妇女往往要通过巨大牺牲——往往是死亡的代价——才最终换来社会风气的一点进步与开通。在《纠纷》的年代，革命势力刚开始进入乡村，新政权的道德权威并没有完全树立，为了巩固政权的合法性，解决妇女婚姻问题就不得不对宗族势力进行斡旋。"我们姓的是楼，任你政府有什么章程，总不能叫我们楼家丢脸。"[②]这种维护宗族尊严的强硬姿态，正是反映出族权在乡村的强大势力。指导员和乡长为解决来顺妈的婚姻问题，在推行新的婚姻法规时必须考虑乡村情理。一方面，新政权允许寡妇再嫁、保障人权；另一方面，就楼家来讲，寡妇招夫养子是为了延续宗族血脉，合情合理。最终，楼家人允许来顺妈与外来户刘二结合，实现了乡村伦理与革命伦理的双赢。

---

① ［美］欧爱玲：《饮水思源——一个中国乡村的道德话语》，钟晋兰、曹嘉涵译，北京：社会科学文献出版社，2013年，第77页。
② 菌子：《纠纷》，上海：新文艺出版社，1954年，第29页。

第一节 当代文学家庭伦理革命叙事（1949—1966）

不同于《纠纷》中以村民会"讲理"方式解决，《风波》①揭示了乡村更加真实也更加沉重的一面。年轻的杨春梅被族里安排嫁给曾良臣，原因是杨春梅的母亲杨幺嫂与曾良臣相好，族人怕伤风败俗所以如此安排。杨春梅坚决不屈从家族势力，大胆地追求爱人朱小昌。这种叛逆招致了族长杨永成极度的反感。杨永成决定召开"团族大会"，进行"团族讲理"。正当杨春梅受到族人批判的危急关头，传来了杨永成女儿杨环因不堪夫家虐待跳河自杀的消息，极大地震撼了杨永成。春梅趁机宣扬新《婚姻法》，"他们不晓得，人民政府还有婚姻法哩"②。春梅的这一举动具有强烈的宣告主权的意味——依靠人民政府和《婚姻法》，春梅敢于和族长直接进行对峙，这是"祥林嫂时代"所无法想象的。政府区长的威权取代了原本的乡村权威，意味着国家政权的意志已经在乡村得到有效贯彻，原本由士绅族长把控的乡村，已经被纳入国家的统一力量之下。而对于乡村基层国家权力机构的认同，也昭示着乡贤治理模式的失范。不管是地主、族长、士绅，都不再能够决定底层妇女的命运，或者说他们所代表的阶层已经产生了合法性危机，并最终被国家权力取代。村公所、区委成为妇女"讲理"的新空间，这一空间既是新的政治空间，也是被作家寄予了民主希望的新空间。最终，失去威权的族长杨永成"觉悟"，承认族权的破产，族长的"卡里斯玛"权威成为过去时，不再干涉家族年轻妇女的婚事，并主动向别人宣讲《婚姻法》。而《自由》《水滴石穿》等文本，也都揭橥妇女在争取个人权益、对抗族权时所付出的巨大努力与牺牲。

"分家"破除了老规矩，给予妇女自由与权利。作为曾被五四新文化陶染过的作家，赵树理深刻意识到大家庭所包含的问题，他不仅将大家庭看作"封建老窝"，并且积极主张分家，"这样的家庭斗争会持续不断……大家庭不易管理，到了一定时候，还是分开生活好"③。作为一个微型的权力空间，大家庭成员之间的冲突争端不断。"老规矩"的存续，更是压抑了年

---

① 石果：《风波》，载《人民文学》1953年第9期。
② 石果：《风波》，载《人民文学》1953年第9期。
③ 赵树理：《在晋东南"四清"会演期间的三次讲话》，载《赵树理全集》第4卷，太原：北岳文艺出版社，2000年，第645页。

轻妇女的主动性。《三里湾》中备受欺负的菊英,就是大家庭中老规矩的受害者。在赵树理笔下,马家院作为一个封闭的、凝滞的、保守的象征,势必要被打破,这也是他对于现实的想象性改写。[①]赵树理通过"把具体的情节结构和他所希望赋予某种意义的历史事件相结合"[②],将现实中和睦的马家院重塑为一个亟待打破的封建家庭,实现对于现实意义的重塑。菊英的存在,印证了大家庭分家的合法性与必然性,而玉梅、灵芝更是为分家之后妇女的出路给予了一个理想化的样板。玉梅积极支持分家,并带动其他年轻人进行效仿,寄寓了作者对于新型"原子化"家庭的期望。"只要分了家,那套老封建规矩自然没有处用,也不用争取、说服,也不用吵架,自然就没有了。"[③]在玉梅看来,大家庭毫无自由可言,而分家不仅能够自动破除封建的"老规矩",促进家庭和睦,同时能够给予个人充分的自主空间与生活"趣味"。"要不分开,我到他们家里,把劳动的果实全给了他们,用一针一线也得请他们批准,那样劳动得还有什么趣味?"[④]因而分家是现代青年的不二选择。而分家的底气,则在于妇女参与集体劳动后获得了经济权,能够独立生存,不必仰仗父母求得衣食,人身依附关系的破除,使得玉梅多了不顾一切的勇气。

如果说《三里湾》揭示了合作化初期分家所带来的妇女权利的扩张,那么李准的《一串钥匙》则进一步揭示出人民公社后大家庭中父权让渡的过程。白举封老头,外号"脑力劳动",是白家的一家之主。中华人民共和国成立后家里劳动力多,逐渐过起了好日子,他把握着家里各个钥匙,并且支配着全家人的生活,他逢人就自夸自己操心脑力劳动:"一家子事不好领啊,什么都得要我操心。"[⑤]这种全能型包办主义正是封建大家长的典

---

① 马家院的现实原型是一个和睦家庭。池底村户主李老四,小家庭经济不独立,都由大家长李老四管理。给每个媳妇发棉花,生产也搞得很好。参见山西省史志研究院编《赵树理传》,北京:当代中国出版社,2006年,第180页。
② [美]海登·怀特:《作为文学虚构的历史文本》,载张京媛译,张京媛主编《新历史主义与文学批评》,北京:北京大学出版社,1993年,第165页。
③ 赵树理:《三里湾》,载《人民文学》1955年第1—3期。
④ 赵树理:《三里湾》,载《人民文学》1955年第1—3期。
⑤ 李准:《一串钥匙》,载《奔流》1959年第1期。

型特征。而参加合作化后，家庭的自足性逐步被打破，家庭不再作为生产、生活、消费的核心单位，白老头能管的事情越来越少，但他还是不肯权力下放，在分配权、经济权上仍有决定性影响：要分配劳动，不允许儿子、儿媳们擅作主张；家里所有的收支也都由他负责，儿子、儿媳没有任何经济权。鉴于这种情况，根立组织白家召开家庭会议，家里的三个媳妇联合起来，在会上要求公公权力下放，由此产生了尖锐的冲突。白举封气急败坏，认为"一家人过日子，必须男人当家。要是男人不当家，光在屋里听女人的话，这个家就非坏不可"。儿媳妇们奋起反抗与斗争："爹，你这思想还是老思想，女人们现在一不靠男人吃，二不靠男人穿。各人都有工作，都有劳动，男人们还想统治女人那一天呀，可在历头上找不出来了。"①而经过这一家庭民主会议的斗争，白老头最终决定下放权力，将钥匙交给各人掌管，自己也开始下地劳动，彻底放弃了大家长的权威，也标志着封建父权权力的让渡。家庭的权力结构由此发生了重要变化。

分家带来了个人的自主性，年青一代有"个人的权利"，而父母辈则感受到了来自子女辈的挑战："如今老人说句话，不如放屁啦！气死你，干净。"②《大地的青春》中，富裕户周贵靠勤俭起家，然而合作化运动却使得他的大家庭梦想破碎，也使他的长者权威瓦解："现在，儿子和媳妇都有自己一份地，在家务事上，每个人都有发言权，自己个的事情更是自己说了算，没有一个肯听他的话了。"③使周贵失落的，正是儿子，尤其是儿媳权力的扩张。《父女俩》中的父亲在合作化运动中也震惊且失望地觉察到，守寡的香姐不管是在思想上还是经济上都已经不受自己的控制，"离开他，离开娘家爹，她怎么还能这样镇静"④，她不再是那个恭顺的女儿，而是在新社会中"重生"的独立女性。可以看到，在20世纪40至70年代，"分家叙事"因为搭载了妇女解放思想的便车，而具有了政治正确，成为作家们的集体选择。

① 李准：《一串钥匙》，载《奔流》1959年第1期。
② 沙丙德：《对象》，载《中国妇女》1964年第6期。
③ 蔡天心：《大地的青春》，沈阳：春风文艺出版社，1963年，第98页。
④ 骆宾基：《父女俩》，载《人民文学》1956年第10期。

二、权力让渡：母权与女权

中国传统家庭制度造成了一种中国特色的现象——婆媳冲突。这一冲突有着深刻的历史与文化内涵，并往往成为中国家庭矛盾的焦点。婆媳关系建立在自然属性和血缘基础之上，它比父子关系、夫妻关系内涵更为复杂。[①]在传统的大家庭中，由于女性生活空间的极端狭小，婆媳之间多处于紧张状态，冲突是婆媳关系的常态。婆媳冲突的背后，是家长制与男权制所留下的恶果。曾经饱受压迫的婆婆，一旦有了儿媳，则自动获得了母权，实现了角色的转换，由被压迫者变为压迫者，亦即寄生于夫权而压迫儿媳。婆媳关系之间的矛盾，从深层次上讲是父权与女权之间的冲突。中国古代的性别等级具有一定的流动性，母权是远远大于女权的。尽管同样作为被压迫者，母亲的身份由于古代家国一体的政治格局下对于孝道的推崇而变得重要。因此，在家庭中，母权具有崇高地位。围绕母权与女权之间的差别与联系，也产生了一系列的论争。"母性主义，或者是对身为母亲的女性地位和处境的保护，很久以来就是一场政治运动。……改善被驯化的母亲的地位，有时是以牺牲其他女权内容为代价的。因此，它与许多关注男女平等待遇的女权主义形式之间，存在着一种紧张关系。这种紧张关系尤其（但不限于）体现在女性从事照顾家庭方面的工作上。"[②]在整个20世纪，如何处理母权与女权的关系，始终是一个纠缠不清的问题。

20世纪40至70年代，涉及母权—女权关系的作品，主要分为两类。第一类是在同一性别中凸显阶级立场的婆媳冲突。作为被压迫的底层，妇女不仅承载着男性的压迫，还承受着来自地主阶级的婆婆的威压，这一阶级叙事将"女性"分化。描写地主富农家庭婆媳关系的文本多强调婆媳关系的阶级冲突与矛盾，这种人物关系的配置首先包含着阶级的视野，"地主婆婆"作为

[①] 刘传霞：《被建构的女性——中国现代文学社会性别研究》，济南：齐鲁书社，2007年，第220页。

[②] ［英］西尔维亚·沃尔拜：《女权主义的未来》，李延玲译，北京：社会科学文献出版社，2016年，第79页。

第一节　当代文学家庭伦理革命叙事（1949—1966）

地主阶级的具体象征，同样承载着剥削功能。最具典型性的是《小藤婆的故事》《秀女翻身记》等作品。《小藤婆的故事》①中"我"奶奶曾是地主，没落后嫁给贫农爷爷，整天看"我"妈妈不顺眼；《秀女翻身记》中，刁横的婆婆对秀女任意打骂，秀女背上布满伤痕……对于这类性别内的阶级冲突，解决的途径是通过阶级斗争求得自身的解放。秀女通过妇女会的帮助，斗争批判虐待残害自己的地主婆婆，婆婆因此被判刑，秀女得以改嫁，重获自由。在这些叙事文本中，阶级斗争与性别解放相联系，被看作妇女解放的关键。

另外一类就是在同一阶级中的压迫。对这一类问题的处理，显然就涉及更加复杂的层面。如何解决无产阶级家庭中作为"人民内部矛盾"的婆媳冲突？检阅这一时期的小说不难发现，同一阶级内，婆媳关系经历了由斗争到和解的演变过程，作家对这一棘手问题的解决，也显示出妇女解放的可能与限度。

最初强调婆媳冲突的叙事，在宣传婚姻法律法规期间尤其多见。"好媳妇"的标准，是由婆婆来制定与评价的。同时，"不管媳妇穿"也是传统家庭中的老规矩。②《春子姑娘》中，窝囊的春子，被婆婆和丈夫虐待。仅仅因为春子没有做好早饭就去烤火，便招来了毒打。③而在《灾难的明天》里，婆婆曾是"等郎妹"，受尽折磨，于是她把所有的恨意发泄到儿子和儿媳身上，她认为"买来的马，娶来的妻；愿打就打，愿骑就骑"④！对春子百般虐待。小飞蛾的婆婆、孟祥英的婆婆都唆使儿子把打老婆作为管教老婆的法宝。对于这种尖锐的冲突，妇女干部和妇女组织鼓励妇女通过诉苦、抱团，甚至开斗争会解决冲突。发动诉苦会批判婆婆，给婆婆戴高帽游街示众，给妇女极大的自由。"邻家王五娘，天天打媳妇，不讲理，胡来，不是挨妇救会带去在大会上说理吗？叫她在会上承认错误，并且向媳妇道歉。"⑤不过，这种激进的妇女主义的处理办法，却很快遭到了乡村激烈的

---

① 刘真：《小藤婆的故事》，载《长江文艺》1956年第6期。
② 赵树理：《孟祥英翻身》，载《东北文艺》1946年第1期。
③ 杨朔：《春子姑娘》，载《人民文学》1950年第2期。
④ 康濯：《灾难的明天》，载《解放日报》1946年1月18日。
⑤ 白夜：《黑牡丹》，载康濯编《中国解放区文学书系·小说编》，重庆：重庆出版社，1992年，第364页。

抵抗，男性农民和婆婆联合起来抵制解放和自由的妇女，显性暴力因为忌惮减少了，而隐性暴力、冷暴力则增加。妇女在法理上获得了胜利，但在人情上却遭受困厄。妇女固然有了在社会上的活动权利，但回家后所面对的，仍然是一个冰窟般的敌对人际关系，由此所谓的解放也显得缥缈，一味强调性别冲突、性别斗争的方式无法在乡村继续推进。依托于妇女组织的社会解放、强调斗争激进的方式，显然无法真正使婆媳矛盾解决，反而埋下更深的祸根。因此，作家们意识到，要使妇女解放理论具有效度，就必须慎重处理这一家庭问题。

因而，小说中和睦家庭逐步取代了婆媳冲突，成为新的思想倾向。妇女必须在斗争中达到和解——一方面既要对虐待妇女的事件进行坚决抵制；另一方面，妇女也要尽到家庭的责任，尊重原有的人伦情感，才能避免过度激化矛盾而使得同一阶级的婆媳成为仇雠，"家庭统一战线"、婆媳和解成为一种新的书写指向。"处理无产阶级的家庭问题，一定不是建立在对立的性别格局中而更强调在同一阶级大联合的前提下创造内部性别协商的空间。"[①] 由此，在20世纪50至60年代的小说中，不同阶级的婆媳冲突被看作已经解决的问题，而主要强调母权与女权的和解，母权与女权成为非对抗性矛盾。不过这种矛盾的解决，往往是以媳妇充分承担起双重负担为代价的。叙事中的婆媳冲突较少存在地位结构上的压迫，而主要是集中在家庭与工作之间的冲突。由于媳妇热心集体生活，整天出去奔忙生产，而忽视了家务劳动或者是照顾家人，而招致婆婆的埋怨；但经过调解，婆婆有了社会主义觉悟，而媳妇则以收缩性策略适当妥协，既照顾家庭又忙于生产，最终都有美满和谐的结局。

随着全国范围内"五好"运动、"两勤"方针的展开，对于理想妻子、儿媳的宣扬重点，也发生了转变。对抗式解决、运动式解决已经不再被推崇为一种有效的家庭治理方式；相反，经过调解、说理、妥协，最终实现和解。比如，《秀女翻身记》就显示出婆媳关系的多元认知，呈现鲜明的代

---

① 董丽敏：《延安经验：从"妇女主义"到"家庭统一战线"——兼论"革命中国"妇女解放理论的生成问题》，载杨联芬主编《性别与中国文化现代转型》，北京：东方出版社，2017年，第341页。

际差别。年老女性认为母权天经地义,做婆婆的就应该管理媳妇;而年轻女性认为,媳妇管制婆婆才是新社会的新伦理。而作者借妇女主任李贞芳之口则纠正众人的看法,指出平等的人际关系,谁也不压迫谁、谁也不管制谁,"民主和睦"的家庭才是新社会追求的目标,才是"不封建"的[①]。

在1963年,《中国妇女》展开了"婆媳关系能不能处理好"的问题讨论。该讨论由读者罗军发起,收到了积极的回复。尊重老人、婆媳和睦、婆婆承担家务成了职业女性解决婆媳冲突的灵丹妙药。[②]《中国妇女》上提出的解决方案,反映了新时代女性对于婆媳关系的认知。而诸多反映婆媳之间的摩擦冲突的小说,也多描写了婆婆的转变过程。婆婆作为旧时代的旧人物,在新社会中得到了教育,认识到人的社会性,尊重媳妇的社会工作,而媳妇代表着先进力量,因此婆婆需要放权让利,由此家庭权力、家务分工的摩擦得以解决。《衣裳》[③]以风趣的笔调探讨妇女的服装问题,引出婆婆应该下放经济权,关心儿媳、给儿媳做衣服以实现婆媳关系的和谐。《家庭》中,婆婆因为儿媳常常开会而心生不满,家庭成了"不和睦的监牢"[④],而当媳妇把辛勤纺线换来的钱换成口粮时,婆婆终于感受到参与公家事务所带来的实在利益,婆媳矛盾得到化解;[⑤]《婆媳俩》[⑥]中张大嫂带子改嫁,婆婆蛮横霸道,不仅掌控经济权,还称张大嫂的孩子为"带犊子",极尽歧视虐待之事。邻居朱大妈上了速成识字班之后,经常来做启蒙工作,拉着婆婆去开会,婆婆慢慢懂得了现代婆媳的相处之道。《婆媳俩》[⑦]同样通过"大跃进"解决了分家难题,媳妇原本要求自由小家庭,但因为"大跃进"期间忙于生产无法顾及家务,与婆婆重新住在一起,赢得了邻居的赞扬……而合作化期间,作家们偏爱叙述落后婆婆与先进媳妇的思想冲突,婆婆要么贪小便宜,要么不认真劳动,要么缺乏集体意识,在媳妇的坚持

---

① 西戎、陈谦:《秀女翻身记》,载《红岩》1953年第3—4期。
② 《婆媳关系能不能处理好》,载《中国妇女》1964年第1期。
③ 于良志:《衣裳》,载《新中国妇女》1955年第4—5期。
④ 林漫:《家庭》,载《晋察冀画报》1944年第6期。
⑤ 浩然:《婆媳两代》,载《中国妇女》1960年第22期。
⑥ 魏锡林:《婆媳俩》,载《人民文学》1953年第4期。
⑦ 林斤澜:《婆媳俩》,载《中国工人》1959年第6期。

143

原则下（且尊重照顾婆婆），婆婆都意识到自己的错误，也成功化解了婆媳矛盾。顺手牵羊、好占公家便宜的杨大妈在媳妇玉珍的感化下提高了觉悟，[①] 辣子婶在新媳妇的动员下参加秋收[②]，王大妈也不再强求媳妇玉珍给自己的返工记工分[③]……可以看出，一方面要强调社会主义家庭和睦伦理，婆婆成了不能舍弃的小家庭之重；另一方面，对于婆婆的反向教育，成功解除了婆婆的母权，并以进步—落后的叙事指向，将母权化为需要被教育、改造的对象，这一处置方式，成了和平年代女权优胜母权的一个标志。

三、空间政治：社会化家庭

分家之后往何处去？"组织起来"是20世纪40年代开始中国共产党对于传统家庭改造的方式，也被认为是对农民根性的最有效治理方式。在农村，主要通过互助组、合作社、人民公社的方式将散沙一般的农民组织起来，通往集体化，并通过对小农经济的打破，希冀以此变革农民意识，促进农民的无产阶级化。在城市，主要通过"单位"将城市居民组织起来。

"组织起来"对于中国人的情感结构产生了根本性的影响。通过组织起来，国家和集体掌握了社会的分配资源，并按照既定的原则对整个社会进行调配。在这种结构之下，妇女解放能够借助国家机器的力量，建构起"妇女解放实践的国家干预体制"[④]，营造出一种新的制度环境。组织起来是妇女解放微观机制的具体体现，它带来了性别空间政治的变化，也给性别关系带来了根本性的影响。

在中国传统的家庭文化中，空间有着严格的内外之别，早在《礼记·内则》中就规定："礼始于谨夫妇。为宫室，辨外内，男子居外，女子

---

① 陈鉴尧：《婆媳俩》，载《边疆文艺》1957年第3期。
② 李青：《婆媳俩》，载《人民文学》1964年第10期。
③ 关中：《媳妇》，载《山花》1961年第10期。
④ 揭爱花：《国家、组织与妇女：中国妇女解放实践的运作机制研究》，上海：学林出版社，2012年，第162页。

居内。深宫固门，阍、寺守之，男不入，女不出。"①家庭空间，就此成为一种主/客、高/低、内/外等空间关系的隐喻而获得意义。男性的活动空间是公共性的、生产性的和支配性的；而女性空间则往往是私人性的、再生产性的和附属性的。由这种等级化的空间分配带来的性别隔离是1949年之前社会生活中最突出的特点之一。未婚男女的公开接近通常被认为是不道德的，而未婚年轻女性如果与男性私下交谈，则会被社会舆论指责为"荡妇"。

20世纪40至70年代，随着破除家庭观念的推进，家庭观念的削弱，集体观念的空前强化，集体取代家庭成为理想的新居所，将妇女与家庭的紧密联系斩断，妇女得以在不同的空间，进行自我的生产与再生产。集体化带来了生活方式、组织方式、生产关系、社会结构的彻底变革。妇女们通过集体化被动员到社会中，与男性一同劳动生产，一同创造社会价值。而走出家庭、家务劳动社会化都在这一过程中发生。对于未婚女性来说，走出家门参加社会生活，扩大了原本狭窄的社交圈，更有机会遇见自己的爱情。不管是集体劳动、集体学习、开会，还是集体娱乐活动（唱戏、电影、跳舞等），这些公共空间都为年轻人提供了宝贵的社交场合，也在一定程度上改变了凝滞的性别伦理。社交公开不再只是城市精英的特权，也为乡镇所接受。年轻男女可以通过集体活动进行公开社交，并进一步发展为公开恋爱。尽管这一过程遭遇到乡村传统势力的激烈反对与压制，但最终冲破了性别隔离之墙。社交公开在整个中国得到了空前广泛的接受，有助于打破性别误解和误读，促进性别和解。

在乡村，由土改、集体化运动、大办食堂所造成的分家高潮，不断地冲击着传统家庭观念。而城市的单位制，更是将家庭的功能无限削弱，家庭空间被单位空间取代。在城市中，居民的生老病死都由单位负责，单位

---

① （清）孙希旦撰:《礼记集解》(上)，沈啸寰、王星贤点校，北京：中华书局，1989年，第759页。

早已不是行政组织,而是一种社会组织和制度的基本结构。[1]"父爱主义"的分配方式,一方面破除了家庭的生产功能,最大限度地降低了个人对于家庭的依赖;另一方面,个人从家庭中脱离之后又被糅合进集体之中。由此,在城市文学中,将集体赋予家庭的温馨色彩,展现出在单位之中人与人之间的理想关系,成了一种破私立公的有效策略。在20世纪40至70年代,城市女工和女干部不仅有稳定的福利、社会地位,而且在调解夫妻关系中有随时可以支持自己的组织。不管是虐待、歧视、婚外恋,父爱主义式的组织都可能及时出面介入与干涉。因此,对于女工、女干部来说,单位形成了一张庞大温柔的铁网,解决了个人的一切需求。家的含义,逐渐淡化成一个临时休息的地方,而单位则是新型的平等民主的大家庭。组织方式的改变,带来了伦理的重大变化。孩子被看作国家的"财产",抚养孩子,不再是为了传宗接代,抑或养老送终,而是为了社会主义生产力的再生产。因此,为社会主义培养接班人成了新的亲子观念。当工作伦理与家庭伦理发生冲突时,最终要克服的是家庭的伦理,"从此,那种孤孤单单的、谁也顾不了谁的日子算一去不复返了,人们将用辛勤的集体劳动,创立社会主义的大家业!"[2]

费枝的《"家"》[3]就记述了家庭妇女在走向社会工作过程中所面临的心态调适和选择。由于担心孩子,在上班期间并不能专心生产,而经过思想教育后,全身心、忘我地进行工作,成为一名合格的现代女工,由此工作伦理战胜了家庭伦理。丁力的《胡同口上挂红榜》[4]、费枝的《胡同里的笑声》[5]、张佐德的《她又唱歌了》[6]、黎先耀的《太阳从胡同里升起》[7]、颜一烟

---

[1] 参见路风《单位:一种特殊的社会组织形式》,载《中国社会科学》1989年第1期;李猛、周飞舟、李康《单位:制度化组织的内部机制》,载《中国社会科学季刊》(香港)1996年秋季卷;刘建军《单位中国——社会调控体系重构中的个人、组织与国家》,天津:天津人民出版社,2000年。

[2] 蔡天心:《大地的青春》,沈阳:春风文艺出版社,1963年,第450页。

[3] 费枝:《家》,载《北京文学》1960年第12期。

[4] 丁力:《胡同口上挂红榜》,载《北京文学》1960年第4期。

[5] 费枝:《胡同里的笑声》,载《北京文学》1960年第5期。

[6] 张佐德:《她又唱歌了》,载《北京文学》1960年第5期。

[7] 黎先耀:《太阳从胡同里升起》,载《北京文学》1960年第6期。

的《皮尺车间访问记》①等小说都集中处理了家庭妇女在家庭伦理与工作伦理之间的抉择。

伦理革命是20世纪40至70年代婚恋家庭叙事的主题，亦是解决妇女问题的重要切口。文学叙事中对于家庭的态度，随着社会的需要而有所变化，传统文化伦理又发挥着潜在的制约作用。

---

① 颜一烟:《皮尺车间访问记》,载《北京文学》1960年第11期。

第二节 "十七年"小说社会教育与女性主体性的建构

在中国共产党的革命话语之中，教育农民一直是个突出的问题，"因为农民本性与社会主义背道而驰。必须让农民觉悟，中国革命才能产生真正的主体"[①]。同样地，教育妇女也是一个"严重"的问题。通过社会教育[②]，原本作为"第二性"的不可见的底层妇女被擢升至社会舞台，在社会、政治、经济、文化等方面由隐身到显形。不过，如何将"化外之民"的妇女纳入革命的政治经济文化秩序中，构建妇女的主体性，使其成长为理想的革命主体与性别主体，并且由此形塑对于新生政权的认同，则是"十七年"小说需要解决的重要问题。

一、"回家庭"到"进社会"

传统中国，妇女教育主要由家庭承担，"女四书"几乎成了妇女教育的唯一来源。因此，妇女平等的教育权，一直是近代妇女解放思潮中的重要关切，亦是救亡图存、改造社会的良方。其中，社会教育在女性文化启蒙、

[①] 孙晓忠：《创造一个新世界——延安乡村建设经验》，载孙晓忠、高明编《延安乡村建设资料》（第1卷），上海：上海大学出版社，2012年，第13页。

[②] 本节所指的"社会教育"，是指狭义的"社会教育"，社会文化机构或社会团体组织对社会成员所进行的教育，民国时期的社会教育，又有"平民教育""大众教育"等说法，主要偏重于识字教育，而中国共产党推行的社会教育主要以工人、农民为教育对象，注重与革命、生产相结合。20世纪50年代新中国农村的"识字运动"，正是"社会教育"的典型体现。可参见周慧梅《民国社会教育研究》，长沙：湖南教育出版社，2018年；孙晓忠《识字的用途：论1950年代的农村识字运动》，载《社会科学》2015年第7期。

第二节 "十七年"小说社会教育与女性主体性的建构

常识普及、国民训练等方面发挥了重要作用。不过，在女性社会教育的具体内容与目标指向上，存在着"回家庭"与"进社会"两种截然相反的导向。

晚清至民国时期，知识分子关于女子教育的宗旨发生过四次论争，分别是"贤妻良母""超贤妻良母主义""母性主义""妇女回家论"，四次论争始终围绕着女子是否应该成为贤妻良母以救国家，展现出国权和女权的冲突与张力。①整个民国时期，女学的内容偏向于家政学，学为贤良仍为女子教育的关键旨归，"女子教育并须注重陶冶健全之德性，保持母性之特质，并建设良好之家庭生活及社会生活"②，烹饪、缝纫、刺绣、编织、家庭卫生和识字成为妇女教育的主要内容。而这一"回家庭"的导向引发了各界的关注，并掀起了关于"新贤妻良母"主义的论争，持续十年之久。③妇女也在这种"穿新鞋走老路"式的经历中感受到双重角色的冲突。"家庭妇女们究竟是就业好？还是在家育儿好？这确是当前一个严重的社会问题。"④

相较于国民党"要求女性回家"的政策导向，中国共产党积极进行女性出走的社会动员，并开展了一系列政治文化实践。从性别解放的意义上来看，"进社会"的指向无疑更能实现妇女的利益。趋向社会、独立生活、服务国家，成了中共妇女教育的重要宗旨。通过妇女半日学校、识字班、家庭临时训练班、田间流动识字班等多种形式，提高妇女的政治文化水平。通过"政治化的教育方针、构建全覆盖的教育网络、利用多样化的教育资源、采取全员化的管理模式、严格数字化的考核要求、推行政治化的教育目的"⑤，成效卓著。大量小说都在不断讲述社会教育使得底层妇女摆脱文盲境地、带来生命层次的提升的故事，形成了一股"社会教育叙事"的热

---

① 参见万琼华《在国权与女权之间：近代中国关于女子教育宗旨的四次论争》，载《现代大学教育》2010年第3期。
② 《中华民国教育宗旨及其实施方针》，载教育部主编《教育法令汇编》（第1辑），上海：商务印书馆，1936年，第20页。
③ 参见王晓慧《近代中国女子教育论争史研究（1895—1949）》，北京：中国社会科学出版社，2015年。
④ 左玖瑜：《女子从业和托儿所——一个职业妇女的呼吁》，载《妇女月刊》1943年第2期。
⑤ 胡军华：《中央苏区妇女教育研究》，载李东风主编《传统文化与女性发展研究》，南昌：江西人民出版社，2015年，第133页。

潮。《小巷深处》《偶然听到的故事》《铁木前传》《风云初记》《为了祖国的明天》《石爱妮的命运》《春种秋收》《山乡巨变》《青石堡》《映山红》等小说中，都有社会教育的痕迹。作家们意识到，社会的形塑与规训对个人起着重要的引导作用。"人怎样才能觉悟呢？学习是重要的，个人经历也是重要的，但更重要的是社会的影响。"① 秦兆阳的《农村散记》中写道：村里为了扫除文盲，推行"速成识字法"，村副主任崔金田每天苦读注音字母，并积极动员妻子秋娥学文化；《卖酒女》中，美丽的刀含梦原本将生命耗费在卖酒调笑中，但她在训练班接受教育之后，转变了人生理想，意识到"既然活着，就不能白活"②，后成为一名光荣的接生员。

"十七年"时期，中国共产党所推行的妇女教育，在继承了五四时期平民教育思想的同时，进行了教育形式和内容的革命，兼具有民众启蒙和政治动员的性质。最为明显的变化有三点：其一，在教育对象上重视工农妇女，尤其是农村妇女教育；其二，在教育内容上，原本强调"妇职"的家政学被抛弃，取而代之的是生产教育、革命教育和政治教化——公民教育、政治教育、卫生教育、道德教育等，妇女教育有着明晰而坚定的目标——培养现代革命主体的新妇女；其三，在教育方式上，依托于各级妇联所创办的妇女训练班，以文化课、政治课、妇女工作、妇女常识读本为主。③ 比如，《锻炼锻炼》中，"吃不饱"和"小腿疼"被贴大字报的原因之一就有"开会常不到，也不上民校，提起正经事，啥也不知道"，而"上民校"是知晓国家大事等"正经事"的必要途径之一，也是政治动员得以发挥作用的保障。

妇女社会教育运动并不是简单的识字，也不是纯粹的政治动员，而是将国家意志、妇女解放话语糅合在一起，对妇女进行启蒙与改造，而妇女接受教育和改造后，也要积极参与改造社会。在面向底层妇女的扫盲与启蒙读物中，《新中国妇女》主编的《工农妇女常识课本》影响较大。主要受众包括城市女工、农村妇女与城市家庭妇女。内容主要包括阶级斗争知识

---

① 孙犁：《铁木前传》，载《人民文学》1956年第12期。
② 徐怀中：《卖酒女》，载《人民文学》1958年第4期。
③ 周锦涛：《中国革命中女性话语的建构——以抗战时期中共女性教育为叙述中心》，北京：九州出版社，2010年，第185页。

和妇女解放知识、革命人生观、劳动观、生产生活知识等。①课本内容经过了精心选择与设计。课本首先从性别关系出发，探讨妇女受压迫的根源，关注妇女的婚姻家庭问题，督促妇女生产劳动，同时，引导妇女关注国家和国际政治，关心世界妇女与世界无产阶级，关心妇女的民事权利、政治权利……个人—家庭—社会—国家—世界，个人所处的这一等级序列都得到了编写者的关注，体现了其敏锐的性别视角与政治关怀。从具体课文内容来看，简单易懂，通过明确的主题设定、强烈的感情指向来进行国家意识形态的建构。将原本复杂拗口的政治语言与意识形态宣传变得日常化，妇女通过日常语言的载体与新中国的政治文化建构相互勾连，借由习得的这些词语、概念、思想来重新认识自我与社会，重新定位妇女与国家的关系。在《石爱妮的命运》中，妇女干部国琴是石爱妮人生道路上的重要启蒙者和领路人，国琴教石爱妮读书识字，虽然时间非常短，但"在这短短的四天里，她懂了许多过去不懂的道理和过去没有听到过的话。这些，如同从阴云的罅隙中透过来的阳光，使她的精神顿时爽朗了起来。从来没有一个人对她这样亲近和体贴，她也从来没有对别人这样过"②。而石爱妮同样走上了革命道路，成为一名新妇女。类似的小说还有《秀女翻身记》《奴隶的女儿》《洪燕》……这些文本中，以妇救会、妇女干部等为代表的社会教育力量，是一个重要的存在，虽然此类书写不免有把妇女解放当作民族解放和阶级解放的注脚的嫌疑，但其可贵之处在于，"将重心放在现代革命战争给乡村女性带来的境遇、身份、命运的改变上"③，关注民族解放和阶

---

① 目录如下：第1期：劳动创造世界 挖穷根追富根 女人为什么受轻视 男女工人要团结；第2期：封建婚姻 自由结婚 没有共产党就没有新中国 工人为啥做工；第3期：人人要当英雄 提高生产的三方面 胡心学的自述 大家努力干活；第4期：中国人民政治协商会议 中华人民共和国人民的首都——北京 国旗；第5期：国际民主妇女联合会 亚洲妇女代表会议 中华全国民主妇女联合会 全世界妇女要团结；第6期：毛主席和农民 太阳照进众人家 工人阶级共产党；第7期：什么是共同纲领 妇女的权利 现在的新社会 保护母亲和孩子；第8期：各界人民代表会议 妇女代表会议 怎样选代表 女区长相桂兰 《中苏友好互助同盟条约》；第9期：苏联是我们的好朋友 幸福的苏联妇女 快乐世界 世界工人是一家；第10期：魏国英的劳动互助组 民主家庭。参见《工农妇女常识课本》，《新中国妇女》1949年第1—10期。

② 谷峪：《石爱妮的命运》，北京：作家出版社，1958年，第50页。

③ 王宇：《空白之页与变异转型——孙犁乡村女性叙事的复杂性》，载《南开学报》2014年第4期。

级解放中妇女的社会地位，凸显出对于妇女的呵护，也正是在这一点上，体现出了社会启蒙的力量。

不过，当时的农村妇女、城市家庭妇女绝大部分是文盲，而城市女工的教育程度也并不理想。要动员这样的群体，培养其阶级自觉、革命意识，使她们成为自立、自觉、自强的新妇女，跃升为革命主体，并非易事。因此在有关妇女教育的小说叙事中，对妇女的社会教育的过程，凸显妇女教育与社会改造的双向互构，既要强调教育妇女，又要通过妇女改造社会。妇女是改造社会的历史主体，同时也作为被社会改造的客体，需要被国家启蒙，也需要觉悟后与国家联动，妇女们觉悟的提高，不仅与自身解放紧密相关，更是一场深刻的社会变革，它将触及社会的各个领域与各个角落。

二、妇女教育与生活的变革

20世纪中国每场变革的发生，都离不开"新人"的推动。不管是晚清政治小说中的政治新人黄克强，还是五四时期狷介的狂人，抑或20世纪30年代革命小说中的职业革命家，都反映了不同时代对于新人的不同要求。延安时期，由于战争环境的限制，塑造新人并没有提上日程，且在理论上没有对新人进行系统的建构与探讨。"十七年"时期，随着新政权的建立，需要巨大的文化力量重新整合国民意识，宣传与新社会相匹配的社会主义新人成了急迫的文化需求。因此，通过文学作品塑造新人来影响民众并以新人作为新社会的见证，"呼请国民对新伦理话语的认同"[1]，就显得尤为关键。不管是延安时期对于文学中新人物的构想，还是社会主义教育运动中对于社会主义新人的呼唤，抑或"文革"时期的"根本任务论"，都反映出时代对于新人的急迫需求。

在革命中国，"性别问题成为中国政权成功想象现代性的中心"[2]。革命

---

[1] 樊国宾：《主体的生成——50年成长小说研究》，北京：中国戏剧出版社，2003年，第78页。

[2] ［美］罗丽莎：《另类的现代性：改革开放时代中国性别化的渴望》，黄新译，南京：江苏人民出版社，2006年，第3页。

第二节 "十七年"小说社会教育与女性主体性的建构

不仅需要大规模动员群众,更需要塑造"新妇女"神话,"新妇女"是社会主义中国现代性的典型象征。而正是因为"新妇女"与新社会之间这种双向互构的关系,创造"新妇女"形象成了"十七年"小说的重要使命。

对于妇女而言,社会教育首先是文化普及,帮助妇女摆脱文盲的处境。《李双双小传》里,李双双家里随处贴着的学习小字条,正是妇女教育的一个生动侧影。"我真想学习呀,就是没时间""裤子的裤字,去掉一边的衣字,就是水库的库。人谁精,谁憨,工作多了见人多了就聪明,整天闷在家里就笨。"①这一情节并非凭空捏造,而是源于一个文盲女炊事员努力学文化的故事。在乡土中国,妇女文盲占绝对多数,"几乎是一个没有女子教育的地方"②,而占据中国女性群体中80%人数之重的农村女性,几乎全是文盲。妇女教育者通过"用宣传、鼓动、解说、奖励等方法,在工厂里,在农村中,在街道上,在厨房内随时随地、有系统地,不断地进行妇女大众中的教育工作,文化启蒙运动、识字运动、清洁卫生运动等"③。通过系统的大规模的多种渠道的扫盲运动,包括夜校、冬学、识字组、妇女识字班等多种渠道的社会教育方式,妇女的识字率普遍有所提升。迫切的学习愿望,是一种持久的内驱力,驱使着妇女在扫盲运动中表现出高昂的热情,"决心学文化,天大困难也不怕"④。《文化的主人》⑤中,文盲农村妇女李田秀,是五个孩子的妈妈,通过自学写作成为通讯员,并被选去省文艺学院读书,"征服"了文化,她反过来教育"我"和"我"的妻子惠娥,要"我""关心妇女的进步",要惠娥不要被家务和孩子绊住,努力学习文化。

社会教育对妇女有着升华生命的深层次的意义。"动员群众,空洞的

---

① 李准:《李双双小传》,载《人民文学》1960年第3期。
② 云:《陕甘宁边区突飞猛进的女子教育》,载中华全国妇女联合会妇女运动历史研究室编《中国妇女运动历史资料》(1937—1945),北京:中国妇女出版社,1991年,第187页。
③ 邓颖超、孟庆树:《我们对于战时妇女工作的意见》,载中华全国妇女联合会妇女运动历史研究室编《中国妇女运动历史资料》(1937—1945),北京:中国妇女出版社,1991年,第47—48页。
④ 李准:《我喜爱农村新人——关于写〈李双双〉的几点感受》,载《电影艺术》1962年第6期。
⑤ 刘勇:《文化的主人》,载《人民文学》1960年第6期。

政治宣传往往难以持久，完全寄希望于群众的政治觉悟也不靠谱。"[1]因此，要想动员有成效，就必须给群众带来实际的好处。而社会教育，给妇女带来了切实可见的利益，也带来了发展的可能。《风云初记》《山村新人》等小说中就触及了妇女在教育中所获得的自主自强的精神、自我提升与生命境界的变化。妇女首先通过教育获得了关于劳动的现代认知，将劳动与光荣、解放进行关联；在扫盲中新法接生的推广，普及现代生育、科学育儿知识，以现代科学观照妇女身体，将现代科学与妇女的经验密切关联，《接生》《静静的产院》《抱孙之前》等产院叙事即表现这一主题；扫盲运动中夫妻互帮互学，缓和修复了原本紧张的家庭关系，促进了夫妻和睦，也推动了夫妻平等。《满子夫妇》中，周家沟开了冬学，教员鼓励玉莲和丈夫和睦相处，教授"谋虑家务，团结和睦"等课程，让夫妻互相教学，最终两人能够相互理解，恩爱如初；而《我的两家房东》《春风》等小说，同样关注到妇女接受社会教育后所获得的提升以及夫妻关系的调整。

对于妇女来说，社会教育最重要的成果是克服自卑心理，确立独立人格，认同男女平等的思想，从而导向性别平等的实践。陈伯达在延安时期号召"妇女们要挺身起来，确立自己独立的人格，经营独立的生活，不做公姑丈夫的奴隶"[2]。通过教育，打破自卑感和依赖性，提高自信心，破除传统的奴性人格、依附心理，从卑微意识中解放出来。《桂梅和小惠》[3]中，小惠原本是一个"痴女"，除了吃喝玩乐，"一辈子也不会有啥用"，全村妇女没人愿意和她分到一组，村民也一直歧视她。而桂梅却觉得小惠有培养的希望，"只要多教她，让她同大伙一块干活，兴许也会干好"。桂梅常常给小惠讲一些劳动模范的事，报上的新发明，给她普及农业知识，"耐住点心吧，咱要把她培养成新人"。在桂梅的帮助和教育下，小惠慢慢"开了心窍"，从"烂渣石"变成"夜明珠"。自尊就是充分尊重女性的力量，相信女性自我的能力，手无缚鸡之力式的娇弱女性，早已经被时代抛弃，健

---

[1] 刘卫国：《赵树理作品中的算账书写与经济观念》，载《山东师范大学学报》2020年第6期。

[2] 陈伯达：《新妇女的人生观》，载《中国妇女》1941年第8期。

[3] 冯金堂：《桂梅和小惠》，载《人民文学》1959年第11期。

第二节 "十七年"小说社会教育与女性主体性的建构

壮、质朴、坚强的新妇女才为时代期许。最大限度地将女性与懦弱性格、自卑心理剥离,正是这一性别教育的目标。"妇女有自强不息,坚韧奋斗的勇气,从而逐步达到真正的男女平等。"①邢更文是典型的"铁姑娘",这样一个壮硕的女人,是很难受到男性喜欢的,因为她挑战了传统的性别秩序与性别气质。然而,邢更文在男女平等思想上,却有着清醒充分的认识。"妇女要求和男人同工同酬,关键就在于学技术,农活技术学不全,净做些简单的辅助性的营生,怎么能提高妇女在劳动中的地位呢?"②她努力学习摇耧技术,改变了本村妇女对于技术是男性专属的认知,破除了村上女人们的自卑心理,女人们受到邢更文的鼓励,意识到女性是有能力、有力量,是能够在社会上进行生存的,故而争相学习种田技术,而这种风气蔓延开来,最终改变了一个村庄的性别道德意识。

最重要的是,教育拓展了妇女的生存空间、生活空间与发展空间。许多原来是文盲的女性,经过扫盲成为妇女干部或积极分子,广泛参与社会活动,不仅充分发挥个人潜能,也增强了对于世界的探索能力。《长长的流水》中,大姐悉心教"我"读书识字,教育"我"、照顾"我",促"我"进步,伴"我"成长,她温厚严厉而绵长的爱,最终使"我"由一个"又野又傻的小丫头"成长为一名作家。《爱情的祝福》里,原有的家庭妇女被动员集体劳动之后,"她们都看到这里比在家自由、热闹,又做活又学习,见识多了,精神也愉快"③。而原本是低眉顺眼、寸步不离家的"好媳妇"吴淑兰,参加干部班学习和妇女学习组之后整个人都变了,"她眼里有了奇异的光彩;她的嘴角泛起了新奇的笑容"④。教育为人们提供了逃脱底层并进行阶层跃升、阶层流动的希望和现实可能。⑤教育不仅能够使妇女自己管理自己,还能够促使她们最大限度地享受生活本身。

---

① 邓颖超:《关于妇女宣传教育工作问题》,载中国妇女管理干部学院编《中国妇女运动文献资料汇编》(1949—1983),北京:中国妇女出版社,1988年,第115页。
② 张彦昭:《妇女队长》,载《火花》1963年第8期。
③ 黄天明:《爱情的祝福》,载《红岩》1957年第11期。
④ 王汶石:《新结识的伙伴》,载《人民文学》1958年第12期。
⑤ [美]约翰·肯尼思·加尔布雷思:《美好社会——人类议程》,王中宝、陈志宏、李毅译,南京:江苏人民出版社,2009年,第58页。

三、妇女教育与社会改革的互促互构

"文盲是处在政治之外的,必须先教他们识字。不识字就不可能有政治,不识字只能有流言蜚语、谎话偏见,而没有政治。"①社会教育提高了妇女政治参与的能力,妇女前所未有地参与到社会治理之中,底层妇女拥有了发声的权利与通道,不再成为沉默的凹陷主体,诸多"十七年"小说积极表达了这一想象。

有关"新妇女"政治参与的书写,是"十七年"小说的独特贡献。在传统中国,女性参政一向被视为对性别秩序的最严重的挑战,社会政治与治理,向来是由男性把控的场域,对于广大的底层妇女来说,政治是遥远的"男人"的事情。而通过立法,调整政治中的性别结构,补足了社会性别制度对于妇女参政权的忽视。妇女参与选举的情节,恰是对向警予等左翼女权运动者不懈追寻的妇女公民权利最好的回答。在《竞选》这篇小说中,巧凤带着妇女,抢干重活,帮助妇女争取同工同酬,领导妇女种棉丰收。不过,她的功劳全被丈夫抢去,丈夫自称成果全归功于自己的领导,这种傲慢的姿态引发了女性的不满。在妇女们的鼓励和支持下,巧凤也参加了选举。巧凤从发展生产和解放妇女两个维度来发表竞选演说,"以后我还要多想办法提高妇女的地位,反对压迫妇女"②,最终全票当选,为妇女谋取福利与权益。巧凤的选举具有重要意义,它彰显出作家对于底层女性政治权利的敏感,表现出独特的性别关切。

妇女在教育中获得成长,也积极介入社会生活中,改造社会,以个人启蒙促进群体启蒙。小说中的"新妇女"被时代寄予了高度的期望,一方面在教育中成长,另一方面在长成之后又要对群众起到教育作用,成为道德模范与人格理想的具象表现。"新妇女"对于群众的教育功能、对于社会的意义被无限放大。"新妇女"所具有的精神力量与道德垂范,被看作社会

---

① [苏]列宁:《新经济政策和政治教育委员会的任务》,载《列宁全集》第42卷,北京:人民出版社,1987年,第200页。

② 秦兆阳:《竞选》,载《人民文学》1954年第10期。

第二节 "十七年"小说社会教育与女性主体性的建构

进步的助推器。社会主义的"新妇女",同社会主义新人一道,被看作推动社会前进的先进力量与时代的脊梁。[1]新妇女对生活有着"积极进攻"的作用,能够改变周围的生活。"只有通过这种新人物,作品才能够真正做到用社会主义精神教育群众。"[2]黑凤(《黑凤》)、黑妮(《黑妮种棉》)、张腊月(《新结识的伙伴》)、犟姑娘(《骏马飞腾》)、海岚(《海姑娘》)等作为已经觉醒了的新妇女,对社会的反哺作用在"十七年"文学中得到了不断的回响,"推动社会进步的、带领人类前进的、使落后转向进步的力量……没有这些新人物,旧人物的转变将是不可能的事"[3]。

妇女通过社会教育被吸纳入妇女组织,从而有机会参与国家的治理体系,给妇女参与政治带来了空间。"教育不仅使得了解公共事务的一定人群存在,而且使得他们要求别人听到自己的声音。未受过教育的人们,特别是那些散居乡野、从属于地主的人,很容易保持沉默并处于权威的控制之下,这是公认的。"[4]在妇女组织中,底层女性抱团发声,使得声音被听见、需求被尊重。她们关心妇女的权利,倾听妇女的声音,纾解妇女的苦痛。例如《山乡巨变》中的妇女主任邓秀梅就深刻知道女性的不易,时刻注意妇女的权益保护,关心妇女的处境,对妇女抱有最大的同情。不管是对老年妇女的诉苦,年轻姑娘的泼闹,中年妇女的怠惰,她都能持之以关爱之情。邓秀梅等地方女性精英的存在,使得光亮照进妇女生存的幽暗深谷。邓友梅等革命女性精英,多从事妇运工作;而在妇运中涌现出来的积极分子,也往往成为妇女干部的重要来源。地方精英女性的再造,一定程度上也瓦解了乡绅传统对于乡村的统治力量,使原本男性中心的权力结构,调和进了一定的女性色彩,也使得国家政治具有了性别视野。比如,《新媳妇》中,边惠荣在出嫁前就是村里的劳动模范,出嫁后的村子里,出工捣

---

[1] 秦德林:《读〈黑凤〉产生的联想——谈表现时代精神和写新人性格》,载《雨花》1964年第3期。
[2] 周扬:《社会主义现实主义——中国文学前进的道路》,载《人民日报》1953年1月11日。
[3] 策:《论一般公式化》,载《人民文学》1951年第5期。
[4] [美]约翰·肯尼思·加尔布雷思:《美好社会——人类议程》,王中宝、陈志宏、李毅译,南京:江苏人民出版社,2009年,第60页。

粪,生产队长给妇女记六分,男社员每人记九分。边惠荣则带领妇女反抗这一不合理的分配机制。队长对于妇女们的抗议十分不高兴:"女的就是女的,怎么能跟男人比?"对于妇女的轻视显而易见。边惠荣毫不退让地进行反驳:"按劳取酬,还能分男女?我们跟他们捣一样多,就该记一般多的工分。"①最终,在惠荣的坚持下,重新制定了工分分配的原则。诸如惠荣一般活跃在文本中的女县长、妇女代表、妇女队长、女支书等地方女性精英形象,如周雪珍(《土地》)、李佩钟(《风云初记》)、周红梅(《红梅》)、阿宝(《西沙儿女》),她们都在以一种积极的方式参与地方治理,为女性争取话语权。

"十七年"小说中,作家对于社会教育进行了积极的书写,关注社会教育对"新妇女"的主体塑成作用,以"新妇女"叙事展现出个人启蒙与社会启蒙的良性互动。小说昭示出社会教育给妇女带来希望,使得她们脱离蒙昧的境地,增强了妇女对于个人权利的敏感性,促进了女性主体性的建构,提高了其在政治经济社会中的参与度,获得与男性博弈、竞争、共同发展的能力,并最终提升妇女的主体境遇,改变妇女的命运,推动妇女解放进程。尽管这一主体改造工程有其内在困境,但不可否认的是,社会教育给妇女带来的生存、生活与生命意义上的提升,是难以磨灭的。

---

① 浩然:《新媳妇》,载《芒种》1957年第11号。

第三节　社会主义现实主义文学 "姐妹情谊"叙事

"姐妹情谊"（sisterhood）最初只表示血亲姐妹之间的关系，或引申为修女团体，后随着女权运动的扩展逐渐融入日常语词中，与兄弟情谊（brotherhood）一起，成为情感的"共同体"，为所有女性所共有。在这一视域下，女性结成了一种稳固、持久而可靠的同盟，在相互支持、慰藉中争取女性的权益，并对抗男权社会的压迫，"集合起来，找到了动摇她们的锁链的力量"[1]。"姐妹情谊"是贯穿于妇女生活乃至整个历史的女性生活范畴[2]。"包括更多形式的妇女之间和妇女内部原有的强烈情感，如分享丰富的内心生活，结合起来反抗男性的统治，提供和接受物质支持与政治援助，如果我们还能从中听到反抗婚姻和不驯服的行为，那么，我们就领悟了女性历史和女性心理的深邃内涵。"[3]纵观百年中国新文学，姐妹情谊的书写，始终是具有性别敏感的作家们的重要关切，它提示女性如何在父权社会中通过结盟寻求自我认同、自我价值、性别建构的路径与可能。晚清时期，女性弹词小说如《榴花梦》《凤双飞》《英雄谱》《侠女群英史》《精卫石》等，热衷于"英雌"塑造，为女性张目、振兴女权，女性国民浮出历

---

[1]　[法]西蒙娜·德·波伏瓦:《第二性》，郑克鲁译，上海：上海译文出版社，2011年，第376页。

[2]　Adrienne Rich. Compulsory Heterosexuality and Lesbian Existence，Women，Sex and Sexuality，1980（5）.

[3]　[美]艾得里安娜·里奇:《强迫的异性爱和女同性恋的存在》，[英]玛丽·伊格尔顿编:《女权主义文学理论》，胡敏、陈彩霞、林树明译，长沙：湖南文艺出版社，1989年，第37页。

史地表①；五四时期，随着女性解放话语的彰显，姐妹情谊的书写有了新的面向，有少女之间抱团取暖的友谊，如《海滨故人》《玉薇》；新时期以来，《方舟》《双镯》《果园姐妹》《小姐你早》《弟兄们》《破开》《与往事干杯》《瓶中之水》《相聚梁山泊》通过欲望的张扬来实现对男性压迫的反抗，同时姐妹情谊也开始瓦解；而新世纪以来，《歇马山庄的两个女人》《妇女闲聊录》等作品中，女性与阶级等议题联结，视野重新变得广阔。

在这一变迁脉络中，社会主义现实主义文学中的姐妹情谊书写常常被研究者忽略。事实上，20世纪40至70年代的社会主义现实主义文学中，更加强调姐妹之间的互助与友爱，以及结盟的可能。《新结识的伙伴》《为了革命的后代》《石爱妮的命运》《岔河村的姑娘们》《西沙儿女》等小说都对姐妹情谊进行了细腻描写，彰显出女性别样的生存空间。

一、文化启蒙

1942—1976年，在中国特色社会主义妇女解放理论的建构中，一方面强调制度力量对妇女进行社会解放，另一方面也强调妇女自己解放自己，"妇女解放要靠自己站起来"②。对于女性来说，自己解放自己有着重要的意义。《野姑娘的故事》《洪大姐》《凤仙花》《青春之歌》《长长的流水》《洪燕》等众多表现革命女性成长的小说中，都出现了女性对于女性的引导，这一结构设置有着重要意义。作为觉悟了的革命女性知识分子，承载了解放妇女的使命，因此，动员妇女也成了她们的重要责任。如果说，由男性来启蒙女性，暗含了一种性别不平等的等级与潜在威胁，那么，作为同性的女性之间的精神传递，则最大可能地减少了性别压迫。"在农村女性中培养积极分子、骨干分子作为妇女工作中的有效经验被大肆宣传，树立妇女典型进而通过她们教育更广大的农村妇女，以女性带动女性的方案的确在那一

---

① 参见鲍震培《晚清女作家弹词与近代女权思潮》，载王政、陈雁主编《百年中国女权思潮研究》，上海：复旦大学出版社，2005年，第108—124页。

② 董边：《教育农村青年妇女安心为农业社会主义改造服务》，载《新中国妇女》1954年第2期。

第三节 社会主义现实主义文学"姐妹情谊"叙事

历史时段开启了女性的另一种新式生活图景。"[1]

妇女教育者给底层妇女提供了基于平等的文化启蒙，使她们有机会成为"新妇女"。妇救会、妇联等妇女组织，以及女性启蒙者，在妇女的社会教育中发挥了重要影响。通俗读物《新妇女书信》，也借助私人文本的展示，进行思想意识、生活感情、道德观念上的引导，帮助妇女在"思想认识上的进步和提高"[2]。《野姑娘的故事》《凤仙花》《长长的流水》《文化的主人》等文本中，原本不识字的女性都通过同性的教育摆脱了文盲的境地。

如果说，在20世纪40至60年代，男性教导者尚且在文本结构中占据重要地位，到了20世纪70年代，小说中常见的男性教导者往往转变为女性，女性的政治觉悟远高于男性。女性更关注政治，而男性（生产队长）则往往只关心生产，忽视其他，正是对"新妇女"的女性力量强调的结果。在大部分"文革"小说中，都有一个强力能干的女性领导者，她的周围往往有更年轻、激进的女性助手。《响水湾》中的王桂花、《西沙儿女》中的阿宝、《奴隶的女儿》中的乌兰托娅、《春风杨柳》中的周红梅、《洪雁》中的洪雁身边都有激进的女性辅助人物，这种"主仆式"人物模式强化了女性力量和女性的性别认同。

《海岛女民兵》中，高中生陈小元并不屑于教女性识字，海霞只好亲自帮妇女学文化。这一情节设置具有重要意味。它提示着，男性无法充当合适的教化者，女性要由被压迫的人转变为社会的人、政治的人、自食其力的人，只能依靠女性群体自身的力量。

《雁鸣湖畔》中，女知青蓝海鹰下乡四年飞速成长，不仅摆脱了宋长有的教导，反而以其高度的觉悟一再教育眼光短浅、思想落后的宋长有，并以一种高度的"路线斗争觉悟"领导医疗合作社创造了医学"奇迹"。"在官方不断地在话语层面提高妇女地位、确认妇女能力的语境下，实际滋长了一种女性无所不能的浪漫情怀。如果说20世纪70年代的小说塑造了无数个

---

[1] ［美］艾格妮丝·史沫特莱：《中国革命中的妇女》，万高潮译，北京：解放军出版社，1985年，第62页。

[2] 任明编著：《写给新时代的姊妹们》（前言），载《新妇女书信》，上海：春明书店，1951年，第1页。

理想主义的英雄,那么女性则是这些英雄中最能体现浪漫主义的一群。"[1]

女性之间相互欣赏和吸引,彼此认同。《北京近郊的月夜》中,柴桂英就充满了劳动之美、力量之美,当她带领着女伴们一起劳动时,感受到生命的谐美和劳动的快乐:"不管是何小兰,还是彭武媳妇儿,现在脸上都闪着红扑扑儿的兴奋光彩,都沉醉在这机械式的有节奏的劳动中,浑身热咕嘟的,全似置身在春暖三月的天气里一般。偶尔她们的眼光一接触,就相互半是鼓舞半是自得式地交换笑意,仿佛说:咱们的力气用得多么合拍呀!打的多么顺手呀!"[2]

对于妇女来说,最重要的是克服自卑心理,确立独立人格,认同男女平等的思想,从而导向性别平等的实践。"……妇女们要挺身起来,确立自己独立的人格,经营独立的生活,不做公姑丈夫的奴隶……"[3]因此,要打破自卑感和依赖性,提高自信心,破除传统的奴性人格、依附心理,从卑微意识中解放出来。

《诉苦翻心》里,郭兰瑞的母亲悲惨的经历,在妇女中引发了强烈的共情体验,"老大娘诉着苦,就呜呜哭起来。别的老婆们也对着擦泪……'谁不是一样,提起那些日子,唉!'老婆儿们全唉声叹气"[4]。她的哭泣经过公共场域的放大,能够充分鼓动其他妇女,在感同身受、经历相似、情感类同的基础上,最大限度地激发了这种情感势能,因而也就具有独特的改换人心的力量。

在诉苦会中,最重要的仪式就是诉说那些有形或者无形的苦。原本不登大雅之堂的"妇女话",却在公共仪式上得到了放大。通过引苦、诉苦、解苦这一象征仪式,充分调动大众的情感资源,痛苦和愤怒之后便是要诉诸具体的革命行动。

---

[1] 李雪:《为70年代小说拼图——20世纪70年代小说的整理与研究》,北京:中国社会科学出版社,2018年,第63页。
[2] 骆宾基:《北京近郊的月夜》,载《山区收购站》,北京:作家出版社,1963年,第133—134页。
[3] 陈伯达:《新妇女的人生观》,载《中国妇女》1941年第8期。
[4] 孙犁:《诉苦翻心》,载《孙犁全集》(补订版)第3卷,天津:百花文艺出版社,2013年,第108页。

第三节 社会主义现实主义文学"姐妹情谊"叙事

妇女充满血泪历史、饱满情感的经验讲述,调动了社会记忆,成为一种新的叙事文本,它以一种口述史的形式传播,重新组织了刚刚过去的历史,调动了记忆,并重塑了历史。对于妇女群体来说,这种具有口述史意味的讲述,不仅意味着在历史中失语的妇女的发声,也意味着妇女集体记忆与认同感的一次积极再造,它将姐妹情谊广场化。"正是语言,以及与语言联系在一起的整个社会习俗系统,使我们每时每刻都能重构我们的过去。"①语言的魔力在于,语言产生了一种情感的联结,一种身份的体认,一种自我的确证,一种存在的表征。"通过'记忆诉苦',妇女们发现自己所受的苦难比男人们还要多些,一旦有机会当众控诉,她们也会跟自己的父亲和男人一样讲得很好。"②诉苦运动中,妇女们因其在情感动员过程中所发挥的作用被重视,底层妇女的经验与国家机制在此遇合,形成情感与制度的合力,因而发挥出空前的力量。

在革命的过程中,为了充分激发妇女的积极性,以妇女组织与妇女干部为核心的妇女精英,扮演了相当活跃的启蒙者、领导者的角色。她们既坚持妇女自求解放,但又反对"消极等待",竭力动员妇女起来闹革命,启发妇女的历史自觉。而思想解放、觉悟的最终体现,就是形成阶级认同与主体认同。妇女不仅仅要形成现代的国家观念,更重要的是在国家观念之下,清楚知道自己在社会中的阶级与地位,由此才能在原有的琐碎的、狭小的生活空间中获得整体认知与意义感。

妇女之间的友谊,因为有着共同的性别基础与性别经验,相似的历史和现实处境,以及相通的心理状态,彼此之间的精神、情感、意志传递更加有效。尽管有内部的阶层分野,但同样可以作为一个阶级形成稳固的联盟。"妇女不是一个阶级,但在解放完成之前,还需要当作一个阶级去斗争以求解放,这里很要她们自己努力,才能有效。"③

---

① [法]莫里斯·哈布瓦赫:《论集体记忆》,毕然等译,上海:上海人民出版社,2002年,第290页。
② [美]韩丁:《翻身——中国一个村庄的革命纪实》,韩倞等译,北京:北京出版社,1980年,第178页。
③ 鹤生(周作人):《宫本百合子(二)》,载《亦报》1951年2月1日。

二、人生垂范

女性引路人为女性追随者提供了一种更为切己的人生垂范。对于妇女来说，男性在社会性别体制中占据结构性优势，他们的人生道路往往难以模仿，而妇女通过"内在的共谋联结在一起"①，在相似的命运处境、人生抉择中，同性的选择更具参考意义，因而具有强大的道德感召功能，通过"寻求力量"和"发现智慧"，过上"有尊严""有希望"的生活②。

"生活道路的第一个引路人，革命火焰的最初的点燃者，总会在人的一生中留下深刻的甚至是神圣的印象。"③20世纪40至70年代的革命女青年不仅将卓娅、林道静、刘胡兰、江姐等模范女性当作自己人生的奋斗样板，更是将身边的优秀女性当作自己成长的榜样，这些模范女性的故事也使得抗战、集体主义等政治概念沉淀到日常生活意识之中，从而使追随者接受引导者的精神感召，将引导者作为可以学习借鉴的榜样。《为了革命的后代》中，女孩子们将独立能干的革命新妇女作为人生榜样，对"部队和机关的女同志早就羡慕了"④。

女性的"强己"思想虽然是由丁玲在延安时期提出，受到批判，然而妇女的强己精神却传承下来，成为新妇女不断前进的推动力，也是妇女教育要灌输的重要目标。"女人要取得平等，首先要强己。"⑤被丁玲欣赏的，不再是软弱多感的小资女性，而"是坚强的，是战斗的，是理智的，是有用的，能够迈过荆棘，而在艰苦中生长和发光"的女性，"坚持吃苦的决心，牺牲一切蔷薇色的温柔的梦幻，不贪便宜，不图束缚，幸福是暴风雨

---

① [法]西蒙娜·德·波伏瓦：《第二性》，郑克鲁译，上海：上海译文出版社，2011年，第376页。
② [美]玛丽莲·亚隆、特蕾莎·多诺万·布朗：《闺蜜：女性情谊的历史》，张宇、邹明晶译，北京：社会科学文献出版社，2020年，第9页。
③ 王蒙：《青春万岁》，载《王蒙文集》第1卷，北京：华艺出版社，1993年，第39页。
④ 陶钝：《为了革命的后代》，北京：作家出版社，1958年，第47页。
⑤ 丁玲：《三八节有感》，载《解放日报》1942年3月9日。

第三节　社会主义现实主义文学"姐妹情谊"叙事

中的搏斗"[1]。20世纪40至70年代的新妇女形象,无不充溢着自强自尊的性格特征。她们克服自身的缺点,培植坚韧的强己精神,主宰自己的人生,而这正是妇女解放的关键所在。而这个目标必须在革命斗争实践中经过不断的磨难和锻炼才能逐渐得以实现。"只有铁砂才能够炼成钢,但如果不经过真正的炼制过程,铁砂也还是不能够成为钢的。"[2]不管是丁玲笔下的陆萍、贞贞、陈老太太、杜晚香,还是郭俊卿、石爱妮、折聚英、孟祥英、李双双、春花、申志兰等文学女性人物形象,都是有着坚韧的毅力、自强的性格,耀目的人格光芒,而她们也为其他女性提供了人格范型和精神力量。

郭俊卿的成长历程,是一个典型的当代花木兰的故事。郭俊卿幼年丧父,贫病无着,而当看到苏联红军女兵后,郭俊卿下定决心通过当兵来改变自己的命运,"永远埋没掉自己是女人这个生成的天性",从一个小女孩成长为战斗女英雄。她以一种惊人的坚忍的意志力量忍受着那些精神上的辛酸和肉体上的苦楚,"一个人偷偷地咬着牙的那一种坚韧的努力"是难以想象的,而她也正是凭着这种心底的意志力战胜了大困苦和大艰辛,"烧起了女性的感动""引起了女性的骄傲和光荣"[3]。在胡风看来,郭俊卿的成长历程,最宝贵的并不是她所取得的战功,而是她在成长中,为了一个伟大的事业而表现出的心灵的意志力量,这种力量,甚至可以和贝多芬、米开朗琪罗等人相媲美。丁玲也热烈赞颂郭俊卿坚毅伟大的性格,她在成长道路中顽强克服了一切困难,以卓绝的毅力与耐心忍受着常人难以忍受的艰苦,也正因此才成就了她平凡的伟大。"她能教育人的地方,也就是那些英雄的思想、精神、意志,却不是那些生活的技术……需要学习她的勇敢、无畏、坚强和她的气派!"[4]郭俊卿式的成长道路,代表了20世纪40至50年代较为宽松的时代氛围之下女性的成长轨迹。不管是郭俊卿、野姑娘、折聚英,还是孟祥英、秀女,伟大的心灵力量都是支撑这些女性成长的动力,

---

[1]　丁玲:《关于〈在医院中〉》(草稿),载《中国现代文学研究丛刊》2007年第6期。
[2]　胡风:《伟大的热情创造伟大的人》,载《中国青年》1955年第55期。
[3]　胡风:《伟大的热情创造伟大的人》,载《中国青年》1955年第55期。
[4]　丁玲:《创作与生活》,载《文艺报》1950年第1期。

而她们也经过蜕变,从蒙昧走向成熟,从脆弱走向坚强,从自发走向自觉。

《上海的早晨》中,余静劝说林苑芝摆脱金丝雀的生活,"好好努力,做一个新社会的新妇女"①。这一表述暗含了时代对女性的呼声。新妇女群体中,一类是背负历史重担的孟祥英、折聚英式的翻身的新妇女,另一类则是在新社会成长起来的年轻妇女,如黑凤、阿宝等,尽管这两类妇女形象的面目相似,但她们所承载的文化政治意涵却大有不同。对于前者来说,新妇女认同中包含着传统成分,无法斩断与传统性别气质、性别分工、性别期待的联系。对于后者来说,成为新社会合格的新妇女,并不需要克服因袭的负担,只需要在新性别观的引导下对现存社会性别问题进行持续的斗争。对"新妇女"身份的认同,给了这两类妇女行动的力量。《看护——在天津中西女中讲的少年革命故事》这篇小说中,原本是童养媳的刘兰成长为八路军看护,深知妇女病给妇女带来的痛苦,她向妇女普及现代卫生常识,让妇女认识自己、了解自己并关爱自己。

基于性别的社会认同,给妇女带来了社会行动的可能。"妇女"给女性的归属以一个坐标系统②,在这一群体中,个体的位置变得确切明晰,以独特的方式被安置在社会结构中。混杂着传统与现代、落后与进步的"妇女"话语在中国广袤的农村渗透与扩张,使得妇女解放的思想借由"妇女"话语完成了精英意识向日常思想的转换,也标识着大众启蒙和社会启蒙的实绩。自此,妇女无论身处乡村还是城市,"妇女"这一性别认同使得她们有了结盟的可能,她们在意识上结成一个群体。中国女性抛弃作为独立个体的女性认同,融入更广阔的妇女群体。

《山乡巨变》中邓秀梅对于盛淑君的支持和引导,让盛淑君成为一个独立自强的新妇女而不至于在爱情中迷失、成长中迷路;她也深知女性的"双重负担"的苦痛,也因此对于过早迈入婚姻生活、放弃追求自我的选择十分警惕。她对落入了情网的盛淑君说道:"当心呵,男人家都是不怀好意的,他们只图一时的……"邓秀梅没好意思讲完这句话,跳到下边这话了:

---

① 周而复:《上海的早晨》第2部,北京:作家出版社,1962年,第398页。
② Georg Simmel, Conflict and the Web of Group-Affiliations, Free Press, 1955, p.140.

"要是孩子生得太早了，对你的进步，会有妨碍的。"《青春万岁》中黄丽程对郑波来说，是人生的指明灯，她每次的出现都会使郑波取得进步。《晋阳秋》中凝香、玉秀对于小娥的启迪，使小娥在苦痛的生活中确立了新的意义目标——"现在她一心一意地随着大家学习，准备当一个理想中的女兵。"[1]《青春之歌》中，林红对于林道静深切而真诚的鼓励，用尽所有的生命力量来启发和教育她，她给绝望中的林道静带来了坚实的慰藉，而林道静则在林红牺牲后，自觉地将这种人格力量化为日常的实践，照顾教育俞淑秀，启蒙王晓燕。而在《石爱妮的命运》中，国琴是石爱妮人生道路上的重要启蒙者和领路人。"在这短短的四天里，她懂了许多过去不懂的道理和过去没有听到过的话。这些，如同从阴云的罅隙中透过来的阳光，使她的精神顿时爽朗了起来。从来没有一个人对她这样亲近和体贴，她也从来没有对别人这样过。"[2]正是在国琴的亲和与平等的启蒙下，石爱妮走出了丧子的阴影。女性之间的友谊、同情、互助，是妇女得以对抗生存悲剧的力量，使她们重新拾起生命的勇气、热爱与能量。

三、创伤治愈

姐妹情谊不仅能够给女性提供启蒙引导、榜样垂范、支持作用，更有治疗和拯救作用，这种作用一方面来自同性的、同志的情感抚慰，另一方面则有"母性的"情感。社会的激烈变革在她们的生活中投下了暗影，"那个已经死了的旧世界，仍然留下许多尘屑"[3]，而这些尘屑，不少是由男性带来的创伤体验，荫蔽了女性心灵与意志的发展，使女性无法顺利成长。她们因为受到男性的否定和侵犯而不断地进行自我否定与性别否定。她们无法相信自己的力量，也无法对女性群体产生真正的托付感。因此，要抚平这一创伤，需要借助女性的力量予以引导与治愈。从这一意义上来说，创伤治愈的书写最能体现新妇女的强大同盟力量。

---

[1] 慕湘：《晋阳秋》，北京：解放军文艺出版社，1962年，第457页。
[2] 谷峪：《石爱妮的命运》，北京：作家出版社，1958年，第50页。
[3] 王蒙：《青春万岁》，载《王蒙文集》第1卷，北京：华艺出版社，1993年，第143—144页。

在《山乡巨变》中，邓秀梅以一位温和的社会主义女性主义者的身份出现，她倾听、宽慰、支持着清溪乡的女性们。邓秀梅对于婚姻情感有着独特的认知，她深知女性所承受的苦难，因此，当啰唆的盛家大翁妈来诉苦时，邓秀梅静静地聆听，不要别人打断她。盛家大翁妈因为接连生了九个女儿，在重男轻女的社会氛围下，盛家大翁妈被家里轻视、辱骂。"有人说我是个九女星，要生九个赔钱货。接接连连，又生了四胎，都是女的，有的死了，有的把了。在月里，没得东西吃，还要听公公的伤言扎语，肚里怄气，吃饭时也不由得伤心，用眼泪淘饭，眼睛哭坏了，迎风就要流眼泪。"①来自公公的压迫是多重的，盛家大翁妈不仅在家里受到打压和摧残，第八胎女儿刚生下来就被爷爷闷死了，这给盛家大翁妈带来了长久的精神创伤。"盛家大翁妈说到这里，伤心地哭了，这哭泣，渐渐地变成了嚎啕，身子往后倒，好象要昏过去了。"②"邓秀梅温润善感的心灵，充分感知到妇女在多重压迫下的惨痛命运，她也最大限度地对妇女们进行支持。《村歌》里的双眉最初因为演戏问题被妇女们排斥，没人愿意让她参加互助组。作为乡村中被边缘化的人物，双眉遭受着多重压力，也受了精神的创伤。当双眉在区长的支持下，和大顺义、小黄梨、双眉娘等落后妇女组成了"破鞋组"，她们有着共同的心气，要为自己争得尊严和承认。"人家把我们几个落后顽固编成一组，我们越得争气，不能叫俺们姑娘现眼，栽在她们手里！"③双眉化解了小组的危机，在姐妹情谊的鼓动和支持下，小组变成了真正的模范组，这些落后妇女，也改变了村民对她们的成见。《岔河村的姑娘们》营造了一幅现代乡村牧歌图，以饱满的诗意、欣快的笔调、细腻的体察，描绘出年轻知识女性在乡村广阔的发展前景。这群充满活力与朝气的回乡女知青，放弃继续读书和做工的机会，集体回乡务农，并积极开展乡村文化建设与改造，倡导自由恋爱结婚的新风气，她们"把建设社会主义的农业和建设家园的愿望融于一体"，"经常成群打伙，形影不

---

① 周立波：《山乡巨变》，北京：作家出版社，1959年，第118页。
② 周立波：《山乡巨变》，北京：作家出版社，1959年，第119页。
③ 孙犁：《村歌》，载《孙犁全集》第2卷，北京：人民文学出版社，2004年，第14页。

第三节 社会主义现实主义文学"姐妹情谊"叙事

离,出门手拉手,干活脚跟脚"①。这样一群无所忌惮、相互扶持、充满能动性的女性,显然是农村的新主体,她们身上聚集着所有美好品质。同时,她们的个人发展的冲量与社会发展的势能处于一种和谐共振的间性关系之中。

在《青春万岁》中,王蒙以女校为中心,绘制了一幅知识女性的成长和生存图景。女校的世界,是一个玫瑰色的女性乐园。这些女性相互引导、支持,并以女性包容的温情力量为彼此医治创伤,成为坚定的社会主义"新妇女"。苏宁曾经被姐夫凌辱,这一事件给她带来了沉痛的创伤记忆,"这类回忆太令人痛苦或太令人羞愧了,所以若没有外因的帮助,它们不能重新回到表层意识来"②。这种成长创伤"是一种破坏性经历,它与自我发生了分离,造成了生存困境;它造成的影响是延后的,很难控制其影响"③。性侵事件不断唤醒着苏宁的伤痛经历,激发她对于过往悲惨经验的阐释与重构。而这种创伤的再现,反过来又加剧了她的心理创伤。而蔷云,用她的单纯、热烈、真挚以及深沉的关爱去融化苏宁内心的坚冰,鼓励她重新开始自己的人生。最终,打开了苏宁的心结,"隐痛积年的苏宁,就像受尽委屈的孩子见到妈妈一样,伏在蔷云怀里号啕大哭起来"。蔷云不仅帮助苏宁清理创伤,更进一步帮她重塑生活的勇气与信念,以同性关爱给苏宁带来坚定的支撑:"苏宁,好朋友,咱们俩互相喜欢吧,再也不需要什么旁的浑蛋!"④苏宁从幽深的谷底走出,重新确认自我、接受自我,并再次相信女性结盟的力量。姐妹情谊排除并躲避了男性他者,建立起一种坚实稳固安全的同性亲密关系。

20世纪40至70年代小说中新妇女的"姐妹情谊"书写,具有鲜明的理想主义色彩。"新妇女"建立起稳固的性别同盟,抵抗男性世界的侵害与压

---

① 公浦:《岔河村的姑娘们》,载《人民文学》1963年第4期。
② [德]阿莱达·阿斯曼:《回忆有多真实》,载哈拉尔德·韦尔策主编《社会记忆:历史、回忆、传承》,季斌等译,北京:北京大学出版社,2007年,第58页。
③ Dominick LaCapra, Writing History, Writing Trauma, Baltimore: The John Hopkins University Press, 2001. p.41.
④ 王蒙:《青春万岁》,载《王蒙文集》第1卷,北京:华艺出版社,1993年,第198页。

追，追寻自我解放与妇女的群体解放。这一解放过程以"姐妹情谊"为号召，着力培养女性的自立自强品格，无疑促进了新妇女主体性的建构，彰显出女性别样的生存空间，也揭示了独特的社会主义性别文化。

第四节　新时期女性主义文学思潮重审

1985年前后，随着改革开放和思想解放的深入，大众视野中女性被重新"发现"，西方女性主义文学资源的译介，促进了中国新时期女性主义文学的萌发和生长，形成了当代女性主义文学思潮。女性主义文学思潮，是指由女性创作，表现女性观念、女性意识与女性经验，关注女性自身的生命意识、情感欲望、话语表述、精神世界，张扬女性主体性，追求女性解放、性别平等的文学思潮。作为当代重要文学思潮，中国当代女性主义文学思潮自20世纪80年代中期发轫，在20世纪90年代达到高潮，并持续至21世纪，表现出多元进路。

一、女性被重新"发现"

女性主义文学思潮在新时期的萌发，首先与启蒙主义、自由主义思潮的勃发密切相关。李泽厚、刘再复等人的主体性理论，在20世纪80年代成为一种"元话语"[1]，对当时的女性主义研究者影响深远。女性被认为是自然人性的一种具体的修辞形态。"文化大革命"带来了人性的异化，社会的动荡，也给性别解放蒙上了一层厚重的阴影。在20世纪50至70年代，"妇女能顶半边天"的口号一定程度上促进了妇女的社会解放，李双双等"新妇女"作为社会主义女权主义的代表人物，显示出变革社会的力量。然而性别意识问题却被有意回避、扭曲。这样的矫枉过正，也给女性群体带来

---

[1] 贺桂梅:《当代女性文学批评的三种资源》，载《文艺研究》2003年第6期。

了一定的压抑、遮蔽与遗忘。身体、情感与欲望都成了叙事中不能言说的幽暗角落，然而这些问题始终存在，也如幽灵一般困扰着女性写作者。"妇女问题的提出和尖锐表现，最早是在文学而不是在社会领域，无意中使得有关妇女的文学成为社会学讨论的导火索和先驱。"[1]新时期女性主义文学，首先以断裂—差异的策略，实现与社会主义文学的"割席"。她们征用启蒙主义、人道主义、自由女性主义（liberal feminism）等西方理论，为女性气质、女性意识张目，表现对女性的关切与同情。

新时期第一批女性主义作家，如茹志鹃、宗璞、陈敬容、张洁、谌容、戴厚英、霍达、王安忆、铁凝、竹林、舒婷等，她们的性别自觉、性别意识事实上与毛泽东时代的性别话语塑造密切相关，她们既是时代的受惠者，也是受限者。一方面，家国认同是自觉的选择。"事实上，数量众多、规模庞大的女性文学、艺术家的全面崛起，其自身便是女性群体在毛泽东时代所获得并积蓄的文化资本的一次显现与挥霍。"[2]因此，这一时期的女性写作，与时代主潮是同频共振的，女性议题被附着在民族、国家的宏大议题之上。不管是"伤痕文学""反思文学""改革文学"，还是"寻根文学""先锋文学"，新时期每场文学潮流中女性作家都跻身其中，并贡献出众多的代表文本，成为文坛不可忽视的力量。另一方面，在主流叙事话语中，女性作家不断探索表达的边界，游离于时代文学主潮，努力寻求"女性声音"传递的可能，在边界的不断打破中，女性主义文学思潮终于"浮出地表"。

从20世纪80年代中期开始，一批国内外的研究论著相继出版问世，助力了女性主义思潮在中国的传播，拉开了创作和研究大潮的序幕。与20世纪80年代后期只有孟悦、戴锦华、杜芳琴、李小江等人孤军奋战的状况相比，20世纪90年代译介和研究女性主义文学的力量空前壮大。丰富多元的研讨会、研究主题、学术论著构成了一个不断向外辐射文化影响力的"场"，丰富了新的女性创作和理念。女作家作品与理论批评互生互荣，形成一股强大的女性主义文学思潮。性别意识的充分实现和成熟，应与1995

---

[1] 李小江：《当代职业妇女文学中的妇女问题》，载《文艺评论》1987年第1期。

[2] 戴锦华：《新时期文化资源与女性书写》，载叶舒宪主编《性别诗学》，北京：社会科学文献出版社，1999年，第27页。

年第四届世界妇女大会在北京的召开密切相关。以这次大会为契机，中国女性主义文学成果如雨后春笋般破土而出。这一年，女作家的创作、出版和专题研究层出不穷。"红辣椒"丛书、"红罂粟"丛书、"风头正健女才子"丛书、"她们"丛书等丛书赢得了口碑和市场，制造了公共话题，与此同时，《人民文学》《中国作家》《北京文学》《大家》等知名刊物都先后推出了女作家专号。之后，陈祖芬、叶文玲、张抗抗、王安忆、方方、蒋子丹、唐敏、迟子建、林白、陈染、赵玫、徐小斌、张欣、池莉等人集体亮相于公众视野，强化了女性写作的集聚效应。21世纪以来，多元化、本土化的倾向也带来了女性主义写作的新变。底层文学、网络文学、科幻文学等文学潮流的发展，女性主义立场的融入，呈现出多元的精神路向，丰富了21世纪文学的形态与样貌。

二、女性主义文学思潮的流变

（一）新时期女性主义文学：萌蘖与新生

新时期的女性主义文学，处于萌蘖状态，它始终是时代主潮文学的重要构成，积极参与到"伤痕文学""反思文学""改革文学"思潮的建构，是"高歌猛进时代多声部中的高声部"[1]，也是"新时期的同路人"[2]。竹林《生活的路》作为知青文学的先导，借女知青娟娟的悲剧命运反思"上山下乡"运动给一代人带来的心灵创伤；《北极光》（张抗抗）、《我们这个年纪的梦》（张辛欣）、《雨，沙沙沙》（王安忆）等也是典型的知青叙事；戴厚英的《人啊，人》以1957年反右斗争到中共十一届三中全会这段风云变幻的历史为背景，在"文革"后第一个在文学创作中大胆提出了人道、人性主义的命题；宗璞《我是谁》《弦上的梦》《三生石》，谌容《人到中年》《懒得离婚》等作品，凭借知识分子待遇的社会问题的书写，成为"尊重知识""科技兴

---

[1] 戴锦华：《新时期文化资源与女性书写》，载叶舒宪主编《性别诗学》，北京：社会科学文献出版社，1999年，第24页。

[2] 陈晓明：《无法确证的自我——女性主义意识的崛起》，载《剩余的想像：九十年代的文学叙事与文化危机》，北京：华艺出版社，1997年，第125页。

国"等现代化主流话语的先声；张洁《爱，是不能忘记的》《沉重的翅膀》都加入了反思"文革"的主题。不难看出，这一阶段女性议题是附加在人性、启蒙、人道主义、知识分子等问题进行讨论的。女性的特殊遭际，成为人道主义、知识分子、改革等问题的生动注脚。

到了20世纪80年代中期，女性社会学与女性人类学知识的传播，给当时的女性写作者带来了深远的影响，新时期中国的女性主义写作由自发走向自觉，增强了与男权主义历史文化与语言的抗争力量。西方经典女性主义论著被纷纷译介到中国，西蒙娜·德·波伏瓦的《第二性》、弗吉尼亚·伍尔芙的《妇女与小说》、玛丽·伊格尔顿编的《女权主义文学理论》、凯特·米利特的《性政治》；众多女性学者也参与到编选和译介中，编选了大量经典文本，有力地推动了西方女性主义在中国的传播，如《当代女性主义文学批评》（张京媛编）、《西方女性主义研究评介》（鲍晓兰主编）、《妇女：最漫长的革命》（李银河主编）、《社会性别研究选译》（王政、杜芳琴选编）等。从中国本土的研究论著来看，李小江的《性沟》，戴锦华、孟悦的《浮出历史地表》，陈顺馨的《中国当代文学的叙事和性别》，刘慧英的《走出男权传统的藩篱：文学中男权意识的批判》，刘思谦的《"娜拉"言说——中国现代女作家心路纪程》，盛英的《中国女性文学新探》，乔以钢的《中国女性的文学世界》，林丹娅的《当代中国女性文学史论》，林树明的《女性主义文学批评在中国》，荒林的《新潮女性文学导引》，徐坤的《双调夜行船——九十年代的女性写作》等著作相继问世，标志着新时期女性主义思潮的崛起。

在女性主义文学中着重发力的，是舒婷、林子、翟永明、伊蕾、唐亚平等一批女诗人。诗歌最先表现出鲜明的女性意识与性别自觉，并不断突破着探索的界限，给文坛投下一束震惊的炸弹。舒婷《致橡树》《雨别》《赠》《春夜》《四月的黄昏》等诗都彰显优美而新鲜的"女性气质"；林子的系列爱情诗《给他》、王小妮的《假日·湖畔·随想》等诗歌首先表现出完整的女性意识。舒婷着意突出性别气质，表现女性风格，但这种本质化的性别理解，也会带来束缚。舒婷在诗歌中的抒情主体，摇摆在独立与依附之中，有时候是一株独立的"木棉"，有时候又是一个渴望被男性爱抚

第四节 新时期女性主义文学思潮重审

的"小妖精"。相比之下，翟永明、张真、伊蕾、唐亚平、陆忆敏、王小妮等为代表的女诗人，以"黑夜意识"的宣言震惊文坛，显示出非凡的勇气。她们深受"自白派"女诗人西尔维娅·普拉斯、安妮·塞克斯顿、玛格丽特·阿特伍德等人的影响，有着更为鲜明的主体意识与性别自觉。1985年，翟永明以大型组诗《女人》诗集序言《黑夜的意识》宣告了当代女性写作自觉意识的诞生。翟永明自言，黑夜意识是"来自内心的个人挣扎，以及对'女性价值'的形而上的极端的抗争"[①]。它不仅象征了女性的生命意识，还创造了一种新的话语系统与感知方式。翟永明揭示了被男性成见所遮蔽、淹没、无视的女性世界，同时也重新阐释现有的世界秩序，开辟新的可能。"这是最初的黑夜，它升起时领我们进入全新的、一个有着特殊布局和角度的，只属于女性的世界。这不是拯救，而是彻悟的过程。"[②] 拥有黑夜意识，意味着"找到最适当的语言与形式来显示每个人身上必然存在的黑夜，并寻找黑夜深处那唯一的冷静的光明"[③]。翟永明的大型组诗《女人》、长诗《静安庄》和组诗《人生在世》，是中国当代女性主义诗歌的杰作。在她看来，女人是神秘幽深的，是被创造和被命名之物，"我，一个狂想，充满深渊的魅力／偶然被你诞生。泥土和天空／二者合一，你把我叫作女人／并强化了我的身体"(《女人·独白》)，女性写作是被压抑的、被限制为男性宏大历史的点缀与陪衬，"女人用植物的语言／写她缺少的东西"(《人生在世》)。女人如水滴一样透明脆弱而寂寞，她被历史、文化、社会边缘化，"该透明的时候透明／该破碎的时候破碎"(《女人·边缘》)。在中国当代女诗人中，翟永明的女性主义意识是最坚定、最清晰的。"黑夜意识"的张扬，成为该时期女性言说的标志性话语。洪子诚也将《女人》视为"女性诗歌"出现的标志。[④] 对于翟永明而言，女性主义诗歌是"女性的思想、信念和情感承担者"[⑤]，她反对"女子气的抒情感伤"，也排斥"不加掩饰的女权主

[①] 翟永明：《再谈"黑夜意识"与女性诗歌》，载《诗探索》1995年第1期。
[②] 翟永明：《黑夜的意识》，载《诗歌报》1985年4月17日。
[③] 翟永明：《再谈"黑夜意识"与女性诗歌》，载《诗探索》1995年第1期。
[④] 洪子诚：《中国当代文学史》，北京：北京大学出版社，1999年，第308页。
[⑤] 翟永明：《黑夜的意识》，载《诗歌报》1985年4月17日。

义",而是在诗歌中追求心灵中一种与人类、宇宙共融的意识,对抗暴戾的命运又服从内心的真实。此外,唐亚平的《黑色沙漠》《我举着火把走进溶洞》《我就是瀑布》等诗,同样聚焦黑色意象,充满了神秘、混沌、幽魅之氛围,如"黑色寂寞流下黑色眼泪/倾斜的暮色倒向我/我的双手插入夜/好像我的生命危在旦夕/对死亡我严阵以待"(《黑色沙漠·黑色眼泪》)。《黑色洞穴》中,充满了弗洛伊德式的性意象,以隐曲之笔,大胆书写性行为,充分开掘身体的欲望,表现出强烈的非道德倾向,"洞穴之黑暗笼罩昼夜/蝙蝠成群盘旋于拱壁/翅膀扇动阴森淫秽的魅力/女人在某一辉煌的瞬间隐入失明的/宇宙"(《黑色洞穴》),这样富有挑逗性的画面,充满性暗示的意象,刺激着读者的想象,在挑动身体感能欲望的同时,也有沦为被凝视对象的风险。伊蕾组诗《黄果树大瀑布》、组诗《独身女人的卧室》、组诗《罗曼司》等,以赤裸的、大胆的宣言,张扬着女性不被驯顺的主体。独身女人自由而放荡,无所顾忌地对男性发出大胆的邀约,"独身女人的时间像一块猪排/你却不来分食"(《独身女人的卧室·小小聚会》)。诗的结尾"你不来与我同居",这一惊世骇俗的呐喊,充满了诱惑力,如塞壬女妖一般,挑战了男权社会对于女性的贤淑道德规约。她用令人战栗和疯狂的号叫向着"历史"发出质疑,在绝望的自虐中呈现决绝的反抗,"挣扎着的肉体/要把心灵和皮肤撕裂的肉体/把空气撕裂的肉体/落入了噩梦"(《独舞者》),以介于生命与死亡的游移体现女性的抵抗力量,"给我一口水吧/请给我永生之水/三十七年我以水为生/一百次想到要在水中死去/因此我才这样淡泊如水/因此我才这样柔韧如水/撕也难毁/烧也难毁"(《三月永生之七》)。张真、陆忆敏、林珂、王小妮等人的诗作也各有特色,1986—1988年掀起了一阵女性诗歌的热潮。此后,小君、林雪、赵琼、萨玛等也纷纷加入女性主义诗歌的阵营。这些充满了"黑夜意识"的女性主义诗歌在发表之时曾屡屡受到世人的苛评,被贴上"颓废""淫荡"的标签,女性诗歌一度沉寂。到20世纪90年代初期,女性诗歌写作又发起了一番冲击,陈染、林白、徐坤、海男,她们的诗歌表现出更为强烈的性别自觉,只是,其影响力已不复如昨。

启蒙主义思潮之下,作家对于人的理解由抽象的阶级人转变为具体的个人，承认人的懦弱、欲望、激情等非理性成分，呵护人性的尊严。"文革"时期对于私人情感的否定和摒弃，使得情感尤其是爱情成了禁忌的领域。爱情、亲情、友情，被简化为阶级情感，"家务事，儿女情"被否定和排斥。因此，新时期女性文学首先突破了情感禁区，在情感领域试水，细腻描绘曲折的爱情、亲情、友情。舒婷《致橡树》、张洁《爱，是不能忘记的》、张抗抗《北极光》、林子《给他》等作品给"文革"过后人们干涸焦渴的心灵以情感的甘霖。爱情的母题一时间成为女性文学的自留地，女性书写似乎总无法逃离爱情的魔咒，或是写女主角为爱煎熬，或是因爱升华，或是陷入无爱的苦斗与撕扯，或是陷入灵肉的紧张与冲突……张辛欣《我在哪儿错过了你》《在同一地平线上》《最后的停泊地》等写尽了职业女性在家庭与事业中撕扯的双重负担。《方舟》中梁倩、荆华、柳泉三个女性被男性世界伤害和拒绝，她们结盟互助，抱团取暖，在女性友谊之船上"方舟并骛，俯仰极乐"。

（二）20世纪90年代女性主义文学：回到女性自身

进入20世纪90年代，随着民族创伤记忆的淡退、商业大潮的兴起，个人话语得以和国家话语剥离，女性作家们也能够以一种超越的姿态看待女性自身，而不仅仅将女性问题当作民族、国家、社会问题的附庸，因而，"回到女性自身"成为这一时期女性写作的基本主题。90年代的女性写作呈现出空前多样的形式，其中既有陈染、林白这样高度西方化，直接在女性主义理论的"烛照"下的女性主义写作，也有大量接通着传统女性写作的具有某种中和与边缘色彩的流向，例如徐坤的知识分子写作，则以尖锐的反讽，展示出女性写作的新路径。

曾明了1994年发表了小说《风暴眼》，虽较少为文学史提起，但该小说却早早触及了女性主义书写的主题，是一篇重要的女性主义乌托邦作品。大风暴降临戈壁，持续十天十夜，人类被围困在这种可怕的处境中勉力自救。尕作为女性，首先遭到了来自父兄和丈夫的野蛮残暴的性侵害。"风暴"是女性的愤怒力量的隐喻，女性借助自然的力量，实现了对男性的复仇。乱伦的父亲，暴虐的男人在洪暴中命丧黄泉，性暴力的产物——孽子最终断子绝孙，尕从风暴中幸存下来，并营造了一个清白的世界。有趣的是，汪曾祺却认为，这篇小说是对人类原始本能的歌颂，有一种"杰克·伦敦式的粗犷"与"男性的力度"①。

"风暴眼"隐喻着女性充满悲剧的现实困境与文化困境。女性主义者们大胆地歌颂身体与欲望，在男性停止的地方"强有力的独唱"②，试图以惊世骇俗的身体写作实现内在的反抗与超越，力图突破这种绝望的性别深渊。身体的彻底解放不只是外部表征，更根本的是突破内部的"约束问题"③，福柯循着尼采的路径，将身体美学指认为一种对"自我的呵护"，关注、改造、完善自我并使得个体真正"拥有自我"④。正是在这种创造性的解放中，女性自我意识已然觉醒，独立人格和自由意志也由此生成。

陈染和林白作为20世纪90年代最具代表性的女性作家，不仅有着出色的文学实践，还积极参与了女性写作的理论建构，成为"个人化写作"潮流的中坚力量。"个人化写作是一种真正生命的涌动，是个人的感性和智性、记忆和想象、心灵和身体的飞翔与跳跃，在这飞翔中真正的本质的人获得前所未有的解放。"⑤陈染的代表作《私人生活》《与往事干杯》《无处告别》发表后，以其对女性的边缘视角冲击着文坛，而《空的窗》《时光与牢笼》《巫女与她的梦中之门》《另一只耳朵的敲击声》《破开》等作品，近乎巫言，离奇怪诞中呈现女性的精神秘史，女性的孤独处境与决绝反抗。《另一只耳朵的敲击声》诡诞奇绝，可谓当代最鲜明的女性主义文本。面对一个由自私"阴茎"组成的世界，矛盾忧郁愤怒的不寻常的黛二只有孤独地漫游，独自苦斗。在灵与肉的分裂中，在堕落与超越的挣扎中，在躁动与寂寞的对峙中，女性前所未有地感受到地狱般的黑暗与灼痛的希望，而只有写作才是女性最终的归宿。相较而言，林白则更重于表现"成长的历史"，因而更加广阔，更有纵深感。林白的作品多以作家的人生经历为蓝

---

① 汪曾祺：《一个过时的小说家的笔记——曾明了小说集〈风暴眼〉代序》，载《绿洲》1993年第5期。
② 陈染、萧钢：《另一扇开启的门》，载《花城》1996年第2期。
③ [英]布莱恩·特纳：《身体问题：社会理论的新近发展》，载汪民安、陈永国编：《后身体：文化、权力和生命政治学》，汪民安译，长春：吉林人民出版社，2003年，第31页。
④ [法]福柯：《性经验史》，佘碧平译，上海：上海人民出版社，2002年，第305页。
⑤ 林白：《记忆与个人化写作》，载《花城》1996年第5期。

第四节 新时期女性主义文学思潮重审

本,细腻地展现女性的情思。《一个人的战争》中的多米、《子弹穿过苹果》中的"我"、《回廊之椅》中的朱凉、《同心爱者不能分手》的"我",都包含着作家鲜活的生命感悟和身体感受、情感经验、创痛经历,不啻一份鲜活的精神自传。对于男性的他者凝视,林白有意进行抵抗,以女性的目光去透视女性自身,用"去蔽"的"卡麦拉之眼"为女性留下见证,"从我手上出现的人体照片一定去尽了男性的欲望,从而散发出来自女性的真正的美"[①]。

如果说陈染、林白开启了个人化写作的先声,那么虹影的长篇小说《饥饿的女儿》有《情人》的影子,通过对原生态生活的逼真展示,以"阴性书写"[②]叙述女性对于身份认同的艰难追寻,拓宽了女性话语的表现域。此后,卫慧发表于2000年的《上海宝贝》,被认作"半自传的书",作品发表之后引起巨大争议,被批判为描写淫秽色情、暴力吸毒等情节,后被禁止出版,这反而为卫慧带来了更大的声誉和利益。棉棉的《糖》以问题少女"我"的残酷青春为线索,大胆披露亚文化群体女性的困境。此后,受到市场与商业文化的影响,个人化写作朝着世俗化、官能化方向发展。文夕的"三花"(《野兰花》《罂粟花》《海棠花》)系列醉心于市场经济新贵与"二奶"之间的情欲故事,透射着肉体资本化的交换逻辑,引发了争议;九丹的《乌鸦》《女人床》更是将性描写作为一种文本表演的策略,以此来吸引市场关注度,体现出精神的矮化。

斯纾《红粉》《故事》《梗概》等小说重在对荒诞人生境遇的体验书写,张欣、毕淑敏、张梅、乔雪竹、赵玫等对社会转型期灵肉冲突、情理纠缠等方面的困惑的书写和透视,都呈现出独特的深度,而黄爱东西、黄茵、黄文婷、张梅、素素、莫小米、洁尘等人轻快明丽的"小女人散文",也昭示出20世纪90年代女性主义文学思潮的丰富形态。

[①] 林白:《致命的飞翔》,载《林白文集》第1卷,南京:江苏文艺出版社,1997年,第69—70页。

[②] 凌逾:《"美杜莎"与阴性书写——论虹影小说〈饥饿的女儿〉》,载《华南师范大学学报》2004年第3期。

（三）新世纪女性主义文学：多元与丰富

新世纪以来，底层文学、网络文学、科幻文学成为三种主要文学样态，女性写作者积极参与其中，提供别样的性别视野与性别眼光，不同阶层、地域、年龄的女性经验都被书写和倾听，呈现出众声喧哗的状态，为新世纪文学提供了多元的精神路向，丰富了文学的形态与样貌。

2020年被媒体称作"普通女性被看见的一年"，性别问题集中出现在大众文化视野中并得到广泛关注。此前，张莉主持的作家的性别观调查，是新世纪以来的重要性别文化事件，它以一种温和的姿态宣告一个新的性别观时代的到来。《十月》杂志"新女性写作专辑"、《钟山》杂志"女作家小说专辑"的策划，同样引发了学界的重视，也使得研究者以一种新的视野重新审视新世纪女性写作的可能与限度。

底层女性文学，是底层文学思潮中的一个重要分支。作为新世纪最为显豁的文学思潮，底层写作通过书写底层经验、关注底层命运、表达底层情感，彰显出鲜明的人道主义关怀。底层女性文学，如王安忆的《发廊情话》、魏微《大老郑的女人》、孙惠芬的《歇马山庄的两个女人》、迟子建的《世界上所有的夜晚》、邵丽的《明惠的圣诞》、范小青的《城乡简史》、郑小琼的《女工记》等作品，既有对时代转型中底层女性命运的真实记录，也有对底层女性受资本和男性剥削的控诉，还有对"性服务"表现出叙事伦理的暧昧和游移。值得注意的是，在这些女性进城叙事中，通过性交易获得个人社会阶层的跃升，似乎成了底层女性改变命运、积累物质财富的唯一法宝。明惠仅仅因为高考失利便当了按摩小姐，王晓蕊（《高跟鞋》）义无反顾地投入男性的金钱怀抱，因为她笃信金钱能带来尊严和力量；《男豆》更是直言"被人养着是女人的魅力"……

网络女性主义是网络小说中的新突破。相较于现实性别制度的不公，女性在网络中获得空前自由的想象性权力与补偿。网络女性主义具有草根性、自发性、娱乐性，追求两性平权，反抗男性霸权文化。2006年以前，"白莲花"女性形象占主导——温柔善良、忍辱负重、莲花般纯洁、圣母般博爱的女主角，即"白莲花"，如《步步惊心》中的若曦、《醉玲珑》中的凤卿尘、《知否知否，应是绿肥红瘦》中的盛明兰等；2006年来，"女性向"

经济之下,"网络独生女一代"力量的壮大,"大女主"人设获得了更多青睐,由此也带来了网络女性文学的"女尊文"的激进转向。《后宫·甄嬛传》的女主角甄嬛,原本与世无争,为了保护亲友,走上"黑化"之路,参与到后宫厮杀中,最终成为后宫之主,实现对男性的复仇。"作者有权力自行设计一套完整的社会制度,包括性别秩序、婚姻制度等,能借助各种颠覆性的想象,构架出一个全新的历史时空。"[1]不过,网络女性主义小说整体发展仍然存在诸多问题,程式化、商业化、权术化的创作套路,作品多在自恋叙事中呈现出对于金钱、权力的痴迷,背后仍然没有摆脱男权文化的逻辑。

女性主义科幻,是新世纪女性主义文学思潮的新突破。夏笳、迟卉、郝景芳、程婧波、钱莉芳、陈茜等,是新世纪代表性科幻女作家;在最近几年内构成"她科幻"新气象的,有双翅目、糖匪、顾适、彭思萌、王侃瑜、吴霜、范轶伦、慕明、段子期、廖舒波、昼温、王诺诺等。《她科幻》(陈楸帆主编)、《她:中国女性科幻作家经典作品集》(程婧波主编)、《春天来临的方式》(于晨、王侃瑜主编)汇聚了当前主要的"她科幻"作品,使女性主义科幻成为科幻文学中不可忽视的力量。赵海虹的《伊俄卡斯达》、凌晨的《潜入贵阳》、郝景芳的《流浪玛厄斯》、夏笳的《中国百科全书》、迟卉的《归者无路》等作品都通过女性角色视角完成了对想象性世界的探索与秩序重构与和解。汤问棘的《蚁群》展现出对全面监控、技术固化、性别失衡的新世代的恐惧,人类社会历经第三次世界大战之后,建立起了一个类似蚁群的超稳定社会,女性通过精子库选择后代进行孕育,男性成为稀有物种。不过,需要指出的,科幻女作家并未能借助科幻的认知框架更进一步颠覆与讨论性别议题本身、身份认同、社会关系以及思维方式。"女性主义作家的这些看似呐喊的声音,在宏大的机器轰鸣之中,事实上是更加细微无力了。它从呐喊变成了呻吟与低语。被压迫者仍然在时代的车轮之下等待着未来的宰割。"[2]

---

[1] 高寒凝:《"女性向"网络文学与"网络独生女一代"——以祈祷君的〈木兰无长兄〉为例》,载《中国现代文学研究丛刊》2016年第8期。

[2] 吴岩:《科幻小说论纲》,重庆:重庆出版社,2011年,第77页。

三、女性主义文学思潮的特征

新时期以来的女性主义写作思潮出现的时间不长,却成为融合了性心理学、社会学、后现代主义、后殖民主义等元素的新型写作潮流,并发挥着持久的影响。在语言探索、生命诗学、生存经验的呈现上,都表现出独有的特色。

(一)女性语言边界的探索

对于女作家来说,写作要克服的困难,不仅有男权话语的压制,还有男性语言系统的束缚。因此,用女性的语言、女性的修辞、女性的声音、女性的视角去改造语言显得尤为必要。女性写作者通过阴性的语言策略,或是坚持用"无语言的女性本质写作"[①],或是改造规范语言,独创女性的语法,以女性的隐喻、意象,实现对规范语言的突围。"男人们受引诱去追求世俗功名,妇女们则只有身体,她们是身体,因而更多的写作。"[②]借助于"以血代墨"理论冲力,女性将身体当作抵抗的匕首与投枪,不惜决心自食,反复咀嚼个人的私密经验与幽微情感。那些断续的、怪诞的、神秘的、潮湿的、阴郁的、幽暗的、混沌的氛围,成了女性叙事出场的绝佳场景,"作为一名女性写作者,在主流叙事的覆盖下还有男性叙事的覆盖(这二者有时候是重叠的),这二重的覆盖轻易就能淹没个人。我所竭力与之对抗的,就是这种覆盖与淹没"[③]。因此,女性主义写作具有一套鲜明而独特的叙事语法,它刺目而清醒地展示着"阴性"语言的审美价值,"开放、非线性、无结局、流动、突发、零碎、多义、讲述身体、无意识内容、沉默、将生活的各个方面混合"[④],这些都是对于主流语言的突破与挑战。着意于女性语言风格实验的,还有赵玫的《展厅——一个可以六面打开的盒

---

① 张京媛:《当代女性主义文学批评》序言,北京:北京大学出版社,1992年,第7—8页。
② [法]埃莱娜·西苏:《美杜莎的笑声》,载张京媛主编《当代女性主义文学批评》,黄晓红译,北京:北京大学出版社,1992年,第202页。
③ 林白:《记忆与个人化写作》,载《花城》1996年第5期。
④ [美]艾丽斯·贾丁、海丝特·艾森特:《未来的差异》,转引自陈晓兰:《女性主义批评与文学诠释》,兰州:敦煌文艺出版社,1999年,第57—58页。

子》、徐晓斌的《迷幻花园》、海男的《人间消息》、蒋子丹的《桑烟为谁升起》等，这些作品都是其中的突出代表。在这些典型的女性主义文本中，充满了神秘荒诞的呓语、碎片化叙事、情感的剖白、内心意识流动，有着强烈的阴性风格与气质，展露"淋湿而隐秘的灵魂"[1]。徐坤《狗日的足球》省察出日常用语"狗日的"中寄寓的男性集体无意识，将"狗日的"与"足球"并置，凸显出强烈的反讽与攻击。她的小说《白话》《斯人》《厨房》以调侃、反讽方式对男性世界的虚浮进行大胆的解构。

（二）女性生命诗学的建构

当代女性主义文学为文学史提供了独特的女性隐喻和意象，建构起别具特色的女性生命诗学。黑夜、月亮、镜子、灯、光、洞穴、窗户、浴缸、贝壳、房间这些意象，具有高度象征意味，私密、幽暗、封闭，与女性的精神世界具有同构性。女性通过这些日常意象来认知自我与世界的界限，强化自我认同。在《私人生活》中，女主人公在浴缸里自怜自爱，这种快乐是高度私密的、拒绝观众的。而在《一个人的战争》《迷幻花园》等小说中，女主人公对镜自怜，通过镜像来实现主体的确认，重新发现被遮蔽和被淹没的性别经验，以此实现对男权文化的反叛，建构完整独立自我。

女性写作充满了多变性，正是女性生命复杂性的绝佳表征，"要给女性的写作实践下定义是不可能的，而且永远不可能。因为这种实践永远不可能被理论化、被封闭起来、被规范化"[2]。《私人生活》中，倪拗拗的心灵简史像蛛网游丝一样延伸飘展；《破开》飘忽不定的内心独白、破碎的记忆片段和穿越性的时空遐想交叉叠合起来，形成了扑朔迷离的叙事；海男以诗人的灵动与跳跃，对生命、存在、欲望、死亡等进行形而上思考；徐小斌相信世界上存在着神秘的事物，如"命数""特异功能""前生来世"等，充满了神秘色彩，近乎"巫风"。

（三）女性生存经验的呈现

20世纪80年代以来，女性命运作为一个命题，开始无须寄生于国家或

---

[1] 张烨：《暗伤》，载《厦门文学》1997年第10期。
[2] ［法］埃莱娜·西苏：《美杜莎的笑声》，载黄晓红译，张京媛主编《当代女性主义文学批评》，黄晓红译，北京：北京大学出版社，1992年，第197页。

民族的命题之中而独立出现。胡辛的《四个四十岁的女人》与李惠新的《老处女》都是关注中年女性的生存困境。铁凝的《麦秸垛》中的大芝娘在被遗弃后仍然要为"他"生养一个后代，生殖愿望是她唯一的存在需求。《玫瑰门》中的司绮纹，在礼教的压迫、情欲的扭曲之下产生心理畸变，她虐待公公、窥视儿媳、控制儿子，以暴露癖、观淫癖和施虐癖来满足性饥渴。残雪的小说以怪诞书写表现女性独有的生命感受，充满了荒诞、神经质、恐惧、窥视、噩梦，她以独具特色的精神叙事，昭示出女性主义写作的丰富性。《苍老的浮云》中的慕兰、虚汝华互相窥视、算计；《旷野里》的"她"陷于噩梦，在房间内来回踱步、乱窜，令对方胆战心惊；《山上的小屋》中的"我"缺乏安全感，被父母窥探隐私，总幻想有间山间小屋……噩梦、妒恨、幻觉、白日梦、恐惧、窥探、愁思、死亡预感、妄想症、迫害症、唠叨症等充斥着文本。对于残雪而言，囿于女性内心才是最安全的，女性通过沉溺内心和外部世界画出了一条边界线，这是抵抗残酷的暴烈的男性世界的秘法，她以想象的方式完成对男性压迫的抵抗。

对于女作家来说，写作与其说是自我的张扬，不如首先说是一种对创伤的疗愈。郁结着巨大痛苦的女性，在缪斯之吻下，蕴藏着澎湃的倾诉欲望，以阴性的语言，诉说作为女性所拥有的女性经验、心理、情感、意识，女性"拥有不可调和的两面性，就像一匹双头的怪兽"[1]。

四、女性主义文学思潮的困境

（一）被围困的女性

以残雪为代表的女性叙事，女主角在充满梦境、呓语、神经质的内心城堡据守，以此抵抗男性世界的倾轧和侵略，这种幻想式的解决方案，注定只会成为一个美丽而苍凉的手势，因为"她们的心理世界无法转译成现实，她们拒绝外部的父权制度之后，永远也无法构造一个真正的超越的世

---

[1] 陈染：《一个人的战争》，载《花城》1994年第2期。

界"①。从幻想出发回到幻觉，或是在男人之中不断游走，或是在失望之下一次次出走与逃离，又或是在镜像中自我陶醉……然而，不管是自恋、反抗或是逃离，身体解放、情欲解放后的女性并没有赢得想象的自由，而是依然深困在社会性别制度中不能自拔。海男的《蝴蝶是怎样变成标本的》《人间消息》，蒋子丹的《桑烟为谁升起》等作品中，女性无不是在男人之间彷徨，最后居无定所，孑然一身，远方成了她们永久的归宿。正如徐小斌在《双鱼星座》结尾中的预言，上帝看见了那个不安分的夏娃后裔，给予她最严厉的惩罚——"他把天门向女人永远关上了。"②这种悲郁的结局，正是女性难以脱离被围困的历史宿命的象征。

（二）绝望的抗争之路

由于女性写作一开始就是以对抗的姿态出现的，致力于在男性的对立面建立起性别差异和女性中心，自我幽闭于想象的性别乌托邦，因而，姐妹情谊被当作抵抗男性世界的重要武器，"因为只有女人最懂得女人，最怜惜女人"③，由姐妹友爱形成的情感共同体，被看作抵御男性入侵的坚实堡垒。不过，新时期以来的姐妹联盟，多具有乌托邦性质，精致但脆弱，往往因男性的介入而瓦解。《弟兄们》《迷幻花园》《相聚梁山泊》《歌马山庄的两个女人》《瓶中之水》《冬至》等作品中，姐妹情谊并没有拯救困境中的女性，彼此之间形成短暂的共同体抱团取暖，然而因为嫉妒、爱情、亲情的竞争等，联盟很快土崩瓦解，"人好的时候，常常会淡化了许多关系，遇到困难时才又觉得友谊可贵"（《冬至》）。

除了依靠姐妹情谊，更多作品强调两性的敌对与对抗，这些激进的女性主义叙事者，在文本中一次次将男性献祭，通过利用男性，实现征服欲望的达成。"要推翻男性的统治是不可能的，我们打不倒他们，所以只能利用他们。"④《双鱼星座》中，丈夫、司机、老板三个男性分别象征了金钱、

---

① 陈晓明：《勉强的解放：后新时期女性小说概论（序）》，载陈晓明选编《中国女性小说精选》，兰州：甘肃人民出版社，1994年，第6页。
② 徐小斌：《双鱼星座》，载《大家》1995年第2期。
③ 陈染：《破开》，载《花城》1995年第5期。
④ 林白：《致命的飞翔》，载《花城》1995年第1期。

欲望和权力，他们作为男性文化的象征，压抑着卜零，而卜零也以全部的身心进行复仇，想将这些男人杀掉，"在两性战争中，她觉得战胜对方比实际占有还要令人兴奋得多"①。《青苔与火车的叙事》中，两性的对立到了一种胶着的境地，荔红为了调动工作频频牺牲色相，然而一旦无法实现目的，便会杀掉对方……在这些极端的女性叙事中都不难发现，小说中男性被当作压迫的源泉、敌对的阵营、斗争的对象，而所谓的解放，也只是利用男性来实现物质的需求。这种孤立看待性别的视角，不仅带来了两性关系的紧张，也最终不利于女性自身的解放。"女人靠征服男人来征服世界"的激进宣言，只停留在理念层面，性别对抗最终抵达的是胜利者一无所有的终点。通过性别和解达成性别协商与性别共促，是一种更为可取的路向。

（三）被利用的身体

20世纪90年代后期，身体美学的超越性实践并没有朝向纵深处发展，反而由于耽溺于感官体验的呈现而饱受诟病，女性在现实境遇中变得无能为力，在欲望面前不加反省，抽离了顽抗的精神，在生活的巨浪里任自浮沉，表现出启蒙的溃败，显示出某种精神的自我矮化，刚解放的主体性面临被让渡的危险。欲望的满足固然能带来人的解放，然而对欲望不加省视的赞美却只会把人推入人性的渊薮，人借由欲望进行反抗却被欲望收编，这便是"欲望辩证法"。抽离了理性之维，个人的自由意志淹死于欲望之海，自我的解放也成为一纸空谈。"人如果仅仅遵照本能欲望释放弘扬的向度来思想和行动非但不能达成真正意义上的自由，反而意味着人在实质上完全陷入了本能原欲的控制，为其物质性力量所驱使，必定对人性的本质力量构成消解。"②

一些作品鼓吹性资本、性交换，以此作为进身之阶，女主角在"性解放"的幌子下，陷入被物化的泥潭。《一个人的战争》中，林多米为了躲避麻烦而将男人们当作安全港，不料却陷入更大的困境中；《瓶中之水》的二帕为了一个新闻头条爬上了别人的床铺；《致命的飞翔》中，北诺为了住房，

---

① 徐小斌：《双鱼星座》，载《大家》1995年第2期。
② 张光芒：《从"启蒙辩证法"到"欲望辩证法"——20世纪90年代以来中国文学与文化转型的哲学脉络》，载《江海学刊》2005年第2期。

委身于一个丑陋、卑俗的老头,当性交易未能达到目的,她感到愤怒,便杀了老头;《长恨歌》王琦瑶为了获得出名的机会,将自己交给了李主任;《天浴》文秀为了获得回城指标,将身体作为唯一的资本,变成了一个可悲可悯的女人;盛可以在《手术》中甚至毫不愧怍地宣告,"一切都是靠不住的,爱情、婚姻、男人,甚至孩子,能抓到手里的只有钱和财产"[①];魏微的《情感一种》中即将毕业的栀子为了留在上海而与出版社副总潘先生"交往",对她而言,"做爱不但能够得到快乐,而且比快乐更重要的,还是利益"[②],这样的大胆宣言,抹杀了性解放与性交易的区别,也将女性再次物化。

这些叙事对于性资本、性交换不假思索的认同,看似在张扬女性的解放,实则重新演绎女性以身体做交换的古老宿命。《曼哈顿的中国女人》《上海宝贝》《我爱比尔》,潜藏着后殖民的心态。德国白种男人(西方文化)有着硕大的阳物,而中国男人(东方文化)则是性无能,而上海昏暗迷离的酒吧中,则提供了西方文化殖民、入侵、占领中国文化的最佳场域。对女性性心理的大胆剖白固然有其冲击力,然而女性的主体却淹没在欲望的狂潮中。九丹的《乌鸦》和稍后发表的《新加坡情人》就是这类作品的代表。小说津津乐道地描写一些女留学生为了生存、发展,主动或半主动地沦为"小龙女"的过程。

总的来看,新时期以来的女性主义文学思潮,关注女性的生存境遇,表现出独特的性别意识和性别美学,宣告了新时期女性主体性的诞生。女性主义写作思潮形成了鲜明的"个人化""私人化"风格,极大冲击了文坛,"它具体体现为女作家写作个人生活、披露个人隐私,以构成对男性社会、道德话语的攻击,取得惊世骇俗的效果"[③]。

不过,需要指出的是,在新时期以来的女性主义思潮中,仍然存在着难以解决的困境。强调两性"平等"或两性"差异",两种策略都有自己难

---

① 盛可以:《手术》,载《天涯》2003年第5期。
② 魏微:《情感一种》,载《青年文学》1999年第7期。
③ 戴锦华、王干:《女性文学与个人化写作》,载《大家》1996年第1期。

以克服的内在问题,强调女性同样以"干事业"的方式向"中心"挺进无异于在内在原则上又认可了"事业为先"的男权逻辑,而张扬女性的自然肉身本质则会使女性更容易成为男权社会欲望化的对象。徐坤对于"私人化"写作的虚假繁荣表现出高度的警惕,在她看来,女性的私人化写作被商业与市场利用,"不光是营造出一批批同流合污的文化垃圾,或许还会变成满足个别人'窥阴癖'的意淫之物。'我们'奋力争取来的说话权利,即会面临在一夜之间重又失去的可能"[①]。"超越性别"又成为继"回到女性自身"之后的新的写作思想,强调性别和解、性别互振,成为新的写作导向。

女性主义文学思潮,最终指向的是一个性别协作的理想世界,女性世界与男性世界是对立又统一的,从抗争到互融,在依存中并立。从这个意义上说,中国当代女性主义文学思潮仍然处于"未完成"状态。

---

① 徐坤:《双调夜行船——九十年代的女性写作》,太原:山西教育出版社,1999年,第47页。

第五章

跨界的突围

第一节　中国现代诗剧的另类进路

传统文学中，文体之间有较为鲜明的界限；五四新文学时期，文体之间壁垒被打破，不同的文体相互融合，出现了现代诗剧的新样式。[①]中国现代诗剧受西方诗剧影响而生成，又根植于中国诗剧传统，呈现出独特的美学特征与文化内涵。同西方诗剧类似，中国现代诗剧表现为"戏剧化的诗"与"诗的戏剧化"两种文体艺术形式。[②]"戏剧化的诗"是指"用诗体对话写成的剧本"[③]。"中国的剧诗和西欧的戏剧体诗，并无本质上的差异。"[④]在"戏剧化的诗"中，对话语言必须由诗体写成，场景（戏剧提示语、旁白）的语言既可用韵文（诗体）写作，也可用散文写作。延安时期的"秧歌剧"尽管在艺术上存在瑕疵，但是这些作品在审美范式上完全符合"戏剧化的诗"的体裁形式，因而，也应该纳入诗剧范畴进行重新研究。

1942年《在延安文艺座谈会上的讲话》发表以后，解放区文学确立了"为工农兵服务、为政治服务"的创作方向，形塑了解放区文艺政治性、革命性、民族性的风格。受此影响，解放区的诗剧在题材上以抗战书写、生产建设、革命动员为主，"秧歌剧"就是延安文艺的重要实绩。"秧歌剧"抛弃了旧秧歌中的粗俗、色情成分，并扩张文体内涵，融入了多样的形式，例如说书、快板、练子嘴、民歌小调等，活泼生动，富有地方特色。传统秧歌的主要功能包含娱乐和祭祀，围绕祈福求雨、祈福求子的龙神，送子

[①] 董卉川：《论鲁迅散文诗剧的探索与传承》，载《中国文学研究》2020年第4期。
[②] 董卉川：《论鲁迅现代诗剧的体裁特质》，载《齐鲁学刊》2017年第6期。
[③] 夏征农、陈至立：《辞海》（第六版），上海：上海辞书出版社，2009年，第2039页。
[④] 苏国荣：《中国剧诗美学风格》，上海：上海文艺出版社，1986年，第5页。

娘娘等展开表演，而新秧歌则以革命主题置换原有民俗主题，围绕"生产建设""参军光荣""支援前线""破除迷信"[1]等情节，刻画边区的胜利、翻身、斗争，塑造英勇高尚的工农兵主角形象，改造家庭伦理，具有鲜明的喜剧性色彩。主要秧歌剧代表作有《赤叶河》《漳河水》（阮章竞），《十二把镰刀》（马健翎）、《无敌民兵》（柯仲平）、《兄妹开荒》（王大化、李波、路由）、《快乐的人们》（何其芳）、《白毛女》（贺敬之、丁毅）、《赶车传》（田间）、《王贵与李香香》（李季）、《王九诉苦》（张志民）、《赵巧儿》（李冰）等[2]。这些作品表现出对于革命伦理的积极建构，包括平等的夫妻关系、抗日爱国、学习文化、参加生产等现代理念，以通俗化（大众化）的方式进行大众启蒙。

一、文白杂合的语言

语言是文学的第一要素。在整个现代文学中，对于白话文的革新从未停止，而大众化则是其中的一条重要指向。"文学大众化首先就是要创造大众看得懂的作品。"[3]"我们要用的话是绝对的白话，是大多数的工农大众所说的普通话。"[4]这种"绝对的白话"是活生生的，是大众的日常语言，而不是僵死的文字。在陈子展看来，大众语是指"包括大众说得出，听得懂，看得明白的语言文字"[5]。而只有这样能为大家看得懂听得懂的文字"才能在大众中起作用"[6]，才能实现大众动员。

民族危亡刺激了作家们的神经，因此，革命题材、抗战题材的现代诗剧大量涌现，成为宣传的工具与利器，以通俗易懂的语言达到宣传革命与抗战的目的。"写作大多数情况下是启蒙，是宣传，是意义和情感的直接明

---

[1] 肖振宇、张哲望：《再论东北解放区秧歌剧叙事策略》，载《吉林师范大学学报》（人文社会科学版）2020年第4期。
[2] 参见董卉川《中国现代诗剧的艺术张力》，北京：人民出版社，2018年，第32页。
[3] 起应：《关于文学大众化》，载《北斗》1932年第3—4期。
[4] 寒生：《文艺大众化与大众文艺》，载《北斗》1932年第3—4期。
[5] 陈子展：《文学大众化问题征文》，载《北斗》1932年第3—4期。
[6] 寒生：《文艺大众化与大众文艺》，载《北斗》1932年第3—4期。

晰传达。"①语言的口语化为秧歌剧注入了浓厚的生活气息。比如秧歌剧常见的方言语汇主要有：婆姨、碎娃、灵醒、干烙、毛老子、跌下年成、得溜大挂、咕咕咚咚、怎价、尔后、尔刻、干大、克里马撒……这些日常词语根植于农民生活，是地道的、活生生的语言，因而具有鲜明的时代气息和地方色彩，营造出边区的风貌。这种浅显易懂的口语化表达，极大推进了秧歌剧在边区的传播。"回到家来，你头也不抬，口也不开，庙里的泥胎，你装的哪一路神神？"②《夫妻识字》中这些生动的口语表达亲切有味，揭示农村和农民的真实生活，拉近了文艺与广大人民群众的距离。

革命语汇往往形式整齐、音调铿锵、节奏明快富有力量感，能够实现良好的动员效果。秧歌剧中常见的革命语汇包括：政府、教育、文化、边区、工作、进步、计划、生产、动员、开会、发展、模范、劳动、转变、变工、旧意识等。在《夫妻识字》中，以唱词的形式展现了社会教育的作用痕迹，例如"七十二行庄稼为强，一籽落地万颗归仓。努力耕种积草囤粮，耕三余一防备灾荒"③。"耕三余一"等词汇是异质性的，它不是农民的日常语言，然而却与农民生活发生了紧密关联。这些革命词语是外在于乡村世界的，它以一种不可阻挡的气势，渗透到农民的日常生活中，并逐步沉淀为日常语言的一部分，从而实现宣传作用，彰显出语言对于思维潜移默化、深远持久的影响。

秧歌剧的创作者根据创作背景和戏剧角色身份以及读者的阅读期待，采取了以口语为主的语言方式，进行革命动员、抗战宣传，对民众进行教育与启蒙，促进民族意识的觉醒。丰富生动、朴素亲切的口语迅速拉近了文学作品与大众之间的距离，揭示出农村和农民的真实生活，受到观众的欢迎。

《刘二起家》的文本，就是典型的口语化诗体。全剧主要由快板和秧歌

---

① 王元忠：《艰难的现代——中国现代诗歌特征性个案研究》，北京：中国社会科学出版社，2007年，第175页。
② 马可：《夫妻识字》，载《延安文艺丛书》编委会编：《延安文艺丛书·秧歌剧卷》第7卷，长沙：湖南文艺出版社，1987年，第203页。
③ 马可：《夫妻识字》，载《延安文艺丛书》编委会编：《延安文艺丛书·秧歌剧卷》第7卷，长沙：湖南文艺出版社，1987年，第202页。

调构成，处处押韵，读来朗朗上口、铿锵明快，符合人物的身份、地位，以轻喜剧的方式，表现出二流子改造的必要性，实现了秧歌的社会启蒙功能。

> 吃喝嫖赌全有我，
> 人家把我二流子叫。
> 人家整年务庄稼，
> 我庄稼不务到处跑。
> 人家吃的是白面条，
> 我刘二饿得肚子叫。
> 伸出手，向人要，
> 人家说：
> 瞧瞧你刘二，不学好，
> 不务庄稼到处跑，
> 该挨饿，该煎熬，
> 喂猪也比给你好。（过门）
> ……①

这段唱词通俗浅近，用的正是农民的日常白话，刘二在村长的劝诫之下，改掉了原本的二流子习气，专心生产，"是人就该来生产，哪能光吃不做啥"。"从那时，我下决心，好生产，好劳动"，刘妻也在妇女主任的劝说下，走上劳动解放的"正路"。她从一个游手好闲、家长里短、不事生产的旧妇女变成一个进步要强的新妇女，以劳动实现了解放与翻身，赢得了自身的尊严。"她说女人要翻身，要务正经要生产，女人本来也是人，要有志气站人前。二流子婆姨人人嫌，你不改永远不能把身翻。"②通俗、顺口、生动、押韵的人物对话，使得作品具有了广泛的影响力。

---

① 丁毅：《刘二起家》，载《延安文艺丛书》编委会编《延安文艺丛书·秧歌剧卷》第7卷，长沙：湖南文艺出版社，1987年，第51—52页。
② 丁毅：《刘二起家》，载《延安文艺丛书》编委会编《延安文艺丛书·秧歌剧卷》第7卷，长沙：湖南文艺出版社，1987年，第56页。

马健翎的现代秧歌剧《十二把镰刀》则具有鲜明的书面语体色彩。王二对妻子桂兰启蒙,这些语言是书面语汇,彰显出革命语汇进入日常语汇的进程,也体现出革命"改换人心"的作用:"叫桂兰你那里倾耳细听,你听我把世事细表分明。世事好,世事坏全靠劳动,靠劳动才能把世事换新。只要咱劳动人大家革命,好社会一定会快快来临。到那时世界上人人劳动,享幸福、享权利大家公平。"① 这一段唱词是典型的书面语,"革命""劳动""幸福""权利""公平"这些语汇,正是典型的革命话语,它描绘出一个建立在劳动之上的平等、公平、幸福的新社会,以崇高的革命愿景调动起革命激情。同样地,在《白毛女》黄世仁的唱词中,也凸显出鲜明的书面语色彩,用词讲究文雅,力避方言。

  黄(唱)花天酒地辞旧岁,
     张灯结彩过除夕,
     堂上堂下齐欢笑,
     酒不醉人人自醉,
     我家自有谷满仓。
     那管他穷人饿肚肠。②

黄世仁作为地主阶级,有一定的文化修养,因此他的语言是较为文雅的,言语之间标榜自己的文化身份,彰显出优越感。这段唱词典型体现了黄世仁的社会地位以及心狠手辣的性格。而喜儿的台词,也具有鲜明的书面色彩,展示出贺敬之、丁毅在其中的创造痕迹。最有代表性的就是开场喜儿的第一句唱词"北风吹,雪花飘,雪花飘飘年来到"③,这句话起笔不凡,在漫天大雪的意象中烘托出前两场的悲剧氛围。

  口语化道白与书面化唱词的交杂,使秧歌剧文本的语言充满了艺术张

---

① 马健翎编剧:《十二把镰刀》,载《延安文艺丛书》编委会编《延安文艺丛书·秧歌剧卷》第7卷,长沙:湖南文艺出版社,1987年,第38页。
② 贺敬之、丁毅执笔:《白毛女》,上海:新华书店,1949年,第9页。
③ 贺敬之、丁毅执笔:《白毛女》,上海:新华书店,1949年,第1页。

力。作品富有浓厚的生活气息和地方色彩，使观众能够更好地理解文本的思想情感与主题内蕴，便于秧歌剧在解放区的广泛传播。同时，又以富有诗意和内蕴的表达展现出革命类现代诗剧的艺术性与诗性，语言的组合、混置实现了音乐美和生活美的自然融合。

二、"诗""剧"杂糅的体裁

"体裁是指不同文学类型的体式规范。"[①]体裁是根据文学作品的结构形态、语言建构、表达方式、创作规律等所表现出的某种固定的形式。[②]在郭沫若看来，中国戏曲，"唱与白分开，唱用韵文以抒情，白用散文以叙事"[③]。与之类似，秧歌剧的体裁形式也是"唱白分离"的艺术方式，将"诗"——"戏曲"（韵文）与"剧"——"话剧"（散文）进行杂糅。当剧性因子注入诗的时候，被注入的剧性因子势必会和原先已经存在于诗之中的诗性因子发生碰撞、对抗，直至交融、统一。

首先，在具体的文本建构中，戏剧角色之间的戏剧对话——念白采用分段排列的散文句法，唱词则采用分行排列的诗体形式。比如《张治国》中：

班长（叫口令）立正，向右转，齐步走！
　　［队伍踏步前进，歌声即起。］
全体（唱［挖甘草歌］）
　　甘草根儿深又深，
　　挖甘草来了八路军；
　　甘草生长在三边地，

[①] 董卉川：《奋而作他体：鲁迅现代诗剧的文体特质》，载《河南师范大学学报》（哲学社会科学版）2018年第5期。

[②] 董卉川、张宇：《从自由诗到散文诗的蜕变——〈新潮〉版〈老牛〉与〈扬鞭集〉版〈老牛〉考略》，载《现代中文学刊》2020年第5期。

[③] 郭沫若：《创造十年》，载郭沫若著作编辑出版委员会编《郭沫若全集·文学编》第12卷，北京：人民文学出版社，1992年，第75页。

八路军生长在人民里。
挖甘草的英雄张治国，
他一天能挖一百零八斤；
大家的努力为的是啥？
丰衣足食，
人民的负担还要减轻！①

这一段采用了典型的唱白分离的体式。念白是分段排列的散文形式，秧歌剧角色分行排列的唱词，以明确的舞台提示"唱"牵引而出，但其唱词均为分行排列的诗体形式，唱词是典型的诗体的，优美精致，调用了拈连的手法，使上下文联系紧密自然，生动深刻地讴歌了浓厚的军民鱼水情。

"戏剧的基本特征是社会性冲突——人与人之间、个人与集体之间、集体与集体之间、个人或集体与社会或自然力量之间的冲突"②，戏剧冲突的存在，构成了戏剧艺术的核心与关键，没有戏剧冲突或是不重视戏剧冲突的布局，就无法形成一出好戏，其戏剧性也是十分薄弱的。比如有关落后人物改造、转变的秧歌剧，就包含着鲜明的戏剧冲突。这类剧本中，落后人物二流子身边总有一个先进模范人物做对比，以此突出劳动的必要性。《一朵红花》里，胡二懒惰自私、嗜酒如命，胡二嫂热心生产，是县里的劳动英雄。胡二妈妈恨铁不成钢，威胁胡二要让其游街、斗争、戴牌子。最后在妻子的影响下，他转变了态度，"我对天赌个咒，要是再不好好生产，雷把我劈咧"③。胡二终于悔过自新，端正劳动态度，成为一个爱劳动、进步的合格新公民。"听她话，喜得我心花开放；好媳妇受奖励，我也荣光。想从前，务庄稼人说受苦；到如今，不劳动才算丢人！"④《钟万财起家》中，

---

① 荒草、果刚执笔：《张治国》，载《延安文艺丛书》编委会编《延安文艺丛书·秧歌剧卷》第7卷，长沙：湖南文艺出版社，1987年，第74页。

② ［美］约翰·霍华德·劳逊：《戏剧与电影的剧作理论与技巧》，邵牧君、齐宙译，北京：中国电影出版社，1989年，第213页。

③ 周戈编剧：《一朵红花》，载《延安文艺丛书》编委会编《延安文艺丛书·秧歌剧卷》第7卷，长沙：湖南文艺出版社，1987年，第165页。

④ 周戈编剧：《一朵红花》，载《延安文艺丛书》编委会编《延安文艺丛书·秧歌剧卷》第7卷，长沙：湖南文艺出版社，1987年，第160页。

钟万财只吃洋烟不务生产，游手好闲，妻子不甘吞声，常常与他吵闹。村主任上门教育钟万财，要求他一月之内必须戒烟，否则就要挂上二流子的牌子。钟万财经历了挣扎与煎熬，最终成功戒烟，一年之后生活和美幸福，夫妻和睦，新式家庭、新式伦理生成。《刘二起家》《动员起来》中的刘二、张拴都是二流子，经过教育改造后成为新公民。《儿媳妇纺线》中，二儿媳妇精明灵巧，能说会道，不爱劳动，但受到婆婆宠爱，而只知道闷头干活的大儿媳则受到婆婆厌烦。当勤劳的大媳妇纺线挣得了许多钱后，婆婆意识到劳动的好处，一改往日对大媳妇的嫌恶，答应分担家务让大儿媳全心生产，而二儿媳也转变了原来的态度，认真学习纺线手艺，原本尖锐的婆媳矛盾就此化解。除此之外，体现阶级对立与冲突，也是加强戏剧性的重要表现。《减租》中的二道毛子，重利盘剥，鱼肉百姓，使农民苦不堪言。"二道毛子实在坏得太，变着花样来把咱穷人害，租子收的重，不交又不成，把穷汉的一滴水都榨得干干净净。"①《白毛女》中万恶的地主黄世仁与贫农杨白劳、喜儿之间的尖锐冲突，正是全剧的核心。杨白劳因为年关无力还债，只有被迫把女儿卖给黄世仁抵债，杨白劳在悲愤绝望之下自杀，呈现出一幕沉痛的社会悲剧。它以一种极端的、不可调和的表现方式，印证阶级斗争的必要性，从而完成"旧社会把人逼成'鬼'，新社会把'鬼'变成人"②的主题叙事。戏剧冲突的精心设置，使秧歌剧有了浓厚的剧性，因而具备了饱满的戏剧张力。

三、民族化的风格

随着民族危机的加深与抗战的深入，高扬本土文化、重视民族意识成为文化建设的重要取向，"大众化"成为文艺创作的主流倾向。《在延安文艺座谈会上的讲话》的发表，标志着"工农兵文学观"形成，大众化、民族化的创作理念再次得到强化。解放区作家致力文学大众化、民族化的探索，

---

① 袁静编剧：《减租》，载《延安文艺丛书》编委会编《延安文艺丛书·秧歌剧卷》第7卷，长沙：湖南文艺出版社，1987年，第219页。

② 贺敬之：《〈白毛女〉的创作与演出·白毛女》，北京：新华书店，1949年，第204页。

在新文学与民间文学的辩证关系中，实现审美习惯上适应农民的需求，有意追求民族化、大众化的风格范式，展现出生动活泼的中国作风与中国气派。"秧歌剧"成为中国共产党领导的抗战文艺的标志，"闹秧歌"所蕴含的张扬、狂欢、反抗的民间姿态，与"翻身解放"的民族与人民主体想象相互重叠。[1]秧歌剧是文体创新的产物，既融合了民间文化资源，又对其进行创造性转化，实现民间资源的复活与新生，"我们今天应当特别强调研究中国固有的遗产，民间艺术之重要"[2]。

以民族化视野对秧歌剧进行本土再造，是充满了艰辛与挑战的。它既需要借鉴西方歌剧的形式基础，又要汲取传统旧戏的资源，同时还需进行大规模的本土化、民族化改造。单纯地使用任何一种语体或文体，如白话文、文言文、大众语体、书面语体、纯国语或纯欧化语都无法有效渗透到民间文化之中，只有充分融会贯通传统与现代、异域与本土、通俗与高雅的语体、文体才能探索出一条特色的民族化秧歌剧道路，才能真正为人民喜爱并实现改造社会的功能。

新歌剧《白毛女》既融合了传统民间资源，又吸取了现代思想理念，形成了独具特色的民族化、大众化的风格。精美的唱词、精致的意象、精心的营构，都使得这部作品具有了经典的质素。在创作新歌剧《白毛女》的过程中，主创者致力解决"创造中国新歌剧究竟要走什么样的道路"的问题。[3]正是出于这种强烈的问题意识与本土化视野，主创者在风格上进行了民族化的探索。全盘西洋化的道路是不值得采取的，要展现中华民族"丰富的生活内容"，必须创造真正代表中华民族的新歌剧[4]。"新歌剧"人物繁多，情节复杂，场景众多，剧本体量也较大，相对于普通的秧歌剧，

---

[1] 刘欣玥:《"声辞"的张显——延安新秧歌是怎样"唱"起来的》，载《中国当代文学研究》2021年第1期。

[2] 周扬:《艺术教育的改造问题——鲁艺学风总结报告之理论部分:对鲁艺教育的一个检讨与自我批评》，载《解放日报》1942年9月9日。

[3] 马可、罗维:《〈白毛女〉音乐的创作经验——兼论创造中国新歌剧的道路》，北京:新华书店，1949年，第212页。

[4] 马可、罗维:《〈白毛女〉音乐的创作经验——兼论创造中国新歌剧的道路》，北京:新华书店，1949年，第213页。

对于文体风格各方面都有着独特的要求。

尽管中国旧剧有着成熟的艺术形式和艺术水准,但其中充斥着大量封建旧内容、庸俗享乐意识,这些都是需要加以改造的部分。民歌、秧歌、花鼓、地方戏曲等地方形式,描写生动,语言地道,适合表现革命内容。因此"深入群众,体验他们的生活,了解他们的思想和情感,熟悉他们的音乐语言,在忠实于现实生活的基础上,吸收民间形式的一切优点,同时,也需要参考(不是硬搬)前人和外国的经验,来创造真正代表人民大众的中国新歌剧"①。这一理念反映出开放包容的创作思维与创作心态,而正是因为将本土视野与世界视野相结合,才使得《白毛女》在形式上具备了极大的革新性。它广泛吸取了民歌、小调、梆子、戏曲、唢呐曲、号子、念经调等多样的形式,包括《小白菜》、《青阳传》、《后娘打孩子》(河北民歌)、《胡桃树开花》(山西民歌)、《太平调》(河北说书)、《捡麦根》(山西秧歌)、《朝天子》(管子谱)、《目连救母》(中国旧戏曲)、《大摆队》(陕北唢呐曲)、《吆号子》(关中)……这些多样的形式,有其内在的节奏韵律和特定的情感表达,从而能够适应大型秧歌剧/新歌剧的表达需求,生动塑造歌剧的人物形象。

作为诗、音乐和戏剧的结合体,如何实现道白、唱词和吟诵的有机融合,是新歌剧要解决的重要难点。《白毛女》以内在的韵律作为三种文体的结合点,"诗之精神在其内在的韵律(Intrinsic Rhythm)……内在的韵律便是'情绪的自然消涨'"②。情绪是内在韵律,节奏是外在形式,它们需要相互配合、相互作用,从而形成一种互动的诗意张力。在创作之时,通过长短句、停顿、空格、空行、声调、语速以及复沓、排比、对称、反复、并列等手法,使外在的节奏形式参差错落、跌宕起伏。"节奏之于诗是它的外形,也是它的生命,我们可以说没有诗是没有节奏的,没有节奏的便不是诗。"③《白毛女》在情绪饱满处、情绪的转折点、斗争的最高峰由散文道

---

① 马可、罗维:《〈白毛女〉音乐的创作经验——兼论创造中国新歌剧的道路》,北京:新华书店,1949年,第214页。
② 郭沫若:《论诗三札》,载郭沫若著作编辑出版委员会编《郭沫若全集·文学编》第15卷,北京:人民文学出版社,1990年,第337页。
③ 郭沫若:《论节奏》,载郭沫若著作编辑出版委员会编《郭沫若全集·文学编》第15卷,北京:人民文学出版社,1990年,第353页。

白转向歌唱,从而将歌唱、吟诵、道白三者有机结合,以内在节奏带动三者之间的相互切换,使得彼此之间融为一体,不至于割裂。杨白劳咏叹调《十里风雪》结束部分的"县长财主,狼虫虎豹,欠租欠账。还有你们逼着我写的,卖身的文书!北风刮,大雪飘,那里走?那里逃?那里有我的路一条?(第三十曲)"[①]一段就是将歌唱、吟诵、道白三者有机结合,生动表现出杨白劳在盘剥之下的痛苦愤怒和绝望。这样的设置,符合中国传统诗剧(戏剧)的创作规律,保留了传统戏剧的特点。

《白毛女》的重要意义在于,它开辟出一条特色的秧歌剧本土化的新路径。它吸收借鉴中外诗剧(歌剧)的长处,彰显出鲜明的中国特色,既抛弃了旧剧中陈腐的精神内蕴,又同时在语言、结构、人物、场景、唱词等方面借鉴了东西方诗剧的精华,因而彰显出开阔的世界视野和先锋的艺术形式。作为解放区文艺的突出代表,《白毛女》具有广泛的社会影响力。歌剧演出获得了极大成功,延安时期就演出30多场,而1949年后,《白毛女》被拍成同名影片,以及改编为京剧、芭蕾舞剧、样板戏等多种艺术样式,可见其深远持久的生命力。《白毛女》因其"现代革命理念、阶级斗争主题与民族民间的伦理道德观念、美学趣味和文艺形式的完美结合"[②],成为延安诗剧、延安文艺的标杆作品。它以兼收并蓄的包容姿态,实现了民族风格的现代转化,也给1949年后的文艺创作提供了重要参照。

延安时期的秧歌剧具有独特的文体形式,其文白杂合的语言、诗性剧性杂糅的体裁、民族化的文体风格,在中国现代诗剧发展历程中占据重要地位,它指向了中国现代诗剧民族化、革命化的另一进路,彰显出独特的中国作风与中国气派。在文体形式的创新上,延安秧歌剧探索出一条成功的本土化道路,它不仅影响了"样板戏"的形式革新,对今天的新歌剧仍有重要的启发与借鉴意义。

---

① 贺敬之、丁毅执笔:《白毛女》,上海:新华书店,1949年,第26页。
② 王金胜:《〈白毛女〉与新歌剧:从延安时期到新中国》,载《中国当代文学研究》2019年第1期。

第二节　从自由诗到散文诗的蜕变

刘半农是新诗艺术从理论研究到写作实践的先驱与开拓者之一,"那时做新诗的人实在不少,但据我看来,容我不客气地说,只有两个人具有诗人的天分,一个是尹默,一个就是半农"[①]。如果说,刘半农与胡适、沈尹默、周作人、刘大白、俞平伯、郭沫若等学人在新文学创作伊始,一道擎起了新诗——自由诗创作的大旗,那么对于新诗艺术重要一翼的散文诗,刘半农则是独领风骚的拓荒者与扛鼎人,这也是刘半农在《扬鞭集》中将《老牛》的文体形式由自由诗转变为散文诗的一个重要原因。刘半农在散文诗方面的第一个成就是对西方散文诗的译介。刘半农于1915年7月在《中华小说界》第2卷第7期以文言文的形式翻译了屠格涅夫的四首散文诗:《乞食之兄》《地胡吞我之妻》《可畏哉愚夫》《嫠妇与菜汁》,还对屠格涅夫(杜瑾讷夫)进行了简单的介绍。但吊诡的是,刘半农是将四首散文诗作为小说进行译介的,"然小说短篇者绝少,兹于全集中得其四……措辞立言,均惨痛哀切,使人情不自胜。余所读小说,殆以此为观止,是恶可不译以饷我国之小说家"[②]。作品的题目也为《小说名家　杜瑾讷夫之名著》。

在白话文运动尚未充分开展的时代背景下,刘半农用文言文翻译屠格涅夫的散文诗,并称其为短篇小说,因此,这四首散文诗还不足以称为严格意义上的新文学汉译散文诗。刘半农又于1918年5月在《新青年》第4卷第5号上,以白话文的形式翻译了印度歌者Ratan Devi的散文诗。题

---

① 周作人:《扬鞭集·序》,载《扬鞭集》上,上海:北新书局,1926年,第2页。
② 刘半农:《小说名家　杜瑾讷夫之名著》,载《中华小说界》1915年7月第2卷第7期。

目《我行雪中》是刘半农自己所题,"此诗篇名,原文不详。今以首句为题,意非拟古,亦不得已也"①。在诗前他还翻译介绍了美国 VANITY FAIR 月刊记者的导言,美国 VANITY FAIR 月刊的记者称该作是"结撰精密之散文诗一章"②。因此,《我行雪中》应为中国新文学的第一首汉译散文诗。无论是文言文的《乞食之兄》《地胡吞我之妻》《可畏哉愚夫》《氂妇与菜汁》,还是白话文的《我行雪中》,均展现出刘半农对中国散文诗发展的重要贡献。

刘半农在散文诗方面的第二个成就则是对散文诗的命名,以及对散文诗文体形式的开拓性实验,尤以后者为最,使新生的散文诗确立了体裁规范,对之后散文诗的创作产生了深远影响。刘半农最早提出了"散文诗"这个概念,"英国诗体极多,且有不限音节不限押韵之散文诗。故诗人辈出,长篇记事或咏物之诗,每章长至十数万字,刻为专书行世者,亦多至不可胜数"③。朱自清曾指出新文学的第一首散文诗应是沈尹默的《月夜》,"第一首散文诗而备具新诗的美德的是沈尹默的'月夜',在一九一七年"④。《月夜》刊载于1918年1月《新青年》第4卷第1号,朱自清称其为散文诗,但《月夜》是分行排列。散文诗作为一种全新的文体形式,到底以何种方式进行建构,沈尹默等学人也在不断摸索和实验的阶段,如沈尹默的《鸽子》却又采用了分段排列的形式。

学界也有众多学者倾向于将刘半农分段排列的《窗纸》或《晓》作为新文学的第一首散文诗。刘半农的《窗纸》刊载于1918年7月的《新青年》第5卷第1号,《晓》则刊载于1918年8月的《新青年》第5卷第2号。与沈尹默的《月夜》相比,《窗纸》和《晓》均为分段排列。当下学界论及刘半农的散文诗,也多以开山之作《窗纸》《晓》,或深刻批判现实黑暗、同情社会底层民众的《卖萝卜人》《饿》等作品为重点研究对象,却鲜有论及其

---

① 刘半农:《我行雪中》,载《新青年》1918年5月第4卷第5号。
② 刘半农:《我行雪中》,载《新青年》1918年5月第4卷第5号。
③ 刘半农:《我之文学改良观》,载《新青年》1917年5月第3卷第3号。
④ 朱自清:《选诗杂记》,载赵家璧主编,朱自清编选《中国新文学大系》第8集,上海:上海良友图书印刷公司,1935年,第13页。

动物系列的散文诗——《老牛》《猫与狗》等。特别是《老牛》这篇作品，最初刊载于《新潮》的版本与之后收录于《扬鞭集》中的版本，虽然创作主旨和思想情感并无二致，文体形式却截然不同——由分行排列的自由诗蜕变为分段排列的散文诗。这是十分值得研究的问题。本节将通过对两个版本《老牛》语言表述的变动、文体形式的转化、思想情感的贯通三个方面的剖析和阐释，展现刘半农对中国新诗尤其是散文诗、散文诗剧创作的开拓性贡献。

一、语言表述的变动

语言是文学的第一要素，对于诗歌来说，语言更是最为重要的一环，诗歌的文体特征是讲究抒情达意，作者激荡的内心情绪、深沉的人生思考需要借助诗歌特有的语言表述方式展现在读者面前。"诗是艺术的语言……是饱含情绪的语言，是饱含思想的语言。"[①]在有限的字里行间中，诗人需要通过细致周密的遣词炼句达到凝练精美的诗意表述，从而传递自我的思想情感与人生理念。刘半农将《新潮》中的《老牛》收入《扬鞭集》之后，必然在《老牛》的命辞遣意方面进行精心的改动、校正，力求语言表述的完善圆满。因此，相较于《新潮》版，《扬鞭集》中的《老牛》，其语言表述的变动共有六处。第一处改动是《新潮》版中的"直射他背上"，在《扬鞭集》中，被刘半农改为了"直射它背上"，"他"变为了"它"。

由"他"到"它"的改动，涉及了五四白话文运动语言规范化的问题。在古代汉语中，只有"他"字而无"它"字。五四前后，以刘半农、钱玄同、陈望道、郭沫若等为代表的新文化运动先锋们比照英文语法，将"他"字变格，逐渐演化出"他"、"她"和"它"。"它"字的出现一直被认为是刘半农的创造，鲁迅在《忆刘半农》中认为刘半农同时创造出了牠/它，"他活泼，勇敢，很打了几次大仗。譬如罢，答王敬轩的双簧信，她和牠字的创造，就

[①] 艾青：《诗论》，上海：复旦大学出版社，2005年，第27—28页。

都是的"①。不过根据黄兴涛的考证，最初创造"它"字的，应该是钱玄同。②他在1922年11月20日发表的《"他"和"他们"两个词儿的分化之讨论》中主张"将今字今音的'他'表男性，古字古音的'它'表中性……中性单数作它，复数即作'它们'"，这样分化之后，不仅较为"顺口"，在"习惯上"也有根据。同时，钱玄同进一步指出，"表非人类的用没有人旁的'它'字，看起来也有便利之处"。③而在语言的流通过程中，"它"字逐步取代了"牠"，成为"一切事体，一切无生物"④的代称。作为积极推进第三人称代词分化的刘半农，不仅在与众多学人的论战中创造出了"她"字，并在作品中积极推广"他""她""它"的使用，促进了"她""它"在社会上的传播。

《新潮》版的《老牛》刊载于1919年10月，虽然刘半农已经设想了"她"与"它"字的用法，但还未形成具体的理论阐释，直到1920年《"她"字问题》⑤发表后，才形成了详细的理论架构，因此就像在《"她"字问题》中所说的那样，在1919年10月刊载《老牛》时，"它""好像是完全没有用过"，依然沿用了古代汉语中的"他"。而在白话文运动基本取得成功的1925年，《"她"字问题》这篇文章也早已发表了五年，作为"他"字研究与推广先驱的刘半农在编录《扬鞭集》之时，自然要将《新潮》版《老牛》中的"他"替换为"它"。这是因为，虽然在作品中刘半农注入了戏剧因子，将"老牛"拟人化，使其化身戏剧角色。但老牛实际是自然界中的一种客观物象——动物，在《老牛》中，它寄托和承载着作者的情思与理念，从而由物象升华为意象，是戏剧角色与诗歌意象的融合。因此，刘半农在重新编录时会选用"它"来指代"老牛"，而非"他"。第二处改动是《新潮》中的"他虽然疲乏"，收入《扬鞭集》之后被改为了"它虽然极疲乏"，与第一处类似，"他"变为了"它"。

此处改动还增加了一个"极"字。"极"是程度副词，"极"的出现和

---

① 鲁迅:《忆刘半农君》，载《青年界》1934年第6卷第3期。
② 黄兴涛:《"她"字的文化史：女性新代词的发明与认同研究》（增订版），北京：北京师范大学出版社，2015年，第122—123页。
③ 钱玄同:《国语月刊》1922年11月20日第1卷第10期。
④ 韦华:《"他"、"她"、"牠"、"它"的用法》，载《自修》1939年第53期。
⑤ 刘半农:《"她"字问题》，载《新人》1920年第1卷第6号。

使用增强了"老牛"疲累程度的描述，使后面的转折——"却还不肯休息"更具感染力和表现力。凸显极其疲惫的老牛依然坚守岗位，辛勤劳作的奉献精神，强化了老牛任劳任怨、默默付出的艺术形象。第三处改动是《新潮》中的"浸成了毡也似的一片"，收入《扬鞭集》之后被改为了"浸成毡也似的一片"，"了"被去掉了。去掉语气助词"了"之后，语言表述更为凝练，使语言表述趋向书面语而非口语。第四处改动是《新潮》中的"只好我车下的水"，收入《扬鞭集》之后被改为了"只要我车下的水"，"好"变为了"要"。"好"改成"要"后，与前一个字"只"形成了条件连词"只要"，表示唯一的条件，"老牛"只需要"车下的水"，其他任何东西——舒适的物质条件均不需要，更加表明了老牛辛勤劳作的决心与态度，进一步强化了老牛无私奉献的艺术形象。

第五处改动是《新潮》中的"我从来没有功夫想到！/你也不必来管闲事，/还是去多摇几摇尾，/向你主人要好食吃，/养得你肥头胖耳，/快活到老！"，收入《扬鞭集》之后被改为了"我从来没有功夫想到……"，"想到"后面的感叹号被去掉了，并且之后所有的文字也都被去掉了，变为了省略号。《新潮》中"老牛"以大段义正词严的戏剧台词去驳斥"小狗"的品质缺陷，与刘半农之前塑造的默默无闻、埋头苦干的低调形象不相符合，造成了分裂。在《扬鞭集》中，去掉控诉性的大段的抒情独白，改成省略号之后，与刘半农原本塑造的艺术形象、角色气质均十分吻合，老牛的形象实现了内在统一性，而省略号的加入更是起到了"言有尽意无穷"的艺术效果，此处改动十分精妙。

第六处改动是《新潮》中的"牛说，"，收入《扬鞭集》之后被改为了"牛说："，逗号变为了冒号。白话文运动中，新式标点符号的应用也是现代汉语发展与成熟的重要标志之一。1919年，马裕藻、周作人、朱希祖、刘复（刘半农）、钱玄同、胡适等五四学人向当时的北洋政府联名提出了《请颁行新式标点符号议案》[①]，要求政府颁布通行"，；：？！"等新式标点

[①] 《国语统一筹备会议案三件：请从速加添润音字母以利通俗教育的议案、请颁行新式标点符号的议案、国语统一进行方法的议案》，载《北京大学月刊》1919年第1卷第4期。

符号。1920年,上述学人又联名提出了《请颁行新式标点符号议案(修正案)》[①]。1920年2月,北洋政府教育部发布第53号训令——《通令采用新式标点符号文》,上述新式标点符号正式得到普及和应用。《新潮》版的《老牛》刊载于1919年10月,创作时间必定早于1919年10月。因此,《老牛》中"牛说,"使用的是逗号而非冒号。在1925年,以冒号为代表的新式标点早已得到普及,作为新式标点符号提案人和推广者的刘半农,在将《老牛》收入《扬鞭集》之后,必然将"某某说"后的逗号更改为冒号,因为"牛说"后面的语言是"老牛"的引语(戏剧台词),"其下文为引语"[②]。第七处改动是《新潮》中的"狗说,",收入《扬鞭集》之后被改为了"狗说:",逗号也变为了冒号,与第六处的改动类似。

刘半农作为"他"字变革的先导、新式标点符号应用的倡议者,通过语言表述的变动,使《扬鞭集》版本《老牛》的语言文字更为精美凝练,更加符合诗歌的语言特质。在此基础上,与作品的创作主旨和作者的思想情感、理想信念更为契合。另外,标点符号的改动、新式标点符号的应用也增强了作品的现代性特质,使作品处于时代的前沿,为其他文学体裁的变革尤其是新诗的创作充当了先导,产生了深远的影响。

二、文体形式的转化

文体与体裁、风格是不同级别的概念,易被混为一谈。文体包含体裁与风格,是"一定的话语秩序所形成的文本体式,它折射出作家独特的个性特征、感觉方式、体验方式、思维方式、精神结构和其他社会历史、文化精神。文体是一个系统"[③]。体裁是文体的呈现层面之一,也是文体最重要的表现形式,亦被称为文体形式,"是指不同文学类型的体式规范……是

---

① 马裕藻、周作人、朱希祖、刘复、钱玄同、胡适:《请颁行新式标点符号议案(修正案)》,载《教育丛刊》1920年第2期。

② 马裕藻、周作人、朱希祖、刘复、钱玄同、胡适:《请颁行新式标点符号议案(修正案)》,载《教育丛刊》1920年第2期。

③ 童庆炳:《童庆炳文集》第4卷,北京:北京师范大学出版社,2016年,第89页。

第二节 从自由诗到散文诗的蜕变

由某种类型作品的基本要素的特殊结合而构成的"[1]。不同的文学体裁——小说、诗歌、戏剧、散文有不同的文体形式，某种固定的文学体裁——新诗也会细化为不同的文体形式——纯诗与散文诗，纯诗又能细化为自由诗与格律诗等。《老牛》最初在《新潮》杂志上发表时就是一首分行排列的自由诗。

先以《新潮》版的《老牛》为例：

秧田岸上，
有一只老牛犀水，
一连犀了多天。
酷热的太阳，
直射在他背上。
淋淋的汗，
把他满身的毛，
浸成了毡也似的一片。
他虽然疲乏，
却还不肯休息。
树荫里坐着一只小狗，
很凉快，很清闲，
摇着他的小耳朵，
用清脆的声音向牛说，
"笨牛！
你天天的绕着圈子乱走，
何尝向前一步？
不要说你走得吃力，
我看也看厌了！"
牛说，

---

[1] 童庆炳：《童庆炳文集》第4卷，北京：北京师范大学出版社，2016年，第90页。

微光中的宇宙

"我不管得我自己能不能向前,
也管不得你看不看厌;
只好我车下的水,
平稳流动,
浸润着我一片可爱的秧田。"
狗说,
"到秧田成熟了,
你早就跑死了!"
牛说"这件事,
我从来没有功夫想到!
你也不必来管闲事,
还是去多摇几摇尾,
向你主人要好食吃,
养得你肥头胖耳,
快活到老!"①

  分行排列是自由诗文体形式的典型标志,"所以新诗采用了西文诗分行写的办法,的确是很有关系的一件事。姑且不论开端的人是有意的还是无心的,我们都应该感谢他。因为这一来,我们才觉悟了诗的实力不独包括音乐的美(音节)绘画的美(辞藻)并且还有建筑的美(节的匀称和句的均齐)"②。刘半农初作《老牛》时,选择了分行排列的文体形式,之后要将《老牛》等诗作收入《扬鞭集》之中,必定要将之前创作的诗作重新进行修改润色,语言表述上的变更是十分必要的。但在收入《扬鞭集》的众多作品中,刘半农唯独将《老牛》的文体形式进行了彻底的颠覆,由原先的分行排列变为了分段排列。再以《扬鞭集》版的《老牛》为例:

---

  ① 刘半农:《老牛》,载《新潮》1919年10月第2卷第1期。
  ② 闻一多:《诗的格律》,载《晨报副刊·诗镌》1926年5月13日第7号。

第二节 从自由诗到散文诗的蜕变

秧田岸上,有一只老牛庠水,一连庠了多天。酷热的太阳,直射在它背上。淋淋的汗,把他满身的毛,浸成毡也似的一片。它虽然极疲乏,却还不肯休息。树荫里坐着一只小狗,很凉快,很清闲,摇着他的小耳朵,用清脆的声音向牛说,"笨牛!你天天的绕着圈子乱走,何尝向前一步?不要说你走得吃力,我看也看厌了!"牛说:"我不管得我自己能不能向前,也管不得你看不看厌,只要我车下的水,平稳流动,浸润着我一片可爱的秧田。"狗说:"到秧田成熟了,你早就跑死了!"牛说:"这件事,我从来没有功夫想到……"①

《扬鞭集》版的《老牛》与《新潮》版的《老牛》相比,最引人注目的改变,即为文体形式的变化——分行排列转变为分段排列。白话新诗的出现成为中国新文学创作的先声,在实践上为其他文学体裁的变革充当了先导的作用。五四学人们在文体形式方面对新诗的创作进行了大量实验,以刘半农为例,在创作《老牛》之前,他既尝试过大量的分行排列的自由诗撰写,如《灵魂》《车毯》《无聊》《相隔一层纸》等,也尝试过诸多分段排列的散文诗写作,如《卖萝卜人》《学徒苦》《窗纸》《晓》等。从数量分布上来看,自由诗与散文诗基本是平分秋色。以刘半农为代表的五四先驱,在创作过程之中,不断地探索和实验,究竟以何种文体形式写作、建构新诗,能够更好地承载和表达自我的思想情感,能够更好地起到传播与启蒙的社会功用。自由诗与散文诗各有所长,散文诗与自由诗相比,分段排列的散文性文体形式是其独有的文体特质,使其在字数和篇幅方面有着先天的优势,更易于抒发自我的情感,"在 essay,比什么都紧要的要件,就是作者将自己的个人底人格的色采,浓厚地表现出来"②。可承载更多的思想情感与理想信念,可以更从容地描写与叙述,更全面地进行暴露、批判与反思。"作为自己告白的文学,用这体裁是最为便当的。既不像在戏曲和小说那样,要操心于结构和作中人物的性格描写之类,也无须像做诗歌似的,

---

① 刘半农:《老牛》,载《扬鞭集》上,上海:北新书局,1926年,第34—35页。
② [日]厨川白村:《出了象牙之塔》,鲁迅译,上海:北新书局,1935年,第7页。

劳精敝神于艺术的技巧。"①这也是一种易于现代人情绪抒发的文体形式，不仅符合诗体大解放的要求，也与"五四"的启蒙精神相契合。综合考量刘半农对散文诗的偏爱，以及其散文诗独有的文体特质，《扬鞭集》版《老牛》文体形式的转变，看似意外，实属意料之中。

还需要指出的是，刘半农在创作《新潮》版《老牛》时注入了戏剧因子——戏剧角色"老牛"和"小狗"，并且二者发生了戏剧对话，戏剧对话的形成是决定性一环，"全面适用的戏剧形式是对话，只有通过对话，剧中人物才能互相传达自己的性格和目的"②，从而使作品由纯诗升华为诗剧——"诗的戏剧化"。刘半农在《扬鞭集》中虽然转化了《老牛》的文体形式，却保留了作品中的戏剧化因子，从而使作品由"纯诗的戏剧化"转变为"散文诗的戏剧化"——散文诗剧。在散文诗的创作历程中，"散文诗的戏剧化"是一个极其值得瞩目的文学现象。诗剧在西方被誉为"艺术的冠冕"③，我国的现代诗剧是在西方诗剧体系影响下发展起来的，"现在所谓诗剧实在是从西洋学来的剧体的诗或则诗体的剧，要既是诗又是剧。因为中国的新诗和新剧都还在草创时期，这种两者兼备的体裁便极难建立起来。"④中国现代诗剧分为"戏剧化的诗"与"诗的戏剧化"两种艺术形式："戏剧化的诗"是在戏剧中融入诗的因子，使戏剧升华为诗剧；"诗的戏剧化"则是在诗歌中融入剧的因子，使诗歌升华为诗剧。20世纪40年代，"诗歌戏剧化"理论正式由以袁可嘉为代表的九叶派学者从英美新批评派的手中引入国内，"诗底必须戏剧化因此便成为现代诗人的课题"⑤。但早在新文学创作伊始，诸多的学人已然开始了"诗歌戏剧化"的尝试，"也许把诗歌的结构作为戏剧的结构来考虑才是最有益的类比"⑥。"诗的戏剧化"又可以

---

① ［日］厨川白村：《出了象牙之塔》，鲁迅译，上海：北新书局，1935年，第8页。
② ［德］黑格尔：《美学》第3卷下册，朱光潜译，北京：商务印书馆，1981年，第259页。
③ ［苏］维萨里昂·格里戈里耶维奇·别林斯基：《戏剧诗》，载杨周翰编选《莎士比亚评论汇编》上，北京：中国社会科学出版社，1979年，第447页。
④ 柯可：《论中国新诗的新途径》，载《新诗》1937年1月第1卷第4期。
⑤ 袁可嘉：《论新诗现代化》，北京：生活·读书·新知三联书店，1988年，第47页。
⑥ ［美］克林斯·布鲁克斯：《精致的瓮：诗歌结构研究》，郭乙瑶等译，陈永国校，上海：上海人民出版社，2008年，第190页。

第二节 从自由诗到散文诗的蜕变

细分为两种艺术形式,一是"纯诗的戏剧化",二是"散文诗的戏剧化"。"纯诗的戏剧化"就是在格律诗和自由诗中融入戏剧因子,使之升华为纯诗诗剧。而"散文诗的戏剧化"则是在散文诗中融入戏剧因子,使之升华为散文诗剧。

虽然有众多的学者创作了大量的散文诗剧,但却罕有学者、作家在理论方面对其进行界定与阐释。在新文学时期,基于独特的文体形式与表现方式,中国现代散文诗剧受到诸多学人的青睐,散文诗剧的创作不胜枚举。但理论建设与创作实践相比,却是云泥之别,研究成果无论在数量上还是质量上都不成比例,专门性的研究著作和论文均十分罕见。在新文学时期,最早提出"散文诗剧"这个概念的应数余上沅,"有许多散文戏剧也是诗剧。凡是具有诗的题旨,诗的节奏,诗的美丽,诗的意境的散文戏剧,我们都称它为诗剧。梅特林克和美士裴儿的散文诗剧便是最好的例。我们的杂剧传奇里的道白,也每每有能得天籁之自然,浸入于音乐,浸入于诗的"[①]。余上沅提及的"散文诗剧"并非现在所要讨论的"散文诗剧",而是"散文体戏剧"(散文剧),余上沅把诗剧的概念泛化,将某些散文剧(话剧)与散文诗剧混为一谈。在新时期的一些著作或论文中,能够探寻到一些对散文诗剧论述的只言片语,"我突然想起鲁迅的散文诗剧《过客》,内中的中年人就是鲁迅自己的写照(其实他写这部作品的时候也不过四十九岁),他也在一个漫无目标的人生旅途中感觉疲倦了,也是只顾足向日薄崦嵫之途"[②]。近年来,有个别学者关注散文诗剧的创作问题,如东方樵夫和黄恩鹏针对周庆荣的散文诗《诗魂——大地上空的剧场》,提出了"散文诗剧"的概念。"这种形式,似乎未见,可否命名为'散文诗剧'或'戏剧体散文诗'?这是学者的事情了。"[③]黄恩鹏则认为"周庆荣再次以'散文诗剧'或曰'剧场文本':《诗魂——大地上空的剧场》呈现"[④]。

[①] 余上沅:《论诗剧》,载《晨报副刊·诗镌》1926年4月第5号。
[②] 李欧梵:《世纪末的反思》,杭州:浙江人民出版社,2000年,第28页。
[③] 东方樵夫:《呼唤诗魂的一部大剧——周庆荣散文诗〈诗魂——大地上空的剧场〉读后》,载《星星》2016年第11期。
[④] 黄恩鹏:《散文诗〈诗魂〉"剧场文本"精神分析——周庆荣散文诗〈诗魂——大地上空的剧场〉文本细读》,载《诗潮》2016年第6期。

刘半农在20世纪初已然在他的一些散文诗创作过程之中注入戏剧因子，使其升华为散文诗剧，如《学徒苦》、《卖萝卜人》、《猫与狗》、《饿》、《老牛》(《扬鞭集》版)等。对于中国的散文诗发展，从理论研究到创作实践均做出开拓性的贡献。从中可以窥见他对散文诗以及散文诗剧此种文学体裁的偏爱，这也是他要在《扬鞭集》中更改《老牛》文体形式的重要原因之一。

三、思想情感的贯通

无论是《新潮》版的《老牛》还是《扬鞭集》版的《老牛》，均是诗剧，为典型的"诗的戏剧化"的艺术形式。《新潮》版的《老牛》为"纯诗的戏剧化"——在分行排列的自由诗中注入戏剧因子使其升华为诗剧。而《扬鞭集》版的《老牛》则为"散文诗的戏剧化"——在分段排列的散文诗中注入戏剧因子使其升华为散文诗剧。因此，两版的《老牛》均为杂糅性文体——诗歌与戏剧的碰撞与交融，使《老牛》既具有了诗歌的文体特性，又具有了戏剧的文体特质。杂糅性的文体则是服务于作家本人的文学创作，刘半农借助诗歌与戏剧的文体特点——诗歌意象与戏剧冲突，展现自我对人生的理性思考。两版作品虽然语言表述上出现了变动、文体形式发生了转化，但是作品所表现出的思想情感、人生理念却未改变，而是一脉相承、贯通一致。

在主观抒情与客观叙述中，诗歌是"偏于暗示的"[1]。暗示性是诗歌的体裁内核，同样也是诗歌重要一翼、"和诗有血缘关系"[2]的散文诗的体裁内核，"散文诗是诗中的一体，有独立艺术的存在，也可无疑"[3]。因而，无论是《新潮》版的自由诗《老牛》，还是《扬鞭集》版的散文诗《老牛》，在抒情达意之时，均应是婉转与折绕的。如何做到幽婉与曲折，如何呈现两

---

[1] 西谛:《论散文诗》，载《文学旬刊》1922年1月1日第24期。
[2] 谢冕:《北京书简——关于散文诗》，载福建师范大学中文系主编《中国当代文学研究资料·郭风专集》，1979年，第66页。
[3] 滕固:《论散文诗》，载《文学旬刊》1922年2月1日第27期。

版《老牛》暗示性（诗性）的体裁内核，需要借助诗歌独有的因子——意象实现。诗歌是由各式意象组合而成的，"意象是诗歌艺术最重要的组成部分之一（另一个是声律），或者说在一首诗歌中起组织作用的主要因素有两个：声律和意象"[1]。意象由"意"和"象"组合而成，"意"是作者的抽象意志、思想、情感、理念，"象"是自然界与社会生活中各种具体可感的物象，是"意"的客观对应物。意象本身就具有暗示、隐喻、象征的要素，"一个'象'具有多层的'意'，通过'象'来暗示、表现丰富的内涵，即一个'能指'可以聚合多个'所指'"[2]。在诗作中，当"意"与"象"组合之后，会使自然界与社会生活中原本具体可感的物象升华为意象，继而就具有了全新的暗示、隐喻、象征之意。

在两版《老牛》中，刘半农选取的是自然界中常见的客观物象"牛"来承载自我的主观情感与理念。"牛"本身就是一种公设象征，又被称为公共象征，"公共象征就是在某种文化传统中约定俗成的，读者都明白何所指的象征"[3]。公设象征是在某个民族圈或文化圈内约定俗成的、人们能够迅速联想到其意义指向的辞格，它的象征意义是由该民族圈或文化圈中的众多文学作品经年累月积累形成的，作家在创作时可以直接拿来使用，不需要进行重新的解释或说明。首先，"牛"是公设象征中的原型象征，在我国的少数民族（藏族、蒙古族）中是一种典型的图腾。其次，"牛"最初的意义指向是"孺子牛"，是指父母对子女过分疼爱。"女忘君之为孺子牛而折其齿乎？而背之也！"[4]后来则逐渐演变为勤奋、踏实、任劳任怨，甘心为他人、社会、国家服务的一类人的象征。在两版《老牛》中，刘半农就选取了"牛"最为普遍的公设象征意义，同时，配合戏剧对话与客观描写来展现"老牛"默默奉献的精神——"它虽然极疲乏，却还不肯休息……'我不管得我自己能不能向前，也管不得你看不看厌，只要我车下

---

[1] 陈植锷：《诗歌意象论》，北京：中国社会科学出版社，1990年，第13页。
[2] 吕周聚：《中国新诗审美范式的历史转型》，北京：人民出版社，2014年，第116页。
[3] 赵毅衡：《重访新批评》，成都：四川文艺出版社，2013年，第122页。
[4] 左丘明：《左传》，蒋冀骋标点，长沙：岳麓书社，1988年，第397页。

的水，平稳流动，浸润着我一片可爱的秧田'。"①作者的"意"——对那个百废待兴、动乱不堪的新、旧变革时代中，亟待改造的国民性的殷切期望，与客观物象"牛"的指代意义实现了契合，"老牛"由客观物象升华为暗示性意象。借暗示性意象"老牛"，刘半农委婉、折绕地向读者与观众表明了自我的人生理念与人生态度，而非直抒胸臆的呼号或"解释性"的表白。

两版《老牛》虽然属于不同形式的诗歌，但均属诗剧，戏剧冲突是戏剧也是诗剧创作最为重要的因子，戏剧艺术的根本原则就是"冲突律"。②最早把戏剧冲突作为戏剧创作重要原则的是法国学者、启蒙戏剧家狄德罗，"人物性格要根据情境来决定……情境要有力地激动人心，并使之与人物的性格发生冲突，同时使人物的利害互相冲突。应该使一个人不破坏别人的意图就不能达到自己的目的；或者使大家关心同一件事，然而每个人希望这件事按照他的打算进展。真正的对比是人物性格和情境之间的对比，是不同的利害之间的对比"③。黑格尔在《美学》中，进一步阐释了戏剧冲突对于戏剧体诗（戏剧）的重要性，"充满冲突的情境特别适宜于用作剧艺的对象"④，并对如何在文本中布局、建构戏剧冲突作出了具体、详细的分类和论述，为戏剧冲突建立起完善、全面的理论体系。诗剧的剧性体裁特质无疑为戏剧冲突的布局提供了便利，"戏剧主义的批评体系十分强调矛盾中的统一"⑤。刘半农的诗剧作品，既特别善于通过建构人与社会环境的冲突，揭露与反思社会问题；还擅长通过布局人与自然天性的戏剧冲突，对人性、人生进行深刻的理性思考。

在两版《老牛》中，刘半农注入了戏剧角色"老牛"与"小狗"，作品的戏剧冲突——"老牛"与"小狗"的对立通过二者之间的戏剧对话进行展现。"老牛"在秧田间辛勤劳作，汗水浸湿了全身，虽然十分疲惫，也不

---

① 刘半农：《老牛》，载《扬鞭集》上，上海：北新书局，1926年，第34—35页。
② 陈旭光：《艺术概论》，南京：江苏教育出版社，2008年，第218页。
③ [法]狄德罗：《论戏剧诗》，载《狄德罗美学论文选》，北京：人民文学出版社，1984年，第179页。
④ [德]黑格尔：《美学》第1卷，朱光潜译，北京：商务印书馆，1996年，第260页。
⑤ 袁可嘉：《论新诗现代化》，北京：生活·读书·新知三联书店，1988年，第37页。

第二节　从自由诗到散文诗的蜕变

肯停下休息，却被树荫里坐着的，很凉快、很清闲的"小狗"清脆地嘲笑，"笨牛！你天天的绕着圈子乱走，何尝向前一步？不要说你走得吃力，我看也看厌了"；"老牛"依然故我，"我不管得我自己能不能向前，也管不得你看不看厌，只要我车下的水，平稳流动，浸润着我一片可爱的秧田"。"小狗"没有收敛，反而更加恶毒地嘲讽、诅咒老牛，"到秧田成熟了，你早就跑死了"。老牛依然在辛勤劳作，无论是《新潮》版的最后，"老牛"以大段抒情独白强力反击"小狗"，还是《扬鞭集》版的最后，"老牛"默默不语，均表现出"老牛"对于自己辛勤工作没有任何怨言和不满。作品仅出场了两个戏剧角色，戏剧角色之间的戏剧冲突也十分明显，即"老牛"是否应该如此辛勤又不求回报地劳动。"老牛"与"小狗"又是人的两种自然天性的暗示，也是两种人生的象征。戏剧角色"老牛"代表了人类勤劳、质朴、努力奋进的自然天性，"老牛"的人生虽然辛劳却脚踏实地。戏剧角色"小狗"则代表了人类懒惰、无耻、贪图享乐的自然天性，"小狗"的人生则是好逸恶劳，饱食终日。这两种人类的自然天性是完全对立与矛盾的，刘半农将这两种人类的自然天性具象化，用自然界的动物（客观物象）进行象征，物象（动物）又化身戏剧角色，通过二者的戏剧冲突来向观众与读者具体展现人的自然天性，具有形象深刻的启蒙意义。

对人性、人生的哲理性思考是新文学时期作家的重要创作主旨，《新潮》版的《老牛》与《扬鞭集》版的《老牛》所蕴含的思想情感是贯通一致的。刘半农在大变革、大动荡的时代背景下，借助诗歌意象与戏剧角色的交融，借助戏剧冲突的精妙布局，在两版《老牛》中对人性、人生进行了深刻的理性思索，探究人的何种自然天性与人生态度适合我国国民性的改造，适宜国家民族的发展。立意深远，发人深省，意蕴深厚。

1949年之后出版的刘半农著作，在收入《老牛》之时，均选取了《扬鞭集》版的《老牛》，而非《新潮》版的《老牛》，因此，学界提及《老牛》，首要印象即为分段排列的散文诗，《新潮》版分行排列的自由诗《老牛》已然被人们所遗忘，消逝于历史的长河之中。长期以来，学界对刘半农在新文化运动和新诗历史上的贡献评价不足。通过对两版《老牛》进行语言表述、文体形式、思想情感的考略，不仅能够使尘封已久的《新潮》版《老牛》再现于世，最为重要的是能够展现出刘半农对新文学创作及对白话文运动的突出性、开拓性的贡献。刘半农在《扬鞭集》中对《老牛》进行语言表述的变动、文体形式的转化，源于作者自身新文化运动开拓者、扛鼎人的身份背景——"他"字变革的先导、新式标点符号应用的倡议人和发起者、散文诗译介和命名的先驱、早期散文诗与散文诗剧创作的代表作家，其贡献不胜枚举。而两版《老牛》思想情感的贯通，又展现出刘半农强烈的社会责任感与历史使命感，借助文学创作达到社会启蒙的功用。对两版《老牛》的考略，最终使刘半农这个既陌生又熟悉的学人重回大众的视野，使学界重新审视刘半农的文学创作特别是新诗创作，重新评价其对新文学发展的重要功绩，重新界定其在新文学发展中的历史地位。

第三节　日常化的先锋与世界化的本土

西西作品在内地陆续受到关注，产生了一大批研究成果，显示出其作品丰沛的生命力与广阔的学术生长空间。不过，从学术史视野来看[①]，已有的西西研究，显示出一种固化的研究范式，以定见拘囿了开放的文本。主要症结为拘泥于"童话小说"的风格概括和定焦于香港"本土意识"的精神内蕴。统揽大部分研究，都不脱这样的定见。例如，研究者往往以西西的成名作《我城》定调其作品的整体风格，冠之以"童话小说"的名号，这样的概括固然简便，然而却把西西小说的异质、复杂与多元遮蔽了。比如"毫无疑问，西西是香港的作家中最富于童心的一个"[②]，"几十年的时间过去了，她似乎一直停留在原来的经验水平上"[③]——大陆最早研究西西的艾晓明、赵稀方等人无不是持此观点。后来的研究者，也往往将童话小说理所当然地当作西西的文体特征。然而，纵观西西的创作，"童话小说"根本无法涵盖西西早期和后期的小说风格。并且需要指出的是，"童话小说"的创造者何仁福对此"概念"做出了澄清："所谓'童话小说'谈的主要是童话，'小'是副词，用作修饰动词的'说'，别误会我们有意凑拼出一个

[①] 张光芒近年来着力于现当代文学学术史的建构，他指出："现当代文学学术史指的是中国现当代作家与学者研究现当代文学创作与文学现象所体现出的学术范式的特点及其演变，而学术范式包括研究者的知识资源、问题意识之所在，及其研究所显示出的学术方法和价值理念。"可参见张光芒《学术史研究的一种构想及其必要性——以现当代文学学术史为例》，载《云梦学刊》2015年第4期；《论中国现代文学学术史的建构及可行性》，载《当代文坛》2018年第4期。本节所指的学术史，就是指这种关于现当代文学"研究的研究"。

[②] 刘登翰主编：《香港文学史》，北京：人民文学出版社，1999年，第438页。

[③] 刘登翰主编：《香港文学史》，北京：人民文学出版社，1999年，第439页。

新名词。"①而研究者们却没有对这个概念加以细察，将它理所当然地当成西西小说的风格概括，以致"以讹传讹"，成了遮蔽西西小说多样性的源头。另外，还需要指出的是，不少学者对于西西的解读，往往在凸显本土意识之后便止步，这种解读一定程度上也构成了对作品的遮蔽。赵稀方、王德威、黄子平、王瑞华等人都将西西的肥土镇坐实为香港，将之归结于一种本土意识的体现。例如"以虚击实，以小说的浮游衍异来揶揄所谓的历史'大说'，她为香港的想象，到底又辟出一个的空间"②。"西西与其说是要救赎香港，毋宁说是要救赎香港的殖民地身份与现代都市相交织的焦虑意识与困境。"③在一定程度上，他们却忽视了西西小说的寓言化特质。评论家们热衷于文本考古，试图将小说文本与香港历史一一印证，而对于无法印证的缺失的部分，便指斥为作者生活经验的缺失，归咎于童话小说的不深刻、不沉重。事实上，将西西的文本当作香港社会摹本进行分析，背后反映了一种学术范式的偏失——文学仍然未脱外部研究的范畴，这与西西的创作旨归其实相悖。本节将针对西西研究中所产生的范式偏失做出回应。从写作手法来看，本节试图以"开放型百科全书小说"来取代"童话小说"的命名；从精神内蕴来看，本节以世界意识来补充本土意识的偏失，以抵抗与自由的精神来统摄西西小说的叙事旨归。

一、先锋实验：开放型百科全书小说

西西是一位多产且多变的作家。她最初以诗歌涉入文坛，这种对于文字的敏感也体现在她的小说中。她的语言简洁、纯净、富有诗意、充满趣味；而对于人文社会科学和自然科学的兴趣使得西西的小说具有广阔的视野与开放的思维；对外国文学的熟稔以及古典文学的积淀培养了她敏锐的

---

① 何福仁：《穿玻璃鞋的本领——〈玻璃鞋〉赏析》，载《浮城1.2.3——西西小说新析》，香港：三联书店有限公司，2008年，第69页。
② 王德威：《香港———座城市的故事》，载《如何现代，怎样文学？十九、二十世纪中文小说新论》，台北：麦田出版社，1998年，第289页。
③ 王瑞华：《殖民与先锋：中国痛苦——三位女性对香港的文学解读》，北京：社会科学文献出版社，2006年，第189页。

文体意识；对电影、绘画、音乐等的涉猎使得西西能够在文本中自如地从事跨媒介叙事。西西的文本，如万花筒般，是一个由丰富的话语构成的绚丽世界。阅读西西的小说对于普通读者来说，确实是一大挑战，她的小说如抓不住的泥鳅，复杂多变。郑树森曾指出："在西西近三十年的小说创作中，变化瑰奇一直是显著的特色。当代小说的各种次类型，体裁，西西都曾尝试和探索。从传统现实主义的临摹写真，到后设小说的戳破幻象；自魔幻现实主义的虚实杂陈至历史神话的重新诠释。"[①]西西一直着力于创新叙事布局与具体叙事实践。从西西的阅读随笔（《传声筒》和《像我这样的一个读者》）中可以看出她对于形式创新作品的偏爱。尤其是欧洲文学与拉美文学，她对于福楼拜、菲德斯皮尔、卡普钦斯基、海因里希·伯尔、君特·格拉斯、玛格丽特·杜拉斯、米兰·昆德拉、卡尔维诺、博尔赫斯、马尔克斯、曼努埃尔·普伊格、略萨等人都有较为深入的研究。尽管西西自称是略萨迷，但在西西所受到的外国作家的影响中，她和卡尔维诺的精神气质实则是最接近的，而西西的创作也显示出某种向其靠拢的倾向。卡尔维诺的叙事同样轻逸中含有忧伤，专注于文学的认知与探求功能，语言简洁却意涵丰赡，对人类有着最为多样、仁慈的好奇心，锻造成开放型百科辞典小说的晶体，折射出生命的庄严。

在卡尔维诺看来，20世纪伟大小说表现的思想是"开放型的百科全书"[②]，"现代小说应该像百科辞典，应该是认知的工具，更应该成为客观世界中各种人物、各种事件的关系网"[③]。福楼拜的《布瓦尔和佩居谢》是百科辞典式小说的原型，他为这两个人物读了1500多本书，包括农业、种植、化学、解剖学、医学、地质学、宗教、教育学等领域，无所不包。而艾略特、乔伊斯、卡尔维诺、博尔赫斯、马尔克斯、艾柯……都是现代百科全书式的小说家，"可谓包罗万象，囊括无遗，岂别部小说所能望

---

① 郑树森：《读西西小说随想》，载《台湾文学选刊》1991年第3期。
② [意] 伊塔洛·卡尔维诺：《美国讲稿》，萧天佑译，南京：译林出版社，2012年，第111页。
③ [意] 伊塔洛·卡尔维诺：《美国讲稿》，萧天佑译，南京：译林出版社，2012年，第101页。

见项背"①。

开放型百科全书小说表现出对思维的范畴与精确性的偏爱，旨在理解诗的同时理解科学与哲学，把各种知识与规则网罗到一起，从而"反映外部世界那多样而复杂的面貌"②。西西的小说同样呈现出这种"开放型百科全书小说"的特征，具体表现为：①离题。或曰"插曲式叙述"③，它是最自由、最多样的写作形式的组合体，呈现出一种杂陈的风貌。②繁复。围绕主题进行生发的拼贴、互文手法，将种种知识有机地融于文本之中，并且意义不断得到增殖。③开放性。以反线性叙事和浓缩的时空表达呈现出客观存在的无限可能性，交织出一处别样的文本空间。

首先来看离题的特征。正如百科全书词条的任意增删不影响主体内容，开放型百科全书小说也同样具有这种自由的特征。《飞毡》是其中最突出的代表。同样是词条式写作，《飞毡》比《马桥词典》更为丰富与多元，共有204个词条，像是一个文体的万花筒，大量汇入民间传说、歌谣、童话、寓言故事，并杂糅英语教材、科普文章、电视周刊文章、节目报道，可以说是富丽纷繁，摇曳多姿……这种插曲和离题式的叙述，呈现一种网状的文本结构，去中心化的叙事打散了原有的叙事进程。而作为小说的重要线索，花初一、花初二一直要培育温柔的蜜蜂，而这一进程屡屡失败或者被打断，直到最后也没有培育出来，反而意外发现了自障叶。这样的离题处理最大限度地容纳了现代生活的多样性与无目的性，复合的文本表现的是非个人化的经验，指向一种多元的主题、细节的繁复和世界意识的复杂性，也为小说开拓了更广阔的叙述空间。

在拼贴方面，西西的《图特碑记》实录事物的细节，史书风格中加入了神话的铺排。《我的乔治亚》拼贴英国的历史、社会制度、礼仪风俗，寄寓了对英国历史文化以至整个工业文明的思考。《哨鹿》拼贴了大量的清朝

---

① ［清］王希廉：《红楼梦总评》，载朱一玄编《红楼梦资料汇编》，天津：南开大学出版社，1985年，第581页。
② ［意］伊塔洛·卡尔维诺：《美国讲稿》，萧天佑译，南京：译林出版社，2012年，第107页。
③ 耿占春：《叙事美学》，海口：南方出版社、海南出版社，2008年，第99页。

笔记、历史细节，见出历史样貌与蒙古民俗；《哀悼乳房》中有大量医学知识；《鸟岛》中拼贴了大量关于鸟类品种变革、繁殖、生活习性、生存环境等知识，几乎是一本青海鸟岛的博物志；《名字阿扎利亚》拼贴关于南非的物产、人种、历史、地理等知识；《飞毡》拼贴了大量的化学、天文学、考古学、生物学的资料。而在西西近年的作品中，这种百科全书的倾向更是明显：《看房记》可以看作建筑美学百科；而《猿猴志》《缝熊志》则可以视为灵长动物百科以及熊类百科书。需要指出的是，对于多个领域知识的拼贴，除了认知功能之外，还是小说形式的有机组成，是它内部机制的一部分，是文本的内在肌理，同时也是"作者尽力写出生命短暂而多样这一愿望的一部分"[①]。

互文方面，西西小说呈现出一种学究式的写作方法，以大量的转述、引用为基础，形成思想的互文。在本雅明的写作中，引文以前所未有的方式和意义出现在写作的中心，他最大的雄心是写一本完全由引用构成的著作；而西西的小说中，也包含着大量前文本的叙述。《苹果》串联起希腊神话金苹果、伊甸园之果、牛顿的苹果、白雪公主的苹果，而白雪公主的苹果获得了肥土镇大奖，反映了人们对于美丽新世界的幻想，西西则对此表示谨慎的怀疑；《永不终止的大故事》与十几部小说构成互文，人物、场景、意涵不断被更新，生出多种意味；《宇宙奇趣补遗》与卡尔维诺小说《宇宙奇趣》构成互文，反思人类困境；《胡子有脸》与罗大里的童话构成互文；《陈塘关总兵府家事》则与《封神演义》哪吒的故事形成互文；《肥土镇灰阑记》则与《圣经》中的所罗门王的断子案、李行道的《包待制智勘灰阑记》以及布莱希特的《高加索灰阑记》形成互文，表现对于弱势个体的尊重与关切……互文是一种意义增殖的重要方式，文本的意义不断延宕，任何文本都是其他文本的吸收和转化，文本与文本之间又组成了一个开放的网络系统，以此在各种方法和各个层次的意义之间建立起联系。

在开放性方面，西西擅长非线性叙事，把时间空间化，以消解线性叙

[①] ［意］伊塔洛·卡尔维诺：《美国讲稿》，萧天佑译，南京：译林出版社，2012年，第107页。

事的时间感,并把时间进行浓缩,以表现存在的无限可能。西西的文风简洁,很少就细节进行细致描摹,具有高度的概括性,她的语言多是描述性的,而非叙述性的。叙述性的语言铺张详尽,占据较多的叙述时空;而描述性的语言将时空压缩,言简意丰,向一个更广阔的世界敞开。例如,《春望》通篇用对话相连,调用多种镜头语言来展示时空的隔阂。"是明姨吗?""是明姨吗?"说话之间,场景已经转换,上句是在香港,下句是在郑州。此外,在一句话的间隙里,陈老太太已经做完了削萝卜皮,数蜜枣,切胡萝卜片,解冻牛肉,打开一个纸包的南北杏子这些事情。这些动作将时间高度浓缩,似乎以此弥补姐妹24年没有见面的遗憾。《手卷》一文,模仿《蜘蛛女之吻》的写法,以"叙述者描绘了……"这一句式结构整篇文章,仿如叙事者正跟随主角进行现场报道,记录了香港非法入境儿童登记日的历史时刻。在《飞毡》繁复的文本编织与增殖中,时间线索被打乱了,城市的日常生活史通过文本的建构立体地呈现出来。

"语图互文"是西西小说的突出特色。凌逾曾详细考证了西西小说图文互涉的风格来源,指出西西于20世纪60年代系统地研究了绘画史并开辟画论专栏,研究阿波利奈尔的"图像诗歌",以及对于电影艺术进行深入探索,这些都启发了她图文互涉的创作实践[①]。应当指出,西西的这种图文互涉的形式,明确受到了卡尔维诺的影响,但同时她又有诸多创新之处,形成了独特的个人风格。在西西的小说文本中,语图互文关系存在两种样态:一种是"顺势模仿"[②],亦即语言模仿图像,以《我城》为代表;一种是"逆势模仿",亦即图像模仿语言,以《浮城志异》为代表。西西恰当地处理了图文的关系,使得两者相互补充,相互激发,达到图文的和谐互动。《我城》里,西西接续卡尔维诺在《命运交叉的城堡》《客店》的思路并加以创新,插入了117幅手绘插图,以与文字相互阐发;《浮城志异》则由玛格丽特的13幅超现实主义画作编织出一则城市的寓言。玛格丽特予其画作以惊

[①] 参见凌逾《跨媒介叙事——论西西小说新生态》,北京:人民出版社,2009年,第132—146页。

[②] 赵宪章:《语图互仿的顺势与逆势——文学与图像关系新论》,载《中国社会科学》2011年第3期。

人的想象，把原本不相关的日常物品并陈，以表面的"无关"刺激读者思考内在的"相关"，思考真与假、表与里的关系。西西的小说则将不相干的13幅图相互缀连，在虚实之间转换，在超现实的描绘中消弭了真实与虚构的对立。而《手卷》《我城》《哨鹿》《飞毡》等小说中展现出的"长卷叙事"的美学风格，其实也是图像意识的显现，有意借鉴图画的创作思维，以一种散点透视法，将日常生活场景徐徐展开；同时借鉴电影叙事的组接、视角的切换、蒙太奇等手法，使作品扩充了意义空间。她特别注意图文交互关系的平衡，旨在发挥两者最大的效果。正是通过这种图文的互仿互涉，图片与文字相互激活，相互补充，启动联想，生发故事，丰富拓展了文本的表现空间。

事实上，百科全书式的写作不仅是一种写作技巧，更是一种生命诗学的表征。百科全书式的写作，包含了对人类最根本、最善意的好奇，对于认知功能的强调，正是为把握变动不居世界所作出的努力。卡尔维诺认为，我们"每个人都是经历、信息、知识和幻想的一种组合，都是一本百科辞典，一个图书馆，一份物品清单，一本包括了各种风格的集锦，在我们的一生中这一切都在不停地相互混合，再按照各种可能的方式重新组合"。而面对这种复杂与含混，旧有的知识经验已经无法把握新的感觉经验世界，只有以百科全书的方式结构小说才能去表现百科全书式的个人与世界。西西的小说综合了不同文类，杂糅了关于世界面貌的百科知识，把趣味与对人类的关注融为一体，形成了独特的审美风貌。

二、日常美学的肌理

西西"开放型百科全书小说"的写作，深层次体现出一种日常美学的审美特质。不管小说有着多么新颖的形式实验，小说的基点却总是日常生活。这与内地先锋小说的实验有着迥异的品质。小说将日常生活进行审美化，体现了一种后现代美学的特征。当代美学发展的三个新方向：回到经验、回复自然、回归生活，也就是由生存论美学转入一种生活论美学。①美是生活真理的直观显现，是日常生活的审美再现。作为"本质直观"，作为一种"回到事物本身的生活方式"，美的活动其实就是本真生活的"原发状态"②。曼德卡在《日常美学》中破除了传统美学的神话，将日常美学纳入美的范畴；而舒斯特曼则更推重日常生活经验所具有的审美品质，认为审美"必须以某种方式满足在应付他的环境世界中的机体需要，增进机体的生命和发展"③。

西西的先锋写作，以虚击实，在一种先锋的姿态中内蕴着日常生活的肌理，尤其是以"肥土镇"为场景的一系列叙事，体现了鲜明的日常美学。肥土镇，是普通人的肥土镇，是带着烟火气的世俗肥土镇，它体现为一粥一饭，一草一木。尽管很多研究者将肥土镇等同于香港，但这样的做法却损伤了小说的寓言性质。肥土镇是寓言化了的城市，它可以是香港，但更是人类栖居之地的象征。肥土镇的居民们本分努力地生活，即使生活逼仄，却也仍然过着热热闹闹的日子。西西以最为先锋的叙事手法，描绘出了最质朴的日常生活，细致地绘出城市的日常美学的文化肌理。

不妨看看《飞毡》里"莲心茶"一节，西西写道："那样子的苦茶，在肥水街上已经卖了许多年。店铺的陈设，茶的味道，经营的方式，店内的人物，一直不变。陈家二老好像一点也不在乎，每天依旧老样子守在店内。只有他们自己坚持莲心茶是好茶，常常对顾客说，茶是苦一点，但喝了可以止渴生津，对身体有益。他们还常常说，莲心茶是祖传的茶，莲心就是心连心。喝的时候不觉得，过了许久，都会想起来，因为想起了茶，就会想起肥水街、肥土镇。喝茶的人和茶之间会产生心连心的记忆，这是需要很多日子慢慢培养的，所以，莲心茶一定得苦。"④整部小说中，唯一没有发生变化、始终如一的便是莲心茶铺，它一直坚守着一份人与人的温情，坚守着传统的手艺，坚守着一份精神。这种朴拙中可见对于日常生活的守

---

① 金元浦等：《继承与反思：马克思主义文艺美学观念对中国当代文艺学建设的影响》，北京：群言出版社，2015年，第129页。
② 刘悦笛：《生活美学与艺术经验》，南京：南京出版社，2007年，第108页。
③ [美]理查德·舒斯特曼：《实用主义美学——生活之美，艺术之思》，彭锋译，北京：商务印书馆，2002年，第24页。
④ 西西：《飞毡》，桂林：广西师范大学出版社，2016年，第92—93页。

护，仿佛一张兜底的网，不管社会怎样急速变化，只要有了这样一个日常的处所，都市中躁动不安的灵魂也就不至于彻底迷途，因为只要看到莲心茶铺，肥土镇民便知道，生活中还有可以把握的东西。

西西的肥土镇世界和马尔克斯的马孔多小镇有着相似性，却少了些放逸与怪诞的色彩；她的叙事方式也不同于大陆作家偏爱的家族叙事（如《白鹿原》《旧址》《天香》等），往往以一个家族的兴衰来反映社会历史的变迁，寄寓兴亡之感。西西有意稀释宏大叙事与整体的历史想象，一直坚持以平民视点来书写社会生活史与日常史。此外，西西还有意避免直面重大历史事件，她只写和平民生活密切相关的事件，以旁敲侧击的方式写出历史的进程。肥土镇是个平民社会，镇民没有什么显赫的历史，都是筚路蓝缕的劳动者。即便如花家、叶家等较大的家族，西西也有意稀释他们的重要性，将家族关联打散，将家族影响揉碎融到日常生活中。没有哪个家族对于肥土镇的兴衰起着关键作用，肥土镇的变迁也是合力的结果。在《飞毡》里，即便花顺记汽水发展壮大，规模鼎盛，花家人的日子仍然是普普通通，他们仍然胼手胝足地工作；叶荣华家具行，随着时代的变迁生意起起落落，却仍然坚守着手工匠人的一份初心。《我城》里的人物也都是普通小民，有天真快乐的阿果，渴望建设"美丽新世界"的阿髪，坚守传统之"门"的木匠阿北，善良的公园看守麦快乐……正是这些默默生存挣扎奋斗的小人物构成了城市的基础。《浮城志异》也同样赞美这些底层的小人物，短短数十年，经过人们开拓发展、不折不挠的辛勤奋斗，城市终于变成一座生机勃勃、欣欣向荣的富庶现代城市，交通教育医疗文化全面发展。而《哀悼乳房》更是围绕癌病患者"我"的日常生活，检查、化验、治疗、康复训练，密匝匝地绘制病患者的细碎生活……不难看到，西西笔下都是琐琐碎碎的生活细节，日常生活的质感于此浮现。

三、世界化的本土

先锋与日常的奇异融合，从深层次反映了世界与本土的关联，这当然与香港的文化环境有关。西西先锋叙事的技法主要是靠外国文学的滋养，反映出香港社会的开放性、多元性、异质性，香港文化与世界文化能够即时沟通、充分互动；而日常美学则根植于香港传统"岭南文化"的草根性特色，是一种"市井小民感性的世俗生活"[①]。一定程度上来说，香港文化的海洋性与草根性，影响了西西小说异质杂糅的美学特色。

西西笔下的肥土镇，本身就是一种文化的建构，一种寓言化的生存写照，一种对于人类存在的探寻。本土只是她书写的开端，而不是停靠的彼岸。正如张系国在谈西西的《浮城志异》时所说："浮城是香港吗？我肯定告诉读者它不是！浮城虽然似乎是香港，其实却可能是地球上任何一个城市。"[②]香港特殊的历史现实成为一个引起作家联想的中介，作为一种生活方式的载体，它被夸张和漫画化，是一种精心编织的寓言。

西西的作品贯穿着鲜明的世界意识。肥土镇是本土的肥土镇，更是世界的肥土镇。西西避免做刻意的民俗书写，便有意淡化肥土镇的本土色彩。世界意识归根到底是一种对于个人的关切，充分尊重个体的价值。

20世纪70年代西西的小说具有较为清晰的本土意识，然而这种意识并不是在加强，而是在趋于弱化，到了20世纪90年代的小说中，这种城市的主体已经弥散在世界之中，可以说真正处于西西小说核心的是整个世界。应当承认，《我城》对于本土意识有较为清晰的表述，但这种话语在众多话语之中并不具有压倒性，而是构成众声喧哗的话语之一环节。阿游大概是所有人中最具有本土意识的了，然而他却是走得最远的人。他从小就梦想到世界其他地方去看看，内心里装的是整个广袤的世界。最留恋本土的人反而具有最充分的世界意识，无疑可以看出西西的用心。而不管是《肥土镇的故事》中肥土镇的起源（空降之地或者龟背），还是《飞毡》结尾肥土镇消失（隐形），都明显象征着肥土镇是一处由想象建构的城市空间，是一种寓言化的存在。由此我们也可以一窥西西的精神进路：从本土出发，最终通往世界。这种世界的意识在她的创作中是一以贯之的。西西笔下，不仅有香港、内地（青岛、开封、河南小屯、广东），还涉及埃及、

---

① 刘登翰主编：《香港文学史》，北京：人民文学出版社，1999年，第6页。
② 转引自何福仁《〈我城〉的一种读法》，载《我城》，台北：允晨文化实业股份有限公司，1979年，第233—234页。

墨西哥、越南、阿拉伯……而高度抽象化、寓言化的肥土镇,既有香港社会的某种缩影,又是整个世界的戏拟。西西从不在小说里进行民俗风情的书写,也正是对于本土性的一种稀释。西西在这一寓言化的处所里探究人的存在境况。"正如地球是圆的,哪一点不是中心呢?"[1]在这小小的城镇里麇集着各色人等,而他们都受到西西的观照。"肥土镇充满了各地的人,不同的宗教,不同的国籍,不同的生活习惯,不同季候年代的移民,共同生活。但愿镇长久,千里共婵娟。"[2]日耳曼人古罗斯,突厥人花里耶、花里巴巴、巴别,日本人文次郎……肥土镇作为一个微型世界的缩影,集合了各色人等,而西西对于这些人,不论国别,不分性别,不分种族,都给予一种最平等的关切。

四、幽微的抵抗与救赎

西西自称偏爱喜剧的效果,而不喜欢悲哀抑郁的手法,但研究者往往忽略了西西轻快幽默笔调之下所隐含的忧郁与沉重。快乐的风格只是有意为之,而真正隐痛的部分仍然会经由文字的肌理渗出。"现在的情况是,当悲剧太多,而且都这样写,我就想写得快乐些,即使人们会以为我只是写嘻嘻哈哈俏皮的东西。"[3]有意的快乐风格,却掩不住文字背后的忧思。不妨说,西西的风格是悲喜交加的,天真的文字之后藏有沉重的感叹,轻快的风格背后藏有忧郁的缪斯。"人何尝不是一样,没有长久的快乐,也没有了无尽期的忧伤。"[4]《感冒》全文弥漫着绵绵不绝的哀哀叹息,是一位年轻女子的忧伤絮语。《像我这样的一个女子》也细腻摹写了女子内心的独白,"我看来是那么的快乐,但我的心中充满隐忧,我其实是极度的不快乐的"[5]。"白发阿娥"系列叙写老年的生命感触,底蕴透出悲凉,老年阿娥蜷

---

[1] 西西:《飞毡》,桂林:广西师范大学出版社,2016年,第124页。
[2] 西西:《飞毡》,桂林:广西师范大学出版社,2016年,第461页。
[3] 西西、何福仁:《时间的话题》,台北:洪范书店有限公司,1995年,第158页。
[4] 西西:《肥土镇的故事》,载《胡子有脸》,桂林:广西师范大学出版社,2016年,第91页。
[5] 西西:《像我这样的一个女子》,桂林:广西师范大学出版社,2010年,第106页。

缩在墙角,如乌龟一般,而"白发阿娥每次病倒,都以为自己要变成微尘埃了"[①],读来着实令人心酸。《飞毡》小说将尽,各家人物生老病死一场,烟消云散于作者脑中[②]……从上述例子不难看出,西西的小说在前期和后期有着较为明晰的语调的变化,而非如一些学者所说是"一以贯之"的童话风格。而这些小说中的叙事者,也随着时间的变迁呈现出由快乐的青年,到多思的成年,再到沉静的晚年的一种更迭变化,在这种风格变化的背后,隐藏着西西不易察觉的忧郁。

西西小说中,不仅有天真的儿童,也有慈祥的老人,有平凡的男子,也有忧伤的女性……西西关注边缘而疏离主流的叙事立场,并非以简单的二元对立来抗衡社会、争取边缘群体权益,而是以一种宽宏和温厚的态度,观照现代人的身体和心灵在庞大的工业文明整体之中如何自处。她以温柔和贴心之笔,屡屡关涉边缘群体、弱势文化,呼唤倾听不同的声音,尤其是弱者的声音,正如《像我这样的一个女子》中入殓师"我"的剖白:无论任何人,只要命运的手把他们带领到这里来,"我"都会使他们的容颜显得心平气和,使他们显得无比的温柔。而西西也正是这样一位内心温柔的作家,熨帖着仓皇不安的细民生活。《家族日志》中对女性的生存境况予以关注,大姐独自赡养家庭却牺牲了个人幸福;《奥林匹斯》《北水》转换视点,关注内地居民的生存;《龙骨》"破铜烂铁"都住进了博物馆,河南小屯的农民们还在生存线上苦苦挣扎;《春望》写出了姐妹分隔24年的凄惶;《白发阿娥与皇帝》中,阿娥一生颠沛流离,见过各种货币,朝代更迭,河山易主,阿娥还在,这种平静的叙写中见出历史的苍茫,历史中的常与变在此做了转换;《解体》写一个无名画家,热衷绘画而最后却走向自我怀疑的绝望之境,因为绘画的社会功能业已消失,而他也不知如何避免重复自己早已做过、实验过的方向,最后失业、患病,一无所有。西西这种对于普通人的关切,反映了一种深刻的人文主义关怀,认为每个个体都应得到应

[①] 西西:《玫瑰阿娥的白发时代》,载《白发阿娥及其他》,台北:洪范书店有限公司,2006年,第80页。

[②] 王德威:《香港——一座城市的故事》,载《如何现代,怎样文学?:十九、二十世纪中文小说新论》,台北:麦田出版社,1998年,第289页。

有的尊重与呵护，都应得到平等的对待。西西的作品温和有理而富有同情心，充满典雅、节制、知性的趣味，她对于人类的真实，有着最多样、最仁慈的好奇。西西用最先锋的形式，表达出一种传统的复归，她破坏了小说的形式，却回归于人文主义。这是她与其他先锋作家不同之处，其他作家是冷的，而西西则是暖的。西西一直以克制与疏离的姿态进行写作，因此行文中不见金刚怒目的愤慨，也没有自恋主义式的欣喜若狂。这种审慎节制的态度背后有着审美的深层考量。她节制的叙述中有温厚，透着一股暖意。变动不居的世界，变动不居的实践，于变化中把握社会，在变化中自有持守。

西西并非不问世事之人，她密切关注着社会的发展，尤其喜欢阅读拉美作家的作品，她觉得这些作品所表现的经验和问题与当下的现实如此相通，只是她如卡尔维诺一般，选择了轻逸的角度去处理世界的沉重。西西总是以一种疏离的姿态对现实进行观照。西西欣赏《一千零一夜》的叙述方式，"讲故事的人由漫漫长夜一路讲到天亮，不断思索也不停搜索，留神听客的反应，随时变换叙述的策略，照福柯所说，这其实是抗拒死亡的方式。……然而，在认真的游戏里，在真实与虚构之间，我以为讲故事的人，自有一种人世的庄严"[1]。这种人世的庄严恰是西西汲汲追寻的。

《陈大文的秋天》中，政府以往提醒市民换领身份证的告示，示例海报照片都是陈大文，有一天突然改用了齐向前的照片，陈大文感觉自己被用完便被抛弃了，于是他把齐向前的所有海报都加上胡子，以表示微弱的反抗。《图特碑记》中的良史图特，因为实录著史屡次被杀、死而复生，仍然坚持秉笔直书，抗衡王权的专制。《垩墙》中早年一胎化运动，"村里、镇上，损了多少女娃子，现在，咱们村里的年轻小伙子都娶不到老婆啰"[2]。这里，讽喻批判之意不言自明……除了对于宏观权力的抵抗，西西也留心微观权力对人的宰制。《哀悼乳房》中，西西对于身体病变的关注，最终落脚于对于个体生命的尊重："让癌病患者可以在群体中生活得一如常人，分

---

[1] 西西：《母鱼》，台北：洪范书店有限公司，1990年，第218页。
[2] 西西：《垩墙》，载《胡子有脸》，桂林：广西师范大学出版社，2016年，第126页。

享同样的自由。"①因为在过去，癌症患者往往被区隔和孤立，癌症患者们被烙上了不道德的印记，如同乘坐了现代文明的"愚人船"，漂泊在渺茫的苦海。福柯通过对于这种微观权力的考察，例如监狱、学校、医院、知识、性别，指出权力无处不在地对个体生命进行压抑，并指出了反抗的路径；而西西则以一种温情的笔触提醒人们对于社会的"异常者"与"患病者"应予以尊重与宽容，体现了对于个体生命的抚慰，表现了对于微观权力幽微温婉的抵抗。

综观西西的小说作品，可以看出，她始终关注社会边缘人、失语者的生存状态，将儿童、老人、女性、癌症患者、流亡者、无名画家、梦游者、独立的哲学家等被排挤在强势文化之外的群体作为小说的主角和叙述者，抵抗话语霸权，呼唤"倾听"和"理解"之必要。西西小说委婉含讽的笔调，柔中有刚，仿佛"绵里藏针"，柔软的外表之下仍有坚守，体现了一种坚定的人文主义立场。

西西在访谈中指出，她不反对作家积极地介入世界，但更重视的是保持写作的自由，"应该享有保持沉默的权力，在民族、国家震耳欲聋的口号下，他仍然可以保持一己的自由，以至当他有话可说，不得不说的时候，通过文学艺术的形式来呈现"②，"不愿意说话的人，享有缄默的绝对自由"。③对于世界的关注，对于弱者的关怀，对于权力的抵抗，背后都洋溢着一种自由精神的救赎实践。西西对于小说先锋叙事实验的不懈探索，是一种自由的书写与叙述，是对自由追寻的最佳体现。对于自由精神的追求或许与作家的生存体验有关。现代化大都市逼仄的生活空间，个人只能通过对精神自由的向往寻找出口。

飞翔的意象在西西的小说中十分重要。西西对于飞行的意象一向很关注，比如氢气球、飞机、龙卷风、火箭、飞毯以及梦境等。在她看来，飞行是为了解决尘世种种纠葛，是一种"精神自由的境界"④。飞行，作为典型

---

① 西西:《哀悼乳房》，桂林：广西师范大学出版社，2010年，第202页。
② 西西:《传声筒》，桂林：广西师范大学出版社，2016年，第61页。
③ 西西:《浮城志异》，载《手卷》，桂林：广西师范大学出版社，2016年，第11页。
④ 西西、何福仁:《时间的话题》，台北：洪范书店有限公司，1995年，第22页。

的"轻逸"意象,是一种典型的精神自由的象征,飞行是对于当下的超脱,对于生活重负的一种反作用力,借此"从另一个角度去观察这个世界,以另外一种逻辑、另外一种认识与检验的方法去看待这个世界"①。轻逸不是像羽毛一样无所依傍般的轻浮,而是像飞鸟一样自有重量却依旧轻盈,它是庄重的轻,是有承载的轻。《垩墙》中硕大的黄蝴蝶,《肥土镇的故事》中破碎的蝴蝶翅膀,《镇咒》中充满诗意的抒写:"我看见飞鸟在山巅,莲花在水道,羽毛沿着铁路飘洒,月亮自海面升起。"②飞鸟、莲花、羽毛、月光,这些意象带着柔美梦幻的色彩,无不是对于逼仄此在的一种拯救。而做梦则是逃脱牢笼的向往,对于压抑的抵抗,"你仍然可以做梦,因为梦是自由的,它可以带你穿逾一切,回到原野和森林"③。浮城人也渴望"逍遥游"的境地,他们是奇异的鸟草,形似飞鸟却无法飞翔,只能依靠做梦来实现飞的渴望,"他们梦见豆腐纸鸢、漫天雪花、轻盈的蝴蝶、漂泊的蓟草冠毛,甚至有人梦见浮城长出了翅膀"④。这些轻盈优美的意象,正是着力于救赎沉重的世界。《飞毡》以飞翔的毡子作为小说的题眼,更是凸显了对轻逸的执着追求。飞毡是日益沉重的肥土镇最轻灵的向往。因为人们面对的世界,是一个已经形成、充满缺陷的现代化城市,贫富悬殊、欲望膨胀、精神荒芜、生存逼仄、污染严重、居大不易的现代城市。在这个工业社会中,旧有的传统被抛弃,新的精神也未形成。西西正是以"轻"的方式抵抗世界的石化,抵抗美杜莎残酷的目光,对于现代社会人的生存困境进行救赎。

西西20世纪70年代的小说充满乐观精神,而到了20世纪90年代则变为一种沉重的叹息。她看到了美丽新世界的不可靠,看到了原本美丽的城市变得肮脏、堕落与黑暗,这种对于现代文明的焦虑深深地隐藏在文本当中。高速发展的经济带来了新的精神症候,人们被消费社会操控。西西面对的社会,是一个躁动不安、全面袭来的发达工业社会,她面对的,是真

---

① [意]伊塔洛·卡尔维诺:《美国讲稿》,萧天佑译,南京:译林出版社,2012年,第7页。
② 西西:《镇咒》,载《胡子有脸》,桂林:广西师范大学出版社,2016年,第157页。
③ 西西:《虎地》,载《手卷》,桂林:广西师范大学出版社,2016年,第149页。
④ 西西:《浮城志异》,载《手卷》,桂林:广西师范大学出版社,2016年,第29页。

正的现代性的焦虑。而香港通俗文学的异常发达，远超纯文学，也给纯文学带来焦虑，西西的先锋实践针对的是消费社会与消费文化的语境，更针对的是现代社会中人的生存困境。西西的这种救赎，不是躲在乌托邦世界的避世，不是在自造的梦境中自怜，而是以人文精神为经，日常生活为纬，编织出捕梦之网，打捞历史与社会中的个人生存，给予安慰与拯救。

余华曾评论道："西西是一位独创的作家，因此任何围绕西西作品展开的讨论和评说都有可能陷入危险的境地……依赖既定的术语和行话是无法走到西西身旁的。"[1]诚如其言。任何固化的研究范式的框定对于西西来说，似乎都是一种曲解。西西的作品为我们开启了一个多元异质的世界。西西的小说让语言生出翅膀，飘浮于生存之上；让故事乘着黄金马车，闪过多变的思想；如纯净的晶体，折射斑斓的生活。从学术史角度审视西西研究，重新打开封闭的文本，给西西研究提示了一种新的可能。西西的小说，明丽之后有忧伤，天真之后有焦虑，边缘之处有反抗，她以一种自居边缘的自由书写，进行着温婉的抵抗与救赎。

---

[1] 余华：《读西西女士的〈手卷〉》，载林建法主编《华语文学印象》，沈阳：辽宁人民出版社，2014年，第236页。

第四节 粤港澳大湾区科幻文学新路径

近年来，随着以刘慈欣等人为代表的中国科幻作家获得世界性声誉，科幻小说在中国形成了热潮，也促动了科幻产业的发展。粤港澳大湾区科幻文学也表现出不俗的实力。自晚清起，梁启超的《新中国未来记》就播下了岭南科幻的种子。20世纪50年代，粤港澳当代科幻小说兴起。"中国科幻之父"广东作家郑文光发表《从地球到火星》，成为中国当代科幻第一次高潮到来的标志。以陈楸帆（《荒潮》）、王诺诺（《地球无应答》）等为代表的广东"更新代"（姚海军，2016年）科幻作家，以及苏莞雯（《三千世界》）、刘洋（《火星孤儿》等）、康少华（《无疆》）、贾飞（《血色研究》）等新兴作家势头正盛，王威廉（《野未来》）、王十月（《如果末日无期》）、王秀梅（《咖啡师》）等也纷纷转向了科幻写作。香港当代科幻文学根脉深厚，自赵滋藩起，涌现出张君默、李逆熵、谭剑、周显、萧志勇、梁世荣、简智聪、陈立诺、怒加、苏文星、武藏野、毕华流等知名作家，倪匡（"卫斯理"系列）、黄易（《寻秦记》）的科幻小说更是在全球华语文学中享有盛誉，成为一代读者心中的经典。近年来，纯文学作家董启章（《爱妻》《命子》《后人间喜剧》）等人也纷纷厕身其中。澳门科幻文学亦成长迅速，周桐（《除却天边月没人知》）、李懿（《珍珠从天而降》）、朱从迁（"恐龙人"系列）等人的实力也不可小觑。

其中，董启章的《后人间喜剧》、陈楸帆的《G代表女神》、王十月的《如果末日无期》畅想近未来，以科幻想象介入现实，表现出鲜明的"科幻现实主义"特质，从主体、性别、时空三个维度入手进行突围，书写后人类的主体跨界、性别跨界、时空跨界，表现出独特的审美性、思想性、本土性，提示了粤港澳大湾区科幻新路径。

一、主体跨界的后人类政治

从《爱妻》到《命子》再到《后人间喜剧》,董启章对科幻小说的写作越发驾轻就熟。不管是《爱妻》中的"叶灵凤写作机器"、《命子》中的人工智能儿子、《后人间喜剧》的"康德机器",都表现出董启章对于后人类的关注。《后人间喜剧》中男主角胡德浩赴新加坡访学,却被迫卷入一场政治密谋,使他参与到后人类的研发中。随着研究的深入,他接近了新加坡权力的核心,并发现了江英逸、周金茂、柳信佑等各派势力的企图,在这场政治风暴中,所有人都被裹挟,或改变,或毁灭,或重生,或逃离……小说围绕后人类的境遇,从民主政治的失灵、精英政治的暗面写起,进而探讨抗争政治的空间,最终以后人类的尊严政治指向解放的可能。

小说英文名为 Post human,不难看出"后人类主义"对于作者的影响。在作者笔下,生化人、改造人同样具备意识情感与尊严,且要求被承认,因此,承认的政治对于他们来说,十分重要。"对于承认(recognition)的需要,有时候是对承认的要求,已经成为当今政治的一个热门话题。""扭曲的承认不仅表现为缺乏应有的尊重,它还能造成可怕的创伤,使受害者背负着致命的自我仇恨。正当的承认不是我们赐予别人的恩惠,它是人类的一种至关重要的需要。"[①]小说中旗帜鲜明地表达了这一思想主张。主角胡德浩站在后人类一方,不仅爱上了后人类海清,认后人类恩祖(SB)为女儿,并且积极为后人类争取生存权利;海清的竞选宣言,以及《生化人及机器人法》等的大胆设想,都表明作者对于后人类的关注。这样的倾向,大大推进了《爱妻》《命子》中的构想,也开辟了空前的深度。后人类不是单个的"重生贝贝",不是无实体的"笛卡尔的女儿",也不是简陋的"叶灵凤写作机器",而是实实在在的,具有情感、意志、思想乃至"灵魂"的生命体,是一个群落。由此可以看出,作家对此问题的深入思考,表现出

---

① [加]查尔斯·泰勒:《承认的政治(上)》,董之林、陈燕谷译,载《天涯》1997年第6期。

超前的敏锐与思想的深度。

在小说里，胡德浩对于政治有着鲜明的态度转变。他（一向不是积极的运动分子）因曾经参加游行受挫，热情变为虚无，此后专心研究。最初对于女儿秀彬参与政治活动，他虽态度中立，但仍满含忧虑；而当他与后人类恩祖、海清发生紧密联系之后，他由政治局外人变成了后人类运动的中坚力量，并且成了拯救世界的英雄。胡德浩为了救助恩祖，深入周金茂的研究；为了支援海清，带头起草了《生化人权宣言》，并四处寻找科学界知名人士联合署名……可以说，胡德浩以一己之力搅动了新加坡的政治格局，成为一个"国民英雄"。受到他的"暴乱脑因"的感染，他周围的人也聚集起来为自由抗争。他的两个女儿——真实的和虚拟的均参与了游行，反抗政府；后人类女友海清，更是反对力量的核心领导者；好友大菲，原本是一个落魄歌手、油腻饭摊老板，也积极参与到这场抗争中，坚定地提供支援；而康德机器的制造者巴巴拉也最终觉醒了良知，选择逃离南洋科技大学。除此之外，网络抵抗小组"海豚组织"也以秘密的方式参与"科技难民"的营救……这些抵抗的组织、人群甚至物种汇合成一股庞大的力量，成为一种抗争政治的共同体。各种各样自发性的民间组织或者精英团队，带领后来人去反抗当前的困局。抗争宗旨，其实也是在寻求"人"的尊严，不管这个"人"是人类还是后人类，都有追求生存、发展、自由的权利。"那些为了获得生存权利的后人类，正是争取自由的我们。"

胡德浩带领生化人进行抗争，发表《生化人权宣言》为后人类张目。在他看来，以海清为代表的后人类，"拥有高度认知能力、思维能力和理性判断力"，因此，他们拥有和人类同等的权利，也适用于自由平等的原则，"不应因为生产的方式，而被生产者所控制、支配、奴役、剥削、买卖"[①]。而海清振奋人心的宣言，更充满了情感冲击力。集美丽、智慧、勇敢、优雅等诸多美好品质于一身的海清，是完美的后人类化身。她既是人类，也是机器，她拥有人类的身份、性格和记忆，同时身体又是不死不朽的，她是完美的康德机器3.0。在海清看来，"科技难民"和其他难民没有本质区

---

① 董启章：《后人间喜剧》，香港：新经典图文传播，2020年，第349页。

别，而后人类，同样能和人类和平共处，成为伙伴。"人类的未来，必然与后人类共生。在那个时代正式来临之前，让我们及早整顿好我们的制度，及早更新我们的道德观，令我们成为一个更包容开放的国度。"[①]而只有这样的人间，才是一个充满"爱与关怀"的后人间。

董启章在小说中，将后人类主义的理论进行了生动演绎，并表现出一种开放的后人类关怀。历史地来看，由于种族、阶级、性别的划定，"非人"指称人类社会的他者。在哈维拉看来，在这样的神话时代，我们都是"chimera"，"都是理论化和编造的机器有机体的混合物；简单地说，我们就是赛博格。赛博格是我们的本体论，将我们的政治赋予我们"[②]。后人类主义，强调人与"非人"的共生关系。计算机技术产生了新的"数字物种"，基因改造技术则使人成了"非人""超人""元人"。"后人类"构成了一个更为彻底的"大他者"，它迫使"人类"观念的解体与重构，人类"从先在的、具有元话语性的位置，变成了可以讨论、追问的事物"[③]。后人类"提出一种思维方式的质变"[④]，力图以此为契机重建人与自然、人与万物、人与非人之关系，构建"非人主体性"[⑤]。因此，应当"把后人类困境视为一个机遇，借以推动对思维模式、认知方式和自我表现的新形式的探寻"[⑥]。"后人类"促使我们"摆脱某些旧的束缚，开拓新的方式来思考作为人类的意义"[⑦]。

事实上，在小说中关注后人类的主体、尊严，并不是董启章的独创。发明拥有人工智能的机器人，一直是人类的梦想。而许多科幻小说作家，

[①] 董启章:《后人间喜剧》，香港：新经典图文传播，2020年，第386页。

[②] [美]唐娜·哈维拉:《类人猿、赛博格和女人——自然的重塑》，陈静译，郑州：河南大学出版社，2016年，第316页。

[③] 赵柔柔:《斯芬克斯的觉醒：何谓"后人类主义"》，载《读书》2015年第10期。

[④] [意]罗西·布拉伊多蒂:《后人类》，宋根成译，郑州：河南大学出版社，2016年，第2页。

[⑤] 姜文振:《"后人类"时代的伦理困境与人文之思》，载《河北师范大学学报》(哲学社会科学版)2021年第2期。

[⑥] [意]罗西·布拉伊多蒂:《后人类》，宋根成译，郑州：河南大学出版社，2016年，第17页。

[⑦] [美]凯瑟琳·海勒:《我们何以成为后人类：文学、信息科学和控制论中的虚拟身体》，刘宇清译，北京：北京大学出版社，2017年，第385页。

也在这一道路上进行了艰辛的探索。不同于赛博朋克小说恐惧于机器人反叛、统治人类的情感趋向,电影《人工智能》制造出了第一个具有感情的机器人大卫,大卫踏上了旅程,去寻找真正属于自己的地方。他发现在那个世界中,机器人和机器之间的差距是那么的巨大,又是那么的脆弱。他要找寻自我、探索人性,成为一个真正意义上的人。《齐马蓝》则以机器人为主体,追问机器人的意识建构与自我认同,显示出别样的质量。赛博格齐马拥有高级智能和艺术天分,获得了巨大的财富、名誉,不死不朽,然而齐马最伟大的作品却是将自我解体为最粗糙、最低级的清洗机器人,它在泳池里缓慢地游动,成为纯粹的体验本身,也成为艺术本身。马文·明斯基在《情感机器》中对人类思维的本质进行了深入的剖析,他认为人类大脑是一个包含复杂的机器装置,并由众多资源组成,而"每一种主要情感状态的转变,都是因为在启动一些资源的同时会关闭另外一些资源,大脑的运行方式由此改变了。这就是人们研究情感机器的关键所在"[1]。如果以德勒兹的"机器"视点来看,人身体的一切都可以看成一部部机器,而人本身也是一部机器。在董启章笔下,后人类在经历过压制、反叛之后,最终和人类和平相处,争取到了平等的政治、承认的政治。"平等的承认表示两种截然不同的东西,它们分别与我所描述的两种重大变化相联系。伴随着从荣誉到尊严的转移而来的是一种普遍主义政治(politics of universalism)。这种政治强调所有公民享有平等的尊严,其内容是权利和资格的平等化,决不允许'一等'公民和'二等'公民的存在。"[2]

董启章的《后人间喜剧》,以大胆的想象、超前的洞见、后人文的关怀,借后人类的政治学书写,以民主政治的幻象、抗争政治的隐喻、后人类的承认政治,探讨了理想政治、理想社会的可能。它不仅推进了我们关于人类可能的想象,也推进了我们关于后人类和后人间的想象。

---

[1] [美]马文·明斯基:《情感机器》,王文革、程玉婷、李小刚译,杭州:浙江人民出版社,2016年,第26页。

[2] [加]查尔斯·泰勒:《承认的政治(上)》,董之林、陈燕谷译,载《天涯》1997年第6期。

二、性别跨界的实验

中国当代科幻文学虽然有众多女性科幻写作者,但对于性别议题的关注似乎并没有表现出独异的性别意识、性别视角与性别体验。中国当代科幻作品中对于性与性别议题的探讨仍然处于一个起步阶段。尽管女性代表作家如赵海虹、凌晨、郝景芳、夏笳、迟卉等都通过女性角色视角完成了对想象性世界的探索、秩序重构与和解,但并未能借助科幻的认知框架更进一步地颠覆与讨论性别议题本身。相对而言,当前的科幻传统中,资源争夺、阶层冲突、科技异化、赛博朋克等议题,往往由男性作者占据主导,相对较少地引起女性作者的兴趣,中国女性科幻作品部分呈现出"去性/性别化"倾向[①]。如《蚁群》(汤问棘)般具有突出性别意识的女性科幻作品,尚不多见。相比之下,一些男科幻作家表现出更为自觉的探索热情,陈楸帆就是其中的突出代表。

陈楸帆对于科幻有着独特的理解,在他看来科幻是一种最大的现实主义,借助于科幻文学的"认知性陌生化"[②],作家能够更自由地探讨现实中尖锐的问题,如种族、性别与阶级。用科幻的方式去探讨到底什么是现实,更深入地理解现实。有着强烈现实关怀、跨界意识的陈楸帆,不写外星人、宇宙飞船、星球大战,而是选择"问题式"科幻小说。提出一个对当下有意义的问题,与个人经验产生联系,进而能够帮助读者去思考某些终极问题。其中,陈楸帆对于性别问题的思考也尤其值得关注。

不过,需要指出,陈楸帆早年的作品尚未表现出明显的性别关怀,甚至笔下的不少女性形象都是面目模糊的、无辜驯顺的、天真或脆弱的、被侮辱被损害的,或是被男性凝视的。例如,《双击》叶伟生的妻子,是"难得的好女孩",甚至没有名字;《丧尸Ink》中的达芙妮,是性感尤物;《亲爱的,我没电了》中"她"是一个美丽、性感、温柔的家政机器人。而从《荒

---

① 陈楸帆:《科幻中的女性主义书写》,载《光明日报》2018年9月26日。
② [加]达科·苏恩文:《科幻小说变形记:科幻小说的诗学和文学类型史》,丁素萍、李靖民、李静滢译,合肥:安徽文艺出版社,2011年,第4页。

潮》之后，借助于美国白人女编辑的"他者"视角，陈楸帆"意识到自己的创作里存在严重的性别意识问题"[①]。因此，他有意摆脱刻板的性别认知，对于性爱、性相、性别等做了多种大胆的构想，深入探索爱、存在、性别的本质，探讨、批评性别及性别社会的种种现状，并且寻求想象性的可能。尽力摆脱男性凝视视角，给一些已经被性别染色的固有女性形象重新赋予新的含义。他还主编了四卷本的《她科幻》，集中推出双翅目、糖匪、顾适、彭思萌、王侃瑜、吴霜、范轶伦、慕明、段子期、廖舒波、昼温、王诺诺等女性科幻作家的作品，并且发表了《科幻中的女性主义书写》《未来属于她们》等文章为科幻女性主义声援。在科幻小说建构的异托邦中，女性可以摆脱当下现实中对于女性的规则标准以及束缚，拥有更多可能性，去想象一种多元的性别认知、权利结构，以及平等公正的对待。

　　陈楸帆对于性的探索充满了先锋意识，也引发了争议。《G代表女神》围绕着性和权力这一核心议题展开讨论。G女士是一位"石女"，为了获得性高潮，她接受了手术的改造，不借助男人、器具，获得了真正自由自发的全身高潮体验，实现了福柯意义上的"不郑重的快感"和"不以繁殖为目的的性高潮"。随后，G女士成为受人顶礼膜拜的性爱女神，以性爱启蒙人类，将人类从性危机中唤醒。然而，当众人在性高潮表演之中陷入迷狂时，G女士悲哀地意识到："一切皆是幻觉，一切源于自我，一切终归寂灭。"[②]G女士亲手打碎了自己的神龛，逃亡远方，遇到了没有生殖器的F。他们是另一半的自我，相互补全，彼此依偎。在相守中，她终于感到"缓慢地、猛烈地、潮湿地、同时地，到了"[③]。《虚拟的爱》中，作者设置了奇异的爱情游戏，探讨在自由多元的性别取向、性别认同之下，获得真爱的可能。Tina是激进的女性主义者与爱情消费者，利用科技获得性快感；人类社会不平等的社会机制使得女性被置于第二性的地位，女性经济地位逐渐弱化，从而变成男性的奴隶，因此女性要积极反抗。

---

　　① 陈楸帆：《科幻小说中的女性形象总是胸部高耸，如何打破这种刻板印象？》，https://www.163.com/dy/article/FK7QP8GT053108IB.html.
　　② 陈楸帆：《G代表女神》，载《未来病史》，武汉：长江文艺出版社，2015年，第103页。
　　③ 陈楸帆：《G代表女神》，载《未来病史》，武汉：长江文艺出版社，2015年，第103页。

此外，陈楸帆还表现出建构女性乌托邦的想象。如果说《荒潮》里的小米尚未打破本质主义的女性设定，女性成了苦难的集中承担者，那么《鼠年》《幽灵三重奏》则彻底颠覆了这种等待拯救的女性想象。《鼠年》里幻想了一个由女性主导的性别乌托邦世界，雌性掌握了世界，也拥有了性别的话语权，"无论在新鼠世界或者人类世界，雌性都成了掌控世界未来的关键角色。她们不用担心失业，持续走低的出生率给企业带来了雇佣女性的优惠退税政策，这样女性就拥有了更加宽松的育儿环境。她们也不用担心找不到对象，新生儿男女比例一直在原因不明地走高，或许很快，男人们必须学会去分享一个女人，而女人，却可以独占许多个男人"①。《幽灵三重奏》则走得更远。小说改写了嫦娥奔月的神话，将嫦娥塑造为一个觉醒的大母神。丈夫吴刚忙于拯救世界，妻子面对畸形的儿子，绝望中选择自杀，无意中却吞噬了婆婆研发的长生不老药，完成了"最终形态的转化"，成为意识的存在，抛弃了肉体，在"月宫"中遨游，并吞噬了婆婆的灵魂。为了寻求世界的起源，她甚至抹去、吞噬了一切，"你见证了世界的毁灭，以一种超越人类感官的方式。数以十亿计的集体死亡凝固成大地与海洋上的黑色纹样，在地狱之火的炙烤下，大气扭曲，洋流旋转，尸体们翩然起舞。你竟然感受到了无与伦比的美和愉悦"②。毁灭一切的大母神，竟成为宇宙中唯一的人类。

对于女性经验的深刻体察与关切，使得陈楸帆的写作彰显出跨越性别的视角。《这一刻我们是快乐的》探讨的是技术对于生育的改变。作者去调查、采访了许多母亲，并收到了隐私的孕期日记，对于女性的生育历程和生命体验有了更为深入的理解。《天使之油》《猫的鬼魂》《一叶知命》探讨了母女关系的代际冲突与和解，爱最终成为抵抗科技侵蚀的武器。《天使之油》中，经历过大灾难的人们内心受到创伤，政府安装了MAD记忆修改软件，然而创伤记忆却通过基因一代代遗传。母亲与外婆、"我"与母亲关系一直紧张。当MAD被废止后，母亲被"我"的女儿治愈，"我"也与母亲达成了和解。《猫

---

① 陈楸帆：《鼠年》，载《科幻世界》2009年第5期。
② 陈楸帆：《幽灵三重奏》，载《地球之歌》，北京：台海出版社，2020年，第228页。

的鬼魂》中的母亲因为感觉人生失败，将所有的期望都投射在"我"身上，控制"我"的成长，希望"我"实现她的梦想，找个好工作或者嫁个好人家。父亲被"传生"后变成波斯猫，母亲先是震怒，最后终于意识到女儿的独立人格，两人达成和解。《一叶知命》中的母亲虽然同样因为家庭放弃了事业，却鼓励女儿纳亚娜"追求任何你想要的东西，成为任何你想成为的人"。

关注女性的性别认同与身份认同。《太空大葱》讲述的是一个山东女孩宋胜男上太空去种大葱。在山东这样一个传统观念根深蒂固的地方，宋胜男在自我实现与家族期待之间力图寻求平衡。她因为没有遵从结婚生子嫁人的安排，选择了太空农业生态学，爷爷与她断绝关系。直到她成为女宇航员光宗耀祖之后，爷爷才与她恢复联系。大葱的成分创造了奇迹，修复了太空舱漏洞，胜男也由此与爷爷实现了和解。《丰饶之梦》中女科学家乔安娜给年轻的女助手带来了勇气和希望，强化了女性的性别认同与身份认同，"当一个人像您一样，追求尊重、自我实现时，她应该得到机会。……个体自我实现的每一步努力与每一个成就都应该被看见，被认可，被激励。只有这样，我们的未来才有希望，而不是变成被偷走的新一代"[①]。

陈楸帆在小说中表现出对女性的关注，不管是性爱观念的探索、女性经验的关注、女性乌托邦的建构，还是对女性性别认同的刻画，都彰显出他包容开放的性别意识。科幻小说为作者与读者提供了想象世界和未来的机会，在这些或然世界和未来中，女性不受现实中存在的标准、规则和角色的束缚。相反，这种体裁创造了一个空间，在该空间中性别二元论可能会受到质疑，读者得以探索完全不同的性认知、性别定义与性权力运作的方式，并得到鼓舞与力量。

三、元宇宙的时空跨界想象

2021年被称为"元宇宙"年，在政治、科技、资本的合力推动下，元宇宙以裹挟一切之势，形成一股新潮流，也给各行各业带来了重大变化。

---

① 陈楸帆：《丰饶之梦》，载《AI未来进行式》，杭州：浙江人民出版社，2022年，第422页。

元宇宙搅动了文艺的格局。自20世纪90年代"触网"起,中国科幻作家也开始探索虚拟世界(元宇宙)的可能。《决战在网络》《七重外壳》《MUD——黑客事件》《无名链接》《时间移民》《洪荒世界》《超时空同居》《玻璃迷宫》《时间的记忆》《镜中的天空》《湿婆之舞》《奇点遗民》《屠龙之技代码杀手》《假面神祇》《江河算法》《犹在镜中》《AI未来进行式》《脚趾与剃刀——虚拟干扰现实》《如果末日无期》《元宇宙2086》等小说,都对元宇宙世界进行了畅想。描绘网络虚拟现实世界的诸多可能,探索人类新的时空生存图景,聚焦深沉浸、高互动、融虚实的数字化生存,人类将以数字"分身"的方式在元宇宙世界全息、全情、全时、永续地"临在"(presence)。

王十月敏锐地把握到汹涌而来的"元宇宙"浪潮,在个人首部科幻小说中,探讨元宇宙给人类、社会带来的可能与困境。《如果末日无期》共分《子世界》《我心永恒》《莫比乌斯时间带》《胜利日》《如果末日无期》五部分,彼此相对独立,分别探讨了虚拟世界、人工智能、脑联网、VR游戏、永生人等主题,表达对于科技发展的洞察与忧思。他将自己的科幻写作称作"未来现实主义",书写"在不久的将来,科技必将带来的现实",以未来想象的方式关涉当下科技发展的可能性与潜在危机,通过科幻想象的方式介入未来社会的发展。

元宇宙中,人以"元身"或数字分身(Avatar)的形式存在。对于个人来说,身份、意识、自我是分散的、多重的、碎片化的、可编辑的、数字化的,这些复数的"第二自我"共享一个能指。小说中"我"有三个分身,元世界的富家子弟艾杰尼、子世界的小说家今我、○世界的安德鲁,"我"能够在不同世界中自由切换数字人格。

王十月借由元世界、子世界、○世界的三世纠缠,"写层层叠叠的万物世界互造,缠缠绕绕的前世、今生、后世的穿越流转、圆融互化"[1],建构出独特的元宇宙"时空体"文学。在巴赫金那里,"时间的标志要展现在空间里,而空间则要通过时间来理解和衡量",并且"时空体里的主导因素

---

① 凌逾:《赛博与实存的跨界太极——论王十月科幻小说〈如果末日无期〉》,载《南方文坛》2020年第1期。

是时间"①。"与所有历史变革一样，一个新的社会结构的出现，是与对我们的存在、空间和时间的物质基础进行重新定义相联系的。"②在传统文学中，时间或是线性的，或是循环的，或是永恒的，而科幻小说的穿越、时间旅行等构想，让非线性时间进入人们的视野。可控的、可逆的、全息的、空间化的时间已成为新常态。时间对于人类来说，第一次失去了它的不可逆的、急迫的力量。《如果末日无期》创造了"莫比乌斯时间带"的新型时间，时间是"循环封闭的圆"③，人物以多重分身在元世界、子世界、〇世界的多重宇宙、多维世界中穿梭往返。"从元世界到子世界到〇世界，这个圆被扭曲成了莫比乌斯时间带。在这个轮回里，没有开始，没有结束。没有过去，没有未来。时间之带上的任何一个点，都是开始，都是结束。"④

除了创造莫比乌斯时间，小说还重构了空间观念。元宇宙内部自有一个无穷无尽的宇宙，空间层层嵌套，层层虚拟。"大主宰"游戏中，玩家不断被踢出局，然而每次被踢出游戏之后，在新的空间即可以新的身份重启人生，人生可以无限次重来，在不同时间、不同地点都可以重新开启副本。"空间"不再单纯作为客观存在、故事发生的环境或文本建构的情境，而是被建构成一种"身体"和"经验"寄托于技术之上、用户得以"存在"其中的隐喻。"超时空、超感官的遥在式、沉浸式赛博空间，人类的存在及行为得以超越物理空间，被投射到其他语境之中并相互联结起来。"⑤对于元世界的亚子来说，死亡不是时间的终结，而是空间的开始，是生命形式转换的必经之路："从三维空间到四维空间，要通过死亡；从四维空间到五维空间依然要通过死亡。……人类要一直这样升华到十一维空间。十一维空

---

① ［苏］巴赫金：《小说的时间形式和时空体形式——历史诗学概述》，白春仁译，载《巴赫金全集》第3卷，石家庄：河北教育出版社，1998年，第275页。
② ［美］曼纽尔·卡斯特主编：《网络社会：跨文化的视角》，周凯译，北京：社会科学文献出版社，2009年，第40页。
③ 凌逾：《赛博与实存的跨界太极——论王十月科幻小说〈如果末日无期〉》，载《南方文坛》2020年第1期。
④ 王十月：《如果末日无期》，北京：人民文学出版社，2018年，第266页。
⑤ 段鹏、李芊芊：《叙事·主体·空间：虚拟现实技术下沉浸媒介传播机制与效果探究》，载《现代传播》2019年第4期。

间就是人类神话传说中的天堂。"① 在罗伯特所处的后人类世界,人类彻底摆脱了肉体的存在,成为宇宙间的意识流,"吸取宇宙间无处不在的能量幻化出万千世界,同时意识流又是充斥宇宙间无处不在的能量。意识生于宇宙间,意识又不停创造着宇宙"②。"无形无际,空无一物,又能生出万物。心念一起,瞬间制造一重宇宙;心念一灭,万籁俱寂。"③ 在这样的意识流宇宙中,象由心生,这样的既"平滑"又"条纹化"的混合空间,不仅能够最大限度扩展人类的认知经验,更能让所有的主体突破空间的拘囿,探索、呈现新的存在。在这一新时空中,"辖域化—解辖域化—再辖域化"将持续发生。它为人们平庸的日常生活制造"逃逸线"(escape line)或者"出尘空间"(escape area)。在流变、开放、生成、抵抗的循环中,不断重构自"我"与世界的界限。

元宇宙的时空重构,带来了高度沉浸的感官体验,但同时也带来了自我迷失的危机。元身美学的实现,离不开高度发达的虚拟现实(VR)技术的加持,VR技术是"一种高端人机界面,包括通过视觉、听觉、触觉、嗅觉和味觉等多种感觉通道的实时模拟和实时交互"④。在"Immersion(浸蕴)、Interaction(交互)、Imagination(构想)"⑤作用之下,感官复敏,万物互联,重焕生机,人的感官体验变得更加敏锐清晰。在这种逼真幻觉中,个人的感官体验、情绪反映、心灵图景都被精准控制,而"美学"(Aesthetics)重新恢复了"感性之维"的本义。在元宇宙中,用户生成了"赛博知觉"(Cyberception)⑥。"一个人能够同时栖息于真实世界与虚拟世界之间,在同一时间既可以待在这儿也能到其他地方去,这使得我们产生了一种新的自我意识以及新的思考与感知方式,这一切都延伸成了我们自然

---

① 王十月:《如果末日无期》,北京:人民文学出版社,2018年,第108页。
② 王十月:《如果末日无期》,北京:人民文学出版社,2018年,第333—334页。
③ 王十月:《如果末日无期》,北京:人民文学出版社,2018年,第333页。
④ [美]伯迪:《虚拟现实技术》,魏迎梅等译,北京:电子工业出版社,2005年,第1页。
⑤ 张菁、张天驰、陈怀友编:《虚拟现实技术及应用》,北京:清华大学出版社,2011年,第3页。
⑥ [英]罗伊·阿斯科特:《未来就是现在:艺术、技术和意识》,周凌、任爱凡译,北京:金城出版社,2012年,第85页。

遗传的能力。"①用户在心理空间/网络空间、真实世界/虚拟世界中自由出入，获得了双重目光与双重知觉。

《胜利日》中，安德鲁深度沉浸在网络VR游戏"大主宰"中，分不清游戏和现实。这个元宇宙游戏高度虚实共融，时空如迷宫般，游戏玩家不停地在游戏中被踢出局，堕入更深一层的迷宫，每一层迷宫的时间构成，又是一个新的莫比乌斯时间带，几个回合下来，再聪明的人也分不清真实与虚幻了。在游戏中分身死亡，也会导致游戏外本体死亡。安德鲁为了赢得游戏，杀害了女友朱恩，此后，他联合皮特开发the truth程序粉碎了内森的阴谋，成功解除了危机，被推举为元首。但皮特知晓安德鲁杀人的秘密，于是安德鲁秘密释放了内森，又借助内森设计了"MC+"程序用以控制他人的思维。达到目的后，安德鲁用毒药杀死了内森，并借助"MC+"程序将皮特变成了白痴。至此，安德鲁清除了一切威胁，成了大主宰。然而当他想要创生出"青山绿水间丽人成群"的美丽新世界时，却印证了"胜利者一无所有"的预言，他创造的世界是荒芜凋敝、蛇虫横行的，枯萎的世界正是他丑陋内心的真实镜像。王十月借此对科技进行了省思：缺乏坚实人文精神支撑的人类，并不会因为科技的进步而获得空前的解放，也不会因为在元宇宙中拥有创造世界的能力就自动拥有幸福，相反，迷失本心的自我，只能在科技的狂潮中走向死亡。身心分离，意识永在，无限自我的美妙，都映衬着现实的黯淡无力。当赛博朋克的英雄们从虚拟世界醒来时，这种跌落神坛的绝望感就更加明显，他们最终意识到，自己不过是一个可怜的网虫，仍然改变不了现实世界中失败者的命运，安德鲁在游戏中得到了主宰世界的权力，却失去了爱的能力。

不同于刘慈欣人类整体主义的冷酷理智书写，王十月将关怀的目光投注到个人。他在小说中把爱作为拯救世界的砝码。"但是不管人类如何进化，时间如何扭曲，不管是在三维世界，还是在十一维世界，我让小说的结尾，落脚在最朴素的情感——爱里。"②小说以朴素的人文想象，建构爱托

---

① ［英］罗伊·阿斯科特：《未来就是现在：艺术、技术和意识》，周凌、任爱凡译，北京：金城出版社，2012年，第96页。

② 王十月：《如果末日无期》，北京：人民文学出版社，2018年，第341页。

邦,在元宇宙的缠绕时空中,坚定相信爱的哲学,以爱拯救世界。"科幻小说作为形式的一个最重要的可能性正是为我们自己的经验宇宙提供实验性变种的能力。"[1]

董启章、陈楸帆、王十月的科幻小说,作为粤港澳大湾区科幻的突出代表,以小说想象"近未来"的现实,彰显出科幻现实主义的特色,在主体之维、性别之维、时空之维发力,或构想后人类的政治,或探索性别意识,或表现元宇宙的时空想象。在作品中,表现出开放包容的跨界意识,强烈的现实批判精神与人文关怀,又包含着鲜明的湾区经验、湾区意识、湾区美学,助力建构大湾区文化共同体意识,开辟了粤港澳大湾区科幻文学新路径。

---

[1] [美]弗里德里克·詹姆逊:《未来考古学:乌托邦欲望及其他科幻小说》,吴静译,南京:译林出版社,2014年,第356页。

第五节　探寻老去的生存可能

在一个科技、物质充分发达的社会,老年人如何生存?新锐科幻作家吴楚,于2024年由作家出版社推出科幻小说新作《暮星归途》,小说沿袭了作者一贯的强烈的写实风格,以"民生科幻"聚焦老龄化问题,通过"异星养老"的设定,为当下养老的难题,提供了一个想象性解决的方案,充分探索老年人新的生存可能。

一、"老托邦"的尊严

随着社会经济的发展、医疗技术的进步与人口结构的变化,老龄化问题空前突出。资源的稀缺、财政的紧张、代际矛盾的激化、社会服务需求增加,导致养老成了全世界都不得不面对和解决的难题,这也是《暮星归途》的核心议题。小说借助母亲之口,发出了振聋发聩的质问:"为什么每一次,利益受损的几乎都是老人?!你们是不是希望这些跟不上时代的、和社会脱节的老人,永远待在家里,老去!等死!"[1]时代的列车毫不留情地疾驰,车轮碾过之处,也留下了深深的暗辙。社会每一次进步,都有代价,而这些代价的承担者,往往是成千上万的失去劳动能力的老人,"这些老人成了公共交通的遗弃者,也成了这座城市、这个社会的'被遗忘者'"。不仅如此,老年人不仅被社会遗忘,还因为资源分配问题而与年轻人形成了难以弥合的结构性矛盾。"许多老人看轻年轻人,认为他们毛躁幼稚,又嫉

---
[1] 吴楚:《暮星归途》,北京:作家出版社,2024年,第114页。

妒他们的体能、活力、未来的无限可能；年轻人敌视老人，敌视他们一把年纪还占据高位，敌视他们思想陈腐却把控话语权。"①

　　面对这个棘手的世界难题，以菅野直人、南山樱、马克等人为首的日本南山株式会社，利用黑洞附近时空扭曲区域的时间流速差，建设"南山星际基地"，最大限度节约地球资源。地球每年只需给暮星供给三天的生活物资，就能保障老人的物质生活需要。南山提供丰厚的物质、充分的医疗保障，入选者可享受每天2万日元的生活物资保障，以及3000万日元的医保额度。在南山星球营造起一个老有所乐、老有所依、无忧无虑的"老托邦"。不过，看似精心打造的养老天堂，实则是无处不在的福柯式的"全景敞视监狱"。由全球遴选出的3000名无牵无挂的老人，在这个"暮气沉沉、远离尘嚣"的异星之中，机械般地过着规律枯燥的生活，他们最终的归宿是给权贵当仆人，以满足权贵的权力欲。在南山，老人们更像是被圈养的家畜、被置放在培养皿里的活体，与社会的连接被切断，生命的激情也消失，最后就是耗尽人的尊严，拖垮人的意志。它是一个美好安乐的"集中营"。因此，当南山背后的政治阴谋被逐渐揭开时，老人们分成了"回家派""中立派""坚守派"三派，彼此之间大打出手，这是人的本性使然，也是一种"弱者的抵抗"，以此消弭对死亡的深沉恐惧，以此把握"人"的真实存在，实现自我的确证。

　　以老吴、老孟、老卓等为代表的"寻错者"，嗅到南山背后的巨大的政治阴谋。他们通过观星、看山、植物杂交实验，想要探寻南山养老院的真相，甚至不惜付出生命的代价。他们最终发现，黑洞造成的"时间流速差"既可用于养老，亦可以成为权贵、上位者的"续命良药"，因此南山利用这点也足以颠覆社会秩序与世界格局。作为老年知识分子，他们秉持着对于真相和自由的执着追寻，这是属于老年人的尊严政治，也是对于公义的坚守。所谓尊严，就是个人隐私得到尊重，拥有自主权、自我发展的权利；所谓公义，则是对社会中每个个体的公正对待和公平待遇。他们作为南山社会的勇气和良心，闪耀出人性的光辉。

---

① 吴楚：《暮星归途》，北京：作家出版社，2024年，第129页。

二、AI时代的伦理挑战

　　随着AI（Artificial Intelligence，人工智能）科技的飞速发展，机器人与AI产品越来越多地进入公众生活中，由此也引发了一系列的伦理问题。从《银翼杀手》（1982年）到《机械姬》（2014年）再到《爱，死亡和机器人》（2019年），AI与人类的爱恨纠缠的复杂关系，作为现代性风险的最新寓言，在影视、文学中得到广泛的表达，传递出一种普遍的"后人类"忧虑。《暮星归途》中同样畅想了100年后人类生活充分被AI渗透的生存图景。吴楚对这些伦理问题进行探讨，回应现代科技对社会产生的深刻影响。人工智能设备的隐私安全、AI取代人类工作、情侣机器人对婚姻与性伦理的挑战，都是人类必须直面的问题。

　　AI设备的大规模出现，首先，对人隐私构成了挑战。智能穿戴设备需要获取大量个人信息，包括健康状况、个人喜好、对话内容、行为习惯等。如果未经授权，AI可能会泄露个人信息或被滥用，对个人安全产生威胁。小说中的"智云"穿戴设备，便是这样一个美丽的监视器。它存储了每个人的一切信息，随时能被调取和征用，原本的自由飞地变成了可怕的数字囚笼，每个人都在其中赤裸行走，没有任何隐私可言。

　　其次，AI机器人带来了主体挑战。AI费用低廉、稳定可靠、没有私心，是资本社会最理想的打工人。随着越来越多的工作被AI取代，老年人也显得越发没有社会价值。小说中"我"的母亲原本是一名出色的NHK新闻播报员，多年来工作兢兢业业。在被绿子AI取代播音员的工作之后，她迅速衰老，整个人备受打击，因为觉得自己毫无社会价值而彻底丧失了主体性。这种取代无疑暗藏着危机——"后人类"构成了一个更为彻底的"大他者"，它迫使"人类"观念的解体与重构。

　　最后，AI伴侣给人类带来了亲密关系的冲击。人们更倾向于与完美的AI伴侣互动，并更愿意与其建立深度的情感联系，这种电子依赖最终会导致社交孤立、技能退化、与真实人际关系的疏离，甚至可能对人际互动和人际信任产生负面影响。身为物理学家的父亲，严谨木讷，毫无情趣，最终让母亲变得多疑、敏感、脆弱，离他而去。AI伴侣墨子解决了父亲与真人相处的问题，按照程序设定好的完美墨子，既是他的科研助理、情感依托，又是他的灵魂搭档，完美取代了母亲的空缺。同样地，在南山的老人们也购买了伴侣，以寻求精神的慰藉。小说中，"我"选取的AI女友小宜，"绝对忠实、言听计从、美丽窈窕"[①]，满足了我对伴侣的一切幻想，而我将她打扮成南山樱的形象，正反映出我对亲密关系的无力，只有依靠AI实现愿望。

三、"民生科幻"的当下关怀

吴楚是民生新闻记者出身，对于社会热点问题高度敏感。记者的身份使他能够接触、了解不同身份、职业、层次的人，为他的创作提供了丰富的素材。他曾自言，"我的作品里，几乎每一个主角、配角，都有一个身边的'原型'，这些原型大多是我曾经采访、访谈过的人物，或几个人物的综合，作品的每一段情节，往往也是我多年采写的新闻事件、糅合上科幻想象力的'半真实故事'"。吴楚的科幻小说无不是围绕民生展开，构型了一种独特的"民生科幻"。

民生科幻以科幻的切口对生老病死进行深入的探索，以近未来、异时空的观照，探求人类社会面对这些问题的新可能。民生科幻既着眼于"高密度现实"（朱瑞瑛），探讨高技术对社会的渗透带来的全新现实，同时，基于现有的发展速度"推测"（extrapolation）近未来的技术可能，演绎迎面扑来的未来。吴楚的一系列民生科幻小说中，《幸福的尤刚》聚焦于"生"，讲述的是"生育和传宗接代"主题；《记忆偏离》探索的是"病"；处女作《长生》是对《三体》的羞涩模仿，所要探索的是：如果科技实现长生，谁有权长生？《暮星归途》同样也涉及"老"与"死"的问题，是对《长生》的深化和升华，当科技允许返老还童、延缓生命时，谁有权利不老不死？南山株式会社给出的选择是将其当作各国显贵、顶级富豪、名流政要的特权，

[①] 吴楚：《暮星归途》，北京：作家出版社，2024年，第307页。

而老孟等人则追求将其作为整个人类的福祉,这也是作者的答案。

韩松曾言,科幻是最大的现实主义,同样地,"民生科幻"更是以一种近未来的想象,昭示出鲜明的现实关怀。小说书写不久的将来,人类社会必将发生的养老体系变革,以未来想象的方式关涉当下科技发展的可能性与潜在危机,通过科幻想象的方式介入未来社会的发展。借助于科幻文学的"认知性陌生化",作家能够更自由探讨现实中尖锐的老龄化问题。因此,有着强烈现实关怀的吴楚,走访了六七家养老院,深入接触30多位老人,以包容、开放的姿态理解老人的心灵世界,达到与老人共情。也正因如此,吴楚笔下的老人,是一个个活生生的个体。尽管年老体衰,他们仍然有鲜明的欲望,追求真相、渴望金钱、沉迷权力、贪恋物质、耽溺美色……唯有这些热辣滚烫的欲望,证明老年人生命的活力,他们需要被当作独立完整有尊严的人,而非一副衰朽空洞的皮囊。吴楚对于老年人的体贴入微的观照,展示出作家深厚的人文精神。

《暮星归途》以大胆的想象、超前的洞见、人文的关怀,探索"老龄化"问题,其中包含着温热的中国经验、中国意识,又触及了鲜活的人类命运、世界图景。岁月在无声中铺展的画卷,映照出时光的沧桑与人生的晚秋。作为一个年轻的作家,吴楚以其独特的"民生科幻",表达对生老病死的探索,对科技的省思,对现实的关怀,借此打造了高辨识度的个人风格,展现出广阔的前景,也昭示出无限的可能。